DIETER WÖLM

Weinmordrache

BLUTIGE RACHE Im Fassweinkeller des Schlosses Aschaffenburg hängt zwischen zwei Weinfässern Emil Franke, der Kellermeister des Weingutes. Sieben Messerstiche in seiner Brust, verkohlte Brustwarzen und gebrochene Finger deuten auf einen Racheakt hin. Mit Blut haben seine Mörder die Zahl 7887 an eines der Weinfässer geschmiert. Sein Dackel Oskar sitzt bellend bei dem Toten und weicht nicht von dessen Seite. Kommissar Rotfux übernimmt den Fall. Er kümmert sich um den Dackel des Ermordeten und dieser wird zum treuen Begleiter des Kommissars. Oskar unterstützt ihn bei seinen Nachforschungen. Handelt es sich um einen Racheakt von Salafisten, gibt es Bezüge zur italienischen Mafia oder spielt die dunkle Vergangenheit des Ermordeten eine Rolle? Während Kommissar Rotfux mit seiner Mannschaft in alle Richtungen ermittelt, geschieht ein weiterer Mord in einem Weinkeller. Wieder ist die Zahl 7887 mit Blut an ein Weinfass geschmiert, wieder wurde das Opfer brutal zugerichtet und mit sieben Messerstichen getötet …

Dieter Wölm, geboren 1950, war Professor für Marketing an der Hochschule Aschaffenburg, zuvor viele Jahre Marketingleiter eines großen Versandhauses. Nach diversen wissenschaftlichen Veröffentlichungen ist »Weinmordrache« sein dritter Roman im Gmeiner-Verlag.

Bisherige Veröffentlichungen im Gmeiner-Verlag:
Blutstern (2013)
Mainfall (2011)

Marlene

DIETER WÖLM

Weinmordrache

Kriminalroman

GMEINER SPANNUNG

Besuchen Sie uns im Internet:
www.gmeiner-verlag.de

Im Ehnried 5, 88605 Meßkirch
Telefon 07575 / 2095-0
info@gmeiner-verlag.de

1. Auflage 2017

Lektorat: Claudia Senghaas, Kirchardt
Herstellung: Benjamin Arnold
Umschlaggestaltung: U.O.R.G. Lutz Eberle, Stuttgart
unter Verwendung eines Fotos von: © Michael Kutsche / Fotolia.com
und © inkevalentin / Fotolia.com
Druck: CPI books GmbH, Leck
Printed in Germany
ISBN 978-3-8392-2058-0

1

Die Salafisten trugen dunkle Vollbärte. Vier junge Männer in weißen Kaftanen, mit gehäkelten Gebetsmützen auf dem Kopf, hatten sich hinter ihrem Infotisch aufgestellt. Einer war etwas größer und kräftig gebaut. Die anderen nannten ihn Malik und schienen sich an ihm zu orientieren. Erwartungsvoll beobachteten sie die Passanten. Zwei fast mannshohe Plakatständer neben ihrem Infotisch zeigten den Koran. Darunter glänzte das Wort »LIES« in großen goldenen Buchstaben. Auf dem Tisch stapelte sich der Koran in zahlreichen Exemplaren zur kostenlosen Verteilung. Der rote Teppich vor dem Infostand in der Herstallstraße gab der Aktion etwas Feierliches.

Kommissar Rudolf Rotfux hatte direkt gegenüber, neben dem Eingang von »Peek & Cloppenburg«, Position bezogen. Er war froh, dass der Wetterbericht nicht stimmte. Eigentlich hätte es regnen sollen, aber nur einige weißgraue Wolken zogen über den ansonsten blauen Himmel. Neben der Säule, die sich links vom Eingang des Modehauses in die Höhe reckte, stand er etwas geschützt, für alle Fälle jedenfalls. Hinter ihm glänzte die breite Fensterfront, in der schon die neueste Herbstmode dekoriert war. Rotfux trug wie meistens einen gelben Pullover zu sportlichen Jeans. Mit seinen 45 Jahren sah er flott aus, einer der begehrtesten Junggesellen von Aschaffenburg. Seine rotbraunen Haare waren kurz geschnitten, seine braunen Augen musterten die Umgebung lebhaft, man sah ihm an, dass er viel Sport trieb. Nach mehreren spektakulären Fällen, die er in den letzten Jahren gelöst hatte, kannte man und mochte man ihn. So grüßten einige Passanten freundlich, die am Samstagvormittag durch die Fußgängerzone spazierten. Manche blieben kurz stehen, andere nickten ihm zu und gingen dann zielstrebig ihres Weges. Dass sie jetzt auch in Aschaffenburg den Koran verteilen müssen, dachte Rotfux. Reichte es nicht, wenn die Salafisten in Köln oder sonst wo aktiv waren? Mussten sie ausgerechnet nach Aschaffenburg kommen, wo bestimmt niemand auf sie wartete? Rotfux machte sich ernsthaft Sorgen über diese Entwicklungen. Seit 2015 immer mehr Flüchtlinge nach Deutschland kamen, war eine Radikalisierung der Muslime das Letzte, was das Land gebrauchen konnte.

Neben Rotfux stand der dicke Oberwiesner, den der Kommissar schon über 20 Jahre kannte. Sie waren sich bereits während ihrer Ausbildung begegnet. Wie üblich trug Oberwiesner ein kariertes Hemd zu seiner dunklen Stoffhose. Er sah aus wie der Wirt einer Gutsschenke, war aber einer der findigsten Köpfe im Team von Kommissar Rotfux. Besonders beim Außeneinsatz beeindruckte der Dreizentnermann durch seine stattliche Statur. Seine kurzen Stoppelhaare gaben ihm trotz seiner Behäbigkeit etwas Dynamisches.

»Das hat uns gerade noch gefehlt«, brummte er. »Ich hoffe, es gibt keine Ausschreitungen.«

»Wir können es nicht ändern«, murmelte Rotfux. »Das Bauordnungsamt der Stadt hat den Infotisch der Salafisten genehmigt. Ich weiß auch nicht, was die sich manchmal denken.« Sein rotbrauner Oberlippenbart tanzte beim Sprechen auf der Lippe. Er beobachtete die Szene interessiert.

In einiger Entfernung, vor der kleinen Filiale der Bäckerei Hench, waren zwei Polizisten in Uniform zu sehen, welche die Aktion ebenfalls im Auge hatten. Rotfux kannte sie von verschiedenen Einsätzen und wusste, dass sie vom Staatsschutz beauftragt waren. Der Kommissar fragte sich, ob es Zufall war, dass die Salafisten ihren Infotisch direkt vor dem Juwelier Vogel aufgebaut hatten, einem der angesehensten Juweliergeschäfte Aschaffenburgs. Die wertvollen Auslagen im Hintergrund und die Schriftzüge von Wellendorf, Breitling und Rolex vermittelten eine Atmosphäre von Wert und Wichtigkeit, die sie möglicherweise für ihre Aktion nutzen wollten. Viel los war nicht am späten Samstagvormittag. Die meisten Passanten machten einen weiten Bogen um den Stand, keiner betrat den roten Teppich, und die Salafisten schauten eher gelangweilt in die Runde. Ein gut aussehender großer Mann mit grauen Haaren kam mit seinem Rauhaardackel aus Richtung Herstallturm auf Rotfux zu. Er trug eine Kniebundhose und einen leichten graugrünen Trachtenjanker. Der Kommissar wusste, dass er ihn vom Weinkeller im Schloss kannte, er dort sogar Kellermeister war, konnte sich aber im Augenblick nicht an seinen Namen erinnern.

»Dass ihr das genehmigt habt«, begann der Kellermeister vorwurfsvoll.

»Wir haben den Infostand nicht genehmigt«, antwortete Rotfux.

»Wie? Er ist nicht genehmigt? Das darf doch wohl nicht wahr sein!«

»Doch, doch, er ist genehmigt, aber wir sind nicht zuständig. Darüber hat das Bauordnungsamt entschieden, Herr … äh …«

»Franke, Emil Franke, wir kennen uns vom Weinkeller im Schloss.«

»Ach ja, richtig, vom Weinkeller, jetzt fällt es mir wieder ein, Herr Franke.«

»Was die Herren vom Bauordnungsamt sich dabei denken? Genehmigen einen solchen Infostand, obwohl ganz klar ist, dass die Salafisten verfassungsfeindlich sind!«, schimpfte Franke.

Rotfux schwieg. Er wollte nicht noch Öl ins Feuer gießen. In der gläsernen Front von »s.Oliver« spiegelten sich die gegenüberliegenden Gebäude. Der Rauhaardackel von Emil Franke begann, unruhig zu werden und an den Schuhen von Kommissar Rotfux zu schnüffeln.

»Na, du riechst wohl den Hund meines Nachbarn.«

Der Rauhaardackel war hübsch, hatte diese dunkelbraunen glänzenden Augen, welche neugierig in alle Richtungen schauten. Die kleine schwarze Nasenspitze reckte er in die Höhe, und man sah, wie sie beim Schnüffeln vibrierte. Sein struppiger Bart erschien hellbeige und hob sich vom übrigen saufarbenen Fell ab, welches auf dem Rücken etwas dunkler war als am Rest des Körpers.

»Der hat immer was zu schnüffeln. Komm, Oskar, wir werden den Salafisten mal die Meinung geigen.«

Franke zog den Rauhaardackel mit zum Stand der Salafisten.

»Na? Wie laufen die Geschäfte? Schon ein paar Kämpfer für den IS geworben?«, sagte er laut und provozierend, sodass es Rotfux gut hören konnte.

»Mit dem IS haben wir nichts zu tun«, wehrte sich einer der Salafisten. »Wir sind Leute in der Tradition der Propheten. Wir verkünden die wahre Religion. Nimm dir den Koran und lies, mein Bruder.«

»Also dein Bruder bin ich noch lange nicht!«, empörte sich Emil Franke. »Ihr seid Halsabschneider! Verteilt den Koran, und in Wirklichkeit treibt ihr die jungen Leute in den Krieg. 600 sind aus Deutschland schon nach Syrien und in den Irak gezogen, 60 davon sollen bereits gefallen sein.«

Der Dackel Oskar begann zu bellen. Er merkte, dass sein Herrchen sich mächtig aufregte und diese Salafisten überhaupt nicht mochte. Er stellte den Schwanz auf und zog an der Leine in Richtung Infotisch.

»Ich sagte schon: Damit haben wir nichts zu tun«, wehrte sich der größte der Salafisten, den sie Malik nannten. »Wir verbreiten das Wort Gottes, sonst nichts.«

Sie waren offensichtlich geschult und ließen sich nicht so leicht provozieren. Eine junge Frau trat an den Stand und nahm den Koran interessiert in die Hand.

»Nimm ihn mit und lies, Schwester«, sagte Malik. »Lies über die wahre Religion.«

Die junge Frau blätterte in dem Buch. Sie war nicht gerade hübsch, etwas mollig und hatte kurze blonde Haare. Ihre kräftige Figur steckte in einem langen beigefarbenen Leinenkleid. Ihre blauen Augen musterten Franke unruhig, der sie interessiert beobachtete.

»Pass nur auf, dass sie dich nicht irgendwann schlagen oder dir die Hand abhacken. Die dürfen das«, sagte er provozierend.

»So ein Quatsch«, wehrte sich Malik, und auch sein Nachbar, den sie Dominik nannten, begann sich zu verteidigen: »Das sind doch Lügenmärchen, das spielt bei uns keine Rolle. Wer schlägt schon seine Frau?«

»Na ihr doch!«, brüllte Franke. »Ihr seid intolerant. Sprecht von der einzig wahren Religion. Alle anderen sollen ungläubig sein. Am Ende tötet ihr die anderen, schlagt ihnen die Köpfe ab. Man sollte diesen Infostand verbieten!«

Der Dackel bellte heftig. Kommissar Rotfux näherte sich vorsichtig.

»Deren Lehre widerspricht unserem Grundgesetz«, schimpfte Emil Franke. »Sie wollen einen Gottesstaat errichten, sie sind gegen die Gleichberechtigung, sie lehnen die von Menschen gemachten Gesetze ab und sind für Körperstrafen wie das Auspeitschen oder das Abhacken von Gliedmaßen. Das ist bei uns alles nicht erlaubt!«

»Herr Franke, das mag ja stimmen, aber der Stand ist genehmigt. Ich muss Sie bitten, Abstand zu halten. Gehen Sie am besten in Ruhe weiter. Wir behalten die Sache im Auge«, ermahnte ihn Rotfux.

Inzwischen war auch Klaus Zimmermann vor Ort, der Stadtredakteur des »Main-Echos«. Er war klein und rundlich, wirkte deshalb nicht sehr sportlich, war aber immer in Bewegung und hinter den neuesten Geschichten her. Seine fast schwarzen Augen funkelten hinter seiner schmalen Nickelbrille und suchten die Umgebung nach interessanten Motiven ab. Über der Schulter hatte er seine Kamera hängen und schon einige Fotos vom Stand der Salafisten aufgenommen. Rotfux kannte den Redakteur der örtlichen Tageszeitung und wusste, der würde eine packende Story aus den Ereignissen machen. Die junge Frau nahm einen Koran, steckte ihn in ihre Umhängetasche und verließ schweigend den Infostand.

»Der besorgen sie einen arabischen Hengst, dann zieht sie am Ende in den Jihad, und ihre Eltern suchen sie verzweifelt im türkisch-syrischen Grenzgebiet. Blond, blauäugig und korpulent, darauf stehen die! Und es fängt immer hier an, an solchen Ständen«, ereiferte sich Emil Franke.

Der Dackel bellte, als ob er den Worten seines Herrchens Nachdruck verleihen wollte.

»Du regst dich auf, mein Kleiner«, sagte Kommissar Rotfux, beugte sich zu Oskar herunter und hielt ihm vorsichtig die Hand hin. Der Dackel wurde ruhiger und sah ihn mit seinen dunkelbraunen Augen an. »Nun geh mit deinem Herrchen weiter. Du verstehst das doch nicht. Es ist besser für euch.«

Der Dackel begann, mit dem Schwanz zu wedeln.

»Der versteht mehr, als Sie denken«, bruddelte Emil Franke, zog aber endlich in Richtung Herstallturm ab.

Rotfux war erleichtert. Er genoss die friedliche Stimmung, die sich am Samstagvormittag in den malerischen Aschaffenburger Gassen ausbreitete. Wenn er frei hatte, besuchte er gern den Wochenmarkt beim Schloss, stand ein wenig Schlange bei seinem Käseverkäufer, der jeden Käse persönlich erklärte und liebevoll aufschnitt, kaufte Obst aus der Umgebung, ungespritzt und naturbelassen. Aber er hatte heute nicht frei. Diese Salafisten mit ihrem Stand hatten ihm einen Strich durch die Rechnung gemacht. Sie störten sein beschauliches Aschaffenburg und hatten ihm zu einem Sondereinsatz verholfen, auf den er gern verzichtet hätte.

Wenig später hörte Rotfux etwas, das ihn zutiefst erschrecken ließ.

»Salafisten raus, Salafisten raus«, tönte es durch die Herstallstraße.

Aus Richtung Herstallturm näherte sich ein Demonstrationszug mit etwa 50 Teilnehmern. Rotfux telefonierte.

»Ja …, ein Demonstrationszug, circa 50 Leute, … ja, schickt Verstärkung …«

Rotfux winkte Oberwiesner und die beiden Polizisten zu sich.

»Solange es ruhig bleibt, halten wir uns zurück«, sagte er. »Ich habe Verstärkung angefordert. Es wird nicht lange dauern bis sie da ist.«

Die Demonstranten kamen näher. Emil Franke hatte sich in vorderster Front eingereiht und rief in voller Lautstärke: »Salafisten raus, Salafisten raus!«

Viele waren schwarz gekleidet, einige vermummt. Mehrere Plakate ragten zwischen den Köpfen in die Höhe. »Für Gleichberechtigung« war da zu lesen, »Nieder mit dem IS«, »Gegen Islamismus« und »Salafisten raus«. Die Plakate waren provisorisch gefertigt. Es sah nach einer spontanen Aktion aus. Mehrere Demonstranten trugen Schirme und Stöcke bei sich, die angesichts des guten Wetters eher wie Schlagwaffen wirkten. Schnell strömten Schaulustige aus allen Richtungen herbei.

Rotfux baute sich mit Oberwiesner und den beiden Polizisten vor dem roten Teppich des Infostandes auf, um die Demonstranten auf Abstand zu halten. Emil Franke stand ihnen entschlossen gegenüber. Er hatte die Führung des Demonstrationszuges übernommen und rief immer wieder »Salafisten raus!« Seinen Dackel Oskar trug er inzwischen auf dem Arm, vermutlich aus Angst, dass jemand im Eifer der Demonstration auf ihn treten könnte.

Die vier bärtigen jungen Männer hinter ihrem Stand verhielten sich ganz ruhig. Sie mussten entweder schon viel Erfahrung haben oder waren sehr gut für solche Situationen geschult. Malik machte nicht den Eindruck, aufgeben zu wollen. Im Gegenteil! Er rückte seine gehäkelte Gebetsmütze auf dem Kopf zurecht und richtete sich entschlossen hinter seinem Stand auf. Klaus Zimmermann, der Redakteur des »Main-Echos«, war mal hier und mal da zu sehen. Er schoss aus allen Richtungen Bilder für seinen Bericht. Bessere Bilder kann der gar nicht bekommen, dachte Kommissar Rotfux. Der Redakteur war immer zur richtigen Zeit an der richtigen Stelle. Der hatte einfach einen guten Riecher für solche Ereignisse. Die Demonstranten schlossen den Kreis um den Infostand immer enger. Rotfux begann, sich unwohl zu fühlen. Zu dicht rückte ihm die aufgeregte Menge auf die Pelle. Er nahm sein Megafon: »Liebe Mitbürgerinnen und Mitbürger«, rief er. »Bei uns herrscht Demonstrationsrecht und Versammlungsfreiheit. Es ist ihr gutes Recht, hier zu sein. Ich muss Sie aber bitten, Abstand zu halten. Dieser Infostand ist vom Bauordnungsamt genehmigt. Es hat also alles seine Richtigkeit.«

»Die verarschen uns nach Strich und Faden«, rief ein Vermummter aus der Menge. »Zuerst verteilen sie den Koran, dann schlagen sie uns die Köpfe ab! Sie beanspruchen die Weltherrschaft, wollen Rom erobern und ganz Europa. Wollen einen Gottesstaat errichten.«

»Salafisten raus, Salafisten raus!«, brüllte die Menge. Im unteren Bereich der Herstallstraße drängten sich die Schaulustigen, und die Menschenmenge wuchs weiter rasch an.

Rotfux telefonierte: »Wo bleibt ihr? Es werden immer mehr … kommt am besten von der Landingstraße oder durch die Steingasse …«

»Die nutzen unsere Freiheit aus, und am Ende sind wir die Dummen!«, brüllte einer der Demonstranten. Emil Franke hatte immer noch seinen Dackel auf dem

Arm, der inzwischen wieder bellte wie ein Weltmeister. Der Druck der Menge gegen den Infostand wurde heftiger. Rotfux merkte, dass sie nicht mehr lange standhalten konnten. Er und seine Kollegen standen inzwischen auf dem roten Teppich vor dem Infostand und wurden immer weiter Richtung Tisch gedrückt. Der dicke Oberwiesner saß mit seinem Hintern fast schon in den ausgelegten Koranbüchern.

»Ich glaube, es wäre besser, wenn Sie einpacken würden«, sagte Rotfux leise zum Anführer der Salafisten. »Wir können dem Druck nicht mehr lange standhalten.«

Die Reaktion kam prompt. »Wir stehen hier für die wahre Religion. Niemals werden wir weichen. Eher werden wir zum Märtyrer für unseren Herrn, als uns feige davonzustehlen!«

Rotfux ärgerte sich über sich selbst. Er hätte sich die Reaktion denken können. Der Tod als Märtyrer war für sie der direkte Weg ins Paradies. Das war keine Bedrohung für sie, sondern eine Chance. Er stemmte sich mit dem Hintern gegen den Infotisch, den die Salafisten von ihrer Seite abstützten. Eines der Plakate war durch die Menge schon umgerissen worden, in wenigen Augenblicken würde vermutlich der ganze Stand nach hinten kippen. Während die Demonstranten weiter »Salafisten raus, Salafisten raus« riefen, hörte Rotfux endlich die Sirenen von Polizeifahrzeugen. Gott sei Dank, dachte er, sie kommen. Er riss sein Megafon an den Mund.

»Bitte gehen Sie zurück!«, rief er. »Demonstrieren Sie, aber halten Sie bitte Abstand von uns und diesem Stand. Ich habe Verstärkung angefordert. Wer sich meiner Aufforderung widersetzt, wird festgenommen. Sie hören die Kollegen schon.«

Tatsächlich ertönte von der Einmündung der Steingasse die Sirene eines Polizeifahrzeuges, und man sah das Flackern des Blaulichtes.

»Bitte gehen Sie zurück!«, rief Rotfux nochmals. »Sie haben protestiert, jetzt muss es gut sein.«

»Okay Leute, ziehen wir ab!«, rief Emil Franke. Er schien zu begreifen, dass er sich nicht zu sehr mit der Polizei anlegen durfte. Vielleicht war es auch, weil er Rotfux kannte und dessen missliche Situation sah. »Aber kommt ja nicht wieder nach Aschaffenburg«, rief Franke in Richtung der Salafisten, »sonst machen wir euch platt!«

Endlich kam Bewegung in die Menge. Rotfux war froh und nickte Emil Franke freundlich zu. Vor allem die Schaulustigen begannen sich zu zerstreuen, bevor schließlich auch der Demonstrationszug durch die Steingasse in Richtung Schloss weiterzog. Die Verstärkung der Polizei bezog Position, und die Salafisten brachten ihren Stand wieder in Ordnung.

»Das war knapp«, seufzte Rotfux, der große dunkle Schweißflecke unter den Achselhöhlen hatte.

»Kann man wohl sagen«, brummte der dicke Oberwiesner, »aber hat zum Glück gerade noch hingehauen.«

2

Bereits am Montag erschien ein ausführlicher Bericht über den Infostand der Salafisten und die Demonstration in der Herstallstraße auf der Titelseite des »Main-Echos«.

»Salafisten provozieren Volkszorn«, lautete die Überschrift.

Minutiös wurde der Ablauf der Ereignisse beschrieben. Mehrere Bilder zeigten den Stand der Salafisten und die Demonstration. Kommissar Rotfux war der Held der Geschichte, da er im letzten Augenblick schlimmere Ausschreitungen verhindert hatte. Ein großes Bild zeigte Emil Franke, der mit den Salafisten diskutierte. Die ganze Woche hatten ihn die Kunden des Weingutes schon darauf angesprochen. Nun war Freitag, und er freute sich auf das Wochenende.

Seine Chefin, die Inhaberin des Weingutes, hatte das Büro im Erdgeschoss des Schlosses schon verlassen. Durch die Fenster sah Emil Franke in den Schlosshof, der still im Abendlicht lag. Das graue Kopfsteinpflaster schien sich von der Mühsal der Woche zu erholen, die Türme des Schlosses und der mächtige Bergfried fingen die letzten Sonnenstrahlen ein, die Hofbibliothek war schon längst geschlossen. Emil Franke war ganz allein. Er traf seine Vorbereitungen für ein Ereignis der besonderen Art. Mit dem Aufzug fuhr er nach unten zum Gewölbekeller, in dem sonst die Weinproben stattfanden. Sein Dackel Oskar war wie immer dabei. Wichtig stolzierte er in den Aufzug und wartete brav, bis sie unten ankamen und seine grauen Türen sich wieder öffneten. Heute ging es nicht um eine Weinprobe, heute erwartete sein Herrchen einen ganz besonderen Gast. Er stellte Kerzen auf die schweren Holztische des Gewölbekellers. Er warf den Heizlüfter an. Er verteilte einige Vasen mit roten Rosen auf den Tischen. Alles sollte perfekt sein, romantisch und gemütlich. Emil Franke sah auf die Uhr: kurz vor sieben. Gleich müsste sie da sein, würde oben läuten, er würde sie hereinbitten, nach unten führen in dieses Gewölbe, acht Meter unter der Erde, wo sie ganz für sich waren. Er holte den Knochenschinken, die Hausmacherwurst und den Käse aus dem Kühlschrank, stellte Brezeln und Bauernbrot auf den Tisch und trug einen seiner besten Weine auf, den St. Bernhardus von 2011, einen Spätburgunder der Spitzenklasse. Vier Jahre war er alt, im Barriquefass gereift, genau der Richtige für diesen Abend. Es läutete.

»Du bleibst brav hier und rührst nichts an«, sagte er zu Oskar.

Er huschte die Kellertreppe nach oben, an der Toilette vorbei, machte sich kurz frisch, durchquerte die Büro- und Lagerräume im Erdgeschoss, dann öffnete er die hölzerne Tür, durch die man von draußen in das Weingut gelangte.

»Hallo«, hauchte sie ihm entgegen.

Sie sah umwerfend aus. Ihre pechschwarzen Haare fielen ihr locker über die Schultern. Er war sich sicher, da war nichts gefärbt. Das war original italienische Klasse. Ihr voller Mund war rot geschminkt. Ihre dunklen Augen strahlten ihn an. Sie war fast einen Kopf kleiner als er, trug einen Korb über dem Arm, der mit einem Tuch abgedeckt war.

»Komm rein, ich freu mich sehr.«

Er zog sie herein, drückte ihr einen Kuss auf die Wange und verschloss schnell die Tür. Niemand sollte sie sehen. Er drehte den Schlüssel zwei Mal um. Sie wollten ungestört sein.

»Was hast du in deinem Korb? Komm, gib her. Ich trage ihn.«

»Etwas zum Essen, aus dem Laden. Oder willst du verhungern?«

Sie lachte und zeigte ihre blendend weißen Zähne. In ihren hochhackigen Pumps sah sie sexy aus, und Emil Franke dachte einen Moment lang an etwas anderes als Essen.

»Das ist ja eine Überraschung«, sagte er, »ich habe auch eine Kleinigkeit vorbereitet. Komm, wir gehen nach unten.«

»Nach unten?«

»Ja, in den Gewölbekeller, da sind wir völlig ungestört …«

Sie zögerte.

»Ich weiß nicht …«

»Nun komm schon, hier oben könnte uns womöglich jemand beobachten. Vom Schlosshof kann man durch die Fenster schauen. Das willst du sicher nicht.«

»Ja schon, aber im Keller? Da ist es doch sicher kalt …«

Sie trug einen kurzen Rock, der ihre langen schlanken Beine zeigte, und darüber eine helle Bluse. Eine goldene Kette betonte ihren weiten Ausschnitt. Emil Franke musste sich beherrschen, um sie nicht zu sehr anzustarren.

»Nun komm schon, du wirst sehen, da unten ist es nicht kalt. Ich habe für alles gesorgt.«

Etwas widerwillig ließ sie sich von ihm quer durch die Büro- und Lagerräume des Erdgeschosses zum Aufzug bringen.

»Wir können auch die Wendeltreppe nehmen. Was ist dir lieber?«

»Ist schon okay, fahren wir.«

Als sie unten ankamen und vorbei an bis unter die Decke gestapelten Weinkisten den Gewölbekeller erreichten, schlug ihnen die warme Luft des Heizlüfters entgegen.

Sie lachte. »So meintest du das.«

»Na klar, frieren wollen wir doch nicht.«

Er hatte sie zwar schon im Schloss getroffen, wo er als Kellermeister für das Weingut arbeitete. Aber es war immer nur kurz gewesen, und sie hatten kein Licht angemacht und aufgepasst, dass sie niemand sah. Für ihn war das zwar kein Problem, denn seit seine Frau vor drei Jahren an Brustkrebs gestorben war, konnte er tun und lassen, was er wollte. Aber Martina Carelli war verheiratet, und sie mussten vorsichtig sein. Sie war die Mitinhaberin des italienischen Ladens in der Altstadt. Dort hatte er sie kennengelernt. Und Italiener machten bekanntlich kurzen Prozess, wenn sie eifersüchtig waren.

»Das hast du schön vorbereitet«, seufzte sie, als sie die Kerzen und die roten Rosen auf den Holztischen sah. Er stellte ihren Korb auf einem Stuhl ab und nahm sie in den Arm.

»Alles nur für dich«, flüsterte er. »Ich hoffe, es gefällt dir.«

Sie sagte nichts. Er spürte ihren warmen Körper und hatte das Gefühl, dass sie einfach die Geborgenheit in seinen Armen genoss. Mit seinen 58 Jahren war er deutlich älter als sie. Aber das schien sie nicht zu stören. Er wusste, dass sie in letzter Zeit einiges durchgemacht hatte. Sie war ihm zugefallen wie eine reife Frucht.

»Es geht so. Du weißt ja von meinen Problemen.«

»So schlimm?«

»Ach vergessen wir das am besten. Seit Francesco dieses blonde Flittchen hat, ist er nicht mehr wiederzuerkennen. Hat dieses neue BMW 6er Cabrio gekauft und treibt sich ständig in der Gegend rum. Seit gestern ist er wieder weg.«

»Oh, das tut mir leid für dich«, sagte Emil.

In Wirklichkeit war er ganz froh über die Entwicklung, denn sonst wäre sie ja nicht zu ihm gekommen. Er drückte sie fest an sich.

»Komm, lass uns gemütlich etwas essen«, sagte er, räumte ihren Korb aus und bedankte sich für den tollen Parmesankäse und die großen Mortadella-Scheiben, die sie mitgebracht hatte.

»Da werden wir heute Abend einmal richtig schlemmen!«

»Wo ist denn Oskar?«, sagte er plötzlich. »Und wo ist die Hausmacherwurst? Die lag doch da auf dem Teller …«

Martina lachte.

»Schau mal unter den Tisch. Ist auch zu viel verlangt, den Dackel hier die Wurst bewachen zu lassen.«

Sie mochte den kleinen Rauhaardackel, und das beruhte wohl auf Gegenseitigkeit. Schuldbewusst mit einem umwerfenden Dackelblick, die Augen schräg nach oben gerichtet, kam er wedelnd unter dem Tisch hervor und begrüßte die Italienerin.

»Du bist ein Braver«, sagte sie und streichelte ihn hinter den Ohren.

»Brav würde ich das nicht gerade nennen«, lachte Emil, »zum Glück hast du auch etwas mitgebracht.«

Über zwei der Holzstühle hatte er eine Decke gehängt und Kissen daraufgelegt.

»Damit es warm und gemütlich ist«, sagte er und zog Martina zu sich.

Er schenkte den Wein ein und prostete ihr zu.

»Auf dich!«

»Auf uns!«

Oskar hatte sich inzwischen auf seinem Kuschelkissen unter dem Tisch zusammengerollt. Der Heizlüfter blies weiter warme Luft in den Gewölbekeller. Ich lass es schön warm werden, dachte Emil Franke. Sicher war das besser für seinen Plan. Martina Carelli war schön. Er beobachtete, wie sie mit ihren rot lackierten Fingernägeln das Brot und den Käse in den Mund schob. Er spürte ihre Hüfte links von sich, denn sie war ganz dicht zu ihm herangerückt. Er sah ihre langen Beine unter dem Tisch und legte seine Hand auf ihren Arm.

»Ich bin so froh, dass du gekommen bist.«

»Ich auch. Einmal alles vergessen, das brauche ich.«

Sie erzählte ihm, dass Francesco wirklich ein Scheißkerl sei. Seit er die Blonde kenne, die fast 20 Jahre jünger sei als er, habe er sie nicht mehr geliebt. Eine Wand habe er zwischen ihnen aufgebaut. Sein Geld verschleudere er mit dieser blonden Tussi. Dabei habe er sie früher geliebt, als sie noch in Kalabrien lebten oder später in Südtirol, bevor sie nach Deutschland kamen. Emil legte seinen Arm um sie, und sie ließ ihn gewähren. Sie war nur gut zehn Jahre jünger als er, aber fast konnte er Francesco verstehen. Eine jüngere Frau war auch für ihn reizvoll, zumal wenn sie so hübsch war wie Martina.

»Ach vergiss ihn doch einfach«, sagte er und schenkte von seinem Spätburgunder nach. Sie wurde zunehmend entspannter. Der Wein tat seine Wirkung. Die Kerzen auf dem Tisch flackerten. Die meterdicken Mauern des Gewölbekellers vermittelten Geborgenheit und Sicherheit.

»Mir wird es langsam heiß«, flüsterte sie. »Willst du nicht den Ofen ausschalten?«

Er antwortete nicht. Er beugte sich zu ihr und schlang seine Arme um sie. Sie wehrte sich nicht, sondern wendete ihm ihr Gesicht zu. Das war Wahnsinn. Er sah, wie sie ihm den Mund bot und ihn begehrte. Ihre Lippen fanden sich zu einem langen intensiven Kuss. Er war froh, dass er es noch konnte. Seit drei Jahren hatte er keine Frau mehr gehabt, aber jetzt war es ganz einfach.

»Ich habe mich so nach dir gesehnt«, flüsterte sie. »Du bist ein richtiger Mann. Ich habe in der Zeitung von deinem Protest gegen die Salafisten gelesen. Da muss man protestieren …«

Jetzt bloß keine Politik, dachte er. Er knöpfte langsam ihre Bluse auf und ließ seine Hand über ihre Brüste gleiten.

»Jaja, die Salafisten, das sind Schweine …«, sagte er.

Sie küsste ihn leidenschaftlich. Er war wirklich noch gut in Schuss, trieb täglich Sport, joggte einmal die Woche oder ging zum Schwimmen. So war er schlank geblieben und sah mit seinen vollen Haaren gut aus, auch wenn sie inzwischen grau geworden waren.

»Aber Francesco darf es nie wissen, der bringt uns sonst um«, flüsterte sie.

»Hier unten sieht uns niemand, hört uns niemand, hier unten sind wir ganz für uns.«

Sie erzählte ihm, dass sie in Süditalien Killer hatten, die so etwas erledigten.

»Für 3.000 Euro kannst du einen Mord buchen. Das weiß ich von Francesco. Manchmal sagt er solche Sachen.«

Aber Emil Franke war das im Augenblick ganz egal. Für sie würde ich sterben, dachte er.

»Wer soll hier von uns wissen?«

»Ich weiß nicht …«

Martina schien unruhig zu werden. Erzählte ihm von der Vergangenheit in Kalabrien, von der Mafia in San Luca, die ihren Einfluss bis nach Frankfurt ausgedehnt hatte.

»Ich habe Angst, dass Francesco mit drinsteckt.«

»Und wenn schon, das hat doch mit uns nichts zu tun.«

»Aber wir müssen uns wirklich in Acht nehmen.«

»Okay«, sagte er genervt, »wir schleichen jetzt nach oben und sehen nach, ob alles ruhig ist. Einverstanden?«

»Ja, das machen wir. Ich möchte ganz sicher sein.«

Sie zog ihre Pumps aus.

»Ich werde barfuß gehen, damit man uns nicht hört.«

»Und was machen wir mit dem Hund?«

»Ich glaube, der schläft.«

»Aber Wurst und Käse würde ich wegräumen, nicht dass er sich noch den Magen verdirbt«, sagte Martina. Sie schien den kleinen Kerl echt zu mögen.

Emil Franke trug die Sachen zum Kühlschrank.

»Okay, diesmal über die Wendeltreppe. Geh du voraus.«

Er sah ihre langen Beine vor sich über die Treppe nach oben gehen.

»Wir machen kein Licht an«, sagte er, als sie oben ankamen.

Sie schlichen durch das Erdgeschoss, vorbei an der Abfüllanlage und den Weinkisten und Kartons. Es war schon fast dunkel. Im Schlosshof war niemand. Alles still und ruhig. Der Bergfried thronte über allem und hielt wie seit Jahrhunderten seine Wacht. Emil Franke drückte die Klinke an der Eingangstür herunter.

»Fest verschlossen«, flüsterte er, »war ja klar.«

Sie drängte sich an ihn, umarmte ihn.

»Wir warten noch ein wenig«, flüsterte sie.

»Worauf willst du warten?«

»Ob doch jemand kommt …«

Es war nichts zu machen, sie wollte noch nicht zurück nach unten. Sie standen ganz still in einer dunklen Nische neben der Abfüllanlage, sie umarmten sich und küssten sich, und es kam ihm schon der Verdacht, dass dies ihre spezielle Masche war, um ihn auf die Folter zu spannen.

»Meinst du nicht, es reicht jetzt?«

»Es reicht nie … aber wir können jetzt gehen.«

Er sah sie vor sich wie einen schwarzhaarigen Engel aus dem Paradies. Er schlich hinter ihr die Wendeltreppe nach unten, umarmte sie, als sie endlich angekommen waren, und zerwühlte ihr die Haare.

»Du bist so schön!«

Sie stöhnte und ließ den Rock nach unten rutschen.

Darunter war – nichts.

Oh mein Gott, dachte er.

Er warf die Decke auf den Tisch und die Kissen darauf. Dann hob er Martina hoch und legte sie vorsichtig ab. Der Heizlüfter blies weiter warme Luft in den Gewölbekeller. Sie rekelte sich lasziv auf dem Tisch und ließ sich von ihm am ganzen Körper streicheln. Sie küssten sich leidenschaftlich. Ihr Stöhnen verlor sich in den meterdicken Kellermauern, der Heizlüfter summte leise vor sich hin, sie krallten sich in der Decke fest, bis sie endlich in sich zusammensanken und ganz ruhig aufeinander liegen blieben.

»Es war sehr schön«, seufzte sie. »Seit Monaten habe ich das vermisst.«

»Ich seit Jahren. Ich liebe dich. Trenn dich einfach von ihm. Lass uns zusammen sein.«

Sie strich ihm mit dem Zeigefinger über die Lippen, als wollte sie seinen Mund verschließen, und auch er wusste, dass das nicht möglich war.

»Oskar war ja super brav«, sagte sie, »der stört wirklich kein bisschen.«

»Der weiß eben, was sich gehört«, sagte er und gab ihr einen letzten langen Kuss.

3

Alexandra Bieber schaute durch die Tür des Vorzimmers zu Kommissar Rotfux herein. Er saß wie üblich im gelben Pulli hinter seinem breiten Schreibtisch und studierte einen Bericht des bayerischen Innenministeriums über Salafismus.

»Gerade kam ein Anruf vom Weingut im Schloss. Dort gibt es einen Toten«, unterbrach ihn seine Sekretärin, »der Kellermeister des Weingutes ist anscheinend ermordet worden.«

»Der Kellermeister des Weingutes?«

»Ja, das sagte Frau Kern. Sie ist die Inhaberin, war ganz aufgeregt, konnte kaum sprechen.«

»Ist das nicht dieser Herr Franke, den ich noch vor gut einer Woche bei der Demonstration gegen die Salafisten gesehen habe?«, murmelte Rotfux. »Mit seinem süßen Dackel, den er am Ende auf dem Arm trug?«

»Ich kann Frau Kern fragen.«

»Ach lassen Sie nur. Ich muss sowieso zu ihr. Sagen Sie bitte Oberwiesner und der Spurensicherung Bescheid. Die sollen gleich zum Tatort kommen.«

Alexandra Bieber arbeitete seit gut einem Jahr als Sekretärin für Kommissar Rotfux. Er mochte sie. Sie war absolut zuverlässig und immer voll auf Zack, egal was passierte. Sie war zehn Jahre jünger als er, sah gut aus, schwarze Haare, dunkelbraune Augen, war meist leger angezogen, steckte in engen Jeans mit Bluse oder Pulli, unkompliziert, freundlich, offen und mit einem strahlenden Lächeln.

Hätte Rotfux nicht schon eine Freundin gehabt, hätte er fast auf dumme Gedanken kommen können.

»Ich fahr dann mal los«, sagte er.

»Ja, viel Erfolg!«

Rotfux nahm den Weg über die Willigisbrücke. Linker Hand glänzte der Main in der Morgensonne. Dahinter ragte das Schloss mit seinen mächtigen Türmen in die Höhe. Friedlich lag es da. Die Uferpromenade war um diese Zeit am Vormittag noch menschenleer. Nichts deutete darauf hin, dass hier ein schrecklicher Mord geschehen war. Rotfux stellte seinen Dienstwagen, einen silbernen VW-Passat mit Allrad, auf dem Schlossplatz ab. Über die gepflasterte Sandsteinbrücke gelangte er zum Hauptportal des Schlosses. Der linke Flügel des schweren hölzernen Tores war geschlossen und zeigte seine kunstvollen Ornamente. Der rechte stand offen und gab den Weg frei zum Schlosshof. Rotfux kannte das Weingut und ging schräg über den Hof zum sogenannten Stadtflügel, der dem Main abgewandt war. »Schlosskellerei Aschaffenburg. Bitte nach dem Klingeln etwas warten«, las er auf dem Schild neben der braunen hölzernen Tür des Weingutes. Kurz nachdem er geklingelt hatte, öffnete die Inhaberin.

»Rotfux, Kriminalpolizei Aschaffenburg.«

»Gut, dass Sie kommen. Kern, Christina Kern.«

»Sie sind die Inhaberin?«

»Ja, das Weingut gehört schon seit Generationen meiner Familie.«

Sie sah bleich aus, wirkte ängstlich und verschüchtert. Eine zierliche Person, der man gar nicht zugetraut hätte, dass sie ein Weingut leitete. Ihre mittelblonden Haare waren zu einem Pferdeschwanz gebunden, ihre braungrünen Augen sahen Rotfux unsicher an.

»Ist sonst noch jemand hier?«, fragte Rotfux.

»Nein, ich bin allein, habe ihn gefunden …«

»Wann war das?«

»Gegen neun Uhr. Wir öffnen um neun. Ich war kurz vorher da.«

»Und da haben Sie ihn gefunden?«

»Ja, sein Dackel bellte wie verrückt. Das kam mir komisch vor. Normal ist er so früh gar nicht da, vor allem am Montag nicht. Ich bin in den Keller gegangen, und da hing er, schrecklich!«

Aus Richtung des Kellers hörte man leises Bellen.

»Der bellt ja immer noch«, sagte Rotfux.

»Ja, der Dackel lässt sich nicht beruhigen. Ich weiß gar nicht, was ich machen soll. Kommen Sie, ich zeige Ihnen den Keller.«

Rotfux ging hinter ihr. Sie war schlank, trug ausgewaschene Jeans und darüber einen dunkelroten Pulli, der an Rotwein denken ließ. Rotfux erinnerte sich einen Moment lang an eine Weinprobe, die er im Gewölbekeller des Schlosses beim Kellermeister gehabt hatte. Keiner wusste besser über die Weine der Region Bescheid als er. Von den Böden der Region hatte er erzählt, von Urgestein, von Buntsandstein und Glimmerschiefer. Welche Sorten darauf am besten wuchsen, wusste er zu berichten. Er schwärmte von Silvaner, Riesling und Spätburgunder und von der besonderen Form der Bocksbeutelflasche. Lustig war er gewesen, hatte erzählt, dass das Schloss drei Geheimgänge hätte, einen zum Main, einen zu den Jesuiten und einen zum Orden der Englischen Fräulein. »Wozu sie diesen dritten Geheimgang wohl brauchten?«, hatte er unter dem Gelächter der Gäste gesagt.

»Ist der Tote Herr Franke?«, fragte Rotfux.

»Ja, kennen Sie Ihn?«

»Ich hatte mal eine Weinprobe bei ihm und habe ihn kürzlich mit seinem Dackel bei diesem Salafistenstand in der Herstallstraße gesehen. Ich weiß nicht, ob Sie das mitbekommen haben.«

»Doch, doch, war ja groß in der Zeitung. Herr Franke hat sich über den Krieg im Irak und diese Salafisten ziemlich aufgeregt.«

Sie erreichten den Aufzug und fuhren nach unten. Das Bellen des Dackels wurde lauter.

»Emil hängt im Fassweinkeller. Einfach schrecklich.«

»Waren Sie per Du mit ihm?«

»Ja, er arbeitete seit über 20 Jahren bei uns. Wir kannten uns schon lange.«

Sie gingen vorbei an großen Weinkisten und Kartons mit Flaschen, dann öffnete sich der Fasskeller vor ihnen. Links und rechts waren mannshohe Holzfässer zu sehen, in denen Rotfux die wertvollsten Weine des Gutes vermutete. Im vorderen Bereich waren die Weinfässer etwas kleiner, nach hinten wurden sie immer größer. Der Dackel Oskar kam bellend auf Rotfux zu, als ob er sich beschweren wollte, dass seinem Herrchen nicht schon längst geholfen wurde.

»Der lässt sich einfach nicht beruhigen«, sagte Christina Kern.

Rotfux ging in die Knie und hielt dem Dackel vorsichtig seine Hand hin. Aber der bellte weiter. Diesmal hatte der Kommissar kein Glück.

»Da hinten hängt der Tote.«

Rotfux sah es schon von Weitem. Zwischen den beiden größten Weinfässern in der rechten hinteren Ecke des Fasskellers hing Emil Franke, bestialisch zugerichtet. Die

Täter hatten eine Bierbank über die großen Holzfässer mit den Nummern 29 und 30 gelegt und den Toten daran aufgehängt. Fast wie eine Kreuzigung sah es aus.

»Es müssen mindestens zwei gewesen sein«, murmelte Rotfux. »Alleine schafft das keiner.«

Der Tote sah entsetzlich aus, die Augen weit aufgerissen, den Mund wie zu einem Schrei geöffnet, die Hände seltsam verkrampft und ganz blutig. Ein säuerlicher Geruch ging von ihm aus. Selten hatte Rotfux etwas so Grausames gesehen. Sieht nach einem Racheakt aus oder einer Beziehungstat, dachte er.

»Ich glaube, es hat oben geläutet. Ich geh mal nachsehen«, sagte Christina Kern.

»Ja gut, das werden meine Kollegen sein.«

Rotfux war nicht feinfühlig, aber als er ganz allein bei diesem Toten im Weinkeller stand, wurde es ihm mulmig zumute. Die Holzfässer waren vorne blutrot umrandet. Auf den Zapfvorrichtungen standen Bocksbeutelflaschen mit weißen Kerzen. Gespenstisch wirkte die Szene, die sonst den Hintergrund für die Weinproben abgab. Auf das Fass mit der Nummer 29 war mit Blut die Zahl 7887 geschmiert. Was das wohl bedeutet?, dachte Rotfux. Er hatte schon so manches erlebt, aber dieser Mord war bestialisch.

Rotfux ging auf den Dackel zu und redete ganz ruhig mit ihm. »Du bist ja ein toller Hund. Wolltest dein Herrchen sicher verteidigen. Aber die Schweine haben dich hier angebunden. Wie scheußlich!«

Er streckte dem Dackel seine Hand hin, und diesmal beruhigte er sich.

»Siehst du, es geht doch. Wir sind fast schon Freunde.«

Er streichelte dem Dackel über den Rücken und kraulte ihn hinter den Ohren.

»Das wird schon wieder«, sagte er, »aber jetzt müssen wir uns erst mal um dein Herrchen kümmern.«

Im selben Augenblick schob sich der dicke Oberwiesner in den Keller. Er füllte fast den Platz zwischen den beiden Fassreihen aus. Der Dackel Oskar begann wieder zu bellen und zog an seiner Leine.

»Gerade hatte ich ihn ruhig«, brummte Rotfux enttäuscht. »Grüß dich, Otto. Ist ja eine schöne Bescherung!«

Oberwiesner sah sich den Toten an und schüttelte den Kopf.

»Unglaublich. Habe selten so etwas Scheußliches gesehen.«

Inzwischen waren auch Gerda Geiger und Peter Seidelmann von der Spurensicherung eingetroffen.

»Ihr wisst ja, was zu tun ist«, sagte Rotfux freundlich.

Er mochte seine Leute, und das beruhte auf Gegenseitigkeit. So manchen Fall hatten sie gemeinsam gelöst. Er wusste, dass er sich auf sie verlassen konnte. Die Inhaberin der Kellerei, Christina Kern, stand etwas abseits und schien immer noch völlig ratlos zu sein.

»Kann ich Ihnen noch ein paar Fragen stellen, Frau Kern?«, fragte Rotfux.

»Ja natürlich, ich weiß gar nicht, was ich sagen soll.«

»Was ist übrigens mit dem Dackel? Können Sie den nehmen, Frau Kern?«

»Ich … äh, ich weiß nicht, ich muss arbeiten, und zu Hause stört er auch. Tut mir leid, das geht nicht, und ich hab's auch nicht so mit Hunden.«

»Ist schon okay. War ja nur eine Frage.«

Rotfux band den Hund los und streckte ihm die Hand hin.

»Na, kommst du mal zu mir?«

Der Dackel sah ihn mit seinen dunklen Augen unschlüssig an und wusste offensichtlich nicht, was er machen sollte. Dann gab er sich einen Ruck und lief zu seinem Herrchen, das immer noch zwischen den beiden riesigen Fässern hing.

»Ist schon klar, du willst bei ihm bleiben«, sagte Rotfux. »Aber das geht leider nicht. Du störst bei der Arbeit oder veränderst womöglich irgendwelche Spuren. Komm!«

Er ging in die Knie, packte den Dackel und nahm ihn auf den Arm.

»So, wir gehen jetzt mit Frau Kern nach oben.«

Der dicke Oberwiesner und die beiden von der Spurensicherung konnten sich ein Lächeln nicht verkneifen. Sie wussten, dass ihr Chef ein gutes Herz hatte, und das schien momentan für diesen kleinen Rauhaardackel zu schlagen.

Nachdem der Dackel oben einen Sitzplatz gefunden hatte, ein blaues Sitzkissen unter einem Schreibtisch, konnte sich Rotfux wieder dem Fall widmen.

»Wann haben Sie Herrn Franke zum letzten Mal gesehen?«

»Am Freitagnachmittag, kurz nach vier. Wir schließen um vier. Da bin ich gegangen. Er wollte noch etwas aufräumen, blieb noch da.«

»Und am Samstag?«

»Da haben wir geschlossen.«

»Ah verstehe. Hat Herr Franke Verwandte? Wen können wir benachrichtigen?«

»Verwandtschaft? Nein. Seine Frau ist vor drei Jahren gestorben. Brustkrebs. War schlimm. Sonst weiß ich niemanden.«

Rotfux schluckte. Er sah den Dackel unter dem Schreibtisch. Das wird schwierig für dich, kleiner Kerl, dachte er.

»Gibt es Freunde, Bekannte, irgendjemand muss es doch geben?«

»Nicht, dass ich wüsste. Nach dem Tod seiner Frau lebte er ziemlich zurückgezogen, der Hund war sein ein und alles, aber sonst, keine Ahnung.«

»Wirklich nicht?«

»Vielleicht diese Italienerin vom Laden in der Altstadt, die war mal hier, hat ihn kurz besucht, aber ich weiß ihren Namen nicht.«

»Okay danke, das werden wir schon herausfinden.«

Rotfux war froh, wenigstens einen winzigen Anhaltspunkt gefunden zu haben.

»Hatte Herr Franke Feinde? Wurde er von jemandem bedroht?«

Christina Kern überlegte kurz. »Das kann ich mir nicht vorstellen«, sagte sie. »Er kam mit allen gut aus, war bei den Kollegen beliebt, nein, ich wüsste wirklich nicht …«

»Und diese Salafisten-Geschichte? Wurde er vielleicht durch Salafisten bedroht? Ist Ihnen etwas aufgefallen, seit dieser Beitrag mit seinem Bild im ›Main-Echo‹ erschienen war?«

»Mir ist nichts aufgefallen. Es haben ihn ein paar Kunden darauf angesprochen, aber alle waren freundlich, lobten sein Engagement.«

»Noch mal zu seinem Dackel. Wissen Sie vielleicht jemanden, der ihn nehmen könnte? Gab es Hundefreunde, zu denen er Kontakt hatte?«

Auch dazu fiel Frau Kern nichts ein. Rotfux bedankte sich bei ihr. Anschließend ging er nochmals in den Keller, um nach Oberwiesner und den anderen zu sehen.

»Und, habt ihr schon Erkenntnisse?«

Der junge Seidelmann berichtete ganz eifrig: »Er ist vermutlich durch Stiche in die Brust getötet worden. Aber davor haben sie ihn gefoltert. Alle Finger sind gebrochen, und die Brustwarzen sind verkohlt.«

»So als ob sie ihre Zigaretten an ihm ausgedrückt haben«, ergänzte Oberwiesner. »Haben auch Zigarettenstummel gefunden.«

»Prima, die können wir für die DNA-Analyse gut gebrauchen, und sonst?«

»Im Kühlschrank neben dem Gewölbekeller sind Lebensmittel, darunter auch original italienische Mortadella und Parmesan-Käse.«

»Aha«, sagte Rotfux, »vielleicht ein Hinweis auf diese Italienerin?«

»Was meinst du?«, fragte Oberwiesner.

»Ach nichts. Frau Kern hat erwähnt, dass er möglicherweise mit der Inhaberin des italienischen Ladens in der Altstadt näher bekannt war. Die werde ich gleich anschließend befragen. Am besten kommst du mit, Otto.«

Rotfux regelte noch, dass der Hund zunächst ins Tierheim kam.

»Tut mir schrecklich leid für den armen Kerl, aber keiner scheint ihn aufnehmen zu wollen. Die werden hoffentlich schnell ein neues Zuhause für ihn finden.«

Zum italienischen Laden gingen sie zu Fuß, denn es waren nur wenige Schritte vom Schloss. Der dicke Oberwiesner watschelte behäbig neben Rotfux her. Er trug auch heute ein kariertes Hemd, und man hätte nicht unbedingt einen der fähigsten Kriminalisten Aschaffenburgs hinter seiner mächtigen Figur vermutet. Rotfux wirkte fast schmächtig im Vergleich zu ihm, in seinem gelben Pulli und den engen Jeans. Unterhalb des Schlosses lag der Main in der Sonne. Ein Kreuzfahrtschiff war Richtung Frankfurt unterwegs. Über den Schlossplatz und durch einige malerische Gassen mit romantischen Fachwerkhäusern erreichten sie bald den Laden. Eine schöne Altstadt hat Aschaffenburg, dachte Rotfux. Hier konnte man sich echt wohlfühlen. Kein Vergleich zu diesen gesichtslosen Betonklötzen, die es in vielen Städten gab! Das kleine Schaufenster zeigte verschiedene Sorten handgemachter Pasta, in der Theke lagen italienische Würste, Schinken und auch eine große, runde Mortadella. Daneben verschiedene Käse, auch Parmesan. Rotfux begrüßte die schwarzhaarige Frau hinter der Theke.

»Guten Tag, Rotfux, Kriminalpolizei.« Er hob seinen Ausweis in die Höhe. Auch Oberwiesner stellte sich vor.

»Sind Sie die Inhaberin des Ladens?«, fragte Rotfux.

»Ja, Martina Carelli. Warum? Ist etwas passiert?«

»Kennen Sie Herrn Franke vom Weingut im Schloss?«

»Weiß ich nicht. Wir haben so viele Kunden. Vielleicht hat er mal hier eingekauft.«

»Aber Sie sollen ihn besucht haben. Das hat uns seine Chefin erzählt.«

»Ich weiß nicht …, vielleicht war ich mal dort. Wir kaufen Wein vom Weingut.«

Rotfux war sich ziemlich sicher, dass sie log.

»Aber Sie müssen doch wissen, ob Sie ihn besucht haben. So was weiß man doch«, versuchte er, sie in die Enge zu treiben.

»Am besten nehmen wir sie mit aufs Revier. Vielleicht sagt sie uns dann die Wahrheit«, mischte sich Oberwiesner ein. Sie waren ein perfektes Team, und Oberwiesner merkte, dass man die Frau unter Druck setzen musste. Er baute sich in voller Größe vor ihrer Theke auf und sah ihr in die dunklen Augen: »Also Schätzchen, wir haben deine Mortadella in seinem Kühlschrank gefunden und auch deinen Parmesankäse. Wie kommt der dort hin?«

Rotfux merkte, wie sie unsicher wurde. Sie strich sich verlegen über ihre Schürze, ihre Augen flackerten unruhig, und es schien, fieberhaft hinter ihrer Stirn zu arbeiten.

»Er wird ihn hier gekauft haben, nehme ich an. Ich merke mir ja nicht, was jeder so kauft«, sagte sie.

Luder, dachte Rotfux.

Die Tür ging auf, und zwei Frauen mit Einkaufstaschen kamen in den Laden. Oberwiesner machte sich in der hintersten Ecke des Ladens ganz dünn. Rotfux trat beiseite und bat die beiden Frauen, ihre Einkäufe zu tätigen, er habe Zeit. Nachdem sie wieder gegangen waren, fuhr er mit seiner Befragung fort.

»Ist Ihr Mann da?«

»Nein, wieso?«

»Wir hätten ein paar Fragen an ihn. Er weiß doch sicher von ihren Besuchen bei Herrn Franke, oder?«

»Ich war ein oder zwei Mal kurz dort, kann sein, dass er es weiß, kann auch nicht sein. Aber was soll das überhaupt? Was wollen Sie von mir?«

Sie war jetzt unruhig und fahrig, und Rotfux hatte den Eindruck, dass sie im nächsten Augenblick zusammenklappen würde.

»Wo waren Sie am Wochenende?«

»Hier zu Hause. Am Samstag war ich im Laden wie üblich. Am Nachmittag habe ich mich ausgeruht. Am Sonntag habe ich es mir gemütlich gemacht, war nachmittags am Main.«

»Und das kann Ihr Mann bestätigen?«

»Nein, ich sagte doch schon, er ist nicht da. Er ist geschäftlich unterwegs. Ich weiß nicht genau, wo er ist. Aber nun möchte ich endlich wissen, warum Sie mich befragen. Ist etwas mit diesem Herrn Franke?«

»Herr Franke ist tot. Wir haben ihn ermordet im Weinkeller des Schlosses gefunden.«

Martina Carelli wurde kreidebleich. Sie taumelte. Otto Oberwiesner sprang hinter die Theke und fing sie auf, sonst wäre sie auf den Boden geknallt. Sie trugen Martina Carelli aus dem Laden in ein Nebenzimmer und legten sie auf die Couch.

»Füße hoch«, ordnete Rotfux an, »und Fenster auf.«

»Oh, mama mia«, stammelte Martina Carelli als sie wieder zu sich kam. »Er ist tot, ermordet, oh mama mia.«

»Sie kannten ihn also doch?«, fragte Rotfux.

»Ja, ich kannte ihn, aber mein Francesco darf es nie erfahren«, flüsterte sie, als ob die Wände Ohren hätten.

»Warum haben Sie uns dann belogen?«

»Ich hatte Angst. Francesco ist so eifersüchtig, und Italiener … Sie wissen schon.«

Fast tat sie Rotfux jetzt leid. Er sah, dass sie hübsch war, für ihr Alter jedenfalls. Eine attraktive Frau, mit der der ermordete Emil Franke befreundet war.

»Wann haben Sie Herrn Franke zum letzten Mal gesehen?«

»Ich war am Freitagabend bei ihm. Wir haben zusammen gegessen. Deshalb die Mortadella und der Parmesan in seinem Kühlschrank.«

»Nur gegessen?«

»Nun ja …«, murmelte sie verlegen. »Aber als ich gegangen bin, war er putzmunter. Mit dem Mord habe ich nichts zu tun.«

»Als Sie gegangen sind, wird ihr Mann gekommen sein, und der hat ihm das Licht ausgepustet«, brummte Oberwiesner. »Ist ja auch verständlich.«

»Nein, was sagen Sie da? Mein Mann ist doch gar nicht hier, und der kann es auch nicht gewusst haben. Er ist seit Donnerstag unterwegs, geschäftlich, wie er sagte.«

»Geschäftlich«, murmelte Rotfux. »Nun ja, wir werden sehen. Wenn Ihr Mann wieder auftaucht, geben Sie uns bitte sofort Bescheid. Wir müssen dringend mit ihm reden.«

Rotfux überreichte ihr sein Kärtchen. Sie hatte sich wieder etwas erholt und ging zurück in den Laden.

»Aber Sie verraten meinem Mann nichts, bitte«, flehte sie Rotfux beim Hinausgehen an.

Sie ergriff seine Hand und sah ihm verzweifelt in die Augen.

»Ist schon okay«, sagte er, »aber Sie müssen uns alles sagen, was Sie wissen.«

Auf dem Weg zurück zum Schloss unterhielt er sich mit Oberwiesner.

»Und? Was meinst du?«

»Tja, zunächst hat sie uns ganz klar angelogen, aber am Ende schien sie ehrlich zu sein. Hat wohl mächtig Angst vor ihrem Mann.«

»Hmmm, denke ich auch. Auf jeden Fall müssen wir den unter die Lupe nehmen, wenn er wieder auftaucht. Ihr Abenteuer mit Emil Franke können wir zunächst wirklich vertraulich behandeln.«

»Ist okay«, stimmte Oberwiesner zu, und Rotfux wusste, dass er sich in solchen delikaten Angelegenheiten absolut auf ihn verlassen konnte.

Als sie zurück zum Schloss kamen, parkte dort direkt vor der Brücke zum Hauptportal ein knallroter Kleintransporter. »Tierheim Aschaffenburg« war in großen gelben Buchstaben darauf zu lesen. Die holen den Dackel, dachte Rotfux. Im nächsten Augenblick sah er auch schon einen großen jungen Kerl mit einer Hundetransportbox über die Brücke kommen. Oskar bellte jämmerlich. Rotfux eilte dem jungen Mann entgegen.

»Seien Sie aber bitte nett zu dem kleinen Kerl«, bat er.

Der Mitarbeiter des Tierheimes sah ihn verwundert an.

»Wir sind immer nett zu unseren Tieren, aber wir können es auch nicht ändern, wenn den scheinbar niemand haben will.«

Rotfux sah den bellenden Dackel durch die Gitterstäbe der Transportbox. Seine dunklen Augen sahen ihn an, genau ihn. Er tat ihm so leid. Am liebsten hätte er ihn aus der Box genommen, aber das hätte sicher alles nur viel schlimmer gemacht.

»Sie können ihn ja besuchen«, sagte der junge Mann. »Heute ist Montag, Besuchszeit 13 bis 16 Uhr.«

Er öffnete die seitliche Schiebetür des Transporters, stellte die Hundebox hinein und schob die Tür wieder zu. Selbst durch die geschlossene Tür hörte Rotfux das Bellen des Dackels. Es zerriss ihm das Herz. Der kleine Kerl hatte vermutlich mit angesehen, wie sein Herrchen ermordet wurde, er verstand das alles nicht, und jetzt saß er in diesem fensterlosen roten Transporter und wurde zum Tierheim gebracht. Etwas Schlimmeres konnte es für einen Hund wohl kaum geben.

4

Noch auf der Rückfahrt zum Kommissariat rief Rotfux seine Sekretärin an.

»Hallo, Frau Bieber, hier Rotfux. Könnten Sie bitte die Adresse der Salafisten in Erfahrung bringen, die diesen Infostand in der Fußgängerzone hatten? Rufen Sie am besten kurz beim Bauordnungsamt der Stadt an. Die haben den Stand genehmigt. Ach und noch was: Rufen Sie bitte im Weingut beim Schloss an und fragen Frau Kern nach der Privatadresse des Ermordeten. Dessen Wohnung müssen wir uns ansehen. Ich bin gleich zurück, vielleicht schaffen Sie es bis dahin, Frau Bieber.«

Rotfux fuhr durch die Löherstraße Richtung Main. Linker Hand lag das Hotel »Wilder Mann« mit dem auffälligen rotbraunen Anstrich, Geranienkästen vor den Fenstern und wehenden Fahnen über dem Parkplatz. Rotfux kannte den Inhaber. Hatte ab und zu schon ein Bierchen mit ihm getrunken, speziell sein »Pompejanus«, eine Eigenmarke des Hoteliers. Rechts stiegen die Sandsteinterrassen des »Badbergs« in die Höhe, einer Weinlage, die vom Inhaber des Hotels »Wilder Mann« bewirtschaftet wurde. Ein Weinberg mitten in der Stadt ist schon etwas Besonderes, dachte der Kommissar. 800 Stöcke Spätburgunder wuchsen hier auf historischem Boden, auf dem früher die Badehäuser der Stiftsherren angelegt waren. Überhaupt fühlte Rotfux sich in Aschaffenburg wohl. Er war froh, dass sie die Stadt nach dem Weltkrieg original wieder aufgebaut hatten, das Schloss, die Gassen der Altstadt, die urigen Kneipen und schönen Kirchen. So war es hier gemütlich, Schiffe legten am Mainufer an, und Touristen kamen in die Stadt.

Nach der Rückkehr ins Kommissariat setzte sich Rotfux sofort mit Alexandra Bieber zusammen.

»Und, haben Sie die Adressen?«

»Klar, Chef. Die beim Bauordnungsamt haben sich zwar etwas gesträubt, wegen Datenschutz und so, aber nachdem ich gesagt habe, es ginge um ein schweres Verbrechen, haben sie die Adresse herausgerückt.«

»Gut gemacht, Frau Bieber«, lobte Rotfux. Ihre dunkelbraunen Augen strahlten ihn an, und sie schob ihm einen Zettel mit den Adressen über den Tisch.

»Mögen Sie eigentlich Hunde?«, fragte er unvermittelt.

Alexandra Bieber schaute den Kommissar erstaunt an.

»Ich verstehe Ihre Frage nicht ganz.«

»Na ob Sie Hunde mögen. Ist das so schwer zu verstehen?«

»Nun ja, ich mag sie. Wir hatten früher einen Jack Russel Terrier in der Familie. War ein goldiger Kerl. Aber jetzt kann ich natürlich keinen Hund haben, beruflich und so …«

Rotfux schwieg einen Augenblick. Er schien zu überlegen.

»Mir geht der Hund des Ermordeten nicht aus dem Kopf. Habe ihn ins Tierheim bringen lassen. Es blieb mir nichts anderes übrig. Keiner wollte ihn haben. Aber irgendwie mache ich mir Vorwürfe. Würde ihm gern ein neues Zuhause vermitteln …«

»Und da dachten Sie an mich?«

»Ja, warum nicht.«

»Ich glaube, das geht nicht. Ich würde vielleicht mal auf ihn aufpassen, aber auf Dauer kann ich momentan keinen Hund haben.«

»Jaja, ist schon klar. War nur so ein Gedanke. Ist eigentlich Herr Oberwiesner schon da?«

»Ich schau mal.«

Wenig später stand Oberwiesner im Büro von Rotfux.

»Otto, ich denke, wir müssen uns so schnell wie möglich die Salafisten von diesem Infostand vornehmen. Ich würde die gern mit dir zusammen befragen, denn die könnten unangenehm werden.«

»Klar, Rudolf, aber glaubst du wirklich, dass die es waren?«

»Ich weiß nicht. Wenn du daran denkst, wie brutal der Tote zugerichtet war. Das hat mich schon irgendwie an die Hinrichtungen von Journalisten erinnert, die wir vom IS im Fernsehen gesehen haben. Enthauptungen und so ... Wir müssen jedenfalls alles in Erwägung ziehen!«

Das war einer der Lieblingssprüche von Rotfux. Oberwiesner wusste, dass es völlig zwecklos war, ihm in einem solchen Fall zu widersprechen. Also fuhren sie mit dem Wagen von Rotfux zu einem der Wohnblocks in der Spessartstraße und klingelten bei der angegebenen Adresse. »Adam« war auf dem Klingelschild zu lesen. Es dauerte etwas.

»Adam«, krächzte eine Frauenstimme durch die Sprechanlage, »was ist?«

»Rotfux, Kriminalpolizei, wir würden Ihnen gerne ein paar Fragen stellen. Dürfen wir reinkommen?«

»Aber mein Mann ist nicht da. Alleine darf ich niemand reinlassen.«

»Dann empfangen Sie uns wenigstens kurz an der Tür«, schlug Rotfux vor.

»Gut, kommen Sie hoch, dritter Stock.«

Kurz darauf summte der Türöffner, und Rotfux und Oberwiesner traten ins Treppenhaus des Wohnblocks. Es roch streng nach Knoblauch und Gewürzen.

»Scheinen überwiegend Ausländer hier zu wohnen«, flüsterte Oberwiesner.

»Mmm, riecht ganz schön intensiv.«

Sie stiegen zwei Treppen hoch. Im dritten Stock öffnete sich eine Tür. Eine komplett verschleierte Frau war im Türspalt zu sehen. Nur ihre dunklen Augen schauten durch den schmalen Sehschlitz in ihrem schwarzen Schleier. Rotfux zeigte seinen Ausweis, Oberwiesner ebenso.

»Ihr Mann ist also nicht zu Hause?«, fragte Rotfux.

»Nein, der arbeitet.«

»Darf ich fragen wo?«

»Ganz in der Nähe, beim Kaufland.«

»Aha.«

»Wann kommt er denn zurück?«

»Erst nach 20 Uhr, er hat heute Spätschicht.«

»Wohnen Sie hier allein?«

»Ja, wieso, wer soll sonst noch hier wohnen?«

»Die anderen vom Stand der Salafisten. Wir dachten, Sie wohnen vielleicht alle zusammen.«

Die verschleierte Frau lachte. »So ein Quatsch. Ich weiß nicht, wo die anderen wohnen. Irgendwo in der Umgebung. Bestimmt weiß es mein Mann.«

»Waren Sie am Wochenende daheim?«

»Ja, ich gehe sowieso kaum aus dem Haus. Mein Mann hat sich am Freitagabend mit seinen Freunden getroffen.

War mal einkaufen, aber sonst war er da. Warum fragen Sie?«

»Ach, nur so. Wir müssen etwas untersuchen. Am besten kommen wir noch mal, wenn ihr Mann da ist. Entschuldigen Sie bitte die Störung.«

Rotfux und Oberwiesner verließen den Wohnblock und machten sich sofort auf den Weg zum Kaufland.

»Wir müssen ihn sprechen, bevor die sich irgendwie abstimmen«, sagte Rotfux.

Oberwiesner fuhr, Rotfux telefonierte mit Gerda Geiger von der Spurensicherung, die noch am Tatort war.

»Habt ihr schon etwas zum Todeszeitpunkt? War die Gerichtsmedizinerin schon da?«

»Die ist gerade da. Moment, ich frage mal.« Es dauerte einen Augenblick, dann kam die Auskunft. »Sie meint in der Nacht von Freitag auf Samstag, aber Genaueres kann sie erst sagen, wenn sie ihre Analysen abgeschlossen hat.«

»Danke, Frau Geiger, das hilft uns weiter.«

Im Kaufland fragten sie nach dem Filialleiter, zeigten ihre Ausweise und baten um ein kurzes Gespräch mit Herrn Adam. Der Filialleiter ließ Adam ausrufen.

»Aber bitte nur kurz. Er ist für die Befüllung der Regale zuständig, und das muss laufen!«

»Arbeitet er denn gut?«, erkundigte sich Rotfux.

»Ich habe nichts Negatives gehört. Aber natürlich beschäftige ich mich nicht mit jedem einzelnen Mitarbeiter. Wenn Sie Näheres wissen möchten, müssen Sie mit der Personalabteilung sprechen.«

Malik Adam kam ins Büro des Filialleiters und verbeugte sich leicht. Er sah ganz anders aus als an seinem Stand. Seine Haare waren akkurat gekämmt. Er trug Jeans und ein Sweatshirt. Einzig sein dunkler Vollbart erinnerte an seinen Auftritt bei den Salafisten.

»Sie wollten mich sprechen?«, sagte er zum Filialleiter.

»Ich nicht, aber die beiden Herren hier.«

»Rotfux, Kriminalpolizei«, stellte sich der Kommissar vor und hielt seinen Ausweis in die Höhe. »Wir kennen uns vom Infostand in der Fußgängerzone.«

Oberwiesner stellte sich ebenfalls vor.

»Wir hätten ein paar Fragen an Sie«, sagte Rotfux, »es geht vermutlich schnell, dauert nur wenige Minuten.«

»Sie können sich gern in den Nebenraum setzen«, bot der Filialleiter an, »da haben Sie Ruhe.«

Rotfux bedankte sich, sie gingen ins Nebenzimmer und nahmen am dortigen Tisch Platz. Malik Adam schaute unruhig auf die Uhr.

»Wo waren Sie am Wochenende?«, fragte Rotfux.

»Ich war zu Hause, war mal Einkaufen, ansonsten war ich daheim. Ich fühlte mich nicht so gut.«

»Und überhaupt nicht weg, mit Freunden oder so?«, mischte sich Oberwiesner ein.

Adam zögerte. Seine Augen flackerten unruhig. Er spielte nervös mit den Fingern und sah wieder auf die Uhr.

»Doch, stimmt, am Samstag war ich mit meinen Freunden aus. 'tschuldigung, das hätte ich fast vergessen.«

»Aber Ihre Frau sagt, Sie waren am Freitag weg …«

»Sie waren bei meiner Frau?«

Das Gesicht von Malik Adam verfinsterte sich, seine dunklen Augen funkelten, er ballte die Hand auf dem Tisch zu einer Faust.

»Beruhigen Sie sich. Wir waren nur an Ihrer Wohnungstür, und Ihre Frau war komplett verschleiert. Also alles kein Problem!«

»Aber ich mag es nicht, wenn man sich in meine Angelegenheiten einmischt, und schon gar nicht, wenn man meine Frau belästigt!«

»Also, waren Sie jetzt am Freitag oder am Samstag weg?«, hakte Rotfux nach.

»Am Samstag, sagte ich doch schon. Muss meine Frau verwechselt haben.«

»Wo waren Sie?«

»Bei einem meiner Freunde.«

»Können Sie uns bitte Namen und Adressen ihrer Freunde hier auf dieses Blatt schreiben? Wir hätten ein paar Fragen an sie.«

Rotfux schob ihm ein Blatt Papier und einen Stift über den Tisch,

»Muss ich das? Warum befragen Sie mich überhaupt?«

»Wir müssen etwas überprüfen. Wenn Sie natürlich keine Auskunft geben, können wir Sie auch aufs Revier mitnehmen«, drohte Rotfux.

Malik Adam schaute wieder unruhig auf die Uhr. Dann gab er sich einen Ruck und schrieb drei Namen mit Adressen auf das Blatt.

»Bei dem hier waren wir«, sagte Malik und kreuzte eine der Adressen an. »Ich hoffe, das war's jetzt«, murrte er unfreundlich. »Ich muss wieder an die Arbeit.«

»Für den Moment, ja«, antwortete Rotfux und erhob sich. »Falls wir noch Fragen haben, melden wir uns.«

Kaum saßen sie wieder im Auto, telefonierte Rotfux. Er rief Peter Seidelmann an und fragte ihn, wie weit sie seien.

»Wir sind hier fürs Erste fast fertig. Muss natürlich alles noch genau ausgewertet werden.«

»Prima, dann kommen Sie bitte so schnell wie möglich zurück zum Kommissariat. Dort wartet der Kollege

Oberwiesner auf Sie. Mit ihm sollen Sie dringend einige Adressen aufsuchen.«

»Okay, Chef, bin schon unterwegs!«

Seidelmann war eifrig wie üblich. Mit seinen 35 Jahren hatte er inzwischen schon Erfahrung gesammelt, und Rotfux konnte sich voll auf ihn verlassen. Er war zwar überwiegend im Bereich der Spurensicherung tätig, aber Rotfux setzte ihn auch gern bei Zeugenbefragungen ein, da er sehr geschickt war.

»Otto, es wäre mir wichtig, dass ihr so schnell wie möglich die Salafisten auf der Liste besucht, bevor sie sich abstimmen können. Ich selbst muss mich noch um eine andere Sache kümmern.«

»Klar, Rudolf, mir hängt zwar inzwischen der Magen schief, aber ich werde kurz vespern, und dann geht's weiter.«

An Essen hatte Rotfux gar nicht gedacht. Als sie zum Kommissariat zurückkamen, war es 14.30 Uhr, und Rotfux ließ Oberwiesner aussteigen.

»Mach's gut, Otto! Ich wünsch euch viel Erfolg! Melde mich wieder.«

Der Kommissar wendete, holte sich beim Supermarkt um die Ecke eine Brezel und aß die auf der Fahrt zum Tierheim. Es dauerte nur wenige Minuten, denn das Tierheim lag wie das Kommissariat im Stadtteil Nilkheim, ganz in der Nähe vom TÜV. Er parkte sein Auto am Straßenrand und ging zum Eingang. »Tierschutzverein Aschaffenburg und Umgebung e.V.« stand auf dem Betonpfeiler neben der Zugangstür aus Metall. Die Tür war abgeschlossen. Rotfux klingelte. Es dauerte einige Minuten. Die ganze Zeit hörte Rotfux Hunde in ihren Käfigen bellen. Schließlich kam der junge Mann, den Rotfux vom Vormittag schon kannte, aus dem Verwaltungsgebäude gegenüber.

»Rotfux, guten Tag! Ich wollte nach dem kleinen Rauhaardackel sehen, den Sie heute Vormittag beim Schloss abgeholt haben.«

»Gern, kommen Sie rein, mein Name ist Brenner, Karsten Brenner.«

Karsten Brenner ging vor und führte Kommissar Rotfux zunächst zum Empfang. Er war groß und schlank, machte mit seinen langen Haaren, die zu einem Pferdeschwanz gebunden waren, einen etwas alternativen Eindruck. Freundlich bot er Kommissar Rotfux an, ihn zu Oskar zu begleiten.

»Er sitzt dort rechts im Neubau, im Hunderaum L 10. Sie können schon mal nach ihm schauen, ich komme gleich nach.«

Der Empfangsraum war orangegelb gestrichen. Hinter der Theke saßen zwei junge Leute. An den Wänden klebten zahlreiche Tierbilder. Auf einem Tisch lagen Prospekte und Tierpflegeartikel. Eine Hundebox stand auf dem Boden in der Ecke. Alles machte den Eindruck, dass hier viel los war. Rotfux ging in Richtung Neubau, vorbei am Hundebad, und suchte den Hunderaum L 10. Als er die Hunderäume passierte, sprangen die Hunde meist auf, bellten und hüpften gegen die Tür. Andere lagen ganz still da und nahmen keine Notiz von ihm. Endlich erreichte er Hunderaum Nummer 10. Oskar lag auf einer Decke in einer blauen Plastikwanne. Er schaute in Richtung der Luke, die zum Freigehege führte, die aber verschlossen war. Ganz still und traurig lag er da.

»Hallo, Oskar«, rief Rotfux leise durch das Fenster mit den Gitterstäben.

Da fuhr der Dackel herum, sprang aus der Plastikwanne Richtung Tür und bellte wie verrückt. Rotfux bereute es fast, ihn angesprochen zu haben. Jetzt wird alles noch viel schlimmer für ihn, dachte er. Der komplett gekachelte Raum wirkte abweisend und steril. Wahrscheinlich musste das so sein, wegen der Sauberkeit und für eine einfache Reinigung. Ziemlich verloren sah der kleine Dackel in dieser großen Hundezelle aus.

»Gleich gehen wir spazieren«, sagte Rotfux.

Oskar schaute ihn mit seinen dunklen Augen an, als hätte er es verstanden, und sprang bellend an der Tür hoch.

Inzwischen kam Karsten Brenner vom Empfang.

»Wollen Sie eine Runde mit ihm drehen?«

»Ja, würde ich gern, damit er wenigstens mal rauskommt.«

»Sie müssen aber spätestens bis 16 Uhr zurück sein und Sie müssen Ihren Ausweis hinterlegen. Halsband und Leine hatte er im Schloss dabei. Die können wir nehmen. Wenn sonst etwas ist, rufen Sie einfach an.«

Er gab dem Kommissar den Hund heraus, half ihm mit dem Halsband und entließ die beiden durch die Eingangstür.

»Viel Spaß«, wünschte er noch.

Der Dackel wedelte mit dem Schwanz und zog sofort in Richtung Obstbaumwiese, ganz in der Nähe des Tierheimes. Er pinkelte zwei Mal ins Gebüsch am Straßenrand. Rotfux kannte das. Sie pinkelten ständig, schnüffelten an jeder Ecke, hoben das Bein, setzten ihre Duftmarke und zogen zur nächsten interessanten Stelle.

»Wir müssen uns um die Mörder deines Herrchens kümmern«, sagte Rotfux.

Er sprach wie selbstverständlich mit Oskar. Sie hatten früher Dackel in seiner Familie gehabt. Schon als kleiner Bub hatte er mit ihnen geredet. Er kannte und mochte sie.

»Wir müssen schnell sein, dürfen keine Zeit verlieren. Je schneller wir sind, desto größer ist unsere Chance.«

Er ging mit Oskar zu seinem Auto.

»Komm, wir fahren in die Stadt.«

Der Dackel sah ihn mit seinen dunkelbraunen Augen schräg von unten an. Rotfux liebte diesen typischen Dackelblick. Er hob Oskar in den Fußraum vor dem Beifahrersitz.

»Platz«, sagte er streng.

Oskar rollte sich vor dem Beifahrersitz zusammen. Während der Fahrt rief der Kommissar seine Sekretärin an.

»Hallo, Frau Bieber, können Sie bitte Frau Geiger zum Haus des Ermordeten schicken. Sie soll jemanden mitnehmen, am besten den jungen Herrn Kunze von der Spurensicherung. Und falls sie beim Ermordeten keine Schlüssel gefunden hat, soll sie den Schlüsseldienst bestellen, damit wir in das Haus reinkommen.«

»Wo sind Sie denn im Augenblick, Herr Kommissar?«

»Ich bin auf dem Weg in die Stadt, fahre direkt zum Haus des Mordopfers. Gibt es sonst etwas Neues?«

Alexandra Bieber erzählte ihm, dass ein paar Leute angerufen hatten. Unter anderem Klaus Zimmermann, der Stadtredakteur der örtlichen Zeitung. Woher der schon wieder Wind von der Sache bekommen hat, dachte Rotfux.

»Vertrösten Sie bitte alle, Sie kennen das ja. Zimmermann soll sich zurückhalten. Aus ermittlungstaktischen Gründen darf im Moment noch nichts bekannt werden.«

»Geht klar, Chef.«

Rotfux wusste, dass Alexandra Bieber alles gut regeln würde. Sie war geschickt und hatte ihm schon oft den Rücken frei gehalten. Er schielte nach unten in den Fußraum vor dem Beifahrersitz. Da lag dieses zusammengerollte Hundeknäuel und gab keinen Mucks von sich. Brav war der. Er würde Oskar helfen, damit er schnell wieder aus diesem Tierheim kam.

Im Bessenbacher Weg, wo der ermordete Emil Franke gewohnt hatte, parkte Rotfux sein Auto am Straßenrand. Oskar wurde unruhig und stand schon vor dem Beifahrersitz, als Rotfux die Tür öffnete. Mit einem Satz sprang er ins Freie und zog zum nächsten Baum auf dem Grünstreifen entlang des Gehweges.

»Klar, das sind hier deine Bäume«, sagte Rotfux und ging mit ihm ein Stück den Grünstreifen entlang. »Hier ist dein Herrchen sicher jeden Abend mit dir gegangen.«

Es gab fast keinen Baum, den Oskar nicht bepinkelte, bis er irgendwann den Schwanz hochstellte, aufmerksam stehen blieb und in Richtung von seinem Haus sah. Dort war inzwischen Gerda Geiger mit dem jungen Gerhard Kunze eingetroffen. Sie traten durch das Gartentor in den Vorgarten des Reihenhauses. Oskar begann zu bellen und zog zu seinem Haus. Er sah Rotfux mit seinem typischen Dackelblick schräg von unten an, als ob er sagen wollte, dass er hier wohnte.

»Klar, du willst dein Haus bewachen«, sagte Rotfux. »Komm, wir schauen mal nach dem Rechten.«

Rotfux begrüßte seine Kollegen, und Oskar bellte heftig.

»Was haben Sie denn da für einen Kampfhund«, lachte der junge Kunze, der den Hund noch nicht gesehen hatte.

»Es ist der Dackel des Ermordeten Ich habe ihn zum Spazierengehen aus dem Tierheim geholt, damit er den Schock vielleicht etwas besser verkraftet. Können Sie nicht einen Hund gebrauchen?«

»Sie wissen doch, dass ich den ganzen Tag im Einsatz bin«, kam prompt die Antwort. »Wie sollte ich da einen Hund haben?«

Rotfux nahm die Haustür in Augenschein, hob die Fußmatte hoch, fand aber nichts.

»Manche haben da einen Reserveschlüssel«, murmelte er.

Er sah sich die Blumenrabatten rechts und links des Einganges an, fand aber nichts. Plötzlich zog Oskar zu einem etwas größeren Stein zwischen den Lavendelpflanzen und fing dort an zu buddeln.

»Du willst mir etwas zeigen«, sagte Rotfux, »na gib mal her.«

Er nahm den Stein, und tatsächlich, er war präpariert. Rotfux zog die kleine graue Kunststoffkappe ab und fand dahinter den Hausschlüssel.

»Bitte bestellen Sie sofort den Schlüsseldienst ab, Frau Geiger. Der Hund hat uns doch gute Dienste geleistet. Bist ja fast schon ein Polizeihund«, freute sich Rotfux.

Er öffnete die Tür, Oskar wedelte wie ein Weltmeister mit dem Schwanz, und mit einem Satz war er im Eingangsbereich des Reihenhauses.

»Du denkst, dein Herrchen ist hier«, sagte Rotfux, und der kleine Kerl tat ihm unendlich leid. Oskar rannte schnüffelnd durch alle Räume des Erdgeschosses, Küche, Toilette, Wohnzimmer, aber fand Emil Franke natürlich nirgends. Dann stellte er sich mit den Vorderpfoten auf die erste Stufe der Treppe zum Obergeschoss, sah Rotfux bettelnd an und bellte. Es blieb Rotfux nichts anderes übrig als mit dem Dackel durch das Obergeschoss und das Dachgeschoss des Hauses zu streifen, aber nirgends fand der Hund, was er suchte. Dafür stellte der Kommissar fest, dass auf jeder Etage irgendwo ein blaues Sitzkissen für den Dackel lag und in der Küche Fress- und Trinknapf standen. Im Dachgeschoss war außerdem eine Hundetransportbox abgestellt, die Franke vermutlich bei Autofahrten benutzt hatte. Rotfux warf einen Blick ins Badezimmer und erschrak. Der dortige Wecker zeigte 15.55 Uhr. Mist, dachte er, ich sollte Oskar bis 16 Uhr zurückbringen. Sofort rief er beim Tierheim an.

»Kann ich bitte Herrn Karsten Brenner sprechen?«

»Moment bitte …«

»Hallo, Karsten Brenner.«

»Hier Rotfux, Kommissar Rotfux. Ich habe vorhin den Dackel Oskar bei Ihnen abgeholt. Es ist mir ein Malheur passiert, ich stecke mitten in den Ermittlungen wegen dem Mord an seinem Herrchen und sehe gerade auf die Uhr. Ich kann ihn unmöglich bis 16 Uhr zurückbringen. Kann ich ihn vielleicht einfach bis morgen behalten? Ich sorge gut für ihn. Sie können sich auf mich verlassen.«

Karsten Brenner zögerte.

»Das darf ich nicht. Wir haben strenge Regeln. Ich muss das der Leiterin des Tierheims melden.«

»Aber das ist doch verrückt. Ich selbst habe den Dackel heute Vormittag ins Tierheim eingewiesen«, brach es aus Rotfux heraus.

»Das ist schon richtig, aber nun ist er eben bei uns, da kann ich nichts machen.«

Rotfux dachte nach.

»Kann ich dann bitte kurz Ihre Leiterin sprechen?«

»Die ist nicht da, ich kann höchstens versuchen, Sie zu verbinden.«

»Das wäre sehr nett, vielen Dank!«

Rotfux schilderte Frau Dr. Petra Heilmann, der Leiterin des Tierheimes, die Situation. Sie war nett, zeigte auch Verständnis, wollte aber nicht gegen die Regeln des Tierheimes verstoßen.

»Bevor wir einen Hund in fremde Hände geben, müssen wir uns genau die Umgebung ansehen, die Wohnung und auch sonst …«

»Sie können gern meine Wohnung besuchen, Frau Dr. Heilmann, wirklich gern.«

»Das geht aber nicht so Hals über Kopf. Frühestens morgen.«

»Dann machen Sie bis morgen doch bitte eine Ausnahme. Ich kümmere mich wirklich gut um den Dackel. Ich stehe gerade in der Wohnung seines ermordeten Herrchens. Hier ist sein gewohntes Futter, sein Fressnapf, sein Trinkschälchen, sein Schlafkissen, ich habe alles, was ich brauche.«

»Na gut, ausnahmsweise. Und morgen Abend besuche ich Sie in Ihrer Wohnung.«

Rotfux gab ihr die Adresse durch und bedankte sich.

»Für den Dackel ist es bestimmt das Beste. Nach diesem Schock werde ich mich um den armen Kerl kümmern.«

Gerda Geiger und ihr junger Kollege hatten inzwischen schon das Haus gesichtet. Einbruchsspuren oder Anzeichen für Gewalttätigkeiten gab es auf den ersten Blick keine. So gingen sie ihrer Routine nach, nahmen den Computer des Ermordeten mit, verschiedene Ordner und Unterlagen, sämtliche Schlüssel vom Schlüsselbrettchen, Fotoalben, Telefonverzeichnis und den Inhalt des Papierkorbs.

»Man weiß ja nie«, sagte der junge Kunze, »das muss natürlich alles noch genauer untersucht werden.«

Rotfux hatte einen besonderen Wunsch:

»Wenn Sie bitte die Hundekissen, Futter- und Fressnapf sowie die Hundebox und das Hundefutter des Dackels prüfen und registrieren könnten, am besten auch fotografieren«, bat er Gerda Geiger. »Falls nichts Besonderes ist, würde ich alles für Oskar mitnehmen, damit er wenigstens zum Teil seine gewohnte Umgebung hat.«

Als alles erledigt war, luden sie die Hundesachen in das Auto von Rotfux und versiegelten die Wohnung.

»Bis morgen«, verabschiedete sich Rotfux, »dann geht's in alter Frische weiter.«

5

Rotfux setzte den Dackel in den Fußraum vor dem Beifahrersitz und startete.

»Jetzt fahren wir zu mir. Im Haus von deinem Herrchen kannst du leider nicht bleiben. Und ins Tierheim willst du sicher nicht, oder?«

Oskar sah ihn an, als ob er verstand. Er rollte sich im Fußraum zusammen und war ganz still.

Rotfux wohnte am Floßhafen mit Blick auf den Main. Er war vor einem Jahr umgezogen, hatte eine größere Wohnung genommen. Seit seine Freundin häufiger bei ihm war, brauchten sie mehr Platz. Sie besuchte ihn oft, hatte auch einen Schlüssel und war bald mehr bei ihm als in ihrer kleinen Wohnung in der Altstadt.

Falls sie da ist, wird sie staunen, dachte Rotfux. Was sie wohl zu Oskar sagen würde? Er wusste zwar, dass sie Hunde mochte, aber es war ein Unterschied, ob man einen unterwegs begrüßte oder plötzlich in der Wohnung hatte.

»Caroline, bist du da?«, rief er als er die Wohnungstür aufgeschlossen hatte.

»Ja, im Arbeitszimmer.«

»Schau mal, wen ich mitgebracht habe.«

Oskar stolzierte in die Wohnung von Rotfux. Er sah gut aus. Sein Fell glänzte saufarben, auf dem Rücken etwas dunkler, um die Schnauze war sein kräftiger Bart heller. Dunkle Augen schauten mit diesem typischen Dackelblick nach oben. Als Caroline Meister aus dem Arbeitszimmer kam, bellte er.

»Na, du bist ja ein Hübscher«, sagte sie und streckte ihm vorsichtig ihre Hand hin, »wo hast du den her?«

Sie war barfuß, trug enge Jeans und ein T-Shirt, unter dem sich ihre Brüste abzeichneten. Ihre großen blauen Augen strahlten Rotfux an. Zur Begrüßung gab sie ihm ein Küsschen.

»Das ist eine traurige Geschichte. Es ist der Hund eines Mordopfers. Keiner wollte ihn. Da habe ich ihn vorerst an mich genommen.«

»Vorerst?«, lachte Caroline. »Ich bin gespannt, ob es bei ›vorerst‹ bleibt.«

Ihre mittelblonden Haare fielen ihr locker über die Schultern. Ihre schlanken Hände streichelten Oskar über den Rücken.

»Der Kerl hat mir so leidgetan. Saß bei seinem toten Herrchen im Weinkeller des Schlosses. Hat womöglich die Tat mit angesehen. Später habe ich ihn im Tierheim besucht. Er lag so verlassen in diesem gekachelten Hundehaus, ich musste ihn einfach mitnehmen.«

»Ist ja okay, nun komm erst mal ins Wohnzimmer.«

»Aber ich sollte noch seine Hundekissen aus dem Auto holen. Kannst du einen Moment nach ihm sehen?«

Als Rotfux die Wohnung verließ, bellte Oskar. Caroline sprach ganz ruhig mit ihm, aber er ließ sich nicht so leicht beruhigen.

»Ist ja auch schlimm in so einer fremden Wohnung und ohne Herrchen, komm, wir schauen uns mal um.«

Sie ging mit ihm ins Wohnzimmer. Es war gemütlich eingerichtet. Eine Sammlung antiker Fotoapparate, die Rotfux auf Flohmärkten zusammengekauft hatte, war hinter den Glastüren seines Sekretärs zu sehen. Über einer Hochkommode hing eine Thangka aus Nepal, ein

Mitbringsel von einer seiner Reisen. Ein Schachspiel aus China, Weihrauch aus dem Oman, ein Klappmesser aus Südfrankreich, überall waren Souvenirs von seinen Reisen zu sehen. Obwohl Rotfux nicht im Raum war, spürte man seine Anwesenheit. Von der bequemen Sitzgruppe aus hatte man einen tollen Blick über den Main, aber das alles interessierte Oskar nicht. Er schnüffelte unter dem Tisch und in der Ecke neben der Balkontür, musterte Caroline aufmerksam und setzte sich mitten auf den hellen Berberteppich, den Rotfux von einem Urlaub aus Marokko mitgebracht hatte.

»Da sitzt du gut, ganz kuschelig«, sagte Caroline.

Bald kam Rotfux mit Oskars blauen Sitzkissen zurück und verteilte sie in der Wohnung, eins im Wohnzimmer, eins im Arbeitszimmer und eins legte er im Schlafzimmer direkt neben sein Bett. Als Oskar das Kissen im Wohnzimmer sah, erhob er sich, ging zielstrebig darauf zu und legte sich darauf.

»Jetzt hast du wieder deinen richtigen Platz«, sagte Rotfux. Er schüttete Trockenfutter in seinen Fressnapf, schnitt zwei Hundewürstchen hinein, die er in der Futterbox entdeckt hatte, und stellte den Fressnapf in die Küche. Daneben das Trinkschälchen mit frischem Wasser. Oskar sah ihm interessiert zu und ging zum Trinkschälchen. Rotfux erinnerte das Schlabbergeräusch des trinkenden Hundes an seine Jugend. So hatte es sich angehört, als ihr Bobby damals in der kleinen Küche ihres Reihenhauses getrunken hatte. Den Fressnapf sah sich Oskar zwar an, hatte aber entweder keinen Hunger oder wollte nichts fressen.

»Ich denke, ich sollte eine Runde mit ihm gehen«, sagte Rotfux. »Hast du Lust mitzukommen?«

Im selben Augenblick läutete das Telefon.

»Hier Rotfux«, meldete sich der Kommissar. »Hallo, Herr Zimmermann … ja, schrecklich … Nein, das kann ich Ihnen leider noch nicht sagen. Es muss erst noch alles ausgewertet werden, wie Sie sich denken können.«

Rotfux kannte Klaus Zimmermann, den Stadtredakteur des »Main-Echos«. Er sah ihn vor sich mit seinen stechenden fast schwarzen Augen, der Nickelbrille und seiner spitzen Nase. Er hasste diese Anrufe am ersten Tag nach einem Mord. Die von der Zeitung wollten immer alles wissen, am liebsten schon gestern, was morgen passierte. Aber er blieb natürlich freundlich, denn er wusste, dass Zimmermann sehr hilfreich bei der Ermittlungsarbeit sein konnte.

»Nein, einen Verdächtigen haben wir noch nicht«, sagte Rotfux. »Wir ermitteln in verschiedene Richtungen.«

Zimmermann wollte wissen, ob die Salafisten eine Rolle spielen könnten, weil doch Emil Franke gegen deren Stand protestiert hatte. Oder wer sonst infrage kam.

»Wie ich schon sagte, wir ermitteln in alle Richtungen. Aber ich möchte nicht spekulieren. Es könnten die Salafisten dahinter stecken, es ist ein persönlicher Racheakt möglich, ein Beziehungsdrama oder sonst etwas. Geben Sie uns bitte ein paar Tage Zeit. Wenn wir Ergebnisse haben, informiere ich Sie wie üblich.«

Zimmermann blieb hartnäckig, wollte etwas über den Todeszeitpunkt wissen, fragte, ob es stimme, dass der Tote wie gekreuzigt zwischen zwei Weinfässern hing, und ob er einen Hund habe, der jetzt ganz alleine sei.

Rotfux gab ihm Auskunft, so weit er es für vertretbar hielt, nur zum Dackel Oskar sagte er weiter nichts. Der sei im Tierheim, da müsse man sehen. Nicht auszudenken, wenn Zimmermann den Dackel in der Zeitung ausschreibt, dachte Rotfux. Irgendwie verstärkte sich der Gedanke, dass er ihn selbst behalten würde.

»Komm, lass uns mit ihm spazieren gehen«, sagte er zu Caroline.

»Noch tolles Wetter heute Abend«, freute sie sich.

Der Main lag in der Abendsonne. Spaziergänger und Jogger bevölkerten die Uferpromenade. Bei den Wassersportfreunden »Neptun e.V.« sonnten sich einige Bootsbesitzer an den Stegen. Oskar pinkelte an einen Laternenpfahl, kurz darauf an einen Busch.

»Der markiert überall«, lachte Caroline, »er setzt seine Duftmarken, damit ihn die Weibchen finden.«

Ein paar Enten sonnten sich auf der Mainpromenade. Als Oskar näherkam, ließen sie sich ins Wasser plumpsen und suchten auf dem Fluss das Weite. Schließlich erreichten Rotfux und Caroline den Biergarten unterhalb des Schlossberges. Alle Holzbänke waren besetzt. Im Schatten der Bäume ließ es sich aushalten an diesem spätsommerlichen Abend.

»Es war schön, aber ich denke wir sollten umkehren«, sagte Rotfux.

»Wirst du Oskar behalten?«, fragte Caroline.

»Ich weiß nicht. Vielleicht schon. Es war wie Liebe auf den ersten Blick, und Mitleid natürlich. Es würde mir schwerfallen, ihn wieder abzugeben.«

Caroline lächelte. »Ich könnte ja gelegentlich auf ihn aufpassen, wenn ich nicht an der Hochschule bin.«

Caroline war Dozentin für Englisch und Französisch an der Hochschule Aschaffenburg und hatte deshalb häufiger mal eine Freistunde. Sie konnte sich ihre Zeit gut einteilen.

»Das würdest du tun?«

»Na klar, so nett, wie der ist.«

Rotfux war erleichtert. Er erzählte, dass morgen die Leiterin des Tierheimes vorbeikommen würde, um seine Umgebung zu prüfen.

»Dazu gehörst natürlich auch du. Ich würde mich freuen, wenn du da bist.«

Sie sagte ihm das zu und verabschiedete sich vor seinem Haus von ihm.

»Ich muss noch in die Stadt und bin mit einer Freundin verabredet. So hast du Oskar heute Nacht ganz für dich.«

»Ob das so toll ist? Der ist bestimmt ganz durcheinander.«

»Also bis morgen«, sagte Caroline und gab Rotfux einen Kuss. »Macht's gut! Ihr beiden Männer schafft das schon.«

Es wurde langsam dunkel. Als Rotfux mit Oskar in seiner Wohnung ankam, merkte er, dass er müde war. Der Tag hatte seine Spuren hinterlassen. Er zog die Schuhe aus und legte sich im Wohnzimmer mitten auf seinen Berberteppich. Das tat er manchmal, wenn er ganz allein war. Er spürte die weiche Wolle unter sich, dachte an Marokko, an die Schlangenbeschwörer von Marrakesch, an die Souks, an die Teppichläden, die er dort durchstreift hatte. Er reiste für sein Leben gern, war erst kürzlich in Japan gewesen, und jetzt lag er da und dachte über den Mord an diesem Kellermeister nach. Warum die Leute nichts Besseres zu tun hatten, als sich gegenseitig umzubringen?

Am nächsten Morgen holte Rotfux das »Main-Echo« aus dem Briefkasten.

»Kreuzigung im Weinkeller des Schlosses« sprang ihn schon auf den ersten Blick die Headline an. Zimmermann berichtete vom Mord im Weinkeller und stellte allerlei Vermutungen über die möglichen Täter an. Besonders in den Mittelpunkt stellte er die Idee, dass Salafisten Rache an Emil Franke genommen haben könnten. »Sachdienliche Hinweise nimmt die Kriminalpolizei Aschaffenburg entgegen«, endete der Beitrag.

Rotfux drehte mit Oskar eine kurze Runde am Main. Anschließend frühstückte er und fuhr mit dem Dackel zum Kommissariat.

»Hallo, Frau Bieber«, grüßte er freundlich.

Oskar wedelte mit dem Schwanz und sah die Sekretärin von Rotfux mit seinen dunklen Augen an.

»Wen haben Sie denn da mitgebracht?«, freute sie sich.

»Das ist der Dackel des Ermordeten vom Schloss. Sie haben sicher schon den Zeitungsartikel im ›Main-Echo‹ gelesen.«

»Ja, es haben auch bereits zwei Leute wegen dem Dackel angerufen. Sie würden ihn gern ansehen.«

»Sagen Sie bei solchen Anrufen bitte, der Dackel sei bereits vergeben.«

Alexandra Bieber schmunzelte.

Rotfux rief sein Team im Besprechungsraum zusammen. Er nahm den Dackel mit, legte ein Kuschelkissen neben seinen Platz am Kopfende des Besprechungstisches und setzte Oskar darauf.

»Bleib«, sagte er streng, und der Hund rollte sich auf dem Kissen zusammen.

Hoffentlich bewahrt er Ruhe, dachte Rotfux. Nach und nach kamen seine Mitarbeiter ins Besprechungszimmer.

»Haben wohl einen neuen Kollegen«, lachte der dicke Oberwiesner, der sich wie üblich im karierten Hemd in seinen Besprechungsstuhl sinken ließ. Er konnte sich den

Scherz erlauben, denn er kannte Rotfux seit über 20 Jahren, noch aus der Zeit ihrer gemeinsamen Ausbildung.

»Ich hoffe, er trägt tatsächlich zur Ergreifung der Mörder seines Herrchens bei«, sagte Rotfux schmunzelnd. »Gestern hat er uns immerhin schon den Hausschlüssel im Garten seines Herrchens gezeigt.« Er beugte sich zu Oskar und kraulte den Hund hinter den Ohren.

Nachdem auch Gerda Geiger eingetroffen war, eröffnete Rotfux die Besprechung.

»Frau Geiger, meine Herren, nachdem wir gestern an verschiedenen Orten im Einsatz waren, darf ich Sie bitten, nochmals die Fakten zusammenzufassen. Zunächst vielleicht Frau Geiger: Was konnten Sie im Weinkeller herausfinden?«

Gerda Geiger berichtete, dass der Tote schrecklich zugerichtet war, ihm sämtliche Finger gebrochen wurden, wahrscheinlich noch zu Lebzeiten, da er starke Blutergüsse an den Händen hatte. Der Tod sei vermutlich durch Messerstiche in die Brust eingetreten, Genaueres müsse aber die Obduktion in der Gerichtsmedizin ergeben. Todeszeitpunkt sei die Nacht von Freitag auf Samstag, auch hier warte sie auf präzisere Ergebnisse. Man habe einen Schuhabdruck in einer Blutspur gefunden, Schuhgröße 46, außerdem Zigarettenkippen, die möglicherweise von den Mördern stammten.

»Das ist gut«, murmelte Rotfux. »Die kann man für DNA-Analysen verwenden. Sonst noch etwas?«

Gerda Geiger berichtete von Fingerabdrücken, die sie überall im Weinkeller genommen hatten, von einer Decke mit längeren schwarzen Haaren, welche im Gewölbekeller lag, vom Seil, mit dem der Ermordete zwischen den Fässern festgebunden war, und von der Mortadella und dem Parmesankäse, den sie im Kühlschrank gefunden hatten.

»Schließlich haben wir einen Plastikhandschuh gefunden, der möglicherweise von den Mördern stammt. Wir haben ihn zur Analyse bereits ans LKA weitergegeben, in der Hoffnung, dass Schweiß oder Hautschuppen zur DNA-Feststellung geeignet sind«, schloss Gerda Geiger ihren Bericht.

»Sehr gut«, lobte Rotfux, »das ist immerhin schon einiges, obwohl wir erst ganz am Anfang stehen. Ich war gestern mit Otto bei diesem Salafisten Malik Adam. Otto, habt ihr anschließend etwas bei den übrigen Salafisten herausfinden können?«

Oberwiesner trank einen Schluck Cola und begann zu sprechen.

»Wir haben bis spät am Abend alle besucht. Sie wohnen in der Umgebung von Aschaffenburg, einer in Kleinostheim, einer in Goldbach und einer in Haibach. Sie haben übereinstimmend behauptet, sie seien am Wochenende zu Hause gewesen, hätten sich nur am Samstagabend bei Stefan Grubinger in Haibach getroffen. Vermutlich haben sie sich aber abgesprochen. Als wirkliches Alibi würde ich das nicht ansehen. Wir haben deshalb ihre Fingerabdrücke genommen, um weitere Überprüfungen anstellen zu können. Waren sogar nochmals bei Malik Adam.«

»Prima«, sagte Rotfux. »Sonst hat sich daraus nichts ergeben?«

»Nein, leider nicht. Sie waren alle ungehalten und empört, dass wir sie überhaupt befragt haben. Aber das sagt natürlich nichts. Wir müssen die Sache weiter im Auge behalten.«

»Hat sich inzwischen Frau Carelli gemeldet, die Inhaberin des italienischen Ladens in der Altstadt? Sie wollte uns doch Bescheid geben, wenn ihr Mann wieder auftaucht.«

Niemand antwortete.

»Hmm, scheint nicht der Fall zu sein«, brummte Rotfux.

»Ich habe etwas zu dieser Zahl, die mit Blut auf das Weinfass geschmiert war«, meldete sich der junge Seidelmann eifrig zu Wort. »Die Ziffer 7887 ist die Bezeichnung einer DIN Norm zur Wasserbeschaffenheit beziehungsweise zur Wasserqualität. Es geht um Verfahren zur Bestimmung der Färbung von Wasserproben. Habe ich im Internet gefunden.«

»Ist ja interessant«, sagte Rotfux. »Wein und Wasser gehören eigentlich nicht zusammen, aber vielleicht ist etwas in diesem Weinkeller gelaufen, das wir gar nicht ahnen.«

Abschließend berichtete er selbst von der Durchsuchung des Reihenhauses des Ermordeten im Bessenbacher Weg.

»Wir haben den Computer des Toten, verschiedenste Unterlagen, Fotoalben, Schlüssel und so weiter sichergestellt. Natürlich muss alles noch genau analysiert werden. Wurde übrigens irgendwo ein Handy von Emil Franke gefunden?«

Nachdem keiner auf seine Frage reagierte, bat er seine Sekretärin herauszufinden, ob der Ermordete ein Handy besaß. »Vielleicht haben es die Mörder mitgenommen.«

Rotfux schielte unauffällig zum Hundekissen neben seinem Stuhl. Du bist ja brav, dachte er, als er Oskar dort liegen sah, der sich ganz still zu einer Hundeschnecke zusammengerollt hatte.

»Also setzen wir die Arbeit fort«, sagte Rotfux und schaute freundlich in die Runde. »Bitte alle Unterlagen prüfen, alle Spuren analysieren, und wenn Ihnen etwas Besonderes auffällt, geben Sie mir bitte direkt Bescheid.«

6

Die erste Besprechung mit Oskar hat zum Glück gut geklappt, dachte Rotfux. Alle waren über den letzten Stand informiert und wussten, was sie zu tun hatten. So konnte er sich diese Martina Carelli vornehmen, die Inhaberin des italienischen Ladens in der Altstadt. Ob ihr Mann immer noch nicht zurück war, oder sie sich einfach nicht meldete? Rotfux fuhr mit Oskar in die Stadt. Er parkte beim Schlossplatz und wollte die wenigen Schritte zum italienischen Laden zu Fuß gehen. Aber er hatte seine Rechnung ohne Oskar gemacht. Der bellte und zog wie ein Verrückter in Richtung Schlosshof.

»Oh je, du willst dein Herrchen besuchen«, bemerkte Rotfux.

Er musste an die Geschichte von Hachiko denken, die er bei seiner letzten Reise nach Japan gehört hatte. Der treue Hund Hachiko hatte sein Herrchen, einen Universitätsprofessor, jeden Tag vom Bahnhof Shibuya in Tokio abgeholt. Als das Herrchen plötzlich an einer Hirnblutung starb, kam der Hund trotzdem jeden Tag zu einer bestimmten Zeit an den Bahnhof, um auf sein Herrchen zu warten. Über zehn Jahre ging das so, bis Hachiko selbst tot in einer Straße im Stadtteil Shibuya gefunden wurde. Die japanischen Medien berichteten landesweit über seinen Tod. Man errichtete eine Bronzestatue für den treuen Hund an der Westseite des Bahnhofs, die Rotfux bei seiner Japanreise gesehen hatte.

»Du wirst hoffentlich nicht die nächsten zehn Jahre zum Schloss wollen«, sagte er leise zu Oskar, »aber heute schauen wir nach deinem Herrchen.«

Er läutete beim Weinkeller im Schloss, es dauerte etwas, dann öffnete Christina Kern die braune hölzerne Eingangstür.

»Hallo, Herr Kommissar«, sagte sie freundlich, »was führt Sie zu mir?«

»Der Hund, Frau Kern, der Hund! Oskar wollte unbedingt nach seinem Herrchen sehen. Er versteht das alles nicht. Denkt wahrscheinlich, dass sein Herrchen immer noch unten im Keller ist. Darf ich nochmal mit ihm hereinkommen?«

»Aber klar doch. Kommen Sie, zeigen sie ihm alles.«

Oskar war ganz aufgeregt. Er bellte und wedelte wie ein Verrückter mit dem Schwanz. Er rannte durch das Erdgeschoss, zuerst zwischen den Weinkisten und Kartons zum Bürostuhl der Inhaberin, dann in Richtung Abfüllanlage. Aber nirgendwo fand er sein Herrchen. Langsam wurde er ruhiger, vielleicht auch irgendwie enttäuscht. Er schnüffelte hier und da und lief zum Aufzug, der in den Keller führte. Vor seinen grauen Türen blieb er ganz still sitzen.

»Klar, jetzt willst du in den Keller«, sagte Rotfux. Er holte den Aufzug herbei, fuhr mit Oskar nach unten und ließ ihn den Keller begutachten. Oskar lief suchend durch den Fassweinkeller. Er wusste offensichtlich genau, wo sein Herrchen hing, denn bei den großen Fässern mit den Nummern 29 und 30 suchte er verzweifelt. Plötzlich schlug er laut an und stieß mit seiner Nase gegen etwas, was auf dem Boden lag. Rotfux bückte sich und sah genauer hin. Ein Knopf lag da. Ist ja interessant, dachte er. Der Hund hatte vielleicht ein Beweisstück gefunden, das die Spurensicherung übersehen hatte. Er zog eines dieser kleinen Plastiktütchen aus der Tasche, das er für solche Fälle bei sich trug, und verstaute den Knopf.

»Gut gemacht«, lobte er Oskar. »Aber dein Herrchen ist leider nicht da. Wir müssen wieder nach oben.«

Er nahm den Dackel auf den Arm, ließ ihn nochmals in alle Richtungen schauen, trug ihn zum Aufzug und fuhr mit ihm nach oben.

»Ich hoffe, er hat begriffen, dass Herr Franke nicht mehr hier ist«, sagte Rotfux. »Es ist schwer für ihn, so plötzlich ohne Herrchen.«

»Wenigstens hat er Sie. Da kann er, glaub ich, froh sein.«

Rotfux erkundigte sich, ob Frau Kern noch etwas aufgefallen war, ob sich jemand gemeldet hatte oder sonst etwas anders war als sonst.

Es sei nichts Besonderes vorgefallen, aber sie erinnerte sich, dass der Ermordete mit Freunden nach Dresden gefahren war, um an Pegida-Demonstrationen teilzunehmen. Er habe sich sehr gegen Islamisten und Salafisten engagiert.

»Wissen Sie, mit welchen Freunden?«

»Ich glaube, sie kamen alle aus Sachsen. Auch Herr Franke ist kurz vor der Wende 1989 zu uns gekommen und arbeitet … pardon, arbeitete seitdem hier. Genaueres kann ich Ihnen aber nicht sagen.«

Rotfux bedankte sich.

»Wahrscheinlich werde ich ab und zu mit Oskar vorbeikommen. Bestimmt wird ihm die Suche nach seinem Herrchen keine Ruhe lassen.«

Er ging mit dem Dackel in Richtung Altstadt zum italienischen Laden.

»Jetzt musst du aber ganz brav sein«, ermahnte Rotfux den Hund und band ihn neben der Eingangstür an einem

Metallring fest, der für Hunde vorgesehen war. »In den Laden darfst du leider nicht rein.«

Doch es half nichts. Sobald Rotfux den Laden betrat, bellte Oskar wie verrückt, wedelte und wollte Martina Carelli unbedingt begrüßen.

»Der scheint Sie sehr zu mögen«, sagte Rotfux.

Sie lächelte, ging vor die Tür und warf ihm ein Stück Mortadella zu, das er gierig verschlang.

»Aha deshalb, der weiß, dass er was bekommt.«

Im selben Augenblick kam von hinten Francesco Carelli in den Laden.

»Es ist gut, dass Sie kommen, Herr Carelli. Ich muss Ihnen ein paar Fragen stellen«, begrüßte ihn Rotfux.

Martina Carelli wurde ganz still hinter ihrer Theke. Rotfux erinnerte sich daran, dass sie panische Angst gehabt hatte, ihr Mann könne etwas von ihrer Beziehung zu Emil Franke erfahren.

»Wieso wollen Sie mich befragen?«, empörte sich Carelli. »Meine Frau hat mir vom Tod dieses Herrn Franke erzählt, aber damit habe ich absolut nichts zu tun! War ja auch gar nicht da.«

»Sie sollten schon uns überlassen, wen wir zu dem Fall befragen«, konterte Rotfux. »Wir müssen alles in Erwägung ziehen. Zunächst reine Routine.«

»Wenn es sein muss«, brummte Carelli. »Gehen wir am besten in den Nebenraum«.

»Aber ich möchte den Dackel ungern länger alleine vor dem Laden lassen. Können wir ihn bitte ins Haus holen?«

Carelli zeigte Rotfux die private Eingangstür ins Haus und führte ihn mit seinem Dackel durch einen dunklen Flur zum Nebenraum. Rotfux kannte den Raum vom Vorfall mit Martina Carelli, die sie in diesen Raum gebracht hatten, als sie umgekippt war. Oskar knurrte.

»Nun sei still. Platz!«, sagte Rotfux, und er gehorchte.

»Seit wann sind Sie zurück, Herr Carelli?«, begann Rotfux seine Befragung.

»Seit gestern Abend.«

»Um welche Uhrzeit?«

»Weiß ich nicht so genau. Seit 21 Uhr vielleicht.«

»Wo waren Sie denn überhaupt?«

»War geschäftlich unterwegs.«

»Das sagte Ihre Frau bereits, aber sie konnte nicht sagen wo, also bitte …«

»Ich war seit Donnerstag weg, zunächst in Südtirol, in der Nähe von Bozen, wir haben dort viele Jahre gelebt.«

»Aha, darf ich fragen, ob Sie allein unterwegs waren?«

Carelli zögerte.

»Ist das wichtig?«

»Es kann alles von Bedeutung sein.«

Carelli wurde unruhig. Sein Gesicht kam auf Rotfux zu. Seine pechschwarzen undurchdringlichen Augen flackerten nervös. Auf seiner Stirnglatze bildeten sich feine Schweißperlen.

»Ich habe eine Freundin. Aber Psst«, flüsterte er.

Oskar sprang auf und bellte.

»Mach brav Platz!«, sagte Rotfux.

Im selben Augenblick läutete sein Handy.

»Entschuldigung …«

Er nahm ab und hörte seine Sekretärin am anderen Ende der Leitung.

»Herr Kommissar, ich habe gerade den genauen Todeszeitpunkt bekommen. Ich dachte, das ist sicher wichtig.«

»Klar, schießen Sie los.«

»Am Freitag zwischen 23 und 24 Uhr.«

»Danke, gut, dass Sie angerufen haben. Ich bin gerade bei einer Befragung. Das passt gut.«

»Entschuldigung, Herr Carelli. Wo waren wir stehen geblieben?«

»Bei meiner Freundin«, flüsterte Carelli.

»Ach ja, schreiben Sie bitte Name und Adresse hier auf.« Rotfux reichte ihm sein Notizbuch und einen Stift.

»Muss das sein?«, wehrte sich Carelli.

»Wir können auch laut darüber sprechen. Ich dachte, so ist es angenehmer für Sie«, sagte Rotfux mit einem verschmitzten Lächeln.

Carelli schrieb Name und Adresse auf.

»Was sind das überhaupt für Geschäfte, die Sie betreiben?«

»Na das sehen Sie doch, Herr Kommissar«, sagte Carelli frech. »Ich kaufe Käse ein, manchmal auch Schinken oder Wurst, gelegentlich auch Wein, was wir eben so brauchen.«

»Und die Ware fahren Sie tagelang mit Ihrem Sportwagen durch die Gegend?«

»Nein, natürlich nicht. Geliefert wird per Spedition.«

»Wo waren Sie am vergangenen Freitag zwischen 23 und 24 Uhr?«

»Im Hotel, vermutlich im Bett«, antwortete Carelli.

»Vermutlich?«

»Ja, vermutlich. Ich müsste genauer darüber nachdenken. Oder wissen Sie immer ganz genau, wann Sie vor ein paar Tagen ins Bett gegangen sind?«

»In welchem Hotel waren Sie?«

Carelli zögerte.

»Im ›Würzburger Hof‹.«

»In Würzburg?«, wunderte sich Rotfux. »Ich dachte, Sie sind nach Südtirol gefahren.«

»Ja schon, aber wir haben es uns erst in Würzburg etwas gemütlich gemacht. Sie verstehen …«, flüsterte er. Mit seinem rundlichen, fetten Gesicht sah er Rotfux verschlagen an.

Rotfux konnte sich denken, was er damit meinte.

»Haben Sie eine Hotelrechnung, auf der man die Daten sehen kann?«

»Ich hatte eine, aber ich muss diskret sein, Sie verstehen. Doch Sie können sich das sicher vom ›Würzburger Hof‹ bestätigen lassen …«

Oskar wurde unruhig. Er beobachtete Carelli genau und begann zu bellen. Er zog in Richtung Tür in der hinteren Ecke des Raumes und ließ sich nicht mehr beruhigen.

»Was er wohl hat?«, dachte Rotfux laut nach. »Darf ich mit ihm hinter diese Tür schauen.

»Wenn Sie unbedingt wollen«, sagte Carelli abweisend.

Rotfux stand auf und öffnete die Tür. Eine schmale Treppe führte ins Kellergeschoss. Es roch muffig, etwas feucht, und die Beleuchtung war nur spärlich. Rotfux nahm Oskar auf den Arm, denn er wollte dessen Rücken schonen. Er spürte das weiche, struppige Fell in seinen Händen, und der Hund schleckte ihn am Ohrläppchen, um ihm seine Zuneigung zu zeigen.

»Ist schon gut, Oskar. Wir sehen uns den Keller an, wenn es dir so wichtig ist.«

Entlang einer groben Sandsteinwand führte ein schwarzgraues Metallgeländer nach unten. Die Treppenstufen waren ausgetreten, und Rotfux hatte das deutliche Gefühl, in die Aschaffenburger Vergangenheit hinabzusteigen.

»Schön kühl hier unten«, sagte er zu Carelli, der hinter ihm auf der Treppe folgte.

»Ja, selbst im Hochsommer bleibt es immer angenehm.«

Unten setzte Rotfux den Dackel ab, der sofort interessiert am Boden schnüffelte. Der Hund hat irgendetwas entdeckt, dachte Rotfux. Er schaute in den ersten Kellerraum, der links vom Gang lag. Es schien eine Art Vorratslager zu sein, mit einem Holzregal bis unter die Decke, zwei deckenhohen Kühlschränken und einer Kühltruhe. Auf dem Holzregal lagen mehrere Laibe Käse, stapelten sich verschiedene Gläser und Konserven und an der Seite des Regals hingen grobe italienische Würste.

»Das wäre etwas für dich«, sagte Rotfux zu Oskar, aber der hatte etwas anderes in der Nase. Er zog aus dem Raum zurück in den Kellergang.

»Was willst du denn?«, wunderte sich Rotfux.

Der Gang wurde nur durch eine schwache Glühbirne beleuchtet, welche in einer einfachen schwarzen Fassung unter der Decke hing. Macht einen sehr sparsamen Eindruck, dachte Rotfux. Carelli fährt ein dickes BMW 6er Cabrio, aber für eine ordentliche Lampe reicht es scheinbar nicht. Oskar zog am zweiten Kellerraum vorbei, in dem altes Gerümpel durch die Tür zu sehen war.

»Nun mal langsam«, sagte Rotfux und hielt den Hund zurück, »ich will wenigstens kurz in den Raum schauen.«

Im selben Augenblick flackerte die Glühbirne im Gang und erlosch.

»So ein Mist«, fluchte Carelli, »tut mir leid, Herr Kommissar!«

Er schob sich in den zweiten Kellerraum und drückte auf den Lichtschalter, aber ohne Erfolg.

»Vielleicht die Sicherung, oder es ist etwas defekt«, meinte Rotfux.

»Ich werde mal nachsehen.«

Carelli ging die Kellertreppe nach oben zurück, während Rotfux die Taschenlampe aus dem Futteral an seinem Gürtel nahm und in den zweiten Kellerraum leuchtete. Der Lichtkegel der Lampe huschte über einen hölzernen Schrank, einen alten Koffer, eine verstaubte Biedermeierkommode, einen Eimer mit leeren Flaschen und Dosen und mehrere alte Holzstühle. Lauter Gerümpel, dachte Rotfux. Im selben Augenblick hörte er, wie oben die Tür zufiel. Oskar blieb stehen, stellte den Schwanz in die Höhe und bellte.

»Schon gut, schon gut«, versuchte ihn Rotfux zu beruhigen, »Herr Carelli kommt sicher gleich wieder, wenn er die Ursache für die Störung gefunden hat.«

Doch der Hund ließ sich nicht beruhigen. Rotfux leuchtete mit der Lampe einige Gegenstände an, die auf der Biedermeierkommode lagen: Mehrere rostige Messer, eine Gartenschere, ein Stück Hanfseil und verschiedene ältere Dosen. Da sieh mal an, dachte er. Das Seil und die Messer würden gut zum Mord an Emil Franke passen. Darauf sollte die Spurensicherung einen Blick werfen. Er packte die Messer und das Hanfseil in eine Plastiktüte, die neben der Kommode lag, und versuchte, Alexandra Bieber zu erreichen. Aber das Display seines Handys zeigte ›kein Netz‹. Oskar zog unbeirrt zum hinteren Ende des jetzt dunklen Gangs.

»Was hast du bloß?«, wunderte sich Rotfux. Er überlegte, ob er sich nicht erst um die verschlossene Tür kümmern sollte, aber er wollte den Hund nicht enttäuschen, der unbedingt in den hintersten Kellerraum wollte. Oskar schnüffelte ganz dicht über den Kellerboden. Rotfux hörte seinen Atem, mit dem er stoßartig die Luft einsog. Plötzlich blieb der Dackel stehen und hielt seine Nase über etwas, was am Boden lag. Rotfux leuchtete mit der Taschenlampe an die Stelle und sah eine vertrocknete kleine Maus.

»Komm weiter, Oskar.«

Rotfux zog den Dackel von der Maus weg und der folgte wieder seiner ursprünglichen Fährte. Ganz am Ende des Gangs gab es einige Stufen, welche Oskar flott nach unten hüpfte. Ist ja interessant, dachte Rotfux, hier hatten sie ganz tief unter dem Boden aus Sandstein einen Weinkeller gemauert, der jeden Weinkenner begeistert hätte. Oskar zog zu einem Stapel mit Weinkisten. »Hofgut Hörstein« konnte der Kommissar auf den Flaschen lesen.

»Deshalb wolltest du hier her«, sagte Rotfux. »Das ist Wein aus dem Weinkeller deines Herrchens. Vielleicht hat er die Flaschen noch selbst in die Kisten gestapelt und du riechst das …«

Rotfux sah sich die übrigen Weinkisten und -kartons an und stellte fest, dass es sich überwiegend um deutsche Weine handelte. Seltsam für einen italienischen Laden, dachte er. Vor allem Weine aus der Region waren vertreten, zum Beispiel aus Großostheim, Würzburg und Klingenberg.

»Komm, Oskar, wir müssen wieder nach oben, nicht, dass meine Taschenlampe noch den Geist aufgibt.«

Er nahm den Dackel auf den Arm und ging mit ihm die Kellertreppe hoch. Oskar kuschelte sich an ihn. Der Treppenaufgang sah im Lichtkegel der Taschenlampe gespenstisch aus. Das Treppengeländer warf bizarre Schatten auf die groben Sandsteine des Aufgangs. Die Tür zum Geschäftsbereich war verschlossen. Rotfux drückte die Klinke herunter, aber sie öffnete sich nicht. Er klopfte dagegen. Oskar bellte. Nach wenigen Augenblicken hörte Rotfux Schritte, und die Tür öffnete sich.

»Entschuldigung, Herr Kommissar, die Tür muss zugefallen sein«, sagte Carelli. Rotfux hatte den Eindruck, dass es ihn belustigte.

»Und das Licht? Was ist mit dem Licht?«

»Es war die Sicherung. Es müsste wieder gehen.«

»Aber es ging nicht an …«

»Echt jetzt?«

»Glauben Sie, ich hätte die ganze Zeit mit der Taschenlampe geleuchtet, wenn es wieder funktioniert hätte?«

Carelli entschuldigte sich. »Dann scheint dummerweise die Birne defekt zu sein. Es kommt manchmal vor, dass die Sicherung raus springt, wenn eine Glühbirne kaputt geht. Ich werde mich sofort darum kümmern.«

»Kannten Sie den Ermordeten gut, Herr Carelli?«

»Wir waren ab und zu beim Weingut im Schloss. Haben Weinkisten abgeholt oder so …«

»In letzter Zeit auch?«

»Ich weiß nicht genau, vielleicht vor etwa zwei Wochen.«

»Es ist mir aufgefallen, dass Sie sehr viel deutschen Wein im Keller haben, Herr Carelli. Etwas ungewöhnlich für einen italienischen Laden, meinen Sie nicht?«

Carelli lächelte. »Ich beliefere Pizzerien und Restaurants damit. Die wollen ein breites Angebot.«

»Hmm …«, murmelte Rotfux und verabschiedete sich von Carelli und seiner Frau.

»Ich werde jemanden vorbeischicken. Sie müssen bitte beide ihre Fingerabdrücke abgeben. Wir werden Sie mit denen vergleichen, die wir am Tatort gefunden haben. Es ist kein großer Umstand, geht ganz schnell.«

Rotfux war sich sicher, dass sie keine Schwierigkeiten machen würden. Beide hatten ihr kleines Geheimnis und kein Interesse daran, dass er es verraten würde.

Oskar schien froh zu sein, das Haus der Italiener wieder zu verlassen. An der nächsten Hausecke pinkelte er ausgiebig und ging dann brav bei Fuß zurück zum Parkplatz beim Schloss. Als sie fast ihr Auto erreicht hatten, kam ihnen Klaus Zimmermann entgegen, der Stadtredakteur des »Main-Echos«. Auf den hätte ich gut verzichten können, dachte Rotfux. Natürlich begrüßte er ihn trotzdem freundlich.

»Hallo, Herr Zimmermann, so ein Zufall.«

»Grüße Sie, Herr Kommissar. Ist das Ihr neuer Polizeihund?«

Er sah Rotfux verschmitzt an und wusste, dass er ihn erwischt hatte. Wie meist steckte er in engen Jeans, über der sich sein Bauch wölbte, seine Narbe auf der linken Wange schimmerte rötlich in der Sonne, die dunklen Augen sahen Rotfux interessiert durch seine Nickelbrille an.

»So könnte man fast sagen«, lachte Rotfux. »Er hat heute tatsächlich schon ein Beweisstück gefunden.«

Rotfux erzählte Zimmermann die Sache mit dem Knopf, den Oskar am Tatort entdeckt hatte. Er musste ihm auch sagen, dass er beabsichtige, den Dackel zu sich zu nehmen, damit Zimmermann nicht womöglich einen Aufruf zur Vermittlung des Hundes startete.

»Hut ab, Herr Kommissar«, sagte Zimmermann und verbeugte sich leicht. »Und Sie meinen, das klappt?«

»Bisher stört er nicht. Im Gegenteil! Schon mehrfach war er mir behilflich. Und Hunde sind ja wirklich toll.«

Er erzählte Zimmermann die Geschichte von Hachiko, dem japanischen Hund, der zehn Jahre lang jeden Tag sein Herrchen am Bahnhof erwartete, obwohl es längst verstorben war.

»Davon hatte ich irgendwo schon gelesen«, sagte Zimmermann. Er nahm seinen Fotoapparat und schoss mehrere Fotos von Rotfux und Oskar.

»Vielleicht lässt sich daraus etwas machen. Aber noch kurz zum Fall, Herr Kommissar. Gibt's was Neues? Ich war gerade bei Frau Kern, und Sie sagte mir, Herr Franke sei gelegentlich mit Freunden zu Pegida-Demonstrationen nach Dresden gefahren.«

»Das hat sie mir heute auch erzählt. Wir müssen es natürlich prüfen.«

»Und sonst?«

»Eigentlich nichts. Wir sind weiter beim Auswerten der Informationen, die wir bisher zusammengetragen haben. Wenn Sie mich deshalb bitte entschuldigen …«

Zimmermann wollte noch etwas sagen, aber Rotfux hatte Oskar schon ins Auto gesetzt und startete.

»Bis bald mal wieder«, rief er Zimmermann durch die geöffnete Scheibe zu und fuhr in Richtung Landingstraße. Kurz darauf traf er beim Kommissariat im Stadtteil Nilkheim ein.

Oskar lief unruhig im Büro von Rotfux umher.

»Der wird Durst haben«, meinte Alexandra Bieber, »oder haben Sie ihm zu Trinken gegeben?«

»Nein, verdammt, daran habe ich überhaupt nicht gedacht. Haben wir ein Schälchen für ihn?«

Alexandra Bieber brachte Wasser in einer Kaffeetasse und Oskar trank gierig.

»Na, das tut gut. In Zukunft müssen wir daran denken.«

Rotfux gab seiner Sekretärin das Plastiktütchen mit dem Knopf, den Oskar im Weinkeller des Schlosses gefunden hatte.

»Bitte geben Sie den zur Spurensicherung. Oskar hat ihn im Weinkeller entdeckt. Und hier habe ich zwei Messer und ein Hanfseil aus dem Keller der Carellis. Bitte ebenfalls untersuchen lassen.«

Dann erkundigte er sich, ob es sonst etwas Neues gebe.

»Todesursache ist ein Stich direkt ins Herz. Der gefundene Gummihandschuh enthielt DNA-Spuren in Form von Hautschuppen, wenn ich es richtig verstanden habe. Das Hanfseil, mit dem der Ermordete zwischen den Fässern festgebunden wurde, war schon älter und mit verschiedenen Mikrospuren durchsetzt, die eventuell auf einen bestimmten Ort schließen lassen, einen Keller oder so«, berichtete Alexandra Bieber.

Rotfux war zufrieden. Der Tag hatte einige Erkenntnisse gebracht, wenn auch nicht den großen Durchbruch.

»Wir werden die Mörder deines Herrchens finden«, sagte er zu Oskar. »Aber zuerst bekommen wir Besuch von Frau Dr. Heilmann vom Tierheim. Der müssen wir unsere Wohnung zeigen, damit du bei mir bleiben darfst.«

Die Sekretärin von Rotfux hatte mitgehört.

»Da wünsche ich viel Glück!«

»Danke, danke, Frau Bieber. Es wird schon werden.«

Er schaute noch kurz bei Oberwiesner vorbei.

»Hallo, Otto, alles klar bei dir?«

»Ja, alles klar, wir stecken mitten in den Analysen. Frau Bieber hat dir sicher schon berichtet. Aber warte mal, ich hab noch etwas für dich.«

Er reichte Rotfux den Heimtierausweis von Oskar.

»Haben wir in der Wohnung des Ermordeten gefunden. Er ist übrigens erst vier Jahre alt. Du wirst noch lange Freude an dem Dackel haben.«

Rotfux betrachtete den blauen Ausweis mit dem Sternenbanner der Europäischen Union. Ein Bild von Oskar war eingeklebt, der bisherige Besitzer eingetragen, die

Mikrochip-Nummer und diverse Impfungen gegen Tollwut, Zecken und Bandwürmer.

»Herzlichen Dank, Otto! Den Ausweis werde ich der Leiterin des Tierheimes zeigen. Das macht gleich einen guten Eindruck.«

Er verabschiedete sich und begab sich auf den Heimweg. Unterwegs hielt er noch beim Zoogeschäft an, kaufte ein weiteres Sitzkissen, einen Beutel Trockenfutter, mehrere abgepackte Hundewürstchen aus Rind, Herz und Geflügel, eine Tüte Leckerlistreifen und ein kleines Gummitier, das quietschte.

Seine Freundin erwartete Rotfux in der Wohnung.

»Hallo, Rudi, ich habe gesaugt und geputzt«, begrüßte sie ihn mit einem Küsschen. »Soll schließlich sauber bei der Besichtigung sein.«

»Toll, vielen Dank! Du scheinst Oskar wirklich zu mögen.«

Rotfux legte das neue Kuschelkissen ins Wohnzimmer und Oskar schnupperte daran. Dann lief er zum Fressnapf in der Küche.

»Du hast sicher Hunger«, sagte Rotfux und schnitt ihm ein paar Hundewürstchen in seine Körner. Der Dackel stürzte sich auf das Fressen. Rotfux freute sich, als er das knackende Geräusch der Körner hörte, welche Oskar zerbiss. Im selben Moment läutete es.

»Ich mach auf«, rief Caroline.

Sie war leger angezogen, in Jeans und Shirt und flachen leichten Schuhen, was sicher besser zu einem Dackel passte als ein gestylter Auftritt. Sie begrüßte Frau Dr. Heilmann und bat sie herein.

»Psst«, machte Rotfux, »er frisst gerade.« Doch da war es mit dem Fressen vorbei. Oskar entdeckte Frau Dr. Heilmann, sauste aus der Küche, rannte auf sie zu, stellte seinen Schwanz senkrecht in die Höhe und bellte sie an.

»Was machst du denn, Oskar?«, sagte Rotfux streng. »Das ist doch Frau Dr. Heilmann. Die will dich besuchen. Komm her. Platz!«

Oskar zögerte. Er hörte auf zu bellen, sah Rotfux schuldbewusst an, senkte seinen Schwanz und ging langsam zu ihm, nicht ohne nochmal kräftig zu bellen.

»Klar, das letzte Wort musst du haben«, lachte Rotfux. »Entschuldigung, Frau Dr. Heilmann, er muss sich erst noch eingewöhnen.«

Die Leiterin des Aschaffenburger Tierheims war von kräftiger Statur, ein mütterlicher Typ mit rundlichem Gesicht und kleiner Stupsnase. Ihre perfekte Dauerwelle wirkte etwas streng, aber ihre blauen Augen schauten lebhaft und freundlich in die Gegend.

»Habe selten einen Dackel gesehen, der so gut hört«, sagte sie verschmitzt. »Darauf können Sie stolz sein. Sie wollen also den Hund behalten?«

»Ich denke, er hätte es gut bei uns. Meine Lebensgefährtin würde sich auch um ihn kümmern.«

»Aha …«

Frau Dr. Heilmann sah sich den Heimtierausweis an und ließ sich die Wohnung zeigen. Sie lobte die verschiedenen Sitzkissen und den kuscheligen Berberteppich und fand es positiv, dass Rotfux das gewohnte Trinkschälchen und den Fressnapf des Hundes weiter benutzte.

»Ab und zu etwas Frischfleisch sollten sie ihm natürlich geben«, sagte sie.

»Klar, das machen wir. Ich wollte ihm in den ersten Tagen nur sein gewohntes Futter anbieten, was ich bei Herrn Franke gefunden hatte.«

»Ist ja schrecklich, dieser Mord«, seufzte Frau Dr. Heilmann. »Wie man so grausam sein kann, den Hund auch noch zusehen zu lassen.«

Sie erkundigte sich, wo Oskar tagsüber sein würde.

»Den nehme ich mit ins Büro oder auch zu meinen Gesprächen vor Ort. Meine Sekretärin mag Hunde und hat versprochen, gelegentlich auf ihn aufzupassen. Er war heute schon den ganzen Tag dabei. Hat sogar im Schloss ein Beweisstück gefunden.«

Rotfux berichtete, dass Oskar im Weinkeller des Schlosses einen Knopf gefunden hatte, und er erzählte die Geschichte von Hachiko, dem treuen japanischen Hund.

»Ab und zu werde ich mit Oskar zum Schloss gehen, aber ich hoffe, dass es nicht zehn Jahre dauert«, schloss er seinen Bericht.

»Ich sehe schon, Sie haben das Herz auf dem richtigen Fleck«, sagte Frau Dr. Heilmann. »Dann müssen wir uns nur noch über den Preis einigen.«

»Den Preis?«, wunderte sich Rotfux. »Ich habe ihn doch selbst im Tierheim abliefern lassen.«

»Aber nun ist er ein herrenloser Hund, für den wir verantwortlich sind. Das haben Sie vielleicht nicht bedacht, Herr Kommissar. Ich wollte Ihnen 200 Euro vorschlagen, als Sonderpreis sozusagen. Normalerweise kostet so ein Hund mindestens 300 Euro. Bitte vergessen Sie nicht, unser Tierheim braucht die Mittel, um seine Aufgaben erfüllen zu können. Wir sind für jede Spende dankbar.«

Rotfux ging zu seiner kirschbaumfarbenen Wohnzimmerkommode. Er nahm 300 Euro aus einem Umschlag und reichte sie Frau Dr. Heilmann.

»Entschuldigen Sie, Frau Dr. Heilmann. Das hatte ich nicht bedacht. Hier ist das Geld, inklusive einer kleinen Spende.«

»Vielen Dank, Herr Kommissar! Ich wünsche Ihnen viel Freude und Glück mit Oskar. Denken Sie natürlich an den Abschluss einer Haftpflichtversicherung. Man weiß leider nie … Den Vertrag über den Hund lasse ich Ihnen in den nächsten Tagen zukommen.«

Sie verabschiedete sich, und Rotfux begriff so langsam, dass er nun der offizielle Besitzer von Oskar war. Er nahm den Hund auf den Arm und drückte ihn an sich.

»Alles Gute, mein Kleiner. Wir werden das schon schaffen.«

7

Als Rotfux am nächsten Morgen das »Main-Echo« aus dem Briefkasten zog, traute er seinen Augen kaum. Unter der Rubrik »Das Gesicht« war er mit Oskar auf der Titelseite der Zeitung abgebildet. »Kommissar mit Herz« lautete die Überschrift. Darunter wurde rührend beschrieben, dass er den Dackel Oskar zu sich genommen und ihm ein neues Zuhause gegeben hatte. Am Vormittag rief ihn sogar die Polizeipräsidentin von Unterfranken aus Würzburg an. Sie hatte den Beitrag im »Main-Echo« gesehen und lobte seinen Einsatz.

»Ihr Verhalten trägt hervorragend zum Image der Polizei bei«, sagte sie und wünschte ihm viel Glück mit dem Hund.

Damit bin ich abgesichert, dachte Rotfux. Unterstützung von höchster Stelle war angenehm. Kein Vorgesetzter konnte zukünftig etwas gegen Oskar haben.

Nach der Mittagspause startete Kommissar Rotfux zusammen mit dem jungen Kriminalisten Peter Seidelmann nach Schmerlenbach, einem kleinen Örtchen ganz in der Nähe. Die Spurensicherung hatte im Haus des ermordeten Emil Franke einen Schlüssel gefunden, der auf einem roten Plastikanhänger mit »Schmerlenhof« beschriftet war. Trotz intensivster Suche konnte aber Seidelmann im Internet nichts über einen Schmerlenhof finden.

»Dann müssen wir eben persönlich nachforschen«, meinte Rotfux und schlug vor, in Schmerlenbach die Leute zu fragen.

Oskar saß wie üblich im Fußraum des Fahrzeugs, Seidelmann hinten rechts. Rotfux konnte ihn im Rückspiegel sehen, sein rundliches Gesicht, die breite Nase, die blauen Augen und die kurzen blonden Stoppelhaare. Er wirkte auf den ersten Blick eher behäbig, war aber in Wirklichkeit sportlich und hatte schon manche Verfolgungsjagd gewonnen. Ursprünglich kam er aus Hamburg, war aber schon einige Jahre im Team von Kommissar Rotfux.

Sie fuhren am Landgasthof »Schellenmühle« vorbei, der Biergarten war geöffnet, dann ging es leicht ansteigend in den Wald, über die Bergkuppe, einige Serpentinen nach unten, bis sich die grüne Wiesenlandschaft vor ihnen öffnete. In der Ferne war das Kloster Schmerlenbach zu sehen mit Kirchturm und Klostermauer. Als sie es erreichten, bog Rotfux links ab, durch den Torbogen in den Innenhof des Klosters, das als Tagungszentrum des Bistums Würzburg genutzt wurde. Die Jahreszahl 1740 war über dem Torbogen zu lesen.

»Wir parken hier und erkunden die Gegend zu Fuß.«

Er half dem Dackel aus dem Auto und ging zuerst in Richtung Klosterkirche.

»Seit Jahrhunderten pilgern die Gläubigen hierher«, erklärte er dem jungen Seidelmann, der die Region weniger gut kannte. »Der Pieta, der Schmerzhaften Muttergottes von Schmerlenbach, werden verschiedene Wunder zugeschrieben. Sie stammt aus dem 14. Jahrhundert.«

Sie durchquerten den kleinen Friedhof bis zum Eingang der Kirche.

»Vielleicht sehen wir hier jemanden und können nach dem Schmerlenhof fragen«, sagte Rotfux.

Doch die Kirche war leer. Rotfux war überrascht von der Leichtigkeit der Raumgestaltung, bei der helle Pastelltöne dominierten. Kein Wunder, ist die Kirche für Hochzeiten beliebt, dachte er. Sie sahen sich kurz um und bewunderten das Gnadenbild am Altar. Rotfux fiel auf, dass Christus hier nicht als Baby dargestellt war, sondern als erwachsener Mensch, sogar mit Bart, in den Armen seiner Mutter lag. Im rückwärtigen Teil der Kirche, unterhalb der Orgelempore, war der Leidensweg Christi auf 14 Stationen in Bildern dargestellt. Ein Gewölbe mit Kerzen stand für die Fürbitten der Gläubigen bereit. Mehrere Tafeln mit dem Satz »Maria hat geholfen« hingen seitlich an der Wand, ein Zeichen für die Bedeutung des Gnadenbildes dieser Kirche. Rotfux und Seidelmann gingen wieder nach draußen. Im selben Augenblick kam eine alte Frau mit grüner Plastikgießkanne und Hacke auf den Friedhof. Sie zog das rechte Bein etwas nach, war dunkel gekleidet und steuerte auf ein Grab mit dem Namen Fleckenstein zu, einem häufigen Namen der Region.

»Die passt«, flüsterte Rotfux.

Er ging in ihre Richtung und sprach sie freundlich an.

»Darf ich Sie etwas fragen? Kennen Sie den Schmerlenhof?«

Die Frau dachte kurz nach und schüttelte ratlos den Kopf.

»Es gibt hier Eckerts Hofladen, die verkaufen Hausmacherwurst und Fleisch, aber von einem Schmerlenhof habe ich noch nie gehört.«

Rotfux bedankte sich. Seltsam, dachte er, die wohnt hier und müsste es doch eigentlich wissen. Anschließend fragten sie im kleinen Klosterlädchen, direkt neben dem Ausgang des Klosterhofes. Aber auch dort Fehlanzeige. Der Inhaberin war der Schmerlenhof völlig unbekannt.

»Wir müssen es weiter versuchen«, murmelte Rotfux. So schnell gab er nicht auf.

Er bemerkte, dass Oskar ganz aktiv in eine bestimmte Richtung zog, vorbei an der Klosterschenke in Richtung Sankt-Agatha-Straße.

»Ich glaube, Oskar hat eine Idee. Vermutlich kennt er den Weg und denkt jetzt, wir gehen zu seinem Herrchen.«

Tatsächlich zog der Hund in die kleine Seitenstraße hinein und zu einem älteren Haus mit mehreren Garagen, das früher vermutlich ein Bauernhof gewesen war.

»Giuseppe Morone« war am Klingelschild zu lesen. Rotfux läutete. Es dauerte einige Zeit, dann hörten sie schlurfende Schritte, und die Tür öffnete sich einen Spalt.

»Wir nix brauchen«, sagte eine alte Frau. Sie ging gebückt am Gehstock, trug dunkle Kleidung, darüber eine graue Schürze. Durch ihr Gesicht zogen sich tiefe Falten, ihre Haare waren schneeweiß. Beim Sprechen glänzten Goldplomben in ihren Zähnen. Oskar freute sich, wedelte mit dem Schwanz und wollte die Alte begrüßen.

Der Hund scheint sie zu kennen, dachte Rotfux.

»Entschuldigung, Frau Morone«, sagte Rotfux, »wir haben nur eine Frage. Kennen Sie den Schmerlenhof?«

»Schmerlenhof?«, stammelte die alte Frau Morone. »Ich nix gehört von Schmerlenhof. Giuseppe!«, rief sie nach hinten in den Flur.

Wenig später erschien ihr Mann Giuseppe. Sie sagte etwas auf Italienisch zu ihm, das Rotfux und Seidelmann nicht verstanden, nur das Wort »Schmerlenhof« konnten sie dem Redeschwall entnehmen.

»Wir nix wissen von Schmerlenhof«, sagte Giuseppe in gebrochenem Deutsch, das nicht besser war als das seiner Frau. Er war allerdings rüstiger als sie, ging aufrecht, hatte ein verschmitztes Lachen auf dem Gesicht, war klein und drahtig, und seine dunklen Augen musterten den Kommissar und Seidelmann interessiert.

Oskar wollte auch Giuseppe freudig begrüßen. Ich könnte schwören, dass der Hund die beiden kennt, dachte Rotfux.

»Kennen Sie Oskar?«, fragte er deshalb.

Die beiden sahen sich verstohlen an.

»Wir nix kennen Oskar«, antwortete Giuseppe. »Wollen was zu trinken für Hund?«

»Nein, nein, schon okay, danke«, murmelte Rotfux, »ich dachte nur.«

Sie bedankten sich und verließen den Hof.

»Ich fand das komisch«, sagte Rotfux.

»Ich auch«, bestätigte Seidelmann. »Ich glaube, dass sie den Hund kannten, aber sie wollten es nicht sagen. Vielleicht hatten sie in der Zeitung vom Tod von Emil Franke gelesen und wollten nichts damit zu tun haben.«

Oskar zog wie ein Verrückter weiter die kleine Straße entlang, dann nach rechts in einen Feldweg.

»Der will zu dem alten Hof da hinten«, sagte Rotfux.

In etwa 100 Metern Entfernung, versteckt hinter einer riesigen Birke, war das braune Holz eines Schuppens zu sehen, vor dem altes Gerümpel lag. Oskar zog kräftig in die Richtung.

»Vielleicht ist das der Schmerlenhof«, murmelte Rotfux.

»Wie ein Hof sieht es gerade nicht aus, eher wie eine alte Baracke«, bemerkte Seidelmann.

»Vielleicht hat Franke den Namen nur erfunden.«

Sie näherten sich dem Gebäude, und Oskar wedelte freudig. Die Baracke war an den Hang gebaut, der an der Rückseite des Gebäudes in die Höhe stieg.

»Der glaubt bestimmt, sein Herrchen könnte hier sein«, sagte Rotfux leise. »Der arme kleine Kerl.«

Vor dem hölzernen Eingangstor hing ein schweres Vorhängeschloss. Seidelmann probierte den Schlüssel.

»Bingo«, sagte er, »passt.«

Rotfux sah einen Augenblick zurück zum Haus der Morones und bemerkte einen Vorhang, der sich bewegte. Die beobachten uns, dachte er.

Sämtliche hölzerne Fensterläden der Baracke waren zu, und muffige, feuchte Luft schlug ihnen entgegen. Im Erdgeschoss war es dunkel, nur aus dem oberen Stock fiel etwas Licht die Treppe herunter. Oskar zog nach drinnen.

»Nun mal langsam«, ermahnte ihn Rotfux. »Wir müssen vorsichtig sein. Haben Sie die Taschenlampe, Herr Seidelmann?«

Seidelmann leuchtete, und sie gingen langsam vorwärts. Alte Holzregale mit Einmachgläsern, eine Holzkiste, verrostete Heugabeln, hölzerne Rechen, ein verrosteter Pflug und verschiedene Gartengeräte lagen herum. Alles machte einen unordentlichen Eindruck. Im hinteren Teil des Erdgeschosses war ein Bereich durch eine Zwischenmauer abgetrennt. Dort zog Oskar hin.

»Was willst du bloß?«, wunderte sich Rotfux.

Dann sah er es. Dort waren Plastikkanister gestapelt, alle gefüllt, zum Teil weiß, zum Teil rötlich. Oskar sprang an den Kanistern hoch und sah sich suchend um.

»Ist ja Wahnsinn«, sagte Rotfux. Er schraubte einen der Kanister auf und roch daran. »Eindeutig Wein, würde ich sagen. Was das wohl bedeutet?«

»Vielleicht hatte der Ermordete Wein gepanscht, und jemand ist ihm auf die Schliche gekommen«, spekulierte Seidelmann, der nie um eine Idee verlegen war.

»Tja, es sind mehrere 100 Liter. Wir müssen das natürlich untersuchen. Gut, dass wir den Hund dabeihaben. Ohne ihn hätten wir den Schmerlenhof nicht gefunden.«

Rotfux nahm Oskar auf den Arm und drückte ihn an sich.

Über eine steile Holztreppe stiegen sie ins Obergeschoss der Baracke. Dort fiel etwas Licht durch ein kleines Fenster im Giebel. Eine Birne hing am Dachbalken, die sich durch einen Schalter neben der Treppe anschalten ließ. Sie verbreitete ein gemütliches Licht, und Oskar steuerte auf ein blaues Sitzkissen zu, welches neben einem alten Sofa am Boden lag.

»Sieht fast aus wie eine Liebeshöhle«, sagte Rotfux, »was Emil Franke hier wohl angestellt hat?«

»Vielleicht brauchte er ab und zu nur seine Ruhe«, meinte Seidelmann. »Die Spurensicherung wird das schon feststellen.«

Neben dem Sofa stand ein Ohrensessel, davor ein alter Schreibtisch. In den Schubladen lagen druckfrische Etiketten von verschiedenen Weingütern, zum Beispiel von Hörstein, Großostheim, Würzburg und Klingenberg.

Seltsam, dachte Rotfux, was die Etiketten bedeuten? Ob sie billigen Wein mit falschen Etiketten versehen haben? Der Mord an Emil Franke wurde immer undurchsichtiger. Zunächst sah es nach einer Beziehungstat aus oder einem Racheakt der Salafisten, jetzt schienen auch krumme Geschäfte mit Wein eine Rolle zu spielen. Rotfux hatte das Gefühl, einer ganz großen Sache auf der Spur zu sein. Er wollte im Kommissariat anrufen, hatte aber keinen Empfang.

»Haben Sie Empfang, Herr Seidelmann?«

»Nein, leider nicht.«

»Ist auch ziemlich abgelegen hier …«

Sie verließen die Baracke, schlossen wieder sorgfältig ab und gingen zurück zum Parkplatz im Klosterhof. Beim Haus der Morones stoppte Rotfux und läutete. Man konnte die Baracke von ihrer Haustür aus sehen. Giuseppe Morone öffnete. Rotfux deutete zur Baracke.

»Das ist der Schmerlenhof«, sagte er.

Giuseppe Morone schien nicht zu verstehen.

»Ich nix wissen«, sagte er.

»Waren Sie mal dort?«, fragte Rotfux. »Dort ist Wein ... Vino, verstehen Sie?«

Giuseppe Morone schüttelte den Kopf.

»Ich nix wissen, ich nix Vino.«

Da war nichts zu machen. So blieb Rotfux nichts anderes übrig, als sich selbst zu vergewissern.

»Darf ich mal Ihren Keller sehen?«

Der alte Morone schien nicht zu verstehen, oder er tat jedenfalls so.

»Cantina gucken«, versuchte es Rotfux, doch Giuseppe Morone machte keine Anstalten, ihn ins Haus zu lassen.

»Dann müssen Sie zur Polizei mitkommen«, drohte Rotfux. »Wir werden Sie dort befragen und alles klären.«

»Nix Polizei«, mischte sich Vittoria Morone ein, die offensichtlich verstanden hatte. »Du in Cantina gucken, wenn du wollen.«

Na also, geht doch, dachte Rotfux und betrat mit Oskar und Seidelmann das Haus. Der Hund schwänzelte und rannte durch den Flur in Richtung Küche. Der kennt sich hier aus, war sich Rotfux sicher.

»Du Hund hier lassen«, sagte Vittoria Morone. »Ich schauen nach ihm. Cantina unten. Giuseppe dir zeigen.«

Oskar wedelte. Die alte Morone ging in die Küche, und der Hund folgte ihr.

»Du kommen«, sagte Giuseppe Morone. Er öffnete die Tür zum Kellergeschoss, schaltete das Licht ein und ging die steile Holztreppe nach unten voraus. Ein kühles Lüftchen wehte ihnen entgegen, es roch nach Kartoffeln, die sie im Keller gelagert hatten, zwei Weinkisten standen in der Ecke, in einem alten Schrank schimmerten durch ein Fliegengitter Konserven und Gläser, und neben dem Schrank hingen an einem kräftigen Nagel zwei grobe italienische Würste.

»Haben Sie die aus dem Laden von Carelli?«

»Si, Carelli, gute Wurst.«

Es scheint alles mit allem zusammenzuhängen, dachte Rotfux. Als er fast gehen wollte, fiel ihm eine hölzerne Truhe auf, die unter dem kleinen Oberlicht stand, durch welches etwas Licht in das Kellergewölbe fiel.

»Was du sehen wollen?«, fragte Morone scheinheilig.

»Alles«, lachte Rotfux, »einfach alles.«

Er steuerte auf die Truhe zu und hob den Deckel hoch. Donnerwetter, dachte er. Da waren sie: zwei Plastikkanister, die genauso aussahen, wie die vom Schmerlenhof.

»Woher haben Sie die?«

»Geschenk von Emil.«

»Aha, Geschenk?«

»Si, Geschenk von Emil. Gute Mann. Jetzt tot.«

Morone sah traurig aus, als er das sagte.

»Wir müssen die Kanister mitnehmen, prüfen, ob es Zusammenhänge mit dem Schmerlenhof gibt. Wenn sie die bitte tragen könnten, Herr Seidelmann.«

»Hallo, Oskar«, begrüßte Rotfux den Hund, als er wieder mit Morone und Seidelmann nach oben kam. Oskar sprang an ihm hoch, als ob er ihn ein halbes Jahr nicht gesehen hätte. Hunde scheinen ein anderes Zeitgefühl zu haben, dachte Rotfux. Es war ihm schon mehrfach aufgefallen, dass ihn Oskar selbst nach kurzer Abwesenheit überschwänglich begrüßte.

»Komm, wir gehen zum Klosterhof, dort muss ich die anderen benachrichtigen«, sagte er und zog den Dackel mit sich.

Beim Klosterhof hatten sie wieder Handyempfang. Rotfux rief Oberwiesner an.

»Hallo, Otto, ich muss euch leider noch bitten, nach Schmerlenbach rauszukommen. Wir müssen einige Beweisstücke sichern. Du kennst sicher den Parkplatz im Innenhof des Klosters. Ich warte hier auf euch. Bring auch Frau Geiger und Gerhard Kunze mit. Herr Seidelmann ist bereits bei mir.«

»Hat das nicht bis morgen Zeit, Rudolf? Es ist schon 16 Uhr.«

»Tut mir leid Otto, ich kann nicht riskieren, dass der Tatort abgefackelt wird oder Beweisstücke verschwinden. Es muss leider sein. Also macht am besten schnell …«

»Okay, wir kommen.«

Rotfux hatte schon selbst mit dem Gedanken gespielt, die Spurensicherung erst am Folgetag vorzunehmen, aber ihm waren diese Morones nicht geheuer. Irgendwie traute er es den beiden Alten zu, die Baracke anzuzünden oder den Wein beiseitezuschaffen.

»Manchmal kann man keine Kompromisse eingehen«, seufzte er und sah den jungen Seidelmann an, der vermutlich lieber Dienstschluss gehabt hätte. »Aber wir könnten wenigstens etwas trinken. Kommen Sie.«

Er lud den jungen Kollegen in den Landgasthof »Klosterschenke« ein, direkt neben der Klostereinfahrt. Prachtvoller Blumenschmuck quoll aus den Blumenkästen vor den Fenstern. Der Gastraum und das Nebenzimmer waren schon für den Abend vorbereitet. Rotfux war ab und zu zum Essen hier gewesen. Er wusste, dass sie meistens ausgebucht waren, und man tunlichst reservieren sollte. Roséfarbige Tischdecken, weiße Servietten, gelbe Astern in den Vasen, alles sah sehr einladend aus. Kräftige Orchideen blühten in den Fenstern. Rotfux nahm mit Seidelmann in der Nische links vom Eingang Platz.

»Zwei alkoholfreie Bier, bitte«, bestellte Rotfux bei der jungen Bedienung, die hinter der Theke stand.

»Aber ab 18 Uhr ist alles reserviert.«

»Kein Problem, da sind wir wieder weg.«

Die Bedienung zündete die weiße Kerze auf ihrem Tisch an. Die Holzdecke über ihnen vermittelte eine gemütliche Atmosphäre. Die Lampen mit den cremefarbigen Glasschalen verbreiteten ihr sanftes Licht über den Tischen. Rotfux genoss die kleine Pause. Er unterhielt sich mit Seidelmann, der voll in seinen Aufgaben aufging und sofort Ideen zur Bedeutung des gerade entdeckten Schmerlenhofes entwickelte. Nachdem sie beide gerade ihr Bier ausgetrunken hatten, sahen sie durch das Fenster das Fahrzeug von Oberwiesner über die Landstraße auf Schmerlenbach zukommen. Rotfux zahlte, und sie gingen zur Klostereinfahrt.

»Prima, Otto. Danke, dass ihr so schnell da seid«, begrüßte Rotfux seine Kollegen. »Kommt, wir zeigen euch, wo es ist.«

Rotfux setzte Oskar ins Auto und fuhr mit seinem Wagen voraus. Oberwiesner folgte. Sie hielten direkt vor der Baracke.

»Also Leute, es muss alles fotografiert und fürs Erste aufgenommen werden. Wir können morgen weitermachen, aber ich musste verhindern, dass hier etwas verändert oder beiseite geschafft wird.«

»Schon klar, Rudolf«, brummte Oberwiesner, der lieber Feierabend gehabt hätte, aber Rotfux lange genug kannte, um zu wissen, dass das im Moment aussichtslos war.

Sie stellten ihre Scheinwerfer auf und begannen im Erdgeschoss mit der Arbeit. Rotfux beteiligte sich nach Kräften, bis ihm einfiel, dass Oskar den ganzen Nachmittag nichts getrunken hatte. Mist, dachte er, jetzt muss ich Morones doch um etwas Wasser für den Hund bitten. Er sagte Oberwiesner Bescheid und machte sich mit Oskar auf den Weg. Der Hund war schon den ganzen Tag gut aufgelegt, wahrscheinlich weil sie sich in seiner gewohnten Umgebung bewegten. Rotfux klingelte an der Tür der Morones. Frau Morone schaute durch den Türspalt. Als sie Rotfux sah, zuckte sie zusammen.

»Entschuldigung, Frau Morone, könnte ich jetzt bitte doch etwas Wasser für den Hund haben?«

Sie schien nicht zu verstehen.

»Wasser für Oskar«, wiederholte Rotfux.

»Ah, Wasser Oskar«, lachte sie, und die Goldplomben glänzten in ihrem Mund.

»Ja, bitte …«

Kurz darauf kam sie mit einem kleinen Schälchen an die Tür und stellte es auf den Boden. Oskar wedelte und trank gierig. Die alte Frau sah ihm liebevoll lächelnd zu. Rotfux war sich sicher, dass sie ihm nicht zum ersten Mal zu trinken gab. Inzwischen erschien auch der junge Seidelmann an der Tür.

»Prima, dass Sie kommen«, sagte Rotfux. »Wir nehmen noch die Fingerabdrücke von Morones.«

»Frau Morone, bitte Finger hier drauf.«

Sie schaute verängstigt, reichte Seidelmann aber ihre alten dürren Finger und ließ sie auf die Vorlage pressen.

»Wo ist Ihr Mann?«

»Ist oben. Giuseppe!«, rief sie.

Er erschien, wehrte sich aber zunächst gegen das Abnehmen der Fingerabdrücke.

»Ich nix machen. Ich nix Finger«, lamentierte er.

»Du zu Polizei«, drohte Rotfux, der den Überraschungseffekt nutzen wollte.

Schon gab der Alte nach und reichte Seidelmann brav seine Finger.

»Alles nur Routine«, sagte Rotfux, »wenn Sie nichts gemacht haben, haben Sie auch nichts zu befürchten.«

Gleich am nächsten Vormittag besuchte Rotfux zusammen mit Oberwiesner Frau Kern im Weinkeller des Schlosses. Oskar war glücklich und streifte durch das Erdgeschoss, schnüffelte in verschiedenen Ecken und setzte sich dann auf sein blaues Kuschelkissen unter einem Schreibtisch in der Nähe von Frau Kern.

»Heute beruhigt er sich schneller«, stellte Rotfux zufrieden fest. »Ich muss Ihnen noch ein paar Fragen stellen, Frau Kern. Mein Kollege wird sich solange etwas umsehen, wenn Sie gestatten.«

»Klar doch«, sagte sie und nickte Oberwiesner freundlich zu.

»Kennen Sie den Schmerlenhof?«, begann Rotfux seine Befragung.

Frau Kern überlegte.

»Noch nie gehört. Wo ist das?«

»Sie haben davon wirklich noch nie gehört?«, fragte Rotfux nach.

»Nein, nie, wieso? Was ist damit?«

Rotfux berichtete Frau Kern vom Schmerlenhof und von den Plastikkanistern, die Sie dort gefunden hatten. Sie war fassungslos.

»Davon habe ich noch nie gehört«, sagte sie. »Ich hoffe nicht, dass Herr Franke krumme Dinger gedreht hat. Eigentlich kann ich mir das nicht vorstellen. Wir haben immer gut zusammengearbeitet. Er schien immer korrekt zu sein.«

»Da täuscht man sich manchmal … Haben Sie mal festgestellt, dass hier mehr Wein verkauft wurde, als Sie produziert haben? Sie haben doch sicher den Überblick über Ihre Sorten und Mengen.«

»Ja klar, man kann das zwar nicht immer auf die Flasche genau feststellen, wenn die Weine in den Fässern und Tanks ausgebaut werden, aber größere Abweichungen wären aufgefallen. Das läuft doch alles durch die Bücher.«

Sie war entsetzt und ratlos.

»Rudolf, kommst du mal kurz«, rief Oberwiesner.

Rotfux ging zusammen mit Frau Kern zu ihm.

»Hier, schau mal, was ich gefunden habe. Etiketten von Hörstein, Großostheim, Würzburg und Klingenberg.«

»Wie im Schmerlenhof«, murmelte Rotfux. »Können Sie sich das erklären, Frau Kern?«

»Nein, natürlich nicht. Das ist der persönliche Schrank von Herrn Franke. Ich habe nie kontrolliert, was er in seinem Schrank hat. Er arbeitete seit über 20 Jahren bei uns. Es ist mir völlig unverständlich.«

»Hmm … irgendetwas stimmt da nicht«, sagte Rotfux. »Wir müssen leider Ihre Bücher prüfen. Würden Sie uns bitte die Aufzeichnungen der letzten drei Jahre zusammenstellen.«

»Ja natürlich. Ich kann mir gar nicht vorstellen, was das bedeuten soll. Es wurde doch auch alles durch das Finanzamt geprüft.«

8

Nach der Rückkehr zum Kommissariat begrüßte der junge Seidelmann den Kommissar ganz aufgeregt.

»Herr Kommissar, gut, dass Sie kommen, ich hab was Interessantes für Sie.«

Oskar wedelte. Er schien den schlanken blonden Mann zu mögen, der Rotfux in hellblauem Hemd und Jeans auf dem Gang entgegenkam.

»Was gibt's denn, Herr Seidelmann?«

»Im Besprechungsraum sitzt eine junge Salafistin. Sie will aussteigen.« Die blauen Augen des jungen Mannes strahlten. »Aber sie hat Angst. Wir müssen ihr helfen.«

»Ich komme gleich. Bringe Oskar noch kurz zu Frau Bieber.«

Rotfux übergab seiner Sekretärin den Hund und ging zum Besprechungszimmer.

»Das ist Kommissar Rotfux«, stellte Seidelmann ihn vor. »Ich habe ihm schon kurz von Ihnen erzählt.«

Die junge Frau erhob sich. »Melanie Bauer.«

Sie war mittelgroß, von kräftiger Statur, hatte lange blonde Haare und blaue Augen. Ein Traum von einer jungen Frau für einen Salafisten, dachte Rotfux. Sie wirkte verängstigt, sah unsicher zu Boden und spielte unruhig mit den Fingern. Sie berichtete, dass sie die Freundin von Stefan Grubinger sei. Sie sei zum Islam übergetreten, weil sie sich in ihn verliebt hatte. Mit ihren Eltern habe sie gebrochen, sei zu Hause ausgezogen, weil die strikt dagegen waren. Inzwischen wohne sie bei Stefan in Haibach.

»Jetzt sitze ich in der Klemme. Mir wird alles zu viel. Stefan schlägt mich immer wieder, verlangt Gehorsam von mir. Manchmal habe ich das Gefühl, dass es ihm Freude bereitet. So sei das Gesetz, sagt er.«

»Sie meinen, er zwingt sie zum Sex?«

Melanie Bauer sah Rotfux verlegen an. »Ja, er spricht von Gehorsam und droht mit Schlägen, das sei normal, die Frau habe zu gehorchen, sagt er.«

»Könnten Sie nicht zu Ihren Eltern zurück?«

»Ich weiß nicht, ob sie mich aufnehmen würden. Wir haben damals heftig gestritten. Und das ist nicht so einfach. Wenn man vom Islam abfällt, steht darauf die Todesstrafe. Man wird gesteinigt oder gekreuzigt.«

»Aber doch nicht hier in Deutschland«, widersprach der Kommissar.

»Für Islamisten macht das keinen Unterschied«, stammelte sie ängstlich.

Rotfux bat Seidelmann, die Kollegin Gerda Geiger zu holen.

»Frau Bauer, Sie zeigen bitte unserer Kollegin Ihre blauen Flecken. Sie wird Fotos machen. Wir müssen die Sache zunächst dokumentieren. Sie brauchen keine Angst zu haben. Wir werden Sie beschützen. Hier in Deutschland passiert Ihnen nichts. Mein Kollege und ich gehen kurz hinaus, damit Sie mit Frau Geiger allein sind.«

Er verließ mit Seidelmann den Besprechungsraum und nahm ihn mit in sein Büro. Sofort kam Oskar aus dem Vorzimmer angerannt und stand wedelnd vor dem Kommissar.

»Na hallo, dir geht's aber gut bei Frau Bieber, mein Kleiner. Komm mal her.«

Er kraulte den Hund hinter den Ohren und gab ihm ein Leckerli, das er im Schreibtisch versteckt hatte.

»Sachen gibt's, die gibt's gar nicht«, murmelte er. »Haben Sie eine Idee, wie wir Frau Bauer helfen können?«

Seidelmann trat von einem Bein aufs andere.

»Vielleicht könnten wir sie in einem Frauenhaus unterbringen, da wäre sie vorerst in Sicherheit. Ich weiß allerdings nicht, ob es das in Aschaffenburg überhaupt gibt.«

»Doch, doch, es gibt das AWO-Frauenhaus. Das ist eine gute Idee.«

Rotfux sah durch die Tür ins Vorzimmer. »Frau Bieber, rufen Sie bitte mal beim Frauenhaus an und fragen, ob die Platz haben.«

»Okay, mach ich, aber für Notfälle gibt es da eigentlich immer was.«

Kurz darauf informierte sie den Kommissar, dass die Unterbringung im Frauenhaus kein Problem sei. Rotfux und Seidelmann gingen zum Besprechungszimmer zurück.

»Und, Frau Geiger, was konnten Sie feststellen?«

»Sie hat schwere Prellungen an Armen, Rücken und Gesäß.«

»Gut, dass Sie gekommen sind, Frau Bauer«, sagte Rotfux. »Fand nicht bei Ihnen am vergangenen Freitag das Treffen der Salafisten statt?«

»Nein, am Samstag. Am Freitag waren sie in Aschaffenburg unterwegs.«

»Ist ja interessant«, sagte Rotfux. »Uns haben sie es aber anders berichtet. Das müssen wir nochmals überprüfen.«

Rotfux ließ ihre Aussage protokollieren und unterschreiben, dann schlug er vor, sie ins Frauenhaus zu bringen.

»Dort sind Sie sicher. Wir holen gemeinsam mit Ihnen Ihre Sachen aus der Wohnung in Haibach und bringen

Sie zum Frauenhaus. Von dort können Sie Kontakt mit Ihren Eltern aufnehmen, vielleicht sind die froh, wenn Sie sich melden.«

Melanie Bauer zögerte, stimmte aber schließlich zu.

»Vielen Dank für Ihre Hilfe!«, sagte sie und sah abwechselnd Seidelmann und Rotfux an.

»Herr Seidelmann, Sie kümmern sich bitte persönlich um Frau Bauer. Ich verlasse mich auf Sie. Frau Bieber wird Ihnen mit dem Frauenhaus behilflich sein«, sagte Rotfux und reichte Frau Bauer die Hand.

»Ich habe gleich einen Termin, aber Sie sind bei Herrn Seidelmann bestens aufgehoben.«

Auf seinem Schreibtisch lag die Todesanzeige von Emil Franke. Das Requiem sollte um 14 Uhr in der Muttergottespfarrkirche zu »Unserer Lieben Frau« stattfinden, von den Aschaffenburgern meist nur Pfarrkirche genannt. Da der Verstorbene keine Verwandten hatte, wurde die Trauerfeier von fünf Freunden organisiert, die in der Anzeige genannt waren: Paul Krüger, Karl Lorenz, Thomas Roth, Anton Herrmann und Wilhelm Uhlig. »Freunde sind wie Sterne. Du kannst sie nicht immer sehen, aber du weißt, sie sind immer für dich da.« Mit diesem Spruch gedachten sie des Ermordeten.

»Sie müssen heute Nachmittag weiter auf Oskar aufpassen, Frau Bieber. Zur Trauerfeier kann ich ihn leider nicht mitnehmen, obwohl es um sein Herrchen geht. Aber er versteht das ohnehin nicht«, sagte Rotfux zu seiner Sekretärin.

Anschließend fuhr er kurz zu Hause vorbei, um sich einen dunklen Anzug anzuziehen. Oberwiesner, Gerda Geiger und Gerhard Kunze hatte er gebeten, ebenfalls in Trauerkleidung rechtzeitig bei der Pfarrkirche zu sein.

Er stellte sein Auto im Theaterparkhaus ab und ging die wenigen Schritte über den Theaterplatz auf die älteste Kirche Aschaffenburgs zu. Von der ursprünglichen Kirche war zwar nur der romanische Turm mit seiner gotischen Spitze erhalten, aber allein das genügte, um in Rotfux ein Gefühl der Ehrfurcht auszulösen. Er begrüßte die Kollegen, die schon vor dem Hauptportal auf den Kommissar warteten. Sie waren früh gekommen, um alles von Anfang an zu verfolgen. Winzig kam sich Rotfux vor der mächtigen Sandsteinfront der Kirche vor, von deren Giebel ganz in Gold die Muttergottes herabsah.

»Sie machen unauffällig Fotos«, bat er Gerda Geiger. »Am besten gleich beim Hereinkommen der Trauergäste. Ich hoffe, die Freunde des Toten, die auch in der Todesanzeige erwähnt sind, erscheinen alle.«

Gerda Geiger sah flott aus in ihrem dunklen Kostüm. Ihre blonden Haare fielen locker über die Schultern, sie war dezent geschminkt, und ihre blauen Augen sahen Rotfux freundlich an. Habe wirklich nette Kollegen, dachte Rotfux. Er ging mit ihnen ins Innere der Kirche. Sie durchschritten die schwere braune Holztür mit den kunstvollen Ornamenten, schoben sich durch den gläsernen Windfang, der bestimmt nachträglich eingebaut worden war, und standen unterhalb der Orgelempore im Eingangsbereich der Kirche. Links, bei einer Marienstatue, brannten Kerzen als Votivgaben der Gläubigen. Es war ganz still. Rotfux sah die prächtigen Deckenfresken, den Hochaltar mit seinem goldenen Baldachin und die hölzernen Bankreihen, die an ihren Enden prächtig verziert waren. Vor dem Altar stand ein großes Bild des Ermordeten mit Trauerflor. Auf dem roten Podest wirkte es erhaben. So endet alles, dachte Rotfux. Er war beeindruckt von der Atmosphäre dieser Kirche, riss sich aber zusammen und konzentrierte sich auf seine Aufgabe.

»Von hier können Sie gut fotografieren«, flüsterte er Gerda Geiger zu. »Machen Sie es ohne Blitz, damit es nicht so auffällt.«

Ganz ungewohnt war es für Rotfux, seine Mitarbeiter in Trauerkleidung zu sehen. Besonders der mächtige Oberwiesner, den er sonst nur im karierten Hemd kannte, wirkte im dunklen Anzug beeindruckend. Rotfux blieb im Eingangsbereich stehen, als müsse er die Trauergäste begrüßen. Frau Geiger, Oberwiesner und Kunze verteilten sich seitlich vom Eingang.

Zunächst erschien ein groß gewachsener Herr mit weißen Haaren. Er war bestimmt schon 80 Jahre alt. Sein markantes Kinn, die spitze Nase und die schmalen Lippen vermittelten den Eindruck einer Persönlichkeit, die wusste, was sie wollte.

»Krüger«, stellte er sich vor, »Sie sind sicher ein Freund des Verstorbenen.«

Seine stahlblauen Augen musterten Rotfux.

»So kann man es sagen«, antwortete Rotfux freundlich. »Mein herzliches Beileid jedenfalls.«

Kaum hatten sie sich begrüßt, erschien ein untersetzter Herr mit Stirnglatze und grauem Haarkranz, der Krüger kannte. »Hallo, Paul«, begrüße er den alten Herrn.

»Hallo, Karl, leider ein sehr trauriger Anlass.«

Rotfux fiel auf, dass beide in sächsischem Dialekt sprachen. Gerda Geiger schoss währenddessen fleißig Fotos. Rotfux winkte den Kollegen Kunze herbei.

»Notieren Sie bitte der Reihe nach die Namen, Paul Krüger und Karl«, flüsterte er, »damit wir sie den Fotos zuordnen können.«

Die Tür des gläsernen Windfanges schlug auf, und ein Bulle von einem Kerl kam herein, der fast zwei Meter groß war.

»Mensch, Anton, wenn der Anlass nicht so traurig wäre …«, begrüßte ihn der alte Paul Krüger.

»Tja, leider, war sehr plötzlich, weiß man schon etwas über den oder die Täter?«

Anton hatte Hände wie Schraubstöcke, dunkle lockige Haare, war gut 50 Jahre alt, und seine große Hakennase ließ ihn furchterregend aussehen, zumal in Kombination mit einer Narbe, die ihm über die rechte Wange lief.

»Keine Ahnung, die Polizei ist dran, aber gehört habe ich noch nichts.«

Anschließend begrüßte Paul Krüger eine ältere Dame, deren Namen Rotfux nicht verstand. Mit ihren rot gefärbten Haaren wirkte sie ein wenig wie ein Fremdkörper auf der Trauerfeier. Sie sprach ihm das Beileid aus, sah aber gar nicht traurig aus. Eher konnte man meinen, so eine Trauerfeier sei eine willkommene Abwechslung in ihrem täglichen Einerlei. Sind schon seltsam, die Menschen, dachte Rotfux. In ihrem Schlepptau hatte sie zwei kräftige Männer mittleren Alters, beide etwa 1,90 groß, die wirkten, als seien es ihre Bodyguards. Beide trugen dunkle Anzüge und Sonnenbrillen, und Rotfux hatte den Eindruck, als sorgte hier die Mafia höchstpersönlich für den Schutz der rothaarigen Lady. Er war überrascht, dass der alte Giuseppe Morone als Nächster durch den Windfang kam. Er trug einen schwarzen Anzug und sah mit seinen weißen Haaren elegant aus. Was der hier will, dachte Rotfux, während seine Frau in einem viel zu großen Mantel folgte. Als sie Rotfux sahen, zuckten beide kurz zusammen, gingen schnell durch die Bankreihen nach vorne und setzten sich. Paul Krüger schien sie nicht zu kennen, jedenfalls hatte er sie nicht begrüßt. Dafür umarmte er einen kleinen dunklen Mann mit Stoppelhaaren und einem Dreitagebart.

»Grüß dich, Thomas. Schön, dass du gekommen bist.«

»Ist doch Ehrensache.«

Rotfux fiel auf, dass seine fast schwarzen Augen unruhig suchend durch die Kirche wanderten und ihm an der linken Hand zwei Finger fehlten. Wird immer unheimlicher, dachte er.

Als Nächste schob sich Martina Carelli durch die Glastür, im schwarzen Kleid und mit offensichtlich verweinten Augen, begleitet von ihrem Mann Francesco, der eher unbekümmert dreinschaute. Beide nickten Rotfux kurz zu und setzten sich in die zweite Reihe, wo die alten Morones schon Platz genommen hatten. Die scheinen sich zu kennen, registrierte Rotfux. Er diktierte leise die Namen, und Kunze schrieb fleißig.

»Haben Sie alles?«, fragte Rotfux.

Einer der Freunde fehlt noch, dachte er. Er begrüßte Christina Kern, die Inhaberin des Weingutes, mit der noch weitere Trauergäste kamen, wahrscheinlich Angestellte des Weingutes. Mehrere Schaulustige hatten bereits in den hinteren Reihen der Kirche Platz genommen. Kurz vor 14 Uhr stürmte Klaus Zimmermann in die Kirche, der Stadtredakteur des »Main-Echos«.

»Grüße Sie, Herr Kommissar«, sagte er leise, aber doch so, dass der alte Paul Krüger es gehört haben musste. Der alte Mann warf ihm einen seltsamen Blick zu und umarmte dann Wilhelm, der als Letzter kam.

»Gott sei Dank, Wilhelm, ich dachte schon, du kommst nicht mehr.«

»Entschuldige, Paul, die Autobahn war leider total zu. Habe es auf den letzten Drücker gerade noch geschafft.«

Die beiden gingen nach vorne und setzten sich in die erste Bankreihe neben ihre Freunde. Jetzt sind sie komplett, dachte Rotfux. Fünf Freunde, die dem Ermordeten die letzte Ehre erwiesen. Alle sprachen in sächsischem Dialekt, was den Kommissar daran erinnerte, dass ihm Christina Kern von deren Besuch in Dresden und der Teilnahme an den Pegida-Demonstrationen erzählt hatte. Vielleicht hatte der Mordfall irgendwie damit zu tun … Die Kirche war insgesamt gut gefüllt und wirkte festlich. Zimmermann schlich seitlich an den Bankreihen entlang und schoss einige Fotos. Einer der beiden Begleiter der rothaarigen Lady erhob sich kurz und machte ein Bild von den Trauergästen in der ersten Bankreihe. Die Glocken begannen zu läuten und machten Rotfux deutlich, dass alles einen Anfang und ein Ende hat. Wie oft hatte er schon Kirchenglocken gehört, zur Taufe, zur Hochzeit … und jetzt zum letzten Gang für Emil Franke. Die Orgel spielte, der Priester schritt mit seinen Ministranten zum Altar. Die Gemeinde stimmte das Lied »Maria, breit den Mantel aus, mach Schirm und Schild für uns daraus …« an. Wie der vielfache Wunsch der Gemeinde für den Verstorbenen erhob sich das Lied zum prachtvollen Deckengemälde der Kirche. Einige hatten Tränen in den Augen und tupften diese mit ihren Taschentüchern weg. Selbst Rotfux war gerührt. So ein endgültiger Abschied nahm ihn immer mit. Er dachte an das schreckliche Bild des Ermordeten zwischen den Weinfässern, er dachte an Oskar, der so allein und verloren nach seinem Herrchen suchte, und er fragte sich, warum die Hunde von Verstorbenen eigentlich nicht in die Kirche durften. Wären sie Gott nicht viel lieber gewesen als mancher Mensch, der hier ohne wirkliche Trauer nur schaulustig dem Geschehen folgte?

Der Priester begrüßte die Gemeinde, nannte den Namen des Toten, für den verschiedene Gebete gesprochen wurden. »Herr erbarme dich, Christus erbarme dich, Herr erbarme dich«, klang es Rotfux in den Ohren. Doch der war geistesabwesend, ihm ging so vieles durch den Kopf, das er in den letzten Tagen erlebt hatte. Er sah die fünf Freunde des Ermordeten in der ersten Reihe sitzen und fragte sich, welche Art von Freundschaft das war, die sie zusammenschweißte. Er sah das alte Ehepaar Morone und überlegte, weshalb sie zusammengezuckt waren, als sie ihn sahen.

»Emil Franke musste einen grausamen Tod sterben«, predigte der Priester. »Ein guter Mensch wurde hingemetzelt von schändlichen Übeltätern, die vor nichts zurückschreckten.«

Er berichtete über die Stationen des Lebens von Emil Franke, erzählte, dass dieser kurz vor der Wiedervereinigung im Jahre 1989 aus Sachsen nach Aschaffenburg gekommen war, dass er hier seine Frau kennen- und lieben gelernt hatte, und dass sie in dieser Kirche heirateten.

»Leider ist seine Frau vor drei Jahren nach schwerem Leiden verstorben. Seitdem war er allein.«

Ein schrecklicher Heulkrampf unterbrach die Predigt. Martina Carelli schluchzte laut, und Rotfux wusste, was das bedeutete.

»Nun wird er zu ihr gehen und sein Versprechen der ewigen Treue einlösen. Freuen wir uns, dass die beiden wieder vereint sind, auch wenn es schwerfallen mag«, fuhr der Priester fort.

Wenn der wüsste, dachte Rotfux. Er beobachte Martina Carelli, die sich inzwischen beruhigt hatte. Insgeheim musste er schmunzeln über die »ewige Treue«, die so oft gebrochen wurde.

Mit dem Lied »Wir sind nur Gast auf Erden« und einigen Gebeten endete der Gottesdienst. Rotfux blieb am Ausgang der Pfarrkirche stehen und beobachtete die Trauergemeinde. Sie zerstreute sich ziemlich schnell. Klaus Zimmermann schoss noch ein paar Bilder. Martina Carelli ging mit ihrem Mann Arm in Arm Richtung Schloss. Ganz zum Schluss erschien der alte Giuseppe Morone unter dem Hauptportal der Kirche. Er sah sich um, erblickte Rotfux und seine Leute, sah schnell wieder weg und folgte den Carellis. Seine Frau kam wenige Schritte hinter ihm aus der Kirche. In ihrem viel zu großen schwarzen Mantel sah sie mit ihrem Gehstock aus wie eine kleine, dürre Hexe. Wie die wohl nach Hause kommen, dachte Rotfux. Doch bevor er sich weiter damit beschäftigen konnte, legte sich eine Hand auf seine Schulter.

»Ich habe gehört, dass Sie Kommissar sind«, sagte Paul Krüger und sah ihn mit seinen stahlblauen Augen durchdringend an.

»Das ist richtig. Und wer sind Sie?«

»Ein Freund des Toten, kenne ihn von früher, noch aus Sachsen. Wir haben gemeinsam rüber gemacht. Wissen Sie schon, wer es war?«

»Leider nicht. Aber wir gehen allen Spuren nach. Haben Sie denn eine Idee, wer es gewesen sein könnte?«

»Vielleicht Salafisten«, sagte Krüger, »denen ist alles zuzutrauen. Schlagen dir den Kopf ab, wenn du die falsche Religion hast, dieses Gesindel …«

Er war hasserfüllt, der alte Mann, zog ein Kärtchen aus seinem Geldbeutel und überreichte es Rotfux.

»Hier, falls Sie noch Fragen haben. Ich wünsche viel Erfolg bei den Ermittlungen.«

»Dem kann ich mich nur anschließen, Herr Kommissar«, sagte sein Freund Wilhelm, der inzwischen dazu gekommen war. »Hier ebenfalls mein Kärtchen.«

Rotfux nickte freundlich und bedankte sich. »Wenn ich Fragen habe, werde ich mich melden.«

Als Rotfux zurück ins Kommissariat kam, war Oskar ganz aus dem Häuschen. Er wedelte mit dem Schwanz, sprang an Rotfux hoch und schlug fast Purzelbäume vor ihm.

»Er war heute ganz verrückt«, berichtete Alexandra Bieber, »lief ständig unruhig umher und wollte keine Ruhe geben.«

»Manchmal denke ich, die Tiere spüren es, wenn etwas Besonderes im Gange ist. Heute war immerhin die Trauerfeier für sein Herrchen.«

Er nahm den kleinen Kerl auf den Arm und drückte ihn fest an sich. Er hatte ganz vergessen, dass er immer noch im schwarzen Anzug war.

»Ich glaube, für heute machen wir Schluss«, seufzte Rotfux. »Bitte sagen Sie den anderen, dass wir uns morgen um neun Uhr zu einer Besprechung treffen.«

Rotfux fuhr mit Oskar direkt nach Hause. Für heute hatte er genug. Er war froh, dass Caroline nicht da war, er brauchte einfach seine Ruhe. Den dunklen Anzug hängte er auf den Balkon zum Lüften raus. Dann legte er sich auf den flauschigen Berberteppich und kuschelte mit dem Hund.

»Du bist mein Bester«, flüsterte er. »Dein Herrchen ist

jetzt über die Regenbogenbrücke gegangen, aber wir sind noch hier. Wir müssen zusammenhalten!«

Der Hund schmiegte sich an ihn und leckte sein Gesicht. Der weiß, worauf es ankommt, dachte Rotfux. Wenn es einen Gott gab, dann liebte er Hunde genauso wie die Menschen, vielleicht sogar mehr als die Menschen. Mit diesen Gedanken schlief Rotfux ein. Er spürte den warmen Hundekörper, träumte vom Land hinter dem Regenbogen, wo der große Hundekönig regierte und es einen Hundegott gab. Dort durften Hunde in die Kirchen gehen, und die Menschen mussten draußen warten. Gerade als er vor einer prächtigen Kirche, die irgendwie an die Muttergottespfarrkirche erinnerte, sehnsüchtig auf Oskar wartete, wurde Rotfux aus seinem Traum gerissen. Es läutete. Rotfux rieb sich die Augen und versuchte, schnell zu sich zu kommen. Das ist sicher Caroline, dachte er. Er eilte ins Schlafzimmer und warf sich den Bademantel über. Oskar bellte und raste mit zur Tür.

»Hallo, Rudi, wie siehst du denn aus?«

»Hallo, Caroline, komm rein. Ich war nur kurz eingeschlafen. War ein harter Tag heute für mich und Oskar. Ich muss ihm gleich was zu fressen geben, nicht, dass er sich beim Hundegott über mich beschwert …«

Caroline lachte. Sie wusste nicht, was dieser Spruch bedeutete, aber sie fühlte, dass Oskar und Rudolf sich gerade prächtig verstanden.

9

Drei Tage später meldete sich Francesco Carelli ganz aufgeregt am Telefon bei der Sekretärin von Rotfux. Er wollte unbedingt mit dem Kommissar verbunden werden.

»Dann stellen Sie mal durch«, brummte Rotfux, der sich gerade mit einer neuen Spur in Richtung Salafisten beschäftigte.

»Rotfux«, meldete er sich.

»Hallo, Herr Kommissar, meine Frau ist verschwunden, Sie müssen nach ihr suchen …«, stammelte Carelli, »seit zwei Tagen schon. Ich weiß nicht, wo sie steckt.«

Das wusstest du schon früher manchmal nicht, dachte Rotfux, aber er ließ sich nichts anmerken.

»Und sie hat keinen Zettel hinterlassen, keine Nachricht, nichts?«

»Nein, bisher sagte sie mir immer, wo sie hinging. Aber ich weiß diesmal überhaupt nichts.«

Eigentlich konnte er doch froh sein, dass sie weg war, dachte Rotfux. Es geschah ihm im Grunde recht, da er sie ständig mit seiner blonden Freundin hinterging. Vielleicht wollte ihm Martina Carelli nur einen gehörigen Denkzettel verpassen.

»Haben Sie schon bei Ihren Freunden und Verwandten nachgefragt? Könnte sie dort irgendwo sein?«

»Ihre Verwandten leben alle in Süditalien, da ist sie nicht. Und Freunde haben wir hier kaum.«

»Was heißt kaum?«

»Ich habe bei Morones gefragt, den alten Leuten aus der Kirche, die Sie bestimmt bei der Trauerfeier für Herrn Franke gesehen haben. Die hat sie ab und zu besucht. Aber dort ist sie nicht. Und sonst weiß ich niemanden, bei dem sie sein könnte.«

Wenn du wüsstest, dachte Rotfux. Von der Beziehung mit Emil Franke hast du auch nichts gewusst. Wer weiß, wo sie sich tröstet …

»Ich hoffe nur, dass sie sich nichts antut«, jammerte Francesco Carelli. »Sie war so verzweifelt wegen dem Tod von Herrn Franke. Bestimmt haben Sie ihr Schluchzen in der Kirche gehört, Herr Kommissar. Mir war das peinlich und ich habe mich auch darüber gewundert, aber jetzt habe ich Angst, dass ihr etwas passiert sein könnte.« Carelli war außer sich.

»Wo sind Sie im Augenblick, Herr Carelli?«

»Bei uns im Laden, eine alte Bekannte hilft mir.«

»Und die weiß auch nichts?«

»Nein, nichts, wir können es uns beide nicht erklären. Sie müssen sie suchen, Herr Kommissar, bitte!«

Rotfux wusste, dass Italiener etwas theatralisch sein konnten, aber das klang wirklich ernst.

»Wir werden tun was wir können, Herr Carelli«, sagte er. »Ich komme sofort mit einem Kollegen bei Ihnen vorbei. Bleiben Sie einfach dort.«

»Aber schnell, bitte, Herr Kommissar!«

Das hat mir gerade noch gefehlt, dachte Rotfux. Reichte es nicht, dass Emil Franke grausam umgebracht worden war? Musste jetzt auch noch diese Sache dazukommen? Womöglich hatte Francesco Carelli seine Frau selbst um die Ecke gebracht und tat jetzt so, als ob sie verschwunden war. Alles war möglich.

»Oskar komm, wir müssen los«, sagte er zu seinem Dackel, der gemütlich auf dem Sitzkissen unter dem Schreibtisch gelegen hatte. Er legte ihm die Leine an und gab seiner Sekretärin Bescheid, dass er nochmals weg musste.

»Wenn es spät werden sollte, gehen Sie einfach nach Hause, Frau Bieber. Wünsche einen schönen Feierabend.«

Er nahm den Kollegen Oberwiesner mit und fuhr kurz darauf zum kleinen italienischen Delikatessenladen in der Altstadt. Carelli begrüßte sie völlig aufgelöst.

»Gut, dass Sie kommen, Herr Kommissar! Vielleicht ist etwas Schreckliches passiert. Sie war noch nie so einfach weg, ohne dass ich etwas wusste …«

Rotfux schüttelte ihm die Hand, Oberwiesner ebenso.

»Seit wann genau ist Ihre Frau weg? Wann haben Sie sie zum letzten Mal gesehen?«, fragte Rotfux.

»Am Morgen nach der Trauerfeier für Herrn Franke. Sie war den ganzen Abend noch sehr durcheinander, weinte mehrmals und ließ sich nicht beruhigen. Irgendwann sind wir ins Bett gegangen. Am nächsten Morgen kam sie mir völlig normal vor, öffnete den Laden, wie immer. Ich habe …«, Carelli zögerte und sprach ganz leise weiter, »… ich habe meine Freundin besucht, die an dem Tag frei hatte, und als ich zurückkam, war Martina weg, spurlos verschwunden.«

»Wann war das?«

»Abends, vielleicht um 23 Uhr, ich habe nicht gleich auf die Uhr gesehen, war leicht angeheitert, Sie verstehen … Habe mir zuerst auch keine großen Gedanken gemacht.«

»Und dann haben Sie nach ihr gesucht?«, fragte Rotfux.

»Nicht gleich. Ich war so müde und, wie gesagt, etwas angeheitert. Ich habe mich ins Bett gelegt. Erst am nächsten Morgen bekam ich Angst, habe bei den Verwandten angerufen, bei Morones nachgefragt, aber keiner wusste etwas.«

»Hmm, das ist seltsam«, murmelte Rotfux. »Dürfen wir uns im Haus mal umsehen?«

»Klar, ich hoffe, Sie finden etwas«, sagte Carelli aufgeregt, wobei Rotfux sein dramatischer Auftritt übertrieben vorkam.

»Wenn Sie ein neueres Foto von Ihrer Frau hätten, Herr Carelli? Das brauchen wir für die Vermisstenmeldung«, mische sich Oberwiesner ein.

Sie gingen mit Carelli ins Obergeschoss und sahen sich im Wohn- und Schlafzimmer um. Oskar schnüffelte überall herum, kroch sogar unter das Bett, und setzte sich schließlich auf das Nachthemd von Martina Carelli, das davor am Boden lag. Der Hund wittert die Freundin seines Herrchens, dachte Rotfux, aber er sagte dazu nichts.

»Ich habe noch nicht aufgeräumt«, entschuldigte sich Carelli, »ich war so durcheinander.«

Er fuhr seinen PC hoch und suchte in den neuesten Bilddateien ein Foto seiner Frau. »Das ist vielleicht zwei Wochen alt. Oh Gott, ich hoffe nur, dass ihr nichts passiert ist!«

»Danke, wenn Sie uns das Bild per E-Mail an das Kommissariat senden, werden wir sofort eine Suchmeldung herausgeben. Fehlt eigentlich etwas, Herr Carelli? Fehlt ein Koffer? Haben Sie bemerkt, dass sie etwas eingepackt hat? Fehlt Geld? Hat sie einen größeren Betrag von der Bank abgehoben?«

»Nichts, Herr Kommissar. Ich habe unser Konto heute Vormittag überprüft. Sie hat nichts abgehoben. Das ist es ja, ich mache mir solche Sorgen …«

»Darf ich das Nachthemd mitnehmen, Herr Carelli? Der Hund scheint Ihre Frau zu wittern. Vielleicht kann er uns einen Hinweis geben.«

»Wenn Sie meinen, Herr Kommissar«, sagte Carelli, schien aber von dieser Idee nicht besonders überzeugt zu sein.

Der Kommissar und Oberwiesner sahen sich anschließend die Räume im Erdgeschoss und auch die Kellerräume an. Nachdem sie nichts Besonderes feststellen konnten, verabschiedeten sie sich.

»Ach übrigens, ist der Hausschlüssel Ihrer Frau da? War die Tür des Hauses abgeschlossen, als Sie nach Hause kamen?«, stellte Rotfux eine letzte Frage.

»Alles war wie sonst. Die Tür war abgeschlossen. Aber Martinas Schlüsselbund fehlt seitdem.«

»Dann müsste entweder sie selbst oder ein möglicher Einbrecher oder Entführer abgeschlossen haben«, dachte Rotfux laut nach. Als er das Wort Entführer aussprach, begann Carelli zu zetern. »Bloß nicht das, bloß nicht das …«, jammerte er.

»Nun beruhigen Sie sich, Herr Carelli. Wir werden alles tun, um Ihre Frau zu finden.«

Gleich nach dem Gespräch fuhren Rotfux und Oberwiesner zur Parfümerie, in der die Freundin von Carelli arbeitete. Der Feierabendverkehr war bereits in vollem Gange. In der Friedrichstraße schoben sich die Fahrzeuge auf zwei Spuren in Richtung Herstallturm. Die Fußgänger bummelten auf den Gehwegen, manche schleppten Einkaufstüten, andere betrachteten die Schaufensterauslagen. Man hat wirklich gute Shoppingmöglichkeiten in Aschaffenburg, dachte Rotfux. Es war kurz vor

18 Uhr, und sie hofften, die Freundin von Carelli noch anzutreffen.

»Könnten wir bitte Frau Kemper sprechen?«, fragte Rotfux die Dame an der Kasse im Eingangsbereich der Parfümerie. Sie sah kurz auf und deutete in den hinteren Teil des Ladens auf eine junge blonde Frau.

»Dort hinten ist sie.«

Rotfux und der dicke Oberwiesner schoben sich durch die Regalreihen. Die junge Frau war knapp 30, stolzierte im kurzen Röckchen auf hohen Pumps umher und sortierte etwas in ein Regal ein. Da hat sich Carelli einen heißen Feger angelacht, dachte Rotfux. Sie war stark geschminkt, trug eine schwere goldene Kette um den Hals und große Goldanhänger an den Ohrläppchen. Wahrscheinlich von ihrem Freund, nahm Rotfux an. Mit ihrer blonden Kurzhaarfrisur sah sie überaus sexy aus. Vielleicht sind die Haare gefärbt, dachte Rotfux, denn ihre dunkelbraunen Augen passten nicht unbedingt zur Haarfarbe.

»Sind Sie Frau Kemper?«

»Ja, wie kann ich Ihnen helfen?«

Sie nahm wohl an, dass Rotfux etwas kaufen wollte.

»Wir hätten ein paar Fragen an Sie, Frau Kemper«, sagte Rotfux und hob seinen Ausweis in die Höhe. »Kommissar Rotfux, Kriminalpolizei Aschaffenburg«, stellte er sich vor. »Das ist mein Kollege Oberwiesner.«

»Oh«, zuckte Frau Kemper zusammen. »Hier im Laden ist es schlecht. Ich habe gleich Schluss. Können wir uns draußen unterhalten?«

Rotfux stimmte zu, und Oberwiesner und er warteten, bis die Verkäuferin aus dem Laden kam. Rotfux schlug vor, dass sie sich kurz im Auto unterhalten könnten, das sie ganz in der Nähe der Parfümerie geparkt hatten.

»Ist das nicht etwas auffällig?«, fragte sie. Es schien ihr offensichtlich unangenehm zu sein, von der Polizei in der Nähe der Parfümerie befragt zu werden.

»Wir können auch zum Kommissariat fahren oder uns einen ruhigeren Parkplatz suchen«, sagte Rotfux.

»Das wäre mir lieber.«

Rotfux merkte, dass sie Angst hatte. Er bat sie, auf dem Beifahrersitz Platz zu nehmen, setzte Oskar nach hinten zu Oberwiesner und startete. Lena Kemper versuchte, ihr kurzes Röckchen nach unten zu ziehen, aber es half wenig. Rotfux musste sich beherrschen, um ihr nicht zu sehr auf die langen Beine zu schauen, welche sie zwar zusammenpresste, die aber doch mehr freigaben, als versteckten.

»Sie können sich bestimmt denken, weshalb wir Sie befragen«, begann Rotfux.

»Wegen Frau Carelli vermutlich.«

»Sie wissen also davon?«

»Ja, Francesco hat mir erzählt, dass sie verschwunden ist. Aber ich verstehe gar nicht, warum er sich damit so hat. Er wollte sich doch sowieso scheiden lassen.«

»Hat er das gesagt?«

»Ja klar, schon länger, er wartet nur auf den richtigen Moment, um es ihr zu sagen …«

Ob du dich da nicht täuschst, Mädchen, dachte Rotfux. Zu oft hatte er diese Geschichte schon gehört, um sie noch glauben zu können.

»Aber er macht sich scheinbar trotzdem Sorgen. Haben Sie eine Ahnung, wo seine Frau sein könnte?«

»Keinen Schimmer!«

Sie sprach einfach, fast vulgär, was zu ihrem Auftritt passte.

»Wann haben Sie Frau Carelli zum letzten Mal gesehen?«

Lena Kemper dachte nach, während Rotfux in Richtung Nilkheim abbog.

»Ich weiß gar nicht, schon ewig nicht. Francesco wollte keine Probleme.«

»Aber Sie kannten sie schon?«

»Ja, irgendwann war ich in ihrem Laden, aus Neugier, aber sie hat mich nicht weiter interessiert.«

Sie schlug jetzt ihre Beine übereinander und schob die Brust nach vorne.

»Es war ohnehin nur eine Frage der Zeit, bis ich die abserviert hätte.«

Rotfux fand ihre herzlose, eiskalte Art abstoßend.

»Vielleicht haben Sie ja ein wenig nachgeholfen, Frau Kemper«, meldete sich Oberwiesner von hinten zu Wort. »Das hätte für Sie und Herrn Carelli doch alles ziemlich erleichtert.«

»So ein Quatsch!«, protestierte Lena Kemper. »Sie glauben doch nicht, dass ich so eine alte Schachtel umbringe, wenn mir der Mann schon die Ehe versprochen hat. Bin doch nicht blöd.«

Rotfux dache sich seinen Teil. Er parkte vor dem Kommissariat.

»Gehen wir noch kurz rein. Es dauert nicht lange.«

Sie nahmen Lena Kemper zum Büro von Rotfux mit. Oskar war froh, wieder in seine gewohnte Umgebung zu kommen. Er steuerte auf das Sekretariat zu, trank aus seinem Schälchen und legte sich auf sein blaues Sitzkissen. Für Lena Kemper schien er sich nicht im Geringsten zu interessieren. Rotfux bat Oberwiesner, sofort die Vermisstenmeldung in die Wege zu leiten. Er selbst bot Lena Kemper einen Platz vor seinem breiten Schreibtisch an.

»Bitte, setzen Sie sich doch, Frau Kemper.«

Sie nahm Platz, versuchte wieder, ihren kurzen Rock nach unten zu ziehen, und musterte den Kalender, der hinter Rotfux an der Wand hing. Er hatte den Kalender über eines dieser Fotoverarbeitungssysteme aus seinen schönsten Reisefotos fertigen lassen, um auch im Büro etwas persönliche Atmosphäre zu haben. Das aktuelle Kalenderblatt zeigte Rotfux auf der Chinesischen Mauer, strahlend, im gelben T-Shirt, verschwitzt vom Aufstieg, aber glücklich.

»Oh, Sie waren in China«, sagte Lena Kemper anerkennend.

»Ja, war eine sehr interessante Reise, habe Peking, Xian und Shanghai besucht, aber darüber können wir uns leider nicht unterhalten, Frau Kemper. Ich muss Ihnen ein paar Fragen stellen: Sie waren kürzlich mit Herrn Carelli in Würzburg. Können Sie sich erinnern, wann das genau war?«

»Was soll das nun wieder?«, reagierte sie gereizt. »Soll das mit dem Verschwinden von Frau Carelli zu tun haben?«

»Die Fragen müssen Sie schon uns überlassen«, konterte Rotfux ganz ruhig. »Also?«

Sie überlegte.

»Donnerstag vor zwei Wochen bis Samstag, dann sind wir nach Südtirol gefahren. Ich hatte Donnerstag und Freitag Urlaub genommen. Deshalb weiß ich es noch.«

Das stimmt mit den Aussagen von Carelli überein, dachte Rotfux.

»Und warum sind Sie nicht gleich nach Südtirol gefahren?«

»Was weiß ich … Francesco wollte es sich gemütlich machen, wie er sagte. Wir können nicht oft zusammen sein, da freut man sich, wenn es mal passt.«

Sie lächelte hintergründig, als sie das sagte, und schlug ihre Beine aufreizend übereinander.

»Und Sie sind früh ins Bett gegangen, vermute ich.«

»Das geht Sie wirklich nichts an«, wehrte sich Lena Kemper.

»Dann frage ich Sie mal anders: Wo waren Sie an besagtem Freitag zwischen 23 und 24 Uhr?

»Natürlich im Bett!«, platzte es aus Lena Kemper heraus.

»Aha, sehen Sie. Das wollte ich nur wissen. Bestimmt zusammen mit Herrn Carelli?«

»Vermutlich«, sagte sie schelmisch.

»Was heißt vermutlich? Ja oder nein?«

»Na ja, natürlich, wollen Sie auch die Details noch wissen?«

Rotfux biss sich auf die Zunge und verkniff sich jede Bemerkung dazu.

»Wir müssen alles in Erwägung ziehen«, sagte er. »Sie hätten locker von Würzburg nach Aschaffenburg fahren, Herrn Franke in seinem Weinkeller besuchen und sich anschließend wieder ins Bett im ›Würzburger Hof‹ legen können. Ihr Alibi ist nicht gerade hieb- und stichfest!«

Lena Kemper sah den Kommissar verständnislos an.

»Warum sollten wir etwas mit dem Mord an diesem Franke zu tun haben?«

»Das versuchen wir gerade herauszufinden.«

Rotfux sagte ihr nicht, dass Franke eine Beziehung mit der Frau Carelli gehabt hatte. Er hielt es für klüger, nicht gleich alles auf den Tisch zu legen. So ahnte sie nicht, dass ihr Freund ein gewichtiges Motiv sowohl für den Mord an Franke als auch für die Beseitigung seiner Frau besaß.

10

Am nächsten Morgen, einem Samstag, war auf allen Kanälen die Suchmeldung nach Martina Carelli zu hören. Die regionalen Sender »Radio Primavera«, »Radio Galaxy« und sogar »Bayern 1« und »Bayern 3« brachten die Meldung, dass Martina Carelli verschwunden sei. Im »Main-Echo« erschien die Vermisstenanzeige mit Bild und mit der Aufforderung, sachdienliche Hinweise an die Kriminalpolizei Aschaffenburg oder jede andere Polizeidienststelle zu melden.

»Wir fahren trotzdem wie geplant nach Würzburg«, sagte Rotfux zu Caroline. »Falls etwas Besonderes passieren sollte, werde ich benachrichtigt.«

Sie hatten sich vorgenommen, Würzburg zu besuchen, um dort gemütlich zu shoppen. Gleichzeitig wollte Rotfux mit Wilhelm Uhlig sprechen, der ihm auf der Trauerfeier für Emil Franke sein Kärtchen gegeben hatte, und der in Würzburg wohnte. Er war einer der engsten Freunde des Ermordeten und über viele Jahre Kellermeister im Staatlichen Hofkeller Würzburg gewesen. Inzwischen war er pensioniert, führte aber gelegentlich Kellerbesichtigungen, so auch an diesem Samstag.

»Das passt gut. Wir besichtigen die Kellergewölbe unter der Residenz, und anschließend stelle ich Herrn Uhlig ein paar Fragen.«

Caroline Meister freute sich auf den Tag mit Rotfux und war froh, dass er den Ausflug nicht wegen der Sache mit Martina Carelli abgesagt hatte. Zu oft schon hatte sie in ähnlichen Fällen zurückstecken müssen.

»Ich freu mich so, dass wir fahren. Dann kann ich nach den Schuhen suchen, die ich mir kaufen wollte. Du weißt schon, diese flachen Mokassins, die ich in Braun habe, die gibt es auch in Blau. Aber vielleicht sehe ich auch sonst etwas …«

Schuhe und Handtaschen konnte Caroline immer gebrauchen. Oskar saß in der Hundebox auf dem Rücksitz. Es war sein erster richtiger Ausflug mit Rotfux.

Schon bei der Anfahrt über die Autobahn war ihnen aufgefallen, dass Würzburg förmlich zwischen hervorragenden Weinlagen eingebettet war. In nördlicher Richtung lag der bekannte »Würzburger Stein«, von dem schon Goethe schwärmte. Silvaner und Riesling entwickelten hier auf mineralhaltigem Muschelkalk ein einzigartiges Aroma. Auf der anderen Seite des Mains zogen sich die Weinstöcke unterhalb der Festung Marienberg die Hänge hinauf. Rotfux hatte sich im Internet über die bekanntesten Würzburger Weinlagen informiert. Er wollte für die Kellerführung und das Gespräch mit Uhlig gut gerüstet sein und trank auch selbst gern einen guten Tropfen.

Nachdem sie im Zentrum angekommen waren, parkten sie auf dem Residenzplatz. Von dort gingen sie zu Fuß in die Altstadt. Oskar nutzte die Gelegenheit, schnüffelte an verschiedenen Hausecken und setzte seine Duftmarken. Sie waren schon länger nicht in Würzburg gewesen, genossen den Blick von der Alten Mainbrücke hinüber zur Festung, spazierten durch die Gassen, stöberten hier und da in den Läden und kehrten mittags in der »Weinstube im Juliusspital« ein. Im Weinstubenhof fanden sie einen gemütlichen Tisch im Freien. Caroline war glücklich.

»So lässt es sich aushalten«, seufzte sie und legte ihre Hand auf den Arm von Rotfux.

Rotfux bestellte eine Fränkische Leberknödelsuppe und einen Würzburger Sauerkrautteller. Ihm war nach Deftigem zumute. Caroline genoss eine Rindfleischbouillon und ein Schweineschnitzel mit Pommes und Blattsalat. Oskar bekam ein Trinkschälchen, und Rotfux bestellte extra eine Bratwurst für ihn.

»Der arme Kerl soll nicht hungern«, lachte er.

Bei einem trockenen Spätburgunder genossen sie das Essen und genehmigten sich zum Abschluss ein Fränkisches Schmankerleis mit frischen Früchten.

»Abnehmen werde ich heute nicht«, lachte Rotfux, »aber so richtig entspannen und genießen muss man auch mal dürfen.«

Nach dem Essen setzten sie ihren Shoppingbummel fort. Das schöne Spätsommerwetter hatte die Würzburger nach draußen gelockt. Die Straßenbahnen fuhren gut gefüllt durch die Innenstadt. Die Gehsteige waren bevölkert. Vor den Eisdielen saßen die Leute.

»Lass uns noch kurz in den Dom gehen«, schlug Rotfux vor.

Caroline wartete zunächst mit Oskar draußen, und Rotfux ging hinein. Als er die Kirche betrat, war er beeindruckt von der hellen, leichten Atmosphäre dieser romanischen Kathedrale. Es war eine Angewohnheit von ihm, solche Gotteshäuser zu besuchen und Kerzen anzuzünden. Auch im Urlaub tat er das, egal wo. Er gedachte seiner Familie und Freunde und wünschte sich gelegentlich auch etwas für sich selbst. Lieber Gott, lass mich den Mord an Emil Franke aufklären, und mach, dass Martina Carelli wieder auftaucht, betete er. Rotfux war nicht ausgesprochen gläubig, aber irgendwie hatte er das Gefühl, dass es eine höhere Macht gab. So konnte es nicht schaden, sie um Hilfe zu bitten oder Dank zu sagen.

Während Caroline ins Innere ging, setzte sich Rotfux mit Oskar auf die Treppenstufen am Eingang des Doms, Oskar rekelte sich auf den durch die Sonne erwärmten Sandsteinstufen. Der genießt jeden Augenblick, dachte Rotfux, das sollte ich auch mehr tun. Nachdem sie den Domvorplatz verlassen hatten, kam ihnen auf der Domstraße ein junger Mann entgegen, der sich ein mannshohes Werbeplakat auf den Rücken geschnallt hatte. Irgendeine Werbeaktion, dachte Rotfux im ersten Moment. Dann sah er, dass es sich um die Kampagne ›LIES‹ der Salafisten handelte. »Der edle Koran auf Deutsch. Kostenlos!«, war auf dem Plakat zu lesen. Der junge Mann mit gehäkelter Gebetsmütze und weißem Kaftan lief damit zwischen den Straßenbahngeleisen mitten auf der Straße umher, um besonders aufzufallen. Die scheinen inzwischen überall zu sein, dachte Rotfux. Religiöse Werbung dieser Art berührte ihn unangenehm. Es ärgerte ihn, dass sie auf diese Art in Deutschland missionierten. In der Moschee zu beten, das war völlig okay, aber nicht auf diese plumpe Art Leute auf der Straße ansprechen.

»Warum das nicht verboten wird?«, sagte er zu Caroline. »Es ist nachgewiesen, dass durch solche Kampagnen junge Leute geworben werden, von denen manche am Ende in den Jihad nach Syrien ziehen. Warum schreitet man nicht rechtzeitig ein?«

Caroline dachte an ihre Schuhe und reagierte nicht weiter darauf.

»Gleich da vorne an der Ecke kommt mein Schuhgeschäft«, sagte sie, und Rotfux war klar, dass sie nicht über Salafisten diskutieren wollte.

Sie fand tatsächlich zwei Paar Schuhe. Rotfux freute sich darüber. Caroline war glücklich über ihren Kauf, und der Rest des Tages würde schön enden, da war sich Rotfux sicher. Im selben Augenblick läutete sein Handy. Hoffentlich nichts Schlimmes, dachte er.

»Rotfux«, meldete er sich.

»Polizei Aschaffenburg, Vermittlung, Lisa Fuchs. Entschuldigen Sie die Störung, Herr Kommissar. Ein Francesco Carelli hat schon fünf Mal angerufen. Er lässt sich nicht beruhigen. Er will unbedingt wissen, was mit seiner Frau los ist, Sie wissen schon, die von der Suchmeldung …«

»Gibt es zur Suchmeldung etwas Neues, Frau Fuchs? Hat jemand angerufen?«

»Nein, einer meinte, ein dunkles Auto vor dem italienischen Laden gesehen zu haben, aber er konnte weder die Fahrzeugmarke noch die Nummer angeben. Sonst war nichts.«

»Haben Sie Herrn Carelli noch dran?«

»Ja, ich habe ihn in der Leitung.«

»Dann geben Sie mal her. Rotfux …«

»Hallo, Herr Kommissar, Gott sei Dank, wissen Sie, was mit Martina ist?«

»Herr Carelli, wir tun, was wir können, aber wir müssen erst warten, ob jemand etwas meldet. Bisher gab es nur einen Anruf. Ein dunkles Auto soll vor Ihrem Haus gesehen worden sein. Haben Sie etwas bemerkt?«

»Nein, nichts, aber ich werde aufpassen.«

»Also, Herr Carelli, wir müssen noch etwas Geduld haben. Vielleicht meldet sich jemand.«

»Aber ich habe Angst, dass etwas passiert ist«, stammelte Carelli.

»Das verstehe ich. Glauben Sie mir, wir tun, was wir können. Ich melde mich wieder bei Ihnen, wenn es Neues gibt.«

Rotfux legte auf. Er war genervt durch diesen Anruf. Wäre Carelli nicht bei dieser blonden Tussi gewesen, sondern bei seiner Frau geblieben, gäbe es das Problem nicht, dachte er. Jetzt war das Kind in den Brunnen gefallen, und die Polizei sollte es wieder herausholen.

»Etwas Unangenehmes?«, fragte Caroline.

»Ach nur dieser Carelli, dem die Frau verschwunden ist. Er ruft ständig bei der Polizei an. Ich habe versucht, ihn zu beruhigen.«

»Wenn ich verschwände, würdest du dir doch auch Sorgen machen, oder?«

»Auf dich passe ich schon auf. Du wirst nicht verschwinden«, lachte Rotfux und drückte ihr einen Kuss auf die Wange. »Komm, lass uns ein Eis essen.«

Beim Café am Dom fanden sie einen schönen Tisch im Freien, und Rotfux beruhigte sich wieder. Er sah den Dom, der seit mehr als 1.000 Jahren über Würzburg wachte, und stellte fest, dass seine Probleme vergleichsweise klein und unbedeutend waren. Nach einem leckeren Eisbecher gingen sie zurück zur Residenz und legten Carolines neue Schuhe ins Auto. Für Oskar nahmen sie die Tragetasche mit, in der er sitzen konnte, da im Weinkeller vermutlich Hunde nicht erlaubt sein würden.

»Ich hoffe, ich kann Herrn Uhlig überreden, dass Oskar in der Tasche mit darf«, sagte Rotfux.

Sie hatten noch etwas Zeit bis zur Führung um 17 Uhr, der letzten Führung am Samstag. So setzten sie sich auf die Stufen des Frankonia-Brunnens, dem Treffpunkt für die Kellerführungen. Oskar genoss die Sonne auf den warmen Treppenstufen, Rotfux sah sich den Brunnen mit seinen Figuren an. Die Frankonia hielt die fränkische Fahne und einen Lorbeerkranz in den Händen, darunter waren drei Figuren der fränkischen Geschichte gruppiert, Walther von der Vogelweide, Tilman Riemenschneider und Matthias Grünewald. Wusste gar nicht, dass das Franken waren, dachte Rotfux.

Um 17 Uhr kam Wilhelm Uhlig zum Brunnen. Er trug einen modischen Trachtenjanker zu einer dunklen Hose. Seine kräftige Statur, der leichte Bauchansatz, das rundliche Gesicht und vor allem die kräftige Nase ließen an einen Weinbauern denken, der schon manchen Wein verkostet hatte.

»Ich grüße Sie«, sagte er laut. »Wer an der Kellerführung durch den Residenzweinkeller teilnehmen möchte, kommt bitte einfach mit.«

Seine dunkelbraunen Augen musterten die Umstehenden. Als er Rotfux sah, nickte er freundlich. Er ging voraus zum Nordflügel der Residenz und durch das Tor in den Innenhof. Vor dem Zugang zum Weinkeller, einer schweren hölzernen Tür, wartete eine junge Frau in dunkler Hose und blauem Kittel.

»Wenn Sie bei ihr bitte sieben Euro Eintritt bezahlen«, forderte Wilhelm Uhlig auf, »dann kann's gleich losgehen.«

Oskar saß inzwischen in seiner braun karierten Tragetasche und gab keinen Mucks von sich.

»Dürfen wir den Hund in der Tasche mitnehmen?«, fragte Rotfux. »Er ist ganz ruhig.«

»Eigentlich dürfen Hunde grundsätzlich nicht rein«, antwortete Uhlig, »Aber wenn er wirklich ganz ruhig in seiner Tasche sitzt, will ich mal ein Auge zudrücken.«

»Das ist nett, vielen Dank!«

Rotfux und Caroline gingen die Treppe in die Tiefe des Kellers nach unten zu einem Vorraum, hinter dem der eigentliche Weinkeller begann. Hier wartete Wilhelm Uhlig, bis die Besuchergruppe komplett war, und begann mit einer Einführung in das Kellerrecht. Das Zanken und Fluchen sei verboten, ebenso das Kratzen und Schreiben an den Wänden und vor allem das Klopfen an die Fässer mit den Händen. Rotfux hörte bei Uhlig den sächsischen Dialekt durch, auch wenn er sich in vielen Jahren schon teilweise dem Fränkischen angenähert hatte. Uhlig sah einen Buben an, der vielleicht zehn Jahre alt war.

»Siehst du das Ölgemälde dort an der Wand?«

»Ja.«

»Darauf ist einer abgebildet, der mit den Händen gegen die Fässer geklopft hat. Der wird dafür mit einem Stück Fassdaube verprügelt. Das haben wir hier drei Mal die Woche.«

Der Junge wurde ganz still. Uhlig zwinkerte ihm zu.

»Das war nur Spaß. Aber du darfst nachher in ein Fass klettern, wenn du möchtest.«

Der eigentliche Grund, dass man nicht gegen die Fässer klopfen durfte, waren nicht die Weingeister, wie manche meinten, sondern es sollte vermieden werden, dass Fremde hörten, ob die Fässer voll oder leer waren. Damit wollte man verhindern, dass sich Kunden ein Bild von der wirtschaftlichen Situation eines Weingutes machten, berichtete Uhlig. Wieder was dazugelernt, dachte Rotfux. Oskar saß still in seiner Tasche, die Rotfux vorsichtig trug. Durch eine schwere Stahltür kamen sie in den eigentlichen Weinkeller. Uhlig führte sie zunächst zum Stückfasskeller, in welchem 100 kleinere Holzfässer lagerten.

Er erklärte, dass ein »Stück« eine alte fränkische Maßeinheit für Holzfässer sei, die etwa 1.200 Litern entsprach.

»Dies ist sicher der wichtigste Keller der Residenz. Hier finden bis heute festliche Weinproben statt. Wenn die neuen Studenten nach Würzburg kommen, werden sie zum Beispiel dazu eingeladen«, erläuterte Uhlig.

Durch den Kammerkeller, in dem ganz besondere Weine der Fürstbischöfe eingelagert wurden, ging es zum Beamtenweinkeller. Dort lagerte in drei riesigen Fässern der Wein für die Hofbediensteten, deren Sold früher zu großen Teilen in Wein ausbezahlt wurde. Hier durfte endlich der Bub in eines der Fässer klettern und kam nach einiger Zeit wieder stolz zum Vorschein.

»Ich darf Sie nun zu einer kleinen Weinprobe einladen«, kündigte Uhlig an. Die junge Dame, die am Eingang kassiert hatte, gab die Gläser aus, und Uhlig erläuterte, dass man einen Riesling von 2013 trinke, der auch anschließend als kleine Erinnerung bei der Bacchusecke gekauft werden könne. Im Anschluss an die Weinprobe bedankte sich Uhlig bei der Besuchergruppe, die kräftig klatschte. Das war für Oskar dann doch zu viel. Er setzte sich in seiner Tasche auf und bellte kräftig.

»Ihm hat es auch gefallen. Er möchte sich bedanken«, reagierte Rotfux geistesgegenwärtig und hatte damit die Lacher auf seiner Seite. Er ging mit Caroline und den anderen Besuchern zur Bacchusecke und kaufte dort eine Flasche Riesling zur Erinnerung. Uhlig kam auf ihn zu.

»Wir können uns am besten hier unten unterhalten, wenn die anderen gegangen sind«, schlug er vor. »Seit ich in Pension bin, habe ich kein eigenes Büro mehr im Hofkeller. Kommen Sie, setzen wir uns hierher.«

Sie nahmen an einem derben Holztisch vor einigen Weinfässern Platz. Oskar durfte mit seiner Tasche auf die Bank. Uhlig bot einen Wein an.

»Ein Wasser wäre mir lieber, ich muss noch fahren«, sagte Rotfux.

»Selbst das haben wir im Weinkeller«, lachte Uhlig und holte eine Flasche Mineralwasser. »Sie können dann schon gehen, Frau Landmann«, sagte er zur Bedienung. »Ich unterhalte mich noch etwas mit den Herrschaften. Nachher schließe ich alles selbst zu.«

Die junge Dame verabschiedete sich.

»Gut, dass wir uns treffen, Herr Kommissar. Ich habe etwas für Sie«, begann Uhlig das Gespräch. Er zog einen Umschlag aus der Tasche seines Jankers und überreichte ihn Rotfux.

»Was ist das?«

»Schauen Sie einfach mal.«

Rotfux sah sich den Umschlag an: Name, Adresse, kein Absender, zunächst nichts Besonderes. Er zog ein weißes Blatt aus dem Kuvert und stutzte. »Warnung« war mit großen roten Zeitungsbuchstaben darauf geklebt. Darunter ebenfalls mit Zeitungsbuchstaben: »Wir verteilen den Koran überall. Ihr werdet uns nicht hindern.«

»Ist ja interessant«, murmelte Rotfux. »Wann haben Sie den Brief erhalten?«

»Kam gestern bei mir an.«

Rotfux betrachtete nochmals den Umschlag.

»Poststempel von Aschaffenburg. Muss dort abgeschickt worden sein. Darf ich ihn behalten?«

»Ja klar, hoffentlich finden Sie etwas heraus. Die Salafisten laufen in den letzten Tagen durch Würzburg und verteilen den Koran. Können eigentlich nur die gewesen sein.«

»Aber warum sollten sie Ihnen drohen?«

»Ich habe einen Leserbrief in der ›Main-Post‹ geschrieben. Das scheint denen nicht gepasst zu haben.«

Rotfux erzählte, dass er die Salafisten heute vor dem Dom gesehen hatte, und erwähnte, dass sie jetzt auch schon auf deutschen Bahnhöfen aktiv waren, wo Tausende von Flüchtlingen ankamen.

»Sie versuchen, unter dem Vorwand der Hilfsbereitschaft neue Mitglieder zu rekrutieren. Die Situation ist natürlich ein guter Nährboden für solche Aktivitäten.«

Uhlig stimmte ihm zu, und sie unterhielten sich eine Zeit lang über die aktuelle Situation in Deutschland. Dann ging Rotfux zu anderen Themen über. Vor allem versuchte er herauszufinden, ob Uhlig Anhaltspunkte für den Mord an seinem Freund Emil Franke hatte.

»Also ich denke am ehesten, dass es Salafisten waren. Sie sehen doch, was die treiben. Emil war absolut gegen sie. Hat, glaub ich, auch einen Leserbrief im Aschaffenburger ›Main-Echo‹ geschrieben.«

»Kennen Sie Martina Carelli? Wissen Sie, welche Beziehung sie zu Emil Franke hatte?«, stellte Rotfux seine nächste Frage.

Uhlig schien keine Ahnung zu haben. Er hatte noch nicht einmal die Vermisstenmeldung im Radio gehört.

»Der Name sagt mir gar nichts.«

»Kennen Sie vielleicht die Morones, ein älteres italienisches Ehepaar? Sie waren auf der Trauerfeier. Emil Franke muss gut mit ihnen bekannt gewesen sein.«

Auch dazu konnte Uhlig nichts sagen. Oder will er womöglich nichts sagen, dachte Rotfux.

Caroline schien es langweilig zu werden.

»Vielleicht sollte ich mit Oskar eine Runde drehen«, schlug sie vor. »Der arme Kerl sitzt schon ewig in seiner Tasche. Bestimmt muss er auch mal.«

»Das ist eine gute Idee«, stimmte Rotfux zu, »wir sind ohnehin gleich fertig.«

Als Caroline mit dem Hund über die Treppen nach oben gestiegen war, blieben die beiden Männer ganz allein. Die Atmosphäre war gespenstisch. An den Weinfässern brannten die Kerzen und verbreiteten ein feierliches Dämmerlicht. Alles war still, nur ihre Stimmen hallten durch das dunkle Kellergewölbe.

»Jetzt mal Hand aufs Herz, Herr Uhlig. War Emil Franke an irgendwelchen Panschereien mit Wein beteiligt?«

Uhlig sah Rotfux verdutzt an.

»Wie meinen Sie das?«

»Hat er krumme Touren mit Wein gedreht? Sorten gemischt, etwas gepanscht, was niemand wissen durfte?«

Uhlig schüttelte den Kopf.

»Allein die Frage kommt mir wahnwitzig vor.«

»Haben Sie je vom Schmerlenhof gehört?«

»Nein, niemals«, sagte Uhlig entrüstet.

Fast kam Rotfux die Ablehnung diesmal zu prompt und entschlossen, als ob Uhlig etwas zu verbergen hatte. Rotfux berichtete vom Schmerlenhof und den Plastikkanistern, aber Uhlig blieb dabei, nichts davon gewusst zu haben.

»Ich kann mir, ehrlich gesagt, nicht vorstellen, dass Emil etwas Krummes gedreht hat. Er war die Ehrlichkeit in Person.«

»Da täuscht man sich manchmal«, sagte Rotfux.

Uhlig erzählte, dass er gemeinsam mit Emil Franke und den anderen Freunden vor einigen Wochen zu einer Pegida-Demonstration nach Dresden gefahren war.

»Sozusagen in Erinnerung an alte Zeiten«, sagte er. »Wir sind gemeinsam aus der Umgebung von Dresden in den Westen gekommen und haben uns nie aus den Augen verloren. Schade, dass Emil nicht mehr unter uns ist. Ich hoffe, Sie finden die Mörder, Herr Kommissar!«

Als Rotfux am Abend mit Caroline und Oskar bei seiner Wohnung ankam, schimmerte etwas im Briefkasten. Rotfux nahm den Umschlag aus dem Kasten und sah ihn sich an: Name, Adresse, kein Absender, wie bei Wilhelm Uhlig. Er zog ein weißes Blatt aus dem Kuvert und ahnte, was kommen würde. »Warnung« war mit großen roten Zeitungsbuchstaben darauf geklebt. Darunter ebenfalls mit Zeitungsbuchstaben: »Wir verteilen den Koran überall. Ihr werdet uns nicht hindern.« Abgestempelt war der Brief in Aschaffenburg. Jetzt bin ich auch auf deren Liste, dachte Rotfux, aber an mir werden sie sich die Zähne ausbeißen.

11

Francesco Carelli gab keine Ruhe. Am Sonntagvormittag rief er mehrmals bei der Polizei in Aschaffenburg an, sodass man Rotfux benachrichtigte. Caroline verließ Rotfux nach dem Mittagessen. Sie musste noch Vorlesungen für die kommende Woche vorbereiten.

»So hast du einen gemütlichen Nachmittag mit Oskar«, verabschiedete sie sich.

Rotfux sah von seinem Balkon hinunter zum Main. Spaziergänger bevölkerten die Promenade, einige Enten ließen sich auf dem Fluss treiben, und mehrere Kajaks kämpften gegen die Strömung. Trotz dieser heiteren Stimmung war Rotfux unruhig. Es war so ein Tag, an dem ihm sein Fall nicht aus dem Kopf ging. Vor allem Martina Carelli beschäftigte ihn. Was war, wenn tatsächlich etwas Schlimmes passiert sein sollte und sie Hilfe benötigte? Was war, wenn Carelli mit seinen Befürchtungen recht hatte? Das Nachthemd von Martina Carelli fiel ihm ein. Er hatte es nach der Befragung von Lena Kemper am Freitagabend in seinem Büro im Kommissariat deponiert. Ich könnte versuchen, ob Oskar Fährte aufnimmt, dachte er.

»Komm, Oskar, wir müssen etwas versuchen.«

Der Dackel schaute ihn an und wedelte mit dem Schwanz. Rotfux steckte eine kleine Dose mit Leckerli ein, legte dem Hund die Leine an und fuhr mit ihm zum Kommissariat, um das Nachthemd zu holen, anschließend zum italienischen Laden in der Altstadt.

»So, jetzt geht's los, mein Freund«, sagte er und hob Oskar aus dem Auto. Er ließ ihn am Nachthemd von Martina Carelli schnüffeln, gab ihm ein Leckerli und sagte: »Such Oskar, such Martina.«

Der Hund schien Witterung aufzunehmen, schnüffelte mit seiner Nase ganz dicht über dem Boden, sog die Luft in Stößen ein und lief gleichzeitig vorwärts. Rotfux hatte Mühe, ihm hinterherzukommen.

»So ist's fein«, lobte er den Dackel.

Oskar zog weiter, allerdings in eine unvermutete Richtung. Er rannte zum Schloss, direkt über die Sandsteinbrücke beim Haupteingang, dann quer durch den Innenhof zum Eingang des Weinguts.

»Da ist Martina bestimmt nicht«, sagte Rotfux enttäuscht. »Da war sie mal, das hast du richtig erkannt, aber da ist sie jetzt nicht mehr.«

Oskar stand vor dem hölzernen Tor zum Weingut und bellte und wedelte.

»Du denkst, dein Herrchen ist hier«, sagte Rotfux, »dass er tot ist, verstehst du nicht, kleiner Hundemann.«

Der Dackel tat ihm leid, er nahm ihn auf dem Arm, trug ihn ein Stück vom Schloss weg und ließ ihn nochmals am Nachthemd von Martina Carelli schnuppern.

»Such, Oskar, such Martina.«

Der Hund schnüffelte und sog die Luft ganz tief ein, dann zog er in Richtung Schlossgasse, vorbei am Gasthaus »Schlappeseppel«, wo Gäste auf den Bänken in der Sonne saßen.

»Der Dackel zieht aber ganz schön an der Leine«, rief ein älterer Herr und prostete Rotfux mit seinem Bierkrug zu.

»Der hat einen Spezialauftrag«, antwortete Rotfux lachend.

Vorbei an der Steinmetzschule, am »Wirtshaus zum Fegerer« und an der Muttergottespfarrkirche zog Oskar die Dalbergstraße hinunter zum Main. Aschaffenburg hat wirklich viele schöne Kneipen, dachte Rotfux als sie am »Maulaff«, am »Krokodil«, am »Windfang« und an »Seppels Weinstube« vorbeikamen. Oskar schnüffelte intensiv die Straße entlang, und Rotfux hoffte, dass dies wirklich mit Martina Carelli zusammenhing und nicht nur mit einer läufigen Hündin, der er womöglich folgte. Er gab ihm nochmals das Nachthemd zum Beschnuppern und sagte: »Such, Oskar, such Martina.«

Am Ende der Dalbergstraße sahen sie den Main und die Willigisbrücke. Oskar zog hinunter zum Main. »Am Floßhafen« war auf dem Straßenschild zu lesen. Hier wohne ich, dachte Rotfux enttäuscht. Der Hund zieht nach Hause.

»Wir wollen nicht zu uns, such Martina«, sagte er und ließ den Dackel nochmals am Nachthemd schnuppern.

Der ließ sich nicht beirren. Er zog schnüffelnd vorbei am Minigolfplatz, auf dem Hochbetrieb herrschte, bis zum Haus von Rotfux. Dort blieb er kurz stehen, lief daran vorbei, unter der Adenauerbrücke hindurch, in das kleine Gewerbegebiet am Ende der Promenade.

»Hier willst du hin?«, wunderte sich Rotfux. Er kramte nochmals das Nachthemd aus seinem Leinenbeutel, ließ den Hund daran schnüffeln und sagte: »Such Oskar, such Martina.«

Linker Hand lag eine Schlosserei, in deren Hof ein altes Segelboot und alte Autos abgestellt waren. Das Schiebetor des benachbarten Getränkemarktes war am Sonntag geschlossen. Die Straße führte an einer Rollerfabrik, einem Yoga-Raum und einem Schrottplatz vorbei. Beim Schrottplatz blieb Oskar stehen, reckte die Schnauze in die Höhe, schnüffelte intensiv, wobei sich seine Nasenspitze hin und her bewegte. Na toll, dachte Rotfux, eine Leiche in einem der Container hier, das hätte mir gerade noch gefehlt. Er beobachtete den Hund, der sich allerdings entschloss, weiterzulaufen, aber intensiv in der Luft schnüffelte. Rotfux wurde klar, woher der Ausspruch »da liegt was in der Luft« kam. Für Oskar lag ganz offensichtlich etwas in der Luft. Er zog weiter zum Gelände einer Bauunternehmung, schnüffelte intensiv an einem breiten grauen Schiebetor und blieb dort bellend stehen. Auf dem Gelände lagerten Baumaterialien, ein orangeroter Bagger und andere Baumaschinen waren dort abgestellt, und neben drei großen Hallen stand ein grauer Bauwagen aus Wellblech. Der schien es Oskar angetan zu haben. Er zog in diese Richtung und hörte nicht auf zu bellen. Am Sonntag waren die Tore des Geländes verschlossen und niemand zu sehen. Rotfux entschloss sich, den Dackel von der Leine zu lassen, um zu sehen, wo er hin wollte. Oskar zwängte sich unter dem Tor durch und rannte zum Bauwagen. Dort ist etwas, dachte Rotfux. Es blieb ihm nichts anderes übrig, als selbst über das schwere Metalltor zu klettern und nachzusehen. Durch das Fenster des Bauwagens konnte Rotfux nichts erkennen, da es innen dunkel war. Die Stahltür war abgeschlossen, aber Oskar schnüffelte wie verrückt und ließ sich nicht beruhigen.

»Nur ruhig, wir schaffen das schon«, sagte Rotfux und gab ihm ein Leckerli. »Bist ein braver Hund!«

Er klopfte an die Tür des Bauwagens und rief: »Hallo!«

Es kam keine Antwort, aber Rotfux meinte, ein Geräusch zu hören, ein leises Stöhnen oder Jammern.

»Hallo, ist da wer?«, rief er nochmals, ohne jedoch eine Reaktion zu erhalten.

Vielleicht ist sie wirklich da drin, dachte er. Vielleicht spielt der Hund deshalb so verrückt. Er rüttelte an der Tür, doch sie gab nicht nach. Mist, dachte Rotfux. Wenn Martina Carelli noch lebt, ist keine Zeit zu verlieren. Er forderte bei der Zentrale der Polizei in Nilkheim Verstärkung an, wollte aber inzwischen selbst versuchen, den Bauwagen zu öffnen. Er ging an den Paletten entlang, auf denen verschiedene Baumaterialien lagerten, und suchte nach einer Stange, mit der er die Tür aufhebeln konnte. Aber vergeblich. Er fand nichts. Der Schrottplatz, schoss es ihm durchs Hirn. Dort gab es Metallstangen genug. Rotfux kletterte zurück über das Tor, rannte zum Schrottplatz, suchte drei längere Metallteile zusammen und eilte zurück zum Bauwagen. Oskar erwartete ihn bellend.

»Schon gut, schon gut, gleich haben wir es geschafft.«

Er schob das stärkste und längste Metallteil zwischen den Türspalt und wuchtete kräftig. Es war wie verhext, die Tür gab nicht nach. Dafür war der Türspalt etwas breiter geworden, und es gelang Rotfux, zwei Metallteile gleichzeitig dazwischenzuschieben. Er konzentrierte sich, nahm alle Kraft zusammen und wuchtete kräftig. Die Tür quietschte und sprang endlich mit einem lauten Knall auf. Oskar bellte vor Schreck, während Rotfux in den Bauwagen sah. Auf einer schmutzigen Pritsche lag Martina Carelli. Mein Gott, wie sieht die denn aus, dachte Rotfux. Sie war halb nackt und an Armen und Beinen gefesselt. Ob hier einer seinen sexuellen Fantasien freien Lauf gelassen hatte oder es die Strafaktion eines Eifersüchtigen war? Rotfux legte seine Hand auf ihren Bauch. Er war warm. Gott sei Dank, dachte er. Ihr Brustkorb hob und senkte sich. Sie atmete, sie lebte.

»Hallo, Frau Carelli!«

Keine Reaktion. Vor dem Bauwagen bellte Oskar. Für ihn war es zu hoch, er kam nicht allein nach oben in den Wagen.

»Ich komme gleich, Oskar!«, rief Rotfux.

»Hallo, Frau Carelli. Ich bin es, Kommissar Rotfux.«

Er tätschelte ihr die Wange, zuerst leicht, dann kräftiger. Endlich rollte sie die Augen und öffnete die Lieder einen schmalen Spalt.

»Können Sie mich hören?«

Sie bewegte den Kopf. Rotfux schnitt ihr mit seinem Taschenmesser zunächst den schwarzen Gummiknebel aus dem Mund.

»Können Sie mich verstehen, Frau Carelli?«

»Mmm …«, machte sie undeutlich.

Rotfux schnitt ihr die Stricke von der Brust und von den Armen und Beinen.

»So, jetzt geht es besser. Keine Angst, ich bin Kommissar Rotfux, ich helfe Ihnen.«

Sie sah ihn verständnislos an, schien Probleme zu haben, sich zurechtzufinden.

»Wo bin ich?«, stammelte sie kaum verständlich.

Gott sei Dank, sie spricht, dachte Rotfux.

»Sie sind in Aschaffenburg, in einem Bauwagen. Aber keine Angst, ich hole Sie hier raus.«

Oskar bellte immer noch. Rotfux stieg aus dem Bauwagen und holte den Hund nach oben.

»Du hast sie gefunden, Oskar. Du bist ein ganz toller Hund!«

»Er hat mich gefunden?«, sagte Martina Carelli leise.

»Ja, ohne ihn hätte ich nicht gewusst, wo Sie sind.«

Sie lächelte.

»Er kennt mich von früher. Wo sind die Männer?«

»Welche Männer?«

»Es waren zwei mit schwarzen Sturmhauben. Ich konnte sie nicht erkennen. Aber sie haben mich gequält …«

»Was haben sie gemacht?«

»Haben mir die Haare geschnitten …«

Ihre langen schwarzen Haare waren weg. Ganz unregelmäßig abgeschnitten. Nur wirre Strähnen hatte sie noch auf dem Kopf.

»Was wollten sie von Ihnen?«

»Ich weiß es nicht. Sie haben mich bedroht. Ihre schwarzen Sturmhauben haben mich an den IS erinnert. Wenn ich etwas sage, bringen sie mich um …«

Das klang nach Salafisten, aber genauso gut konnte auch die Mafia dahinterstecken. Rotfux wusste, dass Bayern und Baden-Württemberg aufgrund der Nähe zu Italien die wichtigsten Aktionsfelder der Mafia in Deutschland waren. Allerdings verhielten sich die Clans in Bayern eher ruhig. Alles was die Polizei auf den Plan rufen könnte, sollte vermieden werden. Vorzugsweise betätigten sie sich in der Rauschgiftkriminalität, dem Falschgeldhandel, dem Automobilhandel und der Bauwirtschaft. Natürlich war nicht jeder, der den Namen eines Mafiaclans trug, automatisch Mitglied. Rotfux fiel ein, dass Frauen im Krieg die Haare geschoren wurden, wenn sie mit dem Feind kollaborierten. Ob es hier doch um einen persönlichen Racheakt ging? Steckte womöglich Francesco Carelli dahinter?

»Hat Ihr Mann damit zu tun?«, fragte Rotfux.

»Ich weiß nichts und sage nichts, sonst bringen sie mich um.«

Aus der ist nichts herauszuholen, dachte Rotfux. Inzwischen war ein Streifenwagen mit zwei Kollegen vor Ort. Rotfux bat sie, Kontakt mit der Baufirma aufzunehmen und die Einfahrt öffnen zu lassen. Er selbst rief Oberwiesner an, seinen treuen Weggefährten.

»Hallo, Otto, entschuldige die Störung …«

»Aber wir sind gerade beim Grillen im Garten. Es ist Sonntag …«

»Ich habe Martina Carelli gefunden, in einem Bauwagen ganz in der Nähe des Mains. Sie lebt aber ich brauche deine Hilfe.«

»Okay, wo bist du?«

Rotfux beschrieb ihm die Stelle und war froh, dass Oberwiesner versprach, sofort zu kommen. Auf den kann man sich eben verlassen, dachte er. Er rief außerdem Gerda Geiger an und den jungen Seidelmann und bat sie zum Tatort.

»Wir müssen alles absperren und Spuren sichern, das kann ich euch leider nicht ersparen.«

Nach kurzer Zeit waren alle vor Ort. Das Einfahrtstor wurde durch die Bauunternehmung geöffnet, Martina Carelli zur Untersuchung ins Aschaffenburger Klinikum gebracht und der Tatort abgesperrt.

»Das reicht für heute«, bedankte sich Rotfux bei seinen Leuten. »Vielen Dank, dass ihr gekommen seid! Die Details können wir morgen untersuchen. Noch viel Spaß beim Grillen, Otto. Ich geh die paar Schritte zu Fuß nach Hause.«

Er nahm Oskar an die Leine und spazierte die Mainpromenade entlang.

»Du bist der Held des Tages«, lobte Rotfux und gab ihm ein Leckerli. »Ohne dich hätten wir sie nicht gefunden.«

Oskar sah mit seinem typischen Dackelblick stolz nach oben und wedelte.

»Jaja, du weißt es ganz genau, du alter Bettelhase. Du hast noch ein Leckerli verdient.«

Er beugte sich zu Oskar und gab ihm eins.

»So, jetzt ist es aber gut, wir gehen nach Hause.«

Zum Glück lebt Martina Carelli, dachte Rotfux, als er in seine Wohnung kam. Das sollte er ihrem Mann natürlich sagen. Er rief Carelli an.

»Hier Rotfux.«

»Hallo, Herr Kommissar, warum rufen Sie an, gibt es etwas Neues?«, fragte Carelli ängstlich.

»Ich habe gute Nachrichten für Sie, Ihre Frau lebt. Wir haben sie gefunden.«

»Gott sei Dank! Wo ist sie? Kann ich sie sehen?«

»Ich denke schon. Wir haben sie zur Untersuchung ins Klinikum bringen lassen. Fragen Sie am Empfang nach, die werden wissen, auf welcher Station sie ist. Ach ja, sie hatte kaum etwas an. Am besten nehmen Sie ihr Kleider mit …«

»Danke, Herr Kommissar, ich bin ja so froh!«

Das klang echt, obwohl sich Rotfux nicht sicher war, ob Francesco Carelli nicht doch hinter allem steckte. Vielleicht hatte er von der Beziehung seiner Frau zu Emil Franke erfahren und ihr einen kräftigen Denkzettel verpasst, oder wollte er sie sogar umbringen lassen …?

Rotfux legte sich auf seinen kuscheligen Berberteppich. Oskar kam zu ihm.

»Komm her, mein Kleiner. Wir sind ein unschlagbares Team. Ein Glück, dass ich dich aus dem Tierheim geholt habe.«

Oskar sah ihn mit seinen dunklen Dackelaugen an und kuschelte sich an ihn. Rotfux spürte den kleinen Hundekörper an seinem Bauch und wusste, einen besseren Freund konnte er nicht haben.

»Die Mörder deines Herrchens werden wir auch noch finden«, sagte er und strich Oskar liebevoll über den Rücken.

Später zog er seinen Bademantel über und nahm den Dackel mit ins Arbeitszimmer.

»Komm, wir besuchen Facebook noch ein bisschen«, sagte er.

Oskar schaute ihn an, als ob er verstanden hätte. Rotfux fuhr seinen Laptop hoch, sah kurz die E-Mails durch und loggte sich bei Facebook ein.

»Wollen sehen, was es Neues gibt.«

Er spürte den Hund an seinen Füßen und war glücklich über dessen Gegenwart. Ein richtig schöner Männerabend konnte das werden! Seit Rotfux sich in einigen Dackelgruppen angemeldet hatte, erreichten ihn zunehmend Dackelbilder und Dackelgeschichten. Bei »Rauhaardackel«, »Dackel Community & friends«, »Du liebst Dackel wenn du …« und einigen anderen Gruppen war Rotfux inzwischen registriert. Diese Gruppen hatten Tausende von Mitgliedern, und man konnte herzzerreißende Geschichten, Bilder und Videos über Dackel finden.

»Bin gespannt, wie dein Bild mit der Sonnenbrille bei den Dackelfreunden angekommen ist …«

Rotfux hatte ein Bild mit Oskar gepostet, bei dem dieser auf der Wiese unterhalb des Aschaffenburger Schlosses saß und eine bunte Kindersonnenbrille trug. Er fotografierte gern und genoss seine Erfolge.

»Toll! Über 300 *gefällt mir*«, freute er sich, »die Leute finden dich mit Sonnenbrille echt cool.«

Am nächsten Morgen eilte Rotfux mit Oskar über die Mainpromenade in die Stadt. Es war ihm eingefallen, dass sein Auto immer noch vor dem Laden der Carellis parkte. Er wollte es dort abholen und dann sofort Frau Carelli im Klinikum besuchen, um zu sehen, wie es ihr ging und noch ein paar Fragen zu stellen. Die Promenade war fast menschenleer, die Vögel zwitscherten in den Büschen entlang des Ufers, einige Enten schliefen in der Morgensonne auf dem Kai, der Minigolfplatz lag verlassen da, und hinter der Willigisbrücke stieg das Schloss mit seinen mächtigen Türmen in die Höhe. Oskar pinkelte hier und pinkelte da und begrüßte freudig ein Dackelweibchen, das aus der anderen Richtung kam. Die beiden beschnüffelten sich, wedelten und bellten. Rotfux bemerkte die Freude der Hunde, musste aber trotzdem weiter.

»Noch einen schönen Tag«, wünschte er der Besitzerin des Dackelweibchens.

»Danke, ebenfalls«, kam die Antwort der älteren Dame, die am Rollator über die Promenade schob.

Am Ende der Promenade passierte Rotfux den Biergarten, der um diese Zeit völlig verlassen war und bog in die Stadt ab. Er nahm den Weg durch das Theoderichstor unterhalb des Schlosses, an dem die schlimmsten Hochwässer der vergangenen Jahrhunderte im Sandstein markiert waren. Rotfux wunderte sich, wie hoch hier das Wasser steigen konnte, sodass zum Beispiel am 26. Januar 1682 der gesamte Torbogen komplett im Wasser stand. Hatten es früher auch nicht immer leicht, die Leute, dachte er. Wenig später kam er zu seinem Auto und setzte den Dackel in den Fußraum vor dem Beifahrersitz.

»Jetzt besuchen wir Martina Carelli in der Klinik. Wollen sehen, wie es ihr geht«, sagte Rotfux zu Oskar.

Beim Klinikum, das oberhalb der Stadt am Waldrand lag, parkte er auf einem überdachten Parkdeck und ließ die Scheiben einen Spalt offen.

»Damit es dir nicht zu heiß wird, mein Kleiner. In die Klinik kann ich dich leider nicht mitnehmen.«

Rotfux sprach kurz mit dem zuständigen Stationsarzt. Martina Carelli habe keine Verletzungen, erklärte er, abgesehen von einigen Druckstellen und Abschürfungen durch die Fesseln. Im Übrigen sei sie stark dehydriert, und es sei gut, dass man sie gefunden habe, später wäre es kritisch geworden.

»Wie lange muss sie hierbleiben?«

»Wir wollen sie heute noch beobachten und ihr Infusionen geben, ich denke, morgen kann sie nach Hause, wenn nichts Besonderes dazwischenkommt.«

Rotfux bedankte sich und ging zum Zimmer von Martina Carelli. Sie war allein und saß am kleinen Tisch, von dem man zum Wald schauen konnte. Neben ihrem Stuhl stand ein Metallständer, an dem eine Infusionsflasche hing. Durch einen feinen Plastikschlauch tropfte die Infusionslösung in den linken Arm von Martina Carelli, wo ihr dafür ein Zugang gelegt worden war. Als Rotfux durch die Tür kam, drehte sie sich um.

»Oh, Herr Kommissar, ich sehe schrecklich aus …«, waren ihre ersten Worte.

Rotfux gab ihr die Hand.

»Das macht doch nichts. Lassen Sie sich eine schicke Kurzhaarfrisur schneiden. Das wird schon wieder. Seien Sie froh, dass Sie noch leben!«

»Bin ich ja, aber meine Haare sind schrecklich …«

Dem konnte Rotfux nicht widersprechen. Die Haare waren ganz unregelmäßig und unfachmännisch abgeschnitten. An einer Stelle war der Kopf fast kahl.

»Wissen Sie, wer das war?«

»Es waren zwei, haben mich im Laden betäubt, dann weiß ich nichts mehr. Irgendwann kam ich zu mir und lag in diesem Bauwagen. Später erschienen zwei mit schwarzen Sturmhauben. Sie haben mich bedroht. Ich hatte solche Angst.«

»Mehr wissen Sie nicht? Wie groß waren die, was hatten sie an, ist Ihnen sonst etwas aufgefallen? Wie sprachen sie zum Beispiel?«

»Ich kann Ihnen leider nichts sagen, Herr Kommissar. Habe schon viel zu viel gesagt …«

Alle Versuche, die Rotfux noch startete, waren vergeblich. Offensichtlich hatte sie höllische Angst und sagte deshalb nichts.

»Wenn Ihnen noch was einfällt, Frau Carelli, wissen Sie, wo Sie mich erreichen«, verabschiedete er sich, hatte aber wenig Hoffnung, dass sie sich melden würde.

12

Oskar freute sich, als Rotfux zum Parkdeck des Aschaffenburger Klinikums zurückkam. Als er seine Schritte hörte, begann er zu bellen, reckte den Kopf nach oben und sah erwartungsvoll aus dem Passat.

»Ist ja gut«, sagte Rotfux. »Ich bin wieder da. Alles in Ordnung.«

Der Dackel freute sich, als ob er Rotfux schon lange nicht mehr gesehen hätte. Dabei hatte der Besuch bei Martina Carelli nur eine gute Stunde gedauert. Noch auf dem Rückweg in die Stadt rief Rotfux seine Sekretärin an.

»Hallo, Frau Bieber, könnten Sie bitte die anderen zu einer Besprechung zusammenrufen. Ich bin in zehn Minuten da, wäre schön, wenn wir gleich starten könnten.«

Als er ankam, waren bereits alle im Besprechungsraum des Kommissariats versammelt. Rotfux setzte Oskar auf sein blaues Kuschelkissen, schlug seine lederne Schreibmappe auf und eröffnete die Sitzung.

»Sie haben bestimmt vom gestrigen Erfolg gehört«, berichtete er stolz. »Dank Oskar konnten wir die vermisste Martina Carelli finden. Ich habe sie soeben in der Klinik besucht. Es geht ihr gut, und sie wird voraussichtlich morgen entlassen. Nochmals vielen Dank, dass Sie alle gestern bei ihrer Befreiung mitgeholfen haben!«

Rotfux berichtete, dass über die Täter kaum etwas bekannt sei. Martina Carelli wisse nichts oder sage aus Angst nichts. Es komme darauf an, beim Bauwagen Spuren zu finden.

»Was ist mit Melanie Bauer, der Frau des Salafisten, Herr Seidelmann? Hat ihr Umzug ins Frauenhaus gut geklappt?«, erkundigte sich der Kommissar.

»Sie ist seit Freitag dort. Es scheint alles in Ordnung zu sein.«

Rotfux hielt die Drohbriefe der Salafisten in die Höhe.

»Den Salafisten müssen wir auf den Zahn fühlen. Wilhelm Uhlig vom ›Staatlichen Hofkeller in Würzburg‹ hat einen Drohbrief erhalten und ich selbst ebenfalls.«

Sofort meldete sich Seidelmann zu Wort.

»Herr Kommissar, ich habe festgestellt, dass die Salafisten einen Copyshop in Aschaffenburg betreiben. Das scheint eine neue Masche zu sein, um an junge Leute heranzukommen. Auch im Internet wird davon berichtet.«

»Ist ja interessant«, sagte Rotfux anerkennend. »Die müssen wir im Auge behalten.«

Gerda Geiger, deren Lippen wie meistens dunkelrot geschminkt waren und die im knappen T-Shirt eher nach Freizeit als nach Arbeit aussah, trug einige Fakten zum Schmerlenhof bei. Sie berichtete, dass sich die Fingerabdrücke des alten Herrn Morone auf den Plastikkanistern befanden, welche sie im Schuppen gefunden hatten, ebenso diejenigen von Emil Franke.

»Und der Wein, den Sie im Keller der Morones gefunden haben, Herr Kommissar, ist identisch mit dem Wein aus dem Schmerlenhof«, ergänzte sie.

»Dann haben die beiden etwas mit den Weinkanistern zu tun …«, brummte Rotfux.

»Sieht so aus«, sagte Gerda Geiger und strich sich die blonden Haare aus der Stirn. »Außerdem gehört das Haus, in welchem die Morones wohnen, Francesco Carelli. Der betreibt offensichtlich nebenbei Immobiliengeschäfte.«

»Ist ja interessant«, sagte Rotfux zum zweiten Mal, und Gerda Geiger strahlte ihn aus ihren blauen Augen an. Sie wusste, dass er diese Redewendung nur benutzte, wenn ihn ein Ergebnis besonders beeindruckte.

»Wir müssen gleichzeitig in verschiedene Richtungen ermitteln«, betonte der Kommissar. Er bat Oberwiesner und Seidelmann, die Salafisten noch intensiver unter die Lupe zu nehmen, Gerda Geiger und Gerhard Kunze sollten sich auf die Entführung von Martina Carelli konzentrieren, zum Beispiel prüfen, ob Francesco Carelli etwas mit der Baufirma Bülles zu tun hatte, auf deren Gelände der Bauwagen stand.

»Ich selbst nehme mir nochmals die alten Morones vor. Ich denke, mit denen komme ich alleine klar, natürlich mit Oskars Unterstützung.«

»Hoffentlich müssen wir dich nicht wieder aus einer misslichen Lage befreien«, lachte Oberwiesner.

Nach der Mittagspause machte sich Rotfux auf den Weg zu den Morones. Er parkte im Innenhof vor ihrem Haus in Schmerlenbach und läutete an der Haustür. Oskar wedelte mit dem Schwanz und stand erwartungsvoll vor der Tür. Vom ersten Moment hatte sich der Hund bei diesem Haus wohlgefühlt. Es dauerte etwas, dann hörte Rotfux schlurfende Schritte, und Frau Morone öffnete. Sie stützte sich auf ihren Gehstock und ein Lächeln huschte über ihr Gesicht, als sie Oskar sah.

»Buongiorno!«, sagte Rotfux, »guten Tag, Frau Morone! Ist Ihr Mann auch da?«

»Ich rufen … Giuseppe«, rief sie laut ins Haus. Bald erschien Giuseppe im dunklen schmierigen Jackett und begrüßte den Kommissar.

»Buongiorno, commissario!«, lachte er verschmitzt.

»Darf ich reinkommen? Ich habe ein paar Fragen.«

»Gut, du komm«, sagte Vittoria Morone und ging in die Küche voran. Ihr schwarzes Kleid reichte fast bis zum Boden, sie ging gebeugt, und im dunklen Korridor wirkten ihre weißen Haare heller als sonst.

»Hier sitzen«, sagte sie und deutete auf einen der Küchenstühle, die den kleinen viereckigen Holztisch umgaben. Oskar wusste, wo er hin sollte. Er steuerte auf ein blaues Kuschelkissen zu, das unter dem Tisch in der Ecke lag. Genauso eines, wie ich sie von Emil Franke kenne, dachte Rotfux. Neben einem alten Spülstein stand ein älterer Elektroherd, daneben ein mannshoher Kühlschrank, gegenüber mehrere Regale mit Töpfen und Pfannen, der Küchenschrank sowie eine alte Standuhr.

»Haben Sie einen Hund?«, fragte Rotfux.

»Nix Hund«, antwortete Frau Morone.

»Aber Sie haben ein Kissen für den Hund …«

Die alte Frau schien nicht zu verstehen. Rotfux beugte sich unter den Tisch zu Oskar und deutete auf das blaue Kuschelkissen.

»Kissen für Hund«, sagte er.

»Ja, Kissen, wenn Hund Besuch. Kissen von Emil …«

Giuseppe Morone hatte sich inzwischen auch an den Tisch gesetzt.

»Herr Morone, wir haben Ihre Fingerabdrücke auf den Plastikkanistern gefunden. Haben Sie mit den Plastikkanistern geholfen?«

Morone sah ihn verständnislos an.

»Fingerabdrücke Plastikkanister«, wiederholte Rotfux. »Impronta digitale …«, kramte er seine minimalen Italienischkenntnisse hervor.

Giuseppe Morone wurde unsicher. Er sah seine Frau an, presste die Lippen zusammen und schien fieberhaft zu überlegen, was er antworten sollte. Seine Frau stand auf und ging zum Küchenschrank. Sofort sprang Oskar von seinem Kissen und folgte ihr. Wedelnd stand er neben der alten Frau und schaute zu ihr hoch. Der weiß, was sie im Küchenschrank hat, dachte Rotfux. Sie zog die Küchenschublade auf und holte ein Leckerli heraus. So ist das also, dachte Rotfux. Du kennst dich hier gut aus, alter Schlingel. Sie brach ein Stück vom Leckerli ab und gab es Oskar. Der bellte und wedelte. Vittoria Morone holte ein rotes Gummibällchen aus der Schublade und warf es von der Küche durch die Tür in den Flur. Sofort rannte Oskar dem Ball hinterher und brachte ihn der alten Frau zurück.

»Tolle Kunststückchen sind das«, lachte Rotfux.

Sie gab Oskar ein Stück Leckerli und wiederholte das Spiel. Mit Begeisterung rannte der Hund dem Bällchen hinterher, wieder und wieder, bis er den kompletten Leckerlistreifen bekommen hatte. Ganz zum Schluss sagte sie »Sitz!«, und der Hund setzte sich tatsächlich und nahm Haltung an. Das Kommando musste ihr Emil Franke beigebracht haben, denn woher hätte sie es sonst als Italienerin kennen sollen. Toll, wie sie mit Oskar umgeht, dachte Rotfux. Aber er musste trotzdem herausfinden, was Morones mit den Plastikkanistern zu tun hatten. Er sah den alten Morone an.

»Nicht schlimm, Herr Morone, aber Sie haben Emil geholfen mit den Plastikkanistern, oder?«

Alle waren durch das Spiel mit Oskar lockerer geworden, auch der Alte.

»Ja, ich geholfen Emil. Emil gute Mann. Jetzt tot …«

Man sah ihm an, dass er wirklich traurig war. Auch seine Frau sah traurig aus und wischte sich eine Träne aus den Augen.

»Von wo sind die Kanister?«

Morones verstanden schlecht, oder sie taten nur so, da war sich Rotfux nicht sicher.

»Kanister aus Italien … aus Italia?«

»Si, Italia«, bestätigte der alte Morone.

Na also, geht doch, dachte Rotfux. Er fragte sie anschießend, ob sie vom Verschwinden von Martina Carelli wussten. Es war mühselig, aber sie erzählten, dass Francesco Carelli bei ihnen war und Martina gesucht habe. Weshalb sie verschwunden sei, konnten sie nicht sagen. Allerdings stammelte Vittoria Morone etwas von der Mafia, und Rotfux hatte den Eindruck, dass die ganze Geschichte mit den Plastikkanistern und dem Verschwinden von Martina Carelli tatsächlich damit zu tun haben könnte. Weitere Nachfragen bei Guiseppe und Vitoria Morone führten zu keinem Ergebnis. Sie hatten offensichtlich höllische Angst und waren nicht bereit, Genaueres zu sagen. Rotfux verabschiedete sich von den beiden Alten und machte sich mit Oskar auf den Weg zum Schmerlenhof. Oskar pinkelte an fast jeden Zaunpfahl des Stacheldrahtzauns, der entlang des schmalen Zugangsweges gespannt war. Kurz vor dem Schuppen schnüffelte er zwischen einigen Baumaterialien herum, die dort lagerten. Rotfux öffnete das Vorhängeschloss, welches vor dem schweren Holztor hing, und ging mit Oskar ins Innere des Schuppens.

»Wir schauen uns alles nochmal genau an. Vielleicht haben wir etwas übersehen. Du hilfst mir«, sagte er zu Oskar und schaltete seine Taschenlampe ein.

Im Erdgeschoss huschte der Lichtkegel über alte Gartengeräte, einen verrosteten Pflug, leere Weinkisten, ein paar alte Kommoden, ein Regal, eine Standuhr mit kaputtem Glas, einige Rollen Stacheldraht und einen Haufen Brennholz. Die Plastikkanister standen hinter der Trennwand, so wie sie diese gefunden hatten, außer einigen, welche die Spurensicherung für ihre Analysen benötigte. Rotfux sah sich die Kommoden näher an, zog Schubladen heraus, fand aber außer einer alten Gartenschere nichts Besonderes.

»Dann müssen wir oben nochmal schauen«, sagte er zu Oskar.

Der Dackel war die ganze Zeit nicht von seiner Seite gewichen, als ob ihm das Ganze unheimlich erschien. Über die steile Holztreppe trug Rotfux ihn nach oben. Er schaltete die Birne ein, die am Dachbalken hing und ihr spärliches Licht verbreitete. Oskar steuerte sofort auf sein blaues Sitzkissen zu, das neben dem alten Sofa am Boden lag. Hier könnte ich fast ein Mittagsschläfchen halten, dachte Rotfux, als er das Sofa sah, riss sich aber zusammen, nahm seine Taschenlampe und ging in den hinteren Teil des Obergeschosses. Ein paar alte Tapetenrollen zeigten sich im Lichtkegel der Taschenlampe, einige Farbeimer waren aufgestapelt, ein Teppich lag zusammengerollt daneben, und in der hintersten Ecke stand eine olivgrüne Holzkiste mit Vorhängeschloss. Oskar hatte es sich auf seinem Sitzkissen gemütlich gemacht und war nicht mehr zu hören. Rotfux zerrte am Schloss der Holzkiste, aber es gab nicht nach. Er erinnerte sich an den kleinen Schlüssel, der am Schlüsselring für den Schmerlenhof hing, ein zweiter kleiner Schlüssel, über den er sich schon gewundert hatte. Er probierte, und tatsächlich ließ sich das Vorhängeschloss der Holzkiste damit öffnen. Er leuchtete in die Holzkiste. Die Taschenlampe begann zu flackern. Mist, dachte Rotfux, ausgerechnet jetzt gibt die Batterie den Geist auf. Er schaltete die Lampe aus, wartete eine Zeit lang, schaltete wieder ein, sie leuchtete nochmals kurz und erlosch. Im selben Augenblick hörte Rotfux ein schlagendes Geräusch aus Richtung Erdgeschoss und ein Gluckern, als ob Wasser ausgeschüttet wurde. Die Birne in der Nähe der Holztreppe nach unten erlosch. Oskar bellte wie verrückt.

»Ich komm ja schon. Ist alles gut, Oskar!«

Rotfux tastete sich durch die Dunkelheit, stieß an die Farbeimer, war aber schnell bei Oskar. Er nahm ihn auf den Arm. Der Hund zitterte.

»Ist schon gut«, tröstete er ihn. »Ich werde mal schauen, was los ist.«

Der Dackel ließ sich nicht beruhigen. Irgendetwas stimmt nicht, dachte Rotfux. Er setzte Oskar auf sein Kuschelkissen, entsicherte die Pistole und stieg die steile Holztreppe nach unten. Ohne das Licht der Taschenlampe sah er kaum etwas. Aber jetzt stieg ihm ein beißender Geruch in die Nase. Deshalb war Oskar so ausgerastet. Es brannte! Rotfux rüttelte am Eingangstor. Es war fest verschlossen. Die Fensterläden im Erdgeschoss waren zu und die Fenster von außen vergittert. Da war kein Entkommen. Rotfux wählte die Nummer der Feuerwehr und sah, dass er keinen Empfang hatte. Mist, das war schon letztes Mal so gewesen. Ich muss Oskar holen, dachte er. Er hastete über die Holztreppe nach oben. Durch das kleine Fenster im Giebel sah er schon Flammen schlagen. Der Raum füllte sich mit Qualm. Oskar bellte wie wahnsinnig und rannte zum hinteren Teil des Obergeschosses, wo die olivgrüne Holzkiste stand.

»Oskar, komm her, wir müssen runter, hier ersticken wir.«

Der Hund hörte nicht. Er schien zu wissen, wo er hinwollte. Er rannte ganz ans Ende zum Dachgiebel und blieb dort bellend stehen. Rotfux erkannte die Umrisse einer Dachluke, die sich öffnen ließ. Gott sei Dank, Luft! Er steckte den Kopf heraus und sah am anderen Ende des Schuppens die Flammen schon bis zum Dach schlagen. Wir müssen hier raus, dachte er. Aber nicht ohne die Holzkiste. So viel Zeit musste sein. Er holte schnell die Holzkiste, verschloss sie rasch wieder, stemmte sie in die Höhe und warf sie durch die Dachluke. Polternd kullerte sie über die Dachziegel nach unten und schlug mit einem dumpfen Knall auf dem Hang auf, der direkt hinter dem Schuppen in die Höhe stieg. Das ist unsere Chance, dachte Rotfux. Sie mussten aufs Dach und von dort auf den Hang springen, wo die Entfernung zum Boden nicht so groß war. Er hob Oskar durch die Dachluke, aber der Hund konnte sich auf dem Dach nicht halten. Er rutschte mit seinen Ballen auf den Dachziegeln ab. Rotfux blieb fast das Herz stehen. Er hatte Oskar zu sich genommen, und jetzt würde der Hund womöglich vom Dach stürzen oder in den Flammen umkommen. Er hielt ihn an der Leine fest. Der Hund hing in seinem Halsband und rutschte über die Dachziegel nach unten. Er verstand sicher nicht, was passierte. Er sah Rotfux in Todesangst an, hing zappelnd an der Leine, bellte heiser, und Rotfux hatte Angst, dass er jeden Augenblick vom Dach stürzen würde.

»Oskar, bleib«, rief er, »ich komme.«

Er versuchte, den Dackel zu beruhigen, obwohl ihm selbst schon längst das Herz in die Hose gerutscht war. Der Hund hing ganz jämmerlich in seinem Halsband, ruderte verzweifelt mit seinen Beinchen, fand aber keinen Halt. Ich muss ihn bis zur Dachrinne ablassen, dachte Rotfux. Einen Meter weiter etwa. Er beugte sich aus der Dachluke, streckte den Arm weit aus und sah, wie Oskar nach unten rutschte. Endlich blieb er in der Dachrinne hängen.

»Oskar bleib, ich komme!«

Der Hund hielt sich jetzt in der Dachrinne, aber Rotfux hatte Angst, dass er vom Dach stürzen könnte, wenn er die Leine los ließ. Er fummelte den Gürtel aus seiner Hose, die ihm sofort ein Stück nach unten rutschte, und befestigte das Ende der Hundeleine vorsichtig an der Gürtelschnalle. Dann schlang er den Gürtel um die metallene Halterung der Dachluke und brachte das Ganze leicht auf Spannung. Die Hose ließ er völlig rutschen. War doch scheißegal, dachte er. Hauptsache, sie kamen beide lebend hier runter. Der Hund hatte sich etwas beruhigt, seit er in der Dachrinne hing.

»Oskar bleib«, rief Rotfux nochmals, »ich komme.«

Er versuchte, sich selbst in der Dachluke nach oben zu ziehen. Es war schwierig, sehr schwierig. Die Dachluke war eng, und Rotfux konnte schlecht zupacken. Außerdem hatte er höllische Angst, den Gürtel von der Dachluke zu reißen und Oskar in die Tiefe zu katapultieren. Von der anderen Seite des Daches kamen die Flammen näher. Viel Zeit blieb nicht mehr! Rotfux ließ sich vorsichtig in das Dachgeschoss zurückgleiten. Er zog Hose und Schuhe aus und warf sie aus der Dachluke. Wenn jetzt Zimmermann da wäre, könnte er die Bilder seines Lebens schießen, dachte Rotfux. Er wunderte sich, was ihm in dieser gefährlichen Situation alles durch den Kopf ging. Beißender Qualm brannte in seinen Augen. Er tastete sich zu den Farbeimern vor und schleppte zwei Eimer zur Dachluke. Ein Hustenanfall schüttelte ihn, aber er schaffte es noch, auf die beiden Farbeimer zu steigen und den Kopf aus der Luke zu schieben. Oskar hing noch in der Dachrinne, Gott sei Dank! Rotfux atmete tief ein.

»Oskar, bleib! Ich komme!«

Der Kommissar nahm alle Kraft zusammen und stemmte sich in der Dachluke nach oben. Er riss sich an der Dachluke die nackten Beine auf, aber diesmal schaffte er es. Er war froh, dass er in den letzten Monaten täglich sein Fitnessprogramm durchgezogen hatte, jetzt half ihm das. Er ließ sich auf dem Bauch über die Dachziegel rutschen, sein gelber Pulli war ruiniert, seine nackten Beine schleiften über das Dach, aber egal, Hauptsache, er und der Hund kamen heil runter. Er spürte die Dachrinne an seinen Socken und hoffte, sie hielt sein Gewicht aus. Gut, dass er einige Kilo abgenommen hatte. Vorsichtig griff er nach Oskar, der zitternd in der Dachrinne hing.

»Komm her, mein Kleiner.«

Er packte ihn am Halsband und zog ihn zu sich. Der Hund schleckte ihm übers Gesicht. Wozu der noch Zeit hatte … Rotfux spürte den zitternden kleinen Hundekörper, dieses treue kleine Etwas, das ihn ängstlich ansah und sich an ihn kuschelte.

»Wir schaffen das, Oskar! Wir schaffen das!«, machte sich Rotfux selbst Mut.

Er warf seine Hose und die Schuhe nach unten, die sich in der Dachrinne verfangen hatten. Dann riss er an der Hundeleine, sodass sich sein Gürtel von der Dachluke löste. Langsam robbte er mit Oskar über das Dach bis zum Ende des Schuppens, wo der Hang in die Höhe stieg. Da müssen wir runter, dachte er. In dem Moment erschien Vittoria Morone zeternd beim Schuppen.

»Il cane, il cane …«, schrie sie, »der Hund, der Hund …«

Wahrscheinlich hätte Rotfux jämmerlich verbrennen können, aber in den Hund hatte sich die Alte verliebt. Sie kam an ihrem Gehstock über die Wiese gehumpelt, ihr schwarzes Kleid schleifte fast auf dem Boden, ihre weißen Haare wehten im Wind, der das Feuer kräftig anfachte, sodass schon die komplette vordere Hälfte des Schuppens in Flammen stand. Rotfux hatte das Ende des Daches erreicht. Etwa zwei Meter ging es zum Hang in die Tiefe. Das müsste machbar sein, dachte er. Er würde mit dem Hund im Arm springen und sich dann abrollen. So müsste es gehen.

»Ganz ruhig, Oskar. Wir springen.«

Er konzentrierte sich, hielt den Hund vor die Brust und – sprang. Da er den Hund schützend hielt, fiel Rotfux auf den Rücken und rutschte ein Stück den Hang hinunter. Seine nackten Beine schrammten über den steinigen Boden, aber er spürte die Schmerzen nicht. Er achtete nur auf Oskar, den er vor der Brust mit den Armen schützte. Endlich blieben sie am Ende des Hanges liegen. Oskar befreite sich und rannte zu Vittoria Morone.

»Bravo, bravo Oskar«, freute die sich.

Oskar wedelte und sprang an ihr hoch. Dann machte er kehrt und kam zu Rotfux zurück.

»Geschafft, mein Kleiner. Das war knapp. Gut, dass du mir die Dachluke gezeigt hast.«

Rotfux sah verboten aus, aber er hatte sich zum Glück nicht ernsthaft verletzt. Sein gelber Pulli war vom Abrieb der Dachziegel orangerot verfärbt, seine Beine waren vom Rutschen auf dem Hang verschmiert und aufgerissen, seine Hände waren vom Klettern schmutzig und seine Haare voller Staub und Ruß. Er arbeitete sich in die Höhe und ging zunächst auf Socken zu seiner Hose und den

Schuhen, die neben dem brennenden Schuppen lagen. Er zog sich wieder an und brachte die olivgrüne Holzkiste in Sicherheit, die neben dem Schuppen lag. Wenigstens ein Erfolg meiner Ermittlungen, dachte Rotfux. Inzwischen erschien auch Giuseppe Morone.

»Habe pompieri telefoniert, kommen helfen mit Feuer …«, sagte er. »Kommen schnell.«

Tatsächlich hörte Rotfux in dem Moment die Sirene der Feuerwehr. Allerdings stand der Schuppen schon fast völlig in Flammen. Das alte Holz brannte wie Zunder. Die Dachbalken stürzten krachend ein, und die Dachziegel fielen klirrend in das Flammenmeer. Rotfux war klar, dass das gluckernde Geräusch, welches er gehört hatte, Benzin gewesen sein musste, welches sie als Brandbeschleuniger verwendet hatten.

Der nächste Hydrant war weit entfernt, und es dauerte lange, bis die Feuerwehr Löschwasser zur Verfügung hatte. So war nach kurzer Zeit nicht mehr viel von dem Schuppen übrig. Von den Plastikkanistern war nur ein klumpiger schwarzer Haufen geblieben, der Wein musste regelrecht verdampft sein. Ansonsten ragten einige verkohlte Balken aus dem dampfenden Haufen Schrott, den die Feuerwehr endgültig löschte.

»Da wird nichts mehr zu finden sein«, sagte der Hauptlöschmeister zu Rotfux.

»Sieht nicht danach aus, aber man wundert sich manchmal, was unsere Experten feststellen können. Das Sachgebiet Physik beim LKA ermittelt zum Beispiel die Brandursache, die Verwendung von Brandbeschleunigern und Ähnliches. Der Tatort muss jedenfalls abgesperrt und genauestens untersucht werden. Ein Beweisstück konnte ich zum Glück retten.«

Rotfux trug die olivgrüne Holzkiste wie einen Schatz zu seinem Auto im Hof der Morones. Ob die Alten etwas mit dem Anschlag zu tun hatten?, fragte er sich. Aber sie hätten Oskar nicht in Gefahr gebracht, jedenfalls konnte er sich das nicht vorstellen. Die alte Frau Morone schaute Rotfux bewundernd an.

»Oskar trinken?«, fragte sie.

»Ja, gern.«

Sie brachte ein Schälchen zur Tür und Oskar trank gierig.

Rotfux setzte Oskar in den Fußraum vor dem Beifahrersitz und fuhr mit ihm nach Hause.

»Bald bist du ein richtiger Polizeihund«, lobte er ihn. »Hast mir heute toll geholfen.«

Er nahm die Holzkiste mit in seine Wohnung. Nachdem er die schmutzigen Kleider ausgezogen, sich geduscht und seine Beine mit Wunddesinfektionsmittel behandelt hatte, öffnete er neugierig die Kiste. Oskar saß neben ihm auf dem Berberteppich und sah zu, wie Rotfux sich Plastikhandschuhe anzog und vorsichtig den Inhalt untersuchte.

»Vielleicht finden wir da etwas über den Mord an deinem Herrchen.«

Die Kiste enthielt alte Briefe und Fotos, ein Schmuckkästchen mit Goldschmuck, eine Schachtel mit alten Uhren, einen silbernen Brieföffner und eine Ledergeldbörse, in der sich DDR-Münzen befanden. Warum er diese Dinge nicht bei sich daheim aufbewahrt hat, fragte sich Rotfux. Er betrachtete die Bilder genauer. Einige waren auf der Rückseite beschriftet. »Wackerbarth« stand auf einem Bild, auf dem Emil Franke mit fünf Männern zwischen Weinreben zu sehen war. Das sind vermutlich seine fünf sächsischen Freunde, dachte Rotfux. Ein anderes Bild war mit »Gießen« beschriftet und zeigte dieselben Männer vor einem Gebäude, das wie eine Massenunterkunft aussah. In einem Umschlag, so als ob es das Licht scheute, fand Rotfux ein Bild von Emil Franke in Uniform. Er sah flott aus, war vielleicht 30 Jahre alt, ein schlanker junger Mann mit vollen dunklen Haaren, dem sicher die Frauenherzen zugeflogen waren. Neben ihm war ein Offizier zu sehen, gut 50 Jahre alt, der Rotfux irgendwie an diesen Paul Krüger erinnerte, der sich bei der Trauerfeier für Emil Franke um alles gekümmert hatte. Ob sich die Freunde aus der Armee kannten? Vielleicht hatte der Mord mit der damaligen Zeit zu tun … Ein anderes Bild zeigte Emil Franke mit dem Ehepaar Morone in jüngeren Jahren in den Alpen. »Südtirol« war darauf vermerkt. Gute Hinweise auf die Vergangenheit von Emil Franke, dachte Rotfux. Er sah auch die Briefe durch. Briefe von seinen Freunden, außerdem ein Päckchen Liebesbriefe von einer Alessia, säuberlich mit einer roten Schleife zusammengebunden. Emil Franke stand wohl auf Italienerinnen, dachte Rotfux. Vielleicht eine hübsche Bekannte oder Verwandte der Morones? Er würde das herausfinden. Die Briefe seiner Freunde stammten von Paul, Karl, Thomas, Anton und Wilhelm. Das mussten wohl seine engsten Freunde gewesen sein.

13

»Hast du das schon gesehen?«, rief Caroline.

»Was soll ich gesehen haben?«

»Oskar hat sich ganz allein in seine Tragetasche gesetzt. Schau mal. Süß!«

Tatsächlich kuschelte der Dackel in der braun karierten Tasche, deren durchsichtige Gazefenster die Sicht in alle Richtungen freigab.

»Der Schlingel spürt schon wieder, dass wir wegfahren wollen«, amüsierte sich Rotfux, »und er will natürlich dabei sein.«

Sie hatten einen Ausflug nach Frankfurt geplant, zu einem Shoppingnachmittag, den der Kommissar mit einem wichtigen Gespräch verbinden wollte. Von Aschaffenburg erreichte man die hessische Metropole in einer guten halben Stunde.

»Ein Katzensprung für uns«, freute sich Rotfux, als sie über die Autobahn brausten. Er war immer wieder überrascht, wie schnell man von Aschaffenburg in Frankfurt war, nahm sich regelmäßig vor, dort häufiger hinzufahren, aber meist geriet der Gedanke durch die Alltagsgeschäfte in Vergessenheit. Im Stadtzentrum von Frankfurt fuhren sie am Mainkai entlang, an dem Fahrgastschiffe weißglänzend in der Sonne lagen. Die »Johann Wolfgang von Goethe« wendete gerade und legte am Kai an, die »Barbuda«, ein schwer beladener Lastkahn, tuckerte flussabwärts, Passanten überquerten den Eisernen Steg auf dem Weg zum Flohmarkt, der am anderen Flussufer stattfand.

Oskar schlief friedlich in seiner Hundebox, die mit dem Sicherheitsgurt auf dem Rücksitz festgeschnallt war.

»Am besten fahren wir ins Parkhaus ›Am Römerberg‹«, sagte Rotfux, »das liegt sehr zentral.«

Nachdem sie das Parkhaus verlassen hatten, empfing sie der Römerberg mit seinen prachtvollen Fachwerkhäusern. Auf den Bänken um den Gerechtigkeitsbrunnen saßen die Besucher in der Sonne, ein Liebespaar war ganz mit sich selbst beschäftigt, eine japanische Reisegruppe bekam das Rathaus erklärt, vor den Gaststätten saßen die Touristen im Freien.

»Es ist immer wieder schön hier«, sagte Rotfux.

»Lass uns trotzdem erst zur Zeil gehen. Ich wollte auf jeden Fall Tee bei ›Ronnefeldt‹ kaufen und etwas bummeln.«

Was sie mit »bummeln« meinte, konnte sich Rotfux denken. Bestimmt würden ihr irgendwo ein paar Schuhe gefallen oder eine Handtasche oder ein Shirt oder … wer weiß was. Vorbei an der Paulskirche gingen sie in Richtung Zeil. Die roten Doppeldeckerbusse für das City-Sightseeing erinnerten irgendwie an London, durch die Häuserzeilen waren hier und da die Wolkenkratzer des Frankfurter Bankenviertels zu sehen. Oskar hatte auf seine Art Kontakt mit der Stadt aufgenommen und an einige Hausecken gepinkelt. Er ging brav bei Fuß als ob er schon immer der Hund von Rotfux war.

»Lass uns direkt zum Einkaufszentrum ›MyZeil‹ gehen, im Erdgeschoss oder im ersten Stock gibt es ›Ronnefeldt‹. Dann vergessen wir den Tee nicht«, schlug Caroline vor.

Rotfux war es im Grunde egal, ob sie zuerst dahin oder dorthin gingen.

»Wie du meinst, mir ist alles recht.«

Sie bogen an der Hauptwache nach rechts in die Zeil ab, die bekannteste Frankfurter Einkaufsstraße. Nach wenigen Metern stieg linker Hand die futuristische Glasfront der modernen Einkaufs- und Freizeitwelt »MyZeil« in die Höhe. Davor entdeckte Rotfux etwas, was ihn schlagartig an seinen Fall erinnerte. Zwei bärtige junge Männer schoben sich durch das Getümmel in der Fußgängerzone. Die Aufforderung »LIES! Im Namen des Herrn, der dich erschaffen hat« prangte auf riesigen Fahnen, die mit Stangen an ihren Rucksäcken befestigt waren. Die beiden jungen Männer verteilten kostenlose Koran-Übersetzungen an die Passanten. Rotfux hatte darüber gelesen, dass Frankfurt ein Schwerpunkt der salafistischen Missionare sei. Auch einige Gegendemonstranten waren vor Ort. »Salafisten werben, Kinder sterben«, war auf ihrem Plakat zu lesen, darunter stand »Verführe! Lies! Töte!«

»Das muss ich mir näher ansehen«, sagte Rotfux zu Caroline. »Du kannst gern schon ins Einkaufszentrum gehen. Ich komme nach, melde mich per Handy bei dir.«

Er nahm Oskar im Gedränge auf den Arm und schob sich an die Salafisten heran. Er bemerkte, dass die Koranverteiler von einer Art Schutztruppe umgeben waren, welche die Gegendemonstranten bedrängte. Das kann ja heiter werden, dachte er. Die Koranverteiler waren geschult.

»Wir verteilen nur den Koran«, argumentierten sie, und das sei nicht verboten.

»Ihr werbt erst junge Leute, dann ziehen sie in den Jihad«, ereiferte sich ein Gegendemonstrant, »schon viele sind gestorben. Und durch den Krieg kommen immer mehr Flüchtlinge zu uns. Es ist kaum noch zu verkraften …«

»Damit haben wir nichts zu tun.«

»Aber es ist die Wahrheit!«, rief der Demonstrant.

»Lies! Im Namen deines Herrn, der dich erschaffen hat!«, kam gebetsmühlenartig die Antwort.

Rotfux hatte gehört, dass die Koranverteiler bei den Salafisten überwiegend Neuzugänge seien, die sich in der Hierarchie noch beweisen müssten. Oberstes Gebot für sie sei, freundlich zu bleiben und sich nicht provozieren zu lassen. Dass diese Regeln eingehalten wurden, dafür sorge eine Art Aufseher, der Emir. Eine raffinierte Organisation, dachte Rotfux. Als er schon fast gehen wollte, entdeckte er unter den Begleitern der Koranverteiler Malik Adam aus Aschaffenburg. Aha, die unterstützen sich gegenseitig in der Rhein-Main-Region, dachte er. Außerdem fiel ihm auf, dass inzwischen ein Großaufgebot an Polizei und Staatsschutz auf der Zeil zusammengezogen wurde. Er ging auf Adam zu und sprach ihn an.

»Hallo, Herr Adam, auch im Einsatz?«

Adam fuhr zusammen.

»Ich bin zufällig hier …«

»Das trifft sich gut. Da kann ich Ihnen ein paar Fragen stellen … Kommen Sie bitte etwas aus dem Getümmel heraus.«

Malik Adam folgte widerwillig.

»Aber nur kurz. Ich möchte wieder zu meinen Brüdern.«

Rotfux lächelte. »Ich dachte, Sie sind nur zufällig hier …«

»Klar, aber wenn Sie Bekannte treffen, wollen Sie doch auch mit Ihnen zusammen sein.«

Auf den Mund gefallen ist der nicht, dachte Rotfux. Er ging mit Adam zu einer der Sitzbänke, welche kreisförmig um die Bäume auf dem Mittelstreifen der Zeil angelegt waren.

»Setzen wir uns kurz, Herr Adam.«

Oskar machte neben den Füßen des Kommissars Platz und beobachtete Adam kritisch. Er bellte zwar nicht, schien ihn aber von der Begegnung in der Aschaffenburger Fußgängerzone in schlechter Erinnerung zu haben. Rotfux fragte Adam nach dem Drohbrief, den er von den Salafisten erhalten hatte.

»Dazu habe ich alles gesagt«, protestierte Adam, »Ihr Kollege hat mich darüber befragt.«

»Aber ich wollte es von Ihnen selbst hören. Irgendwoher muss der Brief schließlich gekommen sein.«

Adam stritt jede Beteiligung an dem Drohbrief ab. Er behauptete sogar, dass die Drohbriefe bestimmt aus der rechten Szene kämen, von Extremisten, welche sie damit anschwärzen wollten.

»Denen ist jedes Mittel recht, um gegen uns Muslime zu hetzen.«

Das ist typisch, dachte Rotfux. Die Salafisten argumentierten gern damit, dass man sie als Muslime angreife, um sich damit unter den Schutz der Religionsfreiheit zu stellen. Inzwischen war die Demonstration vor »MyZeil« eskaliert. Es gab erste Schlägereien zwischen den Gegendemonstranten und der Schutztruppe der Salafisten. Die Polizei forderte per Megafon dazu auf, die Zeil sofort friedlich zu verlassen, andernfalls werde man hart durchgreifen und die beteiligten Schläger festnehmen.

»Sehen Sie, Herr Adam, gut, dass Sie bei mir sind«, sagte Rotfux augenzwinkernd, »nicht, dass Sie noch festgenommen werden.«

Caroline hatte inzwischen Tee bei »Ronnefeldt« gekauft und verschiedene Geschäfte von »MyZeil« durchstöbert.

Nachdem Rotfux wieder zu ihr vorgedrungen war, spazierten sie vorbei an der Hauptwache, vor der die Gäste in der Sonne saßen, zum Goetheplatz. Der Dichterfürst auf seinem mächtigen Denkmal stand erhaben vor der Kulisse der Frankfurter Wolkenkratzer und wies ihnen den Weg zur Goethestraße. Bei »Louis Vuitton« kaufte sich Caroline einen Seidenschal.

»Den habe ich mir schon immer gewünscht«, freute sie sich.

Manchmal kaufte sie sich in einem Anfall von Begeisterung teure Accessoires, die sie allerdings mit ganz normaler Kleidung kombinierte, was richtig schick aussah.

»Toll. Der steht dir wirklich gut«, lobte Rotfux, und sie lachte glücklich.

Vorbei an Wellendorf, Gucci, Chanel, Prada und Dior erreichten sie die Große Bockenheimer Straße, im Volksmund nur »Freßgass« genannt.

Bei Feinkost Meyer's lief ihnen das Wasser im Mund zusammen. Überhaupt hatte die Straße nicht umsonst ihren Namen. Ein Lokal reihte sich ans andere, und verschiedene Feinkostläden ließen Rotfux bereuen, keine Kühltasche für leckere Einkäufe mitgenommen zu haben.

»Allmählich könnte ich etwas essen«, sagte Caroline.

»Ich auch, aber wir sollten heute zur ›Weinstube im Römer‹ gehen. Ich will mich dort mit Thomas Roth treffen, einem der Freunde von Emil Franke.«

Rotfux sah, dass es schon 18 Uhr war.

»Es ist schon spät. So langsam könnten wir dort hingehen und zu Abend essen, wenn es dir recht ist.«

Rotfux hatte Thomas Roth auf der Trauerfeier für den Ermordeten kennengelernt und mit ihm vereinbart, dass sie sich näher unterhalten würden. Da er Oberkellner in der »Weinstube im Römer« war, ließ sich das gut mit einem Besuch in Frankfurt verbinden.

»Wir lassen Oskar zum Römerberg laufen«, schlug Rotfux vor, »dann wird er müde sein und gemütlich unter dem Tisch im Restaurant eine Runde schlafen.«

Als sie die Weinstube erreichten, saßen viele Gäste davor im Freien und genossen den schönen Abend.

»Wir gehen trotzdem hinein«, meinte Rotfux, »dort kann ich mich besser mit Herrn Roth unterhalten.«

Durch einen Windfang, in dem ein dekorativer alter Herd aufgestellt war, betraten sie den Gastraum. Thomas Roth kam ihnen entgegen. Ein kleiner, drahtiger schlanker Kerl mit dunklen Stoppelhaaren, den sein Dreitagebart bei der spärlichen Beleuchtung des Lokals düster wirken ließ.

»Guten Abend, Herr Kommissar, guten Abend, die Dame! Wenn Sie vielleicht in unserer gemütlichen Sitzecke Platz nehmen möchten? Da wären Sie ungestört …«

Seine fast schwarzen Augen musterten Rotfux und Caroline. Durch seine spitze Nase und die schmalen Lippen wirkte er irgendwie streng.

»Gern«, sagte Rotfux, »ist dir doch recht, Caroline?«

»Ja sicher.«

Sie nahmen Platz, Thomas Roth brachte sofort die Speisekarten und fragte, was es zu trinken sein dürfe. Rotfux fiel auf, dass ihm an der linken Hand zwei Finger fehlten. Seltsam, dachte er, wo das wohl passiert ist? Er las den Spruch an der Wand: »Das Leben ist viel zu kurz, um schlechten Wein zu trinken.«

»Einen guten Wein, denke ich. Was können Sie empfehlen?«

»Wenn Sie etwas Besonderes trinken möchten, nehmen Sie den Frankfurter Lohrberger Hang, einen Riesling, der direkt in Frankfurt wächst. Sie wissen vielleicht, wir sind die Weinstube vom Weingut der Stadt Frankfurt.«

»Das Schild habe ich draußen gesehen«, bestätigte Rotfux.

»Zusätzlich hätte ich gern ein Mineralwasser«, sagte Caroline.

Sie sahen in Ruhe die Speisekarte durch und entschieden sich für Frankfurter grüne Soße mit Tafelspitz und Salzkartoffeln, eine regionale Spezialität. Rotfux kannte die grüne Soße und liebte sie, mit ihren sieben Kräutern und Ei und Mayonnaise. Seit er sie zum ersten Mal bei einem Metzgereiimbiss in der »Freßgass« probiert hatte, aß er sie bei jeder sich bietenden Gelegenheit.

»Unterhalten können wir uns später, Herr Kommissar. Sie haben sicher erst mal Hunger«, sagte Thomas Roth, nachdem er die Bestellung aufgenommen hatte.

Ihre Sitzecke war gemütlich. Sie saßen beide auf der Eckbank mit Blick ins Lokal. Oskar lag neben ihnen auf seinem Sitzkissen. Die deftigen Holzbalken verbreiteten eine ursprüngliche Atmosphäre, sie fühlten sich ins alte Frankfurt zurückversetzt, welches sie auf den Krügen der Souvenirläden zuvor gesehen hatten. Auf dem groben Holztisch brannte in einem roten Glas ein Teelicht, in der Nische hinter ihnen waren einige farbenfrohe Pflanzen dekoriert, die Frische in den Raum brachten. Einzig eine Gruppe von Koreanern, die auf ihrer Tour offensichtlich ein typisch Frankfurter Abendessen serviert bekamen, erinnerte sie daran, dass der Römerberg eine Touristenattraktion ersten Ranges für Gäste aus der ganzen Welt war.

»Die sind bald mit Essen fertig, dann wird es ruhiger«, tröstete sie Thomas Roth, als er die Getränke brachte.

»Na dann Prost!«

»Ja, auf dich! War bisher ein schöner Tag. Ich freue mich besonders über meinen Louis Vuitton Schal.« Caroline nahm den Schal aus der eleganten Tüte und betrachtete ihn glücklich.

Nach dem Essen setzte sich Thomas Roth zu ihnen.

»Ist eine schreckliche Geschichte mit Emil, er war so ein feiner Kerl«, sagte er.

Rotfux kramte das Bild mit den Weinreben aus seiner Mappe, welches aus der Holzkiste vom Schmerlenhof stammte.

»Ich nehme an, Sie kennen das?«

»Klar, jeder von uns hat so ein Bild. Paul, ich meine Herr Krüger, hat es vervielfältigen lassen und jedem von uns eins geschenkt. Woher haben Sie das?«

Wenn Thomas Roth sprach, hörte man den sächsischen Dialekt heraus, auch wenn er sich mit den Jahren unter dem Einfluss von Frankfurt abgeschwächt hatte.

»Ich habe es im Schmerlenhof gefunden. Kennen Sie den Schmerlenhof?«

»Nicht, dass ich wüsste, sagt mir nichts, wo soll das sein?«

Rotfux zeigte ihm ein Bild vom Schmerlenhof. Gut, dass wir den Schuppen fotografiert haben, bevor er abgefackelt wurde, dachte er.

»Waren Sie vielleicht mal mit Herrn Franke dort?«

»Nein, ich weiß nicht mal, wo das ist. Nie gesehen.«

»Wir haben dort Wein in Plastikkanistern gefunden. Können Sie sich das erklären?«

Thomas Roth zögerte. Rotfux hatte den Eindruck, dass er etwas wusste.

»Eigentlich nicht …«

»Und uneigentlich?«, hakte Rotfux nach.

»Ich habe keine Ahnung. Er hatte genügend Kellerraum im Aschaffenburger Schloss. Verstehe nicht, warum er Wein in Plastikkanistern in einem Schuppen gelagert haben sollte.«

»Vielleicht hat er was zusammengepanscht, sich billigen Wein besorgt und teuer weiterverkauft …«

»Kann ich mir nicht vorstellen«, protestierte Roth. »Er war so ein ehrlicher Kerl.«

Da täuscht man sich manchmal, dachte Rotfux. Er ging mit Roth sämtliche Personen auf dem Bild durch. Emil Franke, Thomas Roth selbst, Paul Krüger und Wilhelm Uhlig kannte er bereits. Zusätzlich waren noch Anton Herrmann zu sehen, auf dem Bild ein junger Mann von knapp 30 Jahren, groß, kräftig, ein Bulle von einem Kerl, und Karl Lorenz, etwa im gleichen Alter, aber klein und schon damals etwas untersetzt.

»Anton hat eine gute Partie gemacht«, berichtete Roth. »Er ist Mitinhaber vom Weingut Herrmann in Klingenberg. Gehörte ursprünglich der Familie seiner Frau, die er dort kennengelernt hatte. Haben einen tollen Rotwein. Müssen Sie mal probieren, Herr Kommissar. Karl Lorenz arbeitet übrigens als Hausmeister, Kellner, quasi Mädchen für alles beim Hofgut Hörstein in Alzenau.«

Thomas Roth erzählte, dass sie alle aus der ehemaligen DDR kamen, aus der Gegend von Dresden, und alle mit dem Weinbau zu tun hatten, wenigstens nebenbei.

»Vielleicht haben Sie von der Sächsischen Weinstraße oder vom Staatsweingut Schloss Wackerbarth gehört, das ist unsere Gegend, Herr Kommissar. Kurz vor der Wende haben wir alle in den Westen rübergemacht und versucht, eine Anstellung im Weinbau zu finden.«

Rotfux unterhielt sich über Weinbau mit ihm und zeigte Roth noch das Bild, auf dem Emil Franke in Uniform zu sehen war.

»Wissen Sie, wo das ist? War Herr Franke bei der Armee?«

Roth zögerte. Rotfux hatte das deutliche Gefühl, dass er sich genau überlegte, was er sagte.

»Die meisten von uns wurden eingezogen …«

»Aber der war damals schon um die 30, da wird man doch nicht mehr eingezogen.«

»Tja, ich weiß auch nicht …«

Roth gab den Ahnungslosen, aber Rotfux hatte das Gefühl, dass er etwas verheimlichte.

»Kennen Sie den Offizier daneben? Könnte das Herr Krüger sein?«

»Ja, das ist er.«

»Aber der war zu der Zeit bereits um die 50, muss das also beruflich gemacht haben.«

Roth dachte wieder lang nach, bevor er antwortete.

»Ich weiß es nicht so genau. Ja, er war beim Staat, aber das ist lange her. Er spricht nicht mehr gern darüber.«

»Sie meinen wohl, er war bei der Staatssicherheit?«

»Nun ja, das war damals ganz normal … wir meinten, wir müssten unseren Staat verteidigen … ich kann mir auch nicht erklären, warum Emil das Bild nicht einfach vernichtet hat …«

»Er dachte wahrscheinlich, dass es nie gefunden wird in seinem Geheimversteck. Aber manchmal geht das Schicksal merkwürdige Wege.«

Rotfux nahm sich vor, eine Anfrage bei der Stasi-Unterlagen-Behörde zu starten. Er wechselte das Thema und kam zu seiner nächsten Frage.

»Haben Sie irgendeine Idee, weshalb Emil Franke ermordet wurde? Hatte er Feinde? Gab es Beziehungsgeschichten? Könnten diese Italiener etwas damit zu tun haben, die auf der Trauerfeier waren, oder wurde hier womöglich eine alte Rechnung aus der Vergangenheit beglichen?«

Roth überlegte.

»Ich weiß wirklich nicht, Herr Kommissar. Die einzige Idee, die ich hätte, wäre die Sache mit den Salafisten. Wir waren zwei oder drei Wochen vor dem Tod von Emil in Dresden. Einmal im Jahr machten wir eine Tour in die alte Heimat. Dabei haben wir an einer Pegida-Demonstration teilgenommen. Vielleicht hat es damit etwas zu tun.«

»Aber dann wären Sie alle in Gefahr.«

»Ich habe, ehrlich gesagt, auch Angst, Herr Kommissar. Deshalb bin ich froh, dass Sie der Sache nachgehen.«

Thomas Roth sah ängstlich aus, als er das sagte. Seine dunklen Augen flackerten unruhig, und seine ohnehin schon schmalen Lippen wurden zu einer feinen dunklen Linie, so sehr presste er sie zusammen. Selbst Caroline sah ihn mitleidig an.

»Aber die Salafisten aus Dresden können nicht wissen, dass Sie in Frankfurt wohnen«, mischte sie sich in das Gespräch ein.

»Da bin ich mir nicht sicher. Deren Begleiter schießen inzwischen Fotos, und per Internet sind die schnell nach Frankfurt übermittelt.«

»Nochmals zu diesen Italienern«, hakte Rotfux nach. »Kennen Sie die Carellis, die den italienischen Laden in der Aschaffenburger Altstadt führen? Hat Emil Franke sie erwähnt?«

»Nein, so oft haben wir uns ja nicht getroffen. Und wenn, dann haben wir meist von der Vergangenheit gesprochen. Von Carellis war nie die Rede.«

»Auch von Martina Carelli nicht … oder vielleicht nur Martina?«

Roth sah ihn verständnislos an.

»Ich weiß nicht, was Sie meinen, Herr Kommissar …«

»Schon gut, ich dachte nur …«

Auch die Morones schien Thomas Roth nicht zu kennen oder er verbarg sein Wissen sehr gekonnt. Rotfux war sich nicht ganz sicher, ob er ehrlich war. Er hatte jedoch das deutliche Gefühl, dass Roth Angst hatte. Vielleicht gab es eine Bedrohung, die er kannte, aber nicht verriet.

»Falls Sie irgendetwas erfahren oder Ihnen etwas einfällt, melden Sie sich bitte sofort bei mir. Hier, zur Sicherheit mein Kärtchen«, verabschiedete sich Rotfux, nachdem sie als Nachtisch eine Frankfurter Rote Grütze mit Vanillesoße gegessen und anschließend bezahlt hatten.

14

Einige Tage später kam Rotfux müde vom Kommissariat nach Hause. Er spürte, dass ihn sein Fall sehr beschäftigte.

»Lass uns in die Altstadt gehen und irgendwo etwas essen«, schlug er Caroline vor, die schon auf ihn gewartet hatte. »Ich brauch mal etwas frische Luft!«

»Gern, können wir machen, dann kommt Oskar gleichzeitig raus.«

Wenig später waren sie am Main und spazierten Richtung Schloss. Bei den »Wassersportfreunden Neptun e.V.« schaukelten die Boote an den Stegen, und einige Mitglieder genossen die sanfte Abendsonne. Das Ausflugsschiff »Johannisburg« lag verträumt am Ufer, und am Minigolfplatz herrschte Hochbetrieb. Oskar kannte inzwischen seine Lieblingsbüsche und hatte schon einige Male das Beinchen gehoben. Er war fröhlich, freute sich, wenn sie alle gemeinsam spazieren gingen, blieb ab und zu stehen, sah sich um, ob auch alle folgten, und zog kräftig weiter Richtung Altstadt. Die mächtigen Türme des Schlosses glänzten im Abendlicht. Oskar war wie üblich auf Entenjagd. Es schien ihm Freude zu bereiten, sie aufzuschrecken, wenn sie auf der Promenade ausruhten. Er bellte laut, sie erhoben sich und ließen sich platschend ins Wasser des Mains fallen.

»Nun lass die Enten doch in Ruhe«, ermahnte ihn Caroline, aber es war zwecklos. Er musste seinen Jagdinstinkt wenigstens auf diese Art ausleben und räumte die Promenade von den Enten frei.

»Ich habe heute nebenbei mal an unseren nächsten Urlaub gedacht«, sagte Rotfux.

»Und …?«

»Ich würde gern an den Amazonas reisen, nach Brasilien … Ist schon lange ein Traum von mir.«

Rotfux reiste für sein Leben gern. Caroline wusste das. Ihr war es zwar nicht ganz so wichtig, aber sie kam gerne mit. Im vergangenen Jahr hatten sie zum ersten Mal China besucht, Peking, die chinesische Mauer, Xian und Shanghai gesehen. Sehr beeindruckend war das gewesen, und Rotfux träumte noch heute davon. Aber er entwickelte immer neue Pläne. Es war, als ob er einen Ausgleich zu seiner manchmal schrecklichen Arbeit brauchte.

»Am Amazonas gibt es Urwald-Lodges, da kannst du den Urwald und den Fluss hautnah erleben«, erzählte er begeistert, »man kann sogar Piranhas fischen. Das würde mich mal interessieren.«

»Ist aber sicher nicht ganz billig …«

»Klar, allein der Flug kostet einiges, man fliegt zwölf Stunden bis Rio und dann nochmals einige Stunden bis Manaus, aber mir wäre es das wert, wenigstens einmal im Leben …«

Rotfux war begeistert und schien alles andere zu vergessen. Caroline drückte seine Hand und sagte: »Na ja, wir sehen mal.« Sie wusste, er würde demnächst mit einem konkreten Vorschlag kommen.

Inzwischen waren sie unterhalb des Schlosses angelangt. Auf dem Spielplatz tobten noch einige Kinder herum, auf der Wiese lagen die letzten Sonnenanbeter, mehrere Schwäne ließen sich auf dem Main treiben. Ein Stück weiter flussabwärts sah man das »Pompejanum«, den dreistöckigen Nachbau einer römischen Villa, oberhalb des mit Weinreben bewachsenen Hanges liegen.

»Wir könnten einen Flammkuchen auf den Schlossterrassen essen«, schlug Caroline spontan vor.

»Gute Idee«, sagte Rotfux, »dann sind wir noch draußen und können den Abend genießen.«

Sie stiegen die Treppen von der Mainpromenade zum Schloss nach oben, vorbei am Kräuter- und Gewürzgarten der Schlossweinstuben. Rechts ragte die Sandsteinmauer bis zu vier Meter in die Höhe. In den Spalten zwischen den Steinen hatten sich Efeu und andere Pflanzen festgesetzt. Bei den Schlossterrassen hatten sie Glück und fanden einen freien Tisch direkt vor der Sandsteinwand des Schlosses, welche noch die Wärme des Tages abstrahlte. Die schlanken, hoch aufragenden Laternen zwischen den Tischen verbreiteten ihr gemütliches Licht. Die schwer vergitterten Fenster in der Schlosswand erinnerten an vergangene Zeiten.

»Einen Flammkuchen ›Klassisch‹ und einen Flammkuchen ›Sommer‹«, bestellte Rotfux bei der freundlichen Bedienung, wahrscheinlich einer Studentin, die hier ihren Nebenjob hatte. »Und eine Flasche Pompejaner Riesling bitte.«

Der Aschaffenburger Pompejaner war eine Besonderheit. Dieser Wein wuchs unterhalb des Pompejanums. Da die Rebfläche nur etwa 0,6 Hektar umfasste, war das Angebot eingeschränkt, und der Wein wurde durch die Stadt zu besonderen Anlässen ausgegeben, zum Beispiel an hochbetagte Jubilare überreicht. Einzig in den Schlossweinstuben konnte man den guten Tropfen ebenfalls bekommen. Da Rotfux heute besonders gut aufgelegt war, genehmigten sie sich eine Flasche des edlen Rieslings.

»Mal alles vergessen, mal abschalten, das brauche ich«, prostete Rotfux Caroline zu. »Und nachher machen wir es uns zu Hause gemütlich …«

Oskar war nach dem Spaziergang und seiner Entenjagd müde und schlief unter ihrem Tisch. Er hatte aus dem Hundenapf getrunken, der am Eingang zur Terrasse stand, und war jetzt ganz zufrieden. Rotfux schwärmte mehrfach von Brasilien und dem Amazonas, und Caroline war sich ziemlich sicher, dass sie spätestens im nächsten Frühjahr dorthin reisen würden. Auf dem Main fuhr eines dieser Kreuzfahrtschiffe vorbei, die in Aschaffenburg Station machten. Rotfux und Caroline unterhielten sich blendend, und ihre Stimmung wurde zunehmend lockerer, je mehr sich die Weinflasche leerte.

Christina Kern wollte gerade ihre Arbeit beenden, als es an der Tür des Weingutes im Schloss läutete. Wer so spät noch etwas von mir will?, dachte sie. Sie stand auf und öffnete vorsichtig die braune hölzerne Eingangstür. Im selben Augenblick drängte sich ein kräftiger Kerl mit schwarzer Sturmhaube zu ihr ins Erdgeschoss des Schlosses, und ein zweiter folgte. Sie wollte schreien, aber sie schaffte es nicht mehr. Schon lag sie auf dem Rücken, spürte den Lederhandschuh des Mannes auf ihrem Mund und wenig später einen Knebel aus einem Taschentuch, den sie ihr in den Mund schoben. Sie löschten das Licht, schleppten sie nach hinten zum Fahrstuhl und fuhren mit ihr ins Kellergeschoss. Das ist das Ende, dachte sie. Da sie bis auf einen schmalen Sehschlitz vermummt waren, konnte sie sie nicht erkennen. Sie waren groß, kräftig, aber das war auch schon alles, was sie feststellte. Sie schoben sie aus dem Aufzug in Richtung Fassweinkeller. Dort war Emil

Franke umgebracht worden, musste sie denken. Ob sie die Nächste war?

Sie sprachen kein Wort, schienen sich auszukennen und sich wortlos zu verstehen. Christina Kern spürte den festen Griff, mit dem sie zu den großen Holzfässern im hinteren Bereich des Fassweinkellers gezerrt wurde. Als sie dort angekommen waren, verbanden sie ihr die Augen. Grausam war es, überhaupt nichts mehr zu sehen und nur ihren Atem zu hören und ihren Schweißgeruch zu riechen. Sie spürte, wie sie ihr ein Seil um das linke Handgelenk schlangen, dann um das rechte. Sie hörte, dass sie etwas auf die Fässer legten, möglicherweise eine Holzbank. Es erinnerte sie daran, dass man Emil Franke an einer Holzbank hängend gefunden hatte. War sie tatsächlich die Nächste?

Sie wollte etwas sagen, wollte schreien, aber es ging nicht mit dem Knebel im Mund. Sie merkte, wie sie an den Seilen in die Höhe gezogen wurde. Es tat höllisch weh, und sie hatte das Gefühl, dass ihre Gelenke aus den Schultern gerissen würden. Sie hörte das Klirren einer Weinflasche, wartete darauf, dass sie ihr mit den Scherben in die Haut schneiden würden, merkte, dass sie ihre Bluse öffneten und mit einem scharfen Messer ihr Unterhemdchen durchtrennten. Oben völlig nackt war sie jetzt, spürte das kühle Lüftchen, das durch den Keller streifte und ihre Brustwarzen berührte. Dann fühlte sie etwas Kaltes auf der Brust, etwas Spitzes, vermutlich ein scharfes Messer, mit dem sie ihre Brustwarzen traktierten. Ihr Schweine, dachte sie. Sie war ihnen so ohnmächtig ausgeliefert, fühlte sich so jämmerlich, dass sie es mit keinem Wort der Welt hätte beschreiben können.

Eine Zeit lang war es ganz still. Sie hörte absolut nichts. Das ist der reinste Psychoterror, dachte sie. Anschließend vernahm sie Schritte, die den Fassweinkeller verließen. Mein Gott, sie lassen mich hier einfach hängen, dachte sie. Obwohl das besser gewesen wäre, als vielleicht ermordet zu werden … Sie musste an Emil Franke denken, der hier hing, mit sieben Messerstichen in der Brust, blutleer und bleich, nicht mehr von dieser Welt. Irgendwann läutete oben das Telefon, aber niemand nahm ab. Wenn doch nur Hilfe käme, dachte sie, wenn sie mich vermissen würden … Kurz darauf kamen die Schritte zurück. Ein Lederhandschuh streichelte über ihre Brüste. Sie fröstelte. Am ganzen Körper bildete sich eine Gänsehaut. Sie musste zur Toilette, hatte höllische Angst, versuchte, sich aber zu beherrschen. Ich kann mir doch nicht in die Hose pinkeln, dachte sie. Der Lederhandschuh betatschte sie von oben bis unten, öffnete ihren Pferdeschwanz, wühlte in ihren Haaren und das alles ohne ein Wort. Ob es Deutsche oder Ausländer sind?, fragte sich Christina Kern. Ob die Mafia ihre Finger oder ihre Lederhandschuhe im Spiel hat? Der Lederhandschuh griff ihr in den Schritt, drückte auf ihre Blase. Sie machte sich vor Angst in die Hose, konnte sich nicht mehr bremsen, ließ es einfach laufen. So eine Scheiße, dachte sie, als es ihr warm die Beine nach unten lief. Wenigstens zog er seinen Lederhandschuh zurück. Stattdessen zerrte er an ihren Haaren, schnitt hinein, vermutlich mit einer alten Schere oder einem Messer, das mehr riss, als schnitt. Es tat weh, und sie wollte sich gar nicht vorstellen, wie sie nach dieser Prozedur aussehen würde. Ihre Arme spürte sie kaum noch. Alles tat ihr weh. Sie wartete auf die Messerstiche, die sie ins Jenseits befördern würden, auf die Erlösung von diesen Qualen. Ob man hinterher noch etwas fühlte, oder ob einfach alles vorbei war? Wieder Stille, unheimliche, quälende Stille. Sie schütteten Wein über ihren Körper. Alles klebte und sie wusste nicht, was das sollte. Wenn sie sie ins Jenseits befördern wollten, dann konnten sie es doch gleich tun, ohne Umstände. Doch sie taten es nicht. Leise hörte sie ihre Schritte, die sich entfernten, der Aufzug summte, dann war alles still. Ob sie wieder kommen würden? Vielleicht holten sie nur die Mordwerkzeuge … vielleicht hatten sie ihr scharfes Messer vergessen … vielleicht, vielleicht, vielleicht … Sie roch ihren eigenen Urin, der sich mit dem Geruch des Weins mischte. Sie musste furchtbar aussehen, mit abgeschnittenen Haaren, klebrig und vollgepinkelt. Sie wand sich in ihrer Fesselung, aber jede Bewegung verschlimmerte ihre Schmerzen. Also blieb sie ganz still hängen und wartete. Sie hörte ein Rascheln am Boden. Ob es hier Mäuse gab oder sogar Ratten? Eine schreckliche Vorstellung. Vielleicht kamen sie jetzt und fraßen ihr die Zehen ab. Sie wusste nicht, wie hoch sie hing. Vielleicht konnten sie an ihre Füße springen, sich in ihren Kleidern festfressen … vielleicht zog sie der Uringeruch an … vielleicht wetzten sie schon ihre scharfen Säbelzähne, um endlich ein Festmahl zu genießen. Das Rascheln wurde kräftiger. Womöglich war es eine Schlange, die hier in diesem dunklen Keller wohnte und jetzt auf ihre Gelegenheit wartete. Züngelnd würde sie an ihr emporsteigen, ihren Hals sanft umschlingen, bis sie zustieß und ihr das Gift in den Körper jagte. Nein, nein, das konnte nicht sein. Es gab doch keine Schlangen in Kellern. Vielleicht doch eher Mäuse und Ratten, vielleicht eine ganze Kolonie, die hier zum Leben erwachte, wenn im Keller Ruhe einkehrte so wie jetzt. Sie nahm alle Kraft zusammen und zappelte in ihrer Fesselung. Es musste doch möglich sein, sie zu vertreiben. Und tatsächlich, es raschelte wieder, dann herrschte Ruhe. Absolute, gespenstische Ruhe. Sie spürte einen Luftzug an ihrem

Gesicht. Fledermäuse, schoss ihr ein Gedanke durch den Kopf. Noch nie hatte sie den Weinkeller so erlebt wie jetzt. Eine ganz andere Welt war das, die Unterwelt des Kellers, von der sie bisher nichts ahnte. Wieder der Luftzug, dann ein Rascheln unterhalb der Decke. Jetzt kommen sie von oben und von unten, dachte sie. Wieder strampelte sie in ihren Fesseln, und es kehrte Ruhe ein. So ging das gefühlte Stunden. Wie lange sie da hing, wusste sie nicht. Irgendwann hörte sie Schritte, und ein Hund bellte. Oskar, war ihr erster Gedanke. Wenn es nur Oskar wäre! Oskar und der Kommissar … das wünschte sie sich …

Nach einem sehr schönen Abend auf der Schlossterrasse machten sich Rotfux und Caroline auf den Heimweg. Rotfux hatte ein ordentliches Trinkgeld gegeben.

»Man muss die jungen Studentinnen etwas unterstützen«, hatte er gelacht.

Sie stiegen die steilen Treppen zum Schlossplatz nach oben, und Rotfux trug Oskar auf dem Arm. Er wusste, dass Dackel einen empfindlichen Rücken haben, und er wollte nicht, dass der Hund Schaden nahm. Er hatte sich schon sehr an ihn gewöhnt und konnte sich ein Leben ohne ihn kaum mehr vorstellen. Als er Oskar allerdings am Ende des Treppenaufganges abgesetzt hatte, wurde dieser ganz aufgeregt und begann zu bellen. Nicht das schon wieder, dachte Rotfux. Der arme Kerl erinnerte sich anscheinend an sein ehemaliges Herrchen und wollte nach ihm suchen. Er bellte und zerrte an der Leine und wollte unbedingt in den Innenhof des Schlosses.

»Es bleibt uns wohl nichts anderes übrig«, sagte Rotfux zu Caroline und sah sie an, als ob er um Entschuldigung bitten wollte.

»Schon okay. Drehen wir noch eine kleine Runde.«

Über die Sandsteinbrücke und durch das mächtige Hauptportal erreichten sie den Schlosshof, und Oskar zog wie erwartet bellend in Richtung des Weingutes. Vor der braunen hölzernen Eingangstür blieb er stehen.

»Da ist um diese Zeit geschlossen, und dein Herrchen ist hier leider sowieso nicht«, sagte Rotfux und streichelte Oskar über den Rücken. »Schau, es ist zu«, sagte er, drehte am Knauf und drückte gegen die Tür. Im selben Augenblick gab sie nach und öffnete sich.

»Donnerwetter! Das ist ja seltsam! Normalerweise ist hier doch abgeschlossen …«

Rotfux schob die Tür nach innen, und Oskar bellte wie ein Verrückter.

»Wir sehen mal nach, was los ist, komm …«

Oskar zog voran durch die Räume im Erdgeschoss, vorbei an Weinkisten und Kartons, vorbei am Büroarbeitsplatz von Frau Kern, der Inhaberin des Weingutes. Caroline folgte Rotfux, aufmerksam nach rechts und links schauend, als ob sie jeden Augenblick einen Überfall erwartete.

»Pass bloß auf, Rudi! Vielleicht solltest du Verstärkung anfordern …«

Doch Rotfux durchsuchte das komplette Erdgeschoss, auch den Bereich, in dem silbern glänzend die Abfüllanlage stand, fand aber nichts. Oskar ließ sich allerdings nicht beruhigen. Er bellte unaufhörlich, schnüffelte dicht am Boden entlang und zog zur Wendeltreppe, die zum Kellergeschoss führte. Rotfux ließ den Hund bei Caroline und stieg alleine die Wendeltreppe nach unten.

»Ich warte hier, falls was ist, damit ich Hilfe holen kann«, rief ihm Caroline hinterher. Ihr war das endgültig zu gefährlich.

Rotfux ging leise. Er war aufs Äußerste angespannt. Die weiße Farbe an der feuchten Wand war zum Teil abgeblättert, die Treppe wand sich in mehreren Umdrehungen nach unten, und Rotfux spürte mit einem Mal den Wein, den er intus hatte. Unten empfing ihn der Gewölbekeller, in dem sonst die Weinproben stattfanden. Von dort ging es ein paar Stufen hinab in den eigentlichen Keller, in dem sich bis unter die Decke Weinkisten stapelten. Rotfux suchte nach dem Lichtschalter und fand ihn rechts vom Durchgang in den Fassweinkeller. Er schob die dunkelgrüne Plastikplane zurück, die den Zugang zum Fassweinkeller verschloss, damit sich dort die Kälte halten konnte. Da sah er es: Aufgehängt zwischen zwei großen Fässern hing Frau Kern, die Inhaberin des Weingutes. Oh Gott, der nächste Mord, schoss es Rotfux durch den Kopf. Ihre mittelblonden Haare, die sie sonst als Pferdeschwanz trug, waren ihr abgeschnitten worden und lagen in wilden Büscheln am Boden. Rotfux eilte zu ihr. Sie bewegte den Kopf. Mein Gott, sie lebte! Rotfux zog sich ein paar Plastikhandschuhe über, die er aus Gewohnheit immer bei sich trug, und entfernte Frau Kern Augenbinde und Knebel. Ihr Oberkörper war völlig nackt.

»Ich kann Sie nicht alleine abnehmen, Frau Kern, sonst stürzen Sie womöglich. Bitte gedulden Sie sich noch einen kleinen Augenblick.«

Rotfux lief zurück zur Wendeltreppe und rief nach Caroline.

»Caroline, kommst du bitte. Es ist alles in Ordnung. Du musst mir helfen!«

Caroline kam mit Oskar auf dem Arm nach unten. Mit vereinten Kräften nahmen sie Frau Kern von den Weinfässern ab. Rotfux hielt sie fest, und Caroline schnitt die Fesselung durch, sodass sie ihm geradezu in die Arme sank.

»Danke«, seufzte sie schwach und noch völlig benommen.

Rotfux reichte Frau Kern seinen gelben Pulli, damit sie wenigstens etwas bekleidet war. Dann begann er sofort mit den ersten Fragen.

»Konnten Sie die Täter erkennen? Wissen Sie, wer es war, Frau Kern?«

Sie wirkte immer noch völlig durcheinander.

»Kann ich mich vielleicht erst mal setzen?«, stammelte sie.

»Ja klar, entschuldigen Sie. Gehen wir in den Gewölbekeller.«

Dort hüllten Sie Frau Kern in eine Decke, die auf einem der Stühle lag, und Caroline setzte sich neben sie und nahm sie in den Arm. Es war das erste Mal, dass sie die Arbeit von Rotfux so hautnah miterleben konnte.

»Können Sie uns etwas zu den Tätern sagen, Frau Kern?«, setzte Rotfux nochmals an.

»Ich weiß nicht, es waren zwei. Große kräftige Männer mit schwarzen Sturmhauben, aber sonst kann ich nichts sagen. Sie haben mich nach unten geschleppt, geknebelt, gefesselt, gequält und sind dann wieder abgehauen.«

»Sonst ist Ihnen nichts aufgefallen?«

»Nein, nichts. Sie schienen sich auszukennen, waren vielleicht schon mal hier, haben womöglich etwas gesucht, aber sonst weiß ich nichts. Sie haben kein Wort gesprochen. Ich weiß nicht, ob es Deutsche oder Italiener oder sonst was waren …«

Rotfux versuchte zu telefonieren, hatte aber keinen Empfang.

»Klar, bei den dicken Mauern«, brummte er und schlug vor, nach oben zu gehen.

Vom Erdgeschoss aus rief er Oberwiesner an, beauftragte die Spurensicherung und bestellte einen Krankenwagen.

»Wir müssen auf Nummer sicher gehen, Frau Kern. Lassen Sie sich bitte im Klinikum untersuchen. Wir müssen wissen, ob Sie Verletzungen haben.«

Nachdem Oberwiesner und die Spurensicherung eingetroffen waren und er Frau Kern an den Notarzt übergeben hatte, verabschiedete sich Rotfux von seinen Leuten.

»Wir reden morgen über alles. So wie es aussieht, könnten es dieselben Täter sein, die Emil Franke ermordet und vielleicht auch Martina Carelli überfallen haben. Der Tatort und die brutal abgeschnittenen Haare der Frauen sprechen jedenfalls dafür. Bitte überseht nichts! Jede Kleinigkeit kann wichtig sein.«

Zu Fuß ging Rotfux mit Caroline und Oskar zu seiner Wohnung zurück. Er fühlte sich leicht beschwingt und hoffte, dass man ihm das nicht angemerkt hatte, aber schließlich durfte auch ein Kommissar mal eine schöne Flasche Pompejaner genießen. Oskar war sehr vergnügt, verscheuchte auch auf dem Rückweg einige Enten und setzte an den Büschen und Bäumen seine Duftmarken.

»Du bist der Held des Abends«, lobte ihn Rotfux. »Hast Frau Kern gefunden. Wer weiß, wann wir sie ohne dich entdeckt hätten.«

Zur Belohnung holte er einen Leckerli-Streifen aus der Küche, als sie die Wohnung erreicht hatten. Oskar wedelte und bellte. Er wusste, was das bedeutete. Rotfux nahm sein rosarotes quietschendes Gummischwein aus der Spielkiste und warf es quer durchs Wohnzimmer. Gleichzeitig rief er: »Bring!«

Sofort rannte Oskar hinterher und brachte Rotfux das Schwein zurück.

»So ist's brav«, lobte er und gab dem Hund ein Stück des Leckerlis.

Das Spiel wiederholte sich, bis Oskar das letzte Stück des Leckerli-Streifens bekommen hatte. Unermüdlich rannte der Dackel hin und her.

»Jetzt sind wir aber müde«, seufzte Rotfux zum Schluss, »müssen ganz schnell ins Bett …«

15

Es war ein trüber Tag, so trüb wie die Gedanken von Paul Krüger, des alten Sachsen in der Seniorenwohnanlage. Er sah aus dem Fenster hinab auf die Kittelstraße. Kein Mensch war zu sehen. Graue Wolken hingen über der Stadt und er hatte den Eindruck, es könnte jeden Augenblick anfangen zu regnen. Er musste an Emil Franke denken. Einer seiner engsten Freunde war brutal ermordet worden. Das konnte kein Zufall sein. Sie kannten sich alle von früher aus Sachsen, waren bei der Stasi gewesen, hatten nach der Wende Anstellungen im Weinbau gefunden, und jetzt dieser Mord … Wer wäre als Nächster dran? Paul Krüger zog sich seine schwarze Regenjacke über, steckte zusätzlich einen Schirm ein und verließ die kleine Seniorenwohnung. Er hielt es nicht mehr aus so ganz allein mit seinen düsteren Gedanken. Zum Friedhof würde er gehen, Zwiesprache mit Emil Franke halten, dem guten Freund, den sie im Weinkeller des Schlosses ermordet hatten, diese Schweine. Brutal an einem Weinfass aufgehängt und mit mehreren Messerstichen getötet, wenn es stimmte, was in der Zeitung stand. Der alte Krüger ging durch die Kittelstraße in Richtung Hofgartenstraße. Die ersten Regentropfen begannen zu fallen, aber er war nicht empfindlich, behielt den Schirm noch in der Tasche, überquerte die Hofgartenstraße und steuerte direkt auf den Eingang zum Park Schöntal zu, durch den man ins Zentrum spazieren konnte. Eine Markierung zeigte an, dass dies ein Teil des Fränkischen Marienweges war. Heilige Maria, dachte

Krüger, vielleicht wusste sie, womit der Mord zusammenhing ... Der Weg war bequem, völlig eben. Unter einem Blätterdach von Buchen und Eichen ging man geschützt, auch wenn heute alles düster wirkte, wie ein verwunschener Wald, in dem Hexen und Teufel ihr Unwesen trieben. Mannshohe Rhododendren wuchsen am Wegrand, eine schwarzgrüne Eibe brachte mit ihren Nadeln Abwechslung zwischen die Blätter, und durch die Büsche schimmerte das Wasser des Teichs, auf dem einige Enten sich gemütlich treiben ließen. Der leichte Regen durchdrang das Blätterdach noch nicht, und Paul Krüger behielt den Schirm weiterhin in der Tasche. Er war für seine 82 Jahre ganz gut zu Fuß, musste sich zwar häufiger mal ausruhen, aber das war kein Problem, denn überall gab es Bänke, so auch hier. Er beschloss sich zu setzen, solange die Bank noch trocken war. Ein kleiner Spatz hüpfte um seine Füße herum, pickte hier und pickte da und flog dann weg zum nächsten Busch. Es war interessant, je älter er wurde, desto mehr nahm er solche Kleinigkeiten wahr. Früher hätte er nicht einmal bemerkt, dass da ein Spatz war, und interessiert hätte es ihn sowieso nicht. Heute konnte er auf der Bank sitzen und so einem kleinen Kerl zuschauen oder den Enten und er bekam das Gefühl, dass diese Kleinigkeiten das eigentlich Wichtige im Leben waren. Als er aufsah, fuhr er zusammen. Die alte Erna Stein war ihm auf den Fersen. Die hat mir gerade noch gefehlt, dachte er. Sie kam im Regenmantel hinter ihm her, hatte ihren Gehstock dabei und hielt genau auf ihn zu. Er tat, als sähe er sie nicht, erhob sich und ging weiter in Richtung Stadt. Linker Hand bewegten sich die schmalblättrigen langen Zweige einer Trauerweide im Wind, der Ententeich wurde breiter, und am Ende des Teiches bog Paul Krüger ab in

Richtung der Kirche zum Heiligen Grab. Vielleicht geht die alte Frau Stein in die andere Richtung, dachte er. Er hatte keine Lust, sich mit ihr zu unterhalten. In letzter Zeit stellte sie ihm regelrecht nach, hatte sich in seine Kartenspielrunde gedrängt, versuchte, beim Mittagessen an seinem Tisch zu sitzen oder sich beim nachmittäglichen Spaziergang im Garten mit ihm zu unterhalten. Man konnte nicht wissen, was so eine alte Frau im Schilde führte. Vielleicht erträumte sie sich ein letztes großes Abenteuer, aber dazu hatte Paul Krüger keine Lust. Er war sein Leben lang nicht verheiratet gewesen, und nun war es auch zu spät, mit Frauengeschichten anzufangen. Die verfallenen Mauern der Kirche zum Heiligen Grab ragten braungrau in die Höhe, zahllose Tauben saßen in dem zerfallenen Gemäuer, von Weitem war schon der Turm der Sandkirche zu sehen. Paul Krüger versuchte, etwas flotter zu gehen, aber Erna Stein blieb in gleichem Abstand hinter ihm. Sie war ein paar Jahre jünger als er, und ihr Gehstock hatte vermutlich mehr optische als gesundheitliche Gründe. Vielleicht trug sie ihn auch nur bei sich, um sich bei einem Überfall wehren zu können, denn mehrfach waren schon älteren Frauen in den Aschaffenburger Parkanlagen die Handtaschen weggerissen worden. Bei der Sandkirche verließ Paul Krüger den Park Schöntal und ging über die breite Treppenanlage hinab zur Alexandrastraße. An der Eisdiele »Da Rocco« war bei diesem Wetter nichts los, die Sandkirche wirkte düster, ja fast bedrohlich, die Regentropfen fielen dichter, und Paul Krüger spannte seinen Schirm auf. Die alte Erna Stein hatte das schon längst getan, wahrscheinlich, um ihre Frisur zu schützen. Paul Krüger konnte ihre rot gefärbten Haare nicht leiden. Das sah so unnatürlich aus, passte aber zu dem aufdringlichen

Wesen, das sie an den Tag legte. Sonst sah sie für ihr Alter noch recht gut aus, hatte ein schmales Gesicht und blaue Augen, eine gute Figur und eine gebräunte Haut. Wenn sie bloß endlich abdrehen würde, dachte Paul Krüger. Er wollte seine Ruhe und bemerkte, dass sich seine Gedanken zunehmend mit dieser Frau beschäftigten. Vorbei an der Bäckerei Bernhard erreichte er den Kreisverkehr an der Lamprechtstraße, von dort den Güterberg und schließlich den Altstadtfriedhof. Erna Stein blieb weiter hinter ihm. Die Glasdächer der Gärtnerei Heller, die gegenüber vom Friedhofseingang lag, waren heute geschlossen und ließen nur das trübe Licht des grauen Himmels nach innen. Paul Krüger betrat den Laden und war froh, dass Erna Stein jetzt draußen warten musste. Er kaufte ein großes Grablicht, das laut Beschreibung regensicher war und angeblich vier Tage brennen sollte. Dazu ließ er einen Strauß weißer Lilien binden, den er Emil Franke aufs Grab legen würde, das war er ihm schuldig.

»Hallo, Herr Krüger«, begrüßte ihn Erna Stein, die nun doch in den Blumenladen gekommen war. »Ich war die ganze Zeit hinter Ihnen, aber Sie haben mich wohl nicht bemerkt.«

»Nein, tut mir leid«, brummte Paul Krüger, »war in Gedanken …«

»Sie gehen sicher zu Ihrem Freund. Schreckliche Geschichte.«

»Jaja, das hatte ich vor. Wenn Sie mich bitte entschuldigen.«

Paul Krüger bezahlte und verließ fluchtartig die Gärtnerei. Auf dem Friedhof möchte ich wenigstens alleine sein, dachte er. Er ging durch den Haupteingang, dessen rechter Torflügel offen stand, passierte die Grabstätte der Englischen Fräulein St. Maria, sah vor sich schon die Aussegnungshalle mit ihrem schiefergedeckten Turm, bog aber noch kurz nach links zur Friedhofstoilette ab. Anschließend ging Paul Krüger durch die Allee mit dem Kriegerdenkmal. »Ich bin die Auferstehung und das Leben« war da zu lesen, als schwacher Trost für die jung und sinnlos Gefallenen des Ersten Weltkrieges. Schade um die jungen Männer, die im Kampf gegen unsere heutigen Freunde in Frankreich und anderswo gefallen sind, dachte Paul Krüger. Er war froh, inzwischen Erna Stein nicht mehr zu sehen, und schritt durch die endlose Reihe der Grabtafeln, die in der Allee aufgestellt waren. Soldat, Gefreiter, Obergefreiter … sämtliche Mannschaftsdienstgrade standen da in Reih und Glied, leider nur noch als Steintafeln, leider sinnlos gestorben. Auch für »Vier unbekannte Soldaten« hatte man eine Steintafel aufgestellt. Wie unberechenbar das Leben doch ist, dachte Paul Krüger. Auch er hatte viel Sinnloses getan, sein altes Regime verteidigt, von dem man inzwischen nur noch in den Geschichtsbüchern lesen konnte.

Am Ende der Allee bog er nach links ab, zur Grabstelle von Emil Franke. Sie lag in einem von Buchenhecken gesäumten Gang unter einer kräftigen Trauerbirke, die ihre Zweige schützend darüber ausbreitete. Als Krüger um die Ecke bog, sah er eine Frau mit pechschwarzen Haaren in einem dunklen Regenmantel vor dem Grab stehen. Sie betete im Flüsterton vor sich hin, ganz in Gedanken versunken. Er näherte sich vorsichtig, um nicht zu stören.

»Gib ihm seinen ewigen Frieden«, hörte er sie sagen. »Bring die Schuldigen zur Strecke, lass die Mafia nicht siegen.«

Sie glaubt also, dass es die Mafia war, dachte Paul Krüger.

Dazwischen betete sie auf Italienisch, und er verstand nichts. Dann wechselte sie wieder zum Deutschen.

»Und beschütze auch mich, ich habe gesündigt, oh Herr«, betete sie weiter, »aber es war nur aus Liebe.«

Also doch, dachte Krüger. Emil Franke hatte mal etwas von einer Freundschaft mit dieser Italienerin erwähnt, aber nichts Näheres erzählt. Als Paul Krüger noch einen Schritt näher kam, zuckte die Frau zusammen und fuhr herum. Nackte Angst spiegelte sich in ihren Augen. Sie fühlte sich ertappt, war kreidebleich und schlug die Augen verschämt nieder.

»Hallo, Frau …«, wollte Paul Krüger sie noch ansprechen, aber sie huschte schon davon. So war das, die eine verfolgte ihn schon den ganzen Nachmittag, die andere floh schreckhaft vor ihm, als er sich näherte. Heute habe ich kein Glück, dachte er. Er zündete seine Kerze an und stellte sie vor den polierten Grabstein aus Granit von Emil Franke. Der endlos lange Docht krümmte sich in der Flamme und fing erst an, richtig zu brennen, als die Flamme das Wachs erreichte und sich von ihm nähren konnte. Die weißen Lilien legte er vor der Kerze auf den Boden. Das war's nun, dachte er. Da lag sein Freund und konnte nichts mehr tun. Nur die Erinnerung war geblieben, die Erinnerung an schwere, aber auch glückliche Zeiten. Ob die damaligen Erlebnisse etwas mit dem Mord zu tun hatten? Paul Krüger betete still. Es musste ja keiner hören, was er auf dem Herzen hatte. Doch er blieb nicht lange ungestört.

»Ich dachte mir schon, dass Sie hier sind«, tönte es, und Erna Stein kam hinter der Buchenhecke hervor.

»Kennen Sie Emil Franke überhaupt?«, fragte Paul Krüger mit vorwurfsvollem Unterton.

»Klar, war doch bei der Trauerfeier. Auch Ihnen zuliebe …«

Darauf hätte ich verzichten können, dachte Paul Krüger. Er versuchte, intensiv an Emil Franke zu denken, sich an die gemeinsame Zeit in Sachsen zu erinnern, aber es fiel ihm schwer. Seit diese Frau schräg hinter ihm stand, konnte er sich nicht mehr konzentrieren.

»Es ist schwer, wenn man einen lieben Menschen verliert«, sagte sie.

»Ja, natürlich …«

»Er wird Sie alle zu sich holen. Das tun die Toten manchmal.«

Die hat wohl einen an der Waffel, dachte Paul Krüger. Er befürchtete zwar, dass es weitere Tote geben könnte, aber nicht, weil Emil Franke jemanden zu sich holen wollte. Das war doch absoluter Quatsch!

»Ich wusste, dass es so kommen würde, und ich fühle, dass bald weitere Morde geschehen werden«, behauptete Erna Stein düster.

Der Gedanke schien ihr Vergnügen zu bereiten, und es machte den Eindruck, dass sie nicht auf dem Friedhof war, sondern hier einen Auftritt für ein Theaterstück hatte.

»Haben Sie das schon dem Kommissar gesagt?«

»Wieso denn? Was vorgesehen ist, ist vorgesehen. Das kann er sowieso nicht ändern!«

Sie lächelte vergnügt, und bei Paul Krüger verstärkte sich der Eindruck, dass sie wirklich verrückt war.

»Ich weiß nicht, Frau Stein, das ist seltsam, was Sie sagen. Vielleicht sollten Sie besser nach Hause gehen.«

»Keine Angst, keine Angst, ich komme schon nach Hause. Aber vielleicht sollten Sie mal darüber nachdenken, wer der Nächste ist.«

Paul Krüger war sprachlos. Fast klang es wie eine Drohung. Vielleicht sollte es auch ein Angebot sein, endlich Trost bei ihr zu suchen.

»Haben Sie denn eine Idee, wer der Nächste sein könnte?«

»Bin ich Hellseherin?«

»Wer weiß?«

»Aber ich bitte Sie, Herr Krüger.«

»Na ja, rote Haare, schwarzer Gehstock, würde doch passen.«

Jetzt lachte sie herzhaft.

»Ich kann es Ihnen wirklich nicht sagen, Herr Krüger. Immerhin fiel mir auf, dass der Tote aus Sachsen stammt. Da macht man sich so seine Gedanken, wenn man auch von dort kommt. Womöglich bin ich auch bald dran … Ich finde, wir müssen zusammenhalten.«

Aha, dachte Krüger, jetzt versucht sie es auf diese Tour.

»Ich kann mir nicht vorstellen, dass es mit Sachsen zu tun hat«, sagte er schnell, um ihr Angebot abzuwehren.

»Wenn Sie sich da mal nicht täuschen«, kam prompt die Antwort.

Paul Krüger hatte inzwischen genug von der ganzen Geschichte.

»Selbst wenn es so wäre, Frau Stein, könnten wir es nicht ändern«, sagte er, »ich möchte gern etwas allein sein. Wir sehen uns bestimmt in der Wohnanlage wieder.«

»Selbstverständlich, dann bis heute Abend, vielleicht beim Spaziergang durch den Garten der Wohnanlage …«

Sie klang, als ob es ihr soeben gelungen wäre, ein Date zu vereinbaren, obwohl Paul Krüger alles lieber getan hätte, als diese aufdringliche Person zu treffen. Er war froh, dass sie endlich abdrehte und ihm seine Ruhe ließ.

Nach einem stillen Gebet verließ er den Friedhof durch die Reihen der Soldatengräber, vorbei an der Aussegnungshalle in Richtung Gärtnerei Heller. Er nahm den Rückweg durch die Wermbachstraße, quer durch die Fußgängerzone und von dort vorbei am Herstallturm hinein in den Park Schöntal. Er war froh, Erna Stein los zu sein, jedenfalls sah er sie nicht mehr. Das Wetter war etwas besser und wärmer geworden. Der Regen hatte aufgehört, und so beschloss Paul Krüger, noch im Biergarten beim Hofgarten einzukehren. Er war ab und zu dort und konnte jetzt ein kräftiges »Schlappeseppel«-Bier vertragen. Er setzte sich an einen der hölzernen Tische unter den blauen Sonnenschirmen, die heute mehr als Regenschirme fungierten. »Seit Jahrhunderten in aller Munde«, las er den Werbespruch für »Schlappeseppel«. Er bestellte ein Kellerbier naturtrüb und einen Flammkuchen und genoss den ersten Schluck. Allerdings währte seine Freude nicht lange. Als er den Bierkrug gerade zum zweiten Mal ansetzte, kam Erna Stein mit einem großen kräftigen Mann an seinen Tisch.

»Dürfen wir uns zu Ihnen setzen? Das ist mein Sohn Jürgen.«

»Aber gern doch«, brachte Paul Krüger gerade noch heraus, obwohl er lieber allein gewesen wäre.

»Jürgen, das ist Herr Krüger. Er wohnt mit mir in der Wohnanlage.«

Die beiden Männer gaben sich die Hand, wobei es Paul Krüger vorkam, als ob ihm ein Schraubstock die Hand zusammenpresste. Ihr Sohn war groß gewachsen, kräftig, ein Bulle von einem Kerl. Dunkle Haare umrahmten sein rundes Gesicht, in dem ganz unpassend eine markante schmale Nase prangte. Seine Augen konnte Paul Krüger nicht erkennen, denn sie verbargen sich hinter einer dunklen Sonnenbrille, die der Mann mittleren Alters trotz des trüben Wetters trug.

»Schön, dass wir uns treffen«, freute sich Erna Stein. »So lernst du mal Herrn Krüger kennen, Jürgen. Ich habe dir schon viel von ihm erzählt.«

Auch das noch, dachte Paul Krüger, jetzt will sie mich gleich in ihre Familie aufnehmen. Er nahm einen Schluck aus seinem Bierkrug, schnitt ein Stück vom Flammkuchen ab und dachte daran, demnächst zu gehen.

»Mein Sohn besucht mich manchmal, wohnt auch in Aschaffenburg, arbeitet bei der ›Linde‹.«

Als ob mich das interessieren würde, dachte Paul Krüger.

»Das ist ja schön für Sie«, sagte er.

»Haben Sie auch Kinder?«

»Nein, hat sich bei mir nicht ergeben«, antwortete Paul Krüger gleichgültig.

»Oh, das ist aber schade. Meine Jungen und meine Tochter sind mein ein und alles!«

Ihr Sohn sagte nichts. Es schien ihm eher peinlich zu sein, von seiner Mutter so gelobt zu werden.

»Bin froh, dass wir uns in der Wohnanlage kennengelernt haben. Jemand aus Sachsen. Da fühlt man sich doch gleich viel heimischer …«

Sie kann es nicht lassen, dachte Paul Krüger. Sie musste doch merken, dass er nicht sonderlich an ihr interessiert war. Klar, in der Wohnanlage gab es kaum Männer. Da musste sie um ihn kämpfen, aber er hätte gern darauf verzichtet.

»Ich unterhalte mich mit allen gern, egal woher sie kommen. Habe mich schon an Aschaffenburg gewöhnt«, antwortete Paul Krüger.

»Klar, Sie sind schon länger hier, aber ich erst ein Jahr, da fühlt man sich eher neu.«

Paul Krüger winkte die Bedienung herbei und bezahlte.

»Dann bis später«, verabschiedete er sich.

»Klar, bis später«, freute sich Erna Stein.

»Noch einen schönen Abend«, sagte ihr Sohn.

Nach wenigen Minuten war Paul Krüger zurück in seiner Wohnung und schwor sich, diese heute nicht mehr zu verlassen. Er hätte es nicht ertragen, nochmals dieser Frau zu begegnen. Irgendetwas störte ihn an ihr. Er wusste nicht genau, was es war, aber wenn er sie morgen beim Mittagessen wieder sah, war das noch früh genug.

16

»Ich sage es ihm sofort«, hörte Rotfux seine Sekretärin aus dem Vorzimmer. Er hatte die Tür seines Büros meist offen, pflegte eine zwanglose Atmosphäre und war gerade dabei, die Ergebnisse der Spurensicherung zum Überfall auf Frau Kern im Weinkeller des Schlosses anhand seiner Notizen nochmals durchzugehen.

»Ein Mord in Klingenberg, Herr Kommissar«, meldete Alexandra Bieber, »ein Kollege der Polizeiinspektion Obernburg hat angerufen und den Fall gemeldet. Der Inhaber des Weingutes Herrmann wurde tot in seinem Weinkeller gefunden …«

»Anton Herrmann?«

»Ja, woher wissen Sie das?«

»Wir haben kürzlich noch über ihn gesprochen, bei meinem Besuch in Frankfurt. Ist ja irre … der zweite Mord in einem Weinkeller.«

Rotfux informierte seine Leute und machte sich mit Oskar auf den Weg.

»Du kannst mit mir fahren, Otto«, schlug er Oberwiesner vor, »dann können wir uns unterhalten.«

Er hatte die Hundebox noch im Auto und setzte Oskar hinein. Der rollte sich sofort zusammen. Zum Glück fuhr er gern Auto.

»Nimmst du den Hund jetzt immer mit?«

»Ja schon, vielleicht kennt er das Weingut. Oder es fällt ihm etwas auf. Und gleichzeitig kommt er raus. Immer unter dem Tisch sitzen, ist ja nicht so spannend.«

Sie nahmen die Schnellstraße Richtung Miltenberg, bei Obernburg überquerten sie den Main und fuhren die Landstraße am Fluss entlang, der ab und zu durch die Bäume am Ufer zu sehen war.

»Eine sehr schöne Gegend«, sagte Rotfux. »Kennst du Klingenberg?«

»Wer kennt Klingenberg nicht?«, lachte Oberwiesner. »Vor allem der Klingenberger Rotwein ist weit über Franken hinaus bekannt. Momentan ist Winzerfest. Da bin ich ab und zu schon gewesen. Dieses Jahr allerdings noch nicht.«

Am anderen Ufer des Mains war ein Campingplatz zu sehen. Weiß schimmerten die Wohnwagen durch die Bäume. Bald stiegen linker Hand an steilen Hängen die Weinterrassen in die Höhe, selbst als sie schon den Ort erreichten, blieb das so, und hinter den Häusern war am Hang nichts als Wein zu sehen.

»Wirklich sehr malerisch hier«, sagte Rotfux, »man kann sich gar nicht vorstellen, dass in dieser Idylle ein grausamer Mord geschehen sein soll.«

Die Terrassen mit Trockenmauern aus rotem Buntsandstein galten als Wahrzeichen des Klingenberger Weinbaus, des größten Rotweinanbaugebietes Frankens. Schon seit dem 12. Jahrhundert mühten sich hier die Winzer an ihren steilen Hängen ab, an denen alles im Handbetrieb bewirtschaftet werden musste. Dafür wurden sie mit einem Rotwein belohnt, der weit über die Grenzen von Franken hinaus in ganz Deutschland bekannt war, besonders die Sorten Spätburgunder und Portugieser. Rotfux wusste das und hatte schon wiederholt Spätburgunder am Ort gekauft.

»Werde mir, wenn's geht, ein paar Flaschen Spätburgunder mitnehmen«, sagte er.

Oberhalb des Ortskerns stieg die Clingenburg in die Höhe, und im Zentrum war der auffallend spitze Turm der Klingenberger Pfarrkirche zu sehen.

»Gleich sind wir da, laut Navi noch 400 Meter.«

Sie bogen in die Bergwerkstraße ein und von dort links ab in einen schmalen Fahrweg direkt unterhalb der Weinterrassen. Vor dem Anwesen parkte ein Polizeiauto.

»Hier muss es sein«, sagte Oberwiesner, »die Kollegen aus Obernburg sind schon da.«

Regelrecht in den Hang hineingebaut erhob sich eine stattliche Villa. Mehrere Parkplätze waren davor angelegt. »Weingut Herrmann« war oberhalb des gusseisernen Tores zu lesen, welches den Weg über eine Treppe zur Villa freigab.

»Herrlicher Blick«, murmelte Rotfux.

Man übersah den ganzen Ort, der sich an die Hänge des Maintals schmiegte. In der Ebene zog der Fluss seine Bahn, die Weinterrassen aus rötlichem Buntsandstein ließen einen tollen Wein erahnen, die mittelalterliche Clingenburg thronte über allem und gab dem Ganzen einen romantischen Anstrich.

»Ja, wirklich toll. Schade, dass wir hier wegen eines Mordes sind«, antwortete Oberwiesner.

Die Tür zum Haus stand offen. Ein junger Kollege in Uniform begrüßte sie.

»Breunig, aus Obernburg«, stellte er sich vor, »wir wurden zuerst benachrichtigt. Haben den Tatort abgesperrt.«

»Angenehm, Rotfux. Gut, dass Sie schon abgesperrt haben. Wer hat den Toten gefunden?«

»Seine Frau, sie ist oben im Haus.«

»Schauen wir erst mal zum Tatort. Anschließend befragen wir sie.«

Oskar ging brav bei Fuß neben Rotfux, schnüffelte an einem Baum, der auf der Terrasse am Hauseingang in die Höhe strebte und pinkelte ihn kräftig an. Rechts der Villa, etwas unterhalb, ebenfalls in den Hang hineingebaut, lagen die Weinkeller. Breunig ging voraus. Zuerst in einen Lagerraum mit Regalen für Flaschen und Weinkisten, dann durch den Weißweinkeller, in dem silberglänzende Stahltanks bis unter die Decke reichten, anschließend in den Rotweinkeller, der in den Hang getrieben und mit Buntsandstein ausgemauert war.

»Ganz schön eng hier«, jammerte Oberwiesner, der seinen mächtigen Körper zwischen den hölzernen Weinfässern in die Tiefe des Kellers schob. Die Beleuchtung war spärlich. Rot-weiße Absperrbänder markierten am Ende des Kellers den Bereich, in dem der Tote lag. Oskar bellte. Sein Bellen hallte durch den Keller wie ein tausendfacher Aufschrei, der sich an den Wänden brach. Er zog an der Leine in Richtung des Toten.

»Du kannst da nicht hin«, sagte Rotfux, »das ist nicht dein Herrchen.«

Der Dackel war ganz aus dem Häuschen. Er erinnerte sich wohl an den Tod von Emil Franke, oder er kannte auch den Ermordeten besonders gut, dachte Rotfux. Er nahm den Dackel auf den Arm und versuchte, ihn zu beruhigen. Die Szenerie war gespenstisch. Zwischen den beiden größten Weinfässern am Ende des Rotweinkellers lag Anton Herrmann, an Armen und Beinen mit einem groben Strick gefesselt, mit einem Putzlappen im Mund, die nackte Brust blutverschmiert, den Körper seltsam verkrampft, als ob er sich bis zum letzten Augenblick gegen seine Fesseln gewehrt hatte. Die Augen waren weit aufgerissen, er sah zur Kellerdecke ins Leere, in der

Brust klafften mehrere Wunden, und seine Hände waren blau geschwollen und blutunterlaufen. Dem haben sie bestimmt sämtliche Finger gebrochen, dachte Rotfux. Die schmalen, völlig blutleeren Lippen ließen den Toten unnatürlich aussehen. An das Fass, welches neben seinem Kopf in die Höhe stieg, war mit Blut die Zahl 7887 geschmiert.

»Wie bei Franke«, murmelte Oberwiesner. »Den müssen seine Mörder brutal gehasst haben, oder es sind überhaupt Verrückte.«

Die Brustwarzen des Opfers waren angekohlt. Neben der Leiche lagen Zigarettenstummel, die markante Nase gab dem Toten ein strenges Aussehen, das nur durch seine wild verstrubbelten Haare etwas gemildert wurde.

»Irgendwie erinnert das alles an den Mord von Emil Franke«, sagte Rotfux, »auch wenn sie das Opfer diesmal nicht zwischen den Fässern aufgehängt haben.«

»Kann gut sein. Auch die Zahlenkombination ist die gleiche. Wenn wir nur wüssten, was das wirklich bedeutet …«

Rotfux verließ mit Oskar den Keller. Er behielt ihn auf dem Arm und spürte das Zittern des Hundes an seiner Brust.

»Ist ja schon gut«, tröstete Rotfux den Dackel. »Gleich haben wir es hinter uns. Dann besuchen wir Frau Herrmann.«

Sie stiegen ein paar Treppen zur Eingangsterrasse hinauf und läuteten an der Tür. Eine verweinte Frau öffnete.

»Frau Herrmann?«, fragte Rotfux.

»Ja …«

»Rotfux, Kriminalpolizei Aschaffenburg, mein herzliches Beileid, Frau Herrmann! Das ist mein Kollege Oberwiesner«, sagte er mit einem Seitenblick zu ihm.

»Danke, es ist so schrecklich, ich kann es gar nicht begreifen. Haben Sie meinen Mann schon gesehen?«

»Ja, wirklich schrecklich. Dürfen wir reinkommen?«

Luise Herrmann bat sie herein und ging mit Rotfux und Oberwiesner in den ersten Stock. Sie passte zu ihrem Mann, war groß und kräftig und konnte sicher auf dem Weingut ordentlich zupacken. Im Wohnzimmer bot sie ihnen Platz an. Rotfux setzte Oskar auf den Boden. Er schwänzelte und ging sofort freundlich auf Luise Herrmann zu. Sie sah ihn mit ihren blauen Augen an und lächelte für einen kurzen Moment.

»Der scheint Sie zu mögen«, sagte Rotfux. »Hunde haben manchmal ein gutes Gespür.«

»Er kommt mir irgendwie bekannt vor, aber ich kann ihn doch nicht kennen …«

»Vielleicht doch, es ist der Dackel von Emil Franke …«

»Der Oskar vom Emil, ja dann … Der war ab und zu bei uns. Emil war ein guter Freund von meinem Mann. Die beiden kannten sich aus Sachsen.«

Vom Wohnzimmer hatte man einen herrlichen Blick über Klingenberg und das Maintal.

»Einen herrlichen Ausblick haben Sie hier.«

»Vor einigen Jahren haben wir das Haus neu gebaut. Es war der ganze Stolz meines Mannes. Und jetzt, mein Gott …«

Sie fing wieder an zu weinen.

»Es tut mir leid, Frau Herrmann, dürfen wir Ihnen trotzdem ein paar Fragen stellen?«

»Ja natürlich, ich will, dass Sie die Täter fassen.«

»Sie denken also, dass es mehrere waren?«, fragte Rotfux.

»Ich weiß nicht, mein Mann war 1,90 groß und kräftig, das schafft doch einer allein nicht.«

»Da dürften Sie recht haben. Wer könnte es denn gewesen sein? Haben Sie eine Idee?«

Luise Herrmann überlegte. Dann fing sie wieder an zu schluchzen.

»Ich wüsste niemanden. Er war im Ort beliebt. Gerade haben wir Winzerfest. Wir sind mit einer Weinlaube auf dem Festplatz beteiligt. Es war alles völlig normal, alles wie immer.«

Eine alte Frau schaute durch die Tür.

»Entschuldigung …« Dann verschwand sie wieder.

»Wer war das?«

»Meine Mutter. Meine Eltern wohnen oben im Haus.«

»Oh, die würde ich anschließend gern sprechen. Wann haben Sie Ihren Mann überhaupt gefunden?«

Luise Herrmann erzählte, dass sie ihn um etwa neun Uhr im Rotweinkeller gefunden habe, nachdem er nicht zum Frühstück erschienen war. Sie erwähnte, dass sie getrennte Schlafzimmer hatten, da ihr Mann sehr laut schnarche. Deshalb habe sie nicht bemerkt, ob nachts etwas vorgefallen war. Sie seien bis spät auf dem Weinfest gewesen und um 24 Uhr mit dem Auto nach Hause gefahren. Sie sei ins Bett gegangen, und ihr Mann wollte noch den Flaschenvorrat im Lagerraum prüfen. Sie habe sich weiter nichts dabei gedacht, es sei normal, dass er alles plane und prüfe, vor allem beim Winzerfest.

»Dabei muss ihn jemand überfallen haben, denn außer uns besitzt niemand die Schlüssel zum Weinkeller«, beendete Luise Herrmann ihren Bericht.

Inzwischen waren Gerda Geiger, Peter Seidelmann und Gerhard Kunze von der Spurensicherung eingetroffen. Otto Oberwiesner untersuchte mit ihnen den Tatort, während Rotfux die Eltern von Luise Herrmann befragte.

Sie wohnten im Dachgeschoss des Hauses, von wo man einen noch grandioseren Blick über Klingenberg und das Maintal hatte.

»Ich wusste, dass es eines Tages so kommen wird«, schimpfte der Vater von Luise Herrmann, als Rotfux über die breite Treppe ins Dachgeschoss kam. Er trug eine abgewetzte dunkle Cordhose, ein gestreiftes Hemd, war ein kleiner, schmächtiger Mann, gebeugt durch die schwere Arbeit im Weinberg. Er ging am Rollator in Richtung Sitzecke und ließ sich auf das Sofa fallen.

»Was sagst du denn da, Erwin«, protestierte seine Frau. »Sie dürfen das nicht so ernst nehmen, Herr Kommissar, er weiß manchmal nicht mehr, was er sagt.«

»Was meinen Sie denn damit, Herr …?«

»Günther, Erwin Günther, uns hat das Weingut ursprünglich gehört. Ich meine damit, dass Anton hier nie richtig heimisch geworden ist. Er ist immer ein *Sachse* geblieben.«

Der alte Mann fuhr sich durch die strubbeligen grauen Haare und sah Rotfux durch seine dicken Brillengläser an. Sein linkes Auge war entzündet und wirkte durch die Brille stark gerötet.

»Aber Erwin, das kannst du doch nicht sagen«, widersprach ihm seine Frau. »Luise war glücklich mit Anton, sie haben die Kinder, er hat hier alles neu aufgebaut, ist inzwischen der größte Weinbauer am Ort. Das ist doch Quatsch, was du sagst.«

»Ich sage, was ich sage«, brummte Erwin Günther und lehnte sich beleidigt zurück.

Oskar hatte sich auf den Teppich vor dem Couchtisch gelegt und beobachtete das Geschehen. Die Mutter von Luise Herrmann, eine kleine zierliche Frau mit weißen

Haaren, erschien wesentlich rüstiger als ihr Mann. Für ihr Alter war sie schick gekleidet. Über ihrer Bluse hing eine feine Goldkette. Ihre blauen Augen musterten Rotfux lebhaft, als sie ihm über ihre Tochter und deren Mann berichtete. Die beiden seien glücklich gewesen, es habe keine Probleme gegeben, die Töchter der beiden studierten an der Hochschule in Aschaffenburg, und sie könne sich gar nicht erklären, warum der Mord an Anton geschehen sei.

»Das wird schon seine Gründe haben«, mischte sich ihr Mann wieder ein. »Ich sage nur ›Hessler‹ …«

»Aber Erwin, du weißt nicht, was du redest, das ist mehr als 20 Jahre her.«

Sie berichtete dem Kommissar, dass ihre Tochter 1990 mit dem Sohn des Weingutes Hessler befreundet war. Nachdem Anton Herrmann nach Klingenberg gekommen war, habe sie sich unsterblich in ihn verliebt, die Sache mit Hessler beendet und bald darauf Anton geheiratet.

»Unser Opa trauert dem Hessler immer noch nach. Aber wegen so einer Sache bringt man doch niemanden um, schon gar nicht nach so langer Zeit.«

»Manche Wunden heilen nie …«, brummte Erwin Günther und lehnte sich wieder beleidigt in seiner Ecke zurück.

Rotfux schmunzelte innerlich über den Streit der beiden Alten. Ohne dass er viel fragen musste, erzählten sie ihm die Familiengeschichte, und natürlich würde er allen Hinweisen nachgehen.

»Hat Ihre Tochter noch Kontakt zu Herrn Hessler?«

»Das hat der Anton eifersüchtig verhindert«, brummte Erwin, »aber wo ein Wille ist, gibt es sicher einen Weg …«

»Sag mal, spinnst du?«, schimpfte seine Frau. »Luise hätte Anton niemals hintergangen. Dafür hat sie ihn viel zu sehr geliebt. Herr Kommissar, vergessen Sie das. Erwin scheint wirklich durchzudrehen.«

»Haben Sie sonst eine Idee, wer es gewesen sein könnte?«

Die beiden Alten schwiegen. Oskar lag inzwischen an den Füßen von Frau Günther und hatte Freundschaft mit ihr geschlossen.

»Kann im Prinzip jeder gewesen sein«, murmelte Erwin nach einiger Zeit. »Viele Freunde hatte er hier nicht. Ist immer ein Sachse geblieben.«

Rotfux bedankte sich und ließ ihnen sein Kärtchen da.

»Falls Ihnen etwas einfällt oder Sie etwas Besonderes bemerken, rufen Sie mich bitte an«, verabschiedete er sich.

Auf dem Weg nach unten machte Rotfux bei Luise Herrmann Station. Er fragte sie nach ihrem Verhältnis zu Hessler, aber sie leugnete jeden näheren Kontakt.

»Den habe ich vielleicht mal beim Metzger gesehen oder beim Bäcker, aber sonst ist da nichts. Ich kann mir auch nicht vorstellen, dass er irgendetwas mit dem Mord an Anton zu tun hat.«

»Kennen Sie den italienischen Laden der Carellis in Aschaffenburg?«, kam Rotfux auf ein anderes Thema.

»Ja schon, Emil hat uns den empfohlen. Wenn wir in Aschaffenburg waren, haben wir immer dort eingekauft.«

»Dann kennen Sie auch Martina Carelli?«

»Klar. Carellis haben Wein von uns bezogen, und da haben wir uns oft gesehen und unterhalten. Dadurch hat sich eine Freundschaft entwickelt. Die Sache mit ihrem Verschwinden hat mich sehr getroffen.«

»Haben Sie eine Ahnung, wer es gewesen sein könnte?«

Luise Herrmann zögerte. Dann kam sie mit ihrem Gesicht ganz dicht auf Rotfux zu. Er sah ihre tiefblauen Augen und ihren vollen roten Mund.

»Sie glaubt, die Mafia war es«, flüsterte sie. »Aber das bleibt unter uns. Sie denkt, es könne etwas mit der Freundin ihres Mannes zu tun haben.«

Die ist ja gut informiert, dachte Rotfux. Also hing alles irgendwie zusammen. Rotfux verabschiedete sich und ging mit Oskar zum Weinkeller. Sobald sie in diese Richtung gingen, wurde der Hund ganz aufgeregt.

»Ganz ruhig, da ist doch nichts«, versuchte ihn Rotfux zu beruhigen, aber je näher sie dem Rotweinkeller kamen, desto mehr zitterte er.

»Ich wollte gerade zu dir kommen, Rudi«, begrüßte ihn Oberwiesner. »Ich bin hier fertig. Die anderen packen noch Beweisstücke ein, aber ich kann mitkommen.«

»Habt ihr noch etwas Besonderes gefunden?«

»Eigentlich nicht. Es muss alles noch analysiert werden. Der Strick, mit dem er gefesselt war, scheint aus dem gleichen Material zu sein wie der, der bei Emil Frankes Mord verwendet wurde. Es sind wieder sieben Messerstiche in die Brust, auch die Tatwaffe könnte dieselbe sein, jedenfalls wenn man sich die Verletzungen anschaut. Auffallend ist die Ziffernkombination 7887, die in beiden Fällen gleich lautet.«

Rotfux und Oberwiesner gingen zum Auto zurück. Oskar pinkelte zum Abschied an den Baum auf der Terrasse und ließ sich anschließend in seine Hundebox setzen.

»Wir halten kurz beim Winzerfest«, schlug Rotfux vor. »Können uns dort umhören. Bin gespannt, was die Leute reden.«

Sie parkten in der Bergwerkstraße. Rotfux kaufte beim dortigen Weingut drei Flaschen Klingenberger Schlossberg, einen Spätburgunder des Jahrgangs 2013.

»Der Rotwein aus Klingenberg ist wirklich super, und ich konnte schlecht beim Weingut Herrmann etwas kaufen. Lass uns von hier zum Winzerfest gehen. Es ist nicht weit.«

Oskar freute sich über den Spaziergang. Von der Rathausstraße nahmen sie den Weg durch die Altstadt, vorbei am »Klingenberger Woifässle«, einem wunderschönen Fachwerkhaus. Beim ehemaligen Rathaus, in dem sich heute die Touristenformation befand, bogen sie in die Lindenstraße ab. Das Rathaus wurde bereits 1561 erbaut, wie ein Schild an der Hausecke zeigte, und war vielleicht das schönste Fachwerkhaus des Ortes. Vom Rathaus hatte man Blick auf den Brunntorturm, einen Turm der alten Stadtmauer. Wirklich ein schönes Städtchen am Main, dachte Rotfux. Beim Festplatz empfingen sie die Weinlauben der Winzer. Alles war gut organisiert. Wie eine weiße Zeltstadt wirkte der Platz, auf dem sich um die Mittagszeit die ersten Festgäste zum Frühschoppen eingefunden hatten. Die Tische waren mit roten Decken belegt, und zum Wein konnte man Schmankerln aus der Festküche bestellen. Die Laube des Weingutes Herrmann war leer und verlassen. Ein Schild hing am Eingang: »Wegen Trauerfall geschlossen«. Rotfux steuerte auf eine Weinlaube zu, die schon besonders gut besucht war.

»Da können wir uns mit den Leuten unterhalten«, sagte er zu Oberwiesner.

Im selben Augenblick bellte Oskar im Vorbeigehen zwei Männer mittleren Alters an, die mit einer rothaarigen älteren Frau am Tisch saßen.

»Was machst du denn«, schimpfte ihn Rotfux, »seit wann bellst du Leute an?«

Eine Bedienung kam auf sie zu.

»Hunde sind auf dem Winzerfest nicht erlaubt!«, sagte sie sehr bestimmt.

»Oh, tut mir leid, das wusste ich nicht …«

»Haben Sie die Schilder nicht gesehen, die überall angebracht sind?«

»Nein, tut mir leid … Ich werde den Hund sofort wegbringen. Entschuldigen Sie!«

Rotfux verließ den Festplatz und band Oskar oberhalb der Begrenzungsmauer am grauen Stahlgeländer an, sodass er Blickkontakt zu ihnen und ihrer Weinlaube hatte.

»Bleib«, sagte er streng. »Ich komme wieder, Oskar. Bleib!«

Der Dackel sah ihn traurig an, vielleicht auch vorwurfsvoll. Er verstand nicht, dass er auf dem Festplatz nicht erlaubt war. Rotfux ging langsam zur Weinlaube zurück und drehte sich immer wieder zu Oskar, um zu sehen, ob alles in Ordnung mit ihm war. Oberwiesner war schon ins Gespräch vertieft.

»Wo waren wir stehen geblieben …? Ach so, Sie meinten Salafisten seien in Klingenberg bisher nicht aufgetaucht«, wiederholte Oberwiesner.

»Das ist richtig«, sagte ein älterer dicker Mann am Tisch. Mit seiner Stirnglatze, seinem rundlichen Gesicht und der kräftigen Knollennase sah er aus wie der Kellermeister eines Weingutes. »Aber der Anton Herrmann hat vor ein paar Wochen einen Leserbrief im ›Main-Echo‹ geschrieben. Die Sachsen waren alle gegen die Salafisten, deshalb haben sie in Dresden bei der Pegida-Demonstration mitgemacht.«

Er trank einen Schluck Rotwein, strich sich über seinen dicken Bauch, schob sich die Brille auf der Nase zurecht und fügte hinzu: »… würde mich nicht wundern, wenn die Salafisten dem Anton einen Denkzettel verpasst hätten.«

»Denkzettel ist aber ein seltsamer Begriff für einen Mord«, murmelte Rotfux.

»Ja, klar, meinte ich nicht so. Sie müssen nicht jedes Wort auf die Goldwaage legen. Wir sind auf dem Winzerfest. Prost, Leute!«

Besonders traurig scheinen die über den Tod von Anton Herrmann nicht zu sein, bemerkte Rotfux. Er sah in Oskars Richtung und war froh, dass der Dackel sich hinter dem Geländer niedergelegt hatte und momentan Ruhe gab.

»Hat denn noch jemand eine Idee, weshalb der Anton Herrmann sterben musste?«, fragte Rotfux in die Runde.

»Dem wird der Bodo eins verpasst haben, Anton hat ihm doch die Freundin ausgespannt …«, rief ein bärtiger Kerl, der schon ziemlich angeheitert schien. »Beliebt war der hier nie. Hat alles aufgekauft und sich vergrößert, aber nicht an die anderen gedacht.«

»Und der Bodo, das ist der Bodo Hessler?«, hakte Rotfux nach.

»Klar, das weiß doch hier jeder …«

Rotfux und Oberwiesner unterhielten sich weiter mit den Männern, die immer gesprächiger wurden, als sie ihnen sagten, dass sie Kriminalbeamte waren und den Fall untersuchten. Es schien, als wollten sie ihnen die gesamte Ortsgeschichte erzählen, die sie offensichtlich bestens kannten.

»Es geht des Gerücht, die Luise hätt später noch was mit dem Bodo angefangen. Ihr eigener Vatter hat's verzählt …«, sagte einer am Tisch verschwörerisch.

»Jo, so is des Lebe halt«, begannen die alten Männer plötzlich zu singen, »Prost, Prost, Kamerad, Prost, Prost Kamerad!«

Das war für Oskar zu viel. Er stellte die Vorderpfoten auf die Mauerbrüstung unterhalb des Geländers und bellte wie verrückt.

»Ich glaube, wir müssen so langsam«, sagte Rotfux.

Sie bedankten sich bei den Männern und wünschten weiterhin ein schönes Winzerfest.

»Hier unser Kärtchen, falls Ihnen noch etwas einfällt oder Sie etwas bemerken.«

Oskar hörte nicht auf zu bellen. Erst als Rotfux bei ihm war und ihn liebevoll hinter den Ohren kraulte, war alles wieder gut.

17

Die Sonne lag über dem Maintal. Rotfux fuhr mit Caroline und Oskar Richtung Klingenberg, zurück an den Ort dieses grausamen Mordes, den er erst am Vortag dort untersucht hatte. Seine Gedanken kreisten um die scheußlichen Bilder, die er beim Weingut Herrmann gesehen hatte. Er musste herausfinden, ob dieser Bodo Hessler etwas damit zu tun hatte. Also wollte er das Notwendige mit dem Angenehmen verbinden. Im Weinkalender für Churfranken hatte er entdeckt, dass die Häckerwirtschaft des Weingutes Hessler an diesem Wochenende geöffnet war.

»Wir kehren dort ein, und ich stelle Herrn Hessler ein paar Fragen«, hatte er Caroline vorgeschlagen, und sie freute sich, auf diese Art zu einem schönen Ausflug zu kommen.

»Rotweinstadt Klingenberg« begrüßte sie das Schild am Ortseingang.

»Hier wächst wirklich einer der besten Rotweine Deutschlands«, kommentierte Rotfux das Schild. »Es hängt mit dem terrassierten Buntsandstein und den steilen Hanglagen zusammen. Sie haben hier einen tollen Spätburgunder, der am Schlossberg gedeiht.«

Einige 100 Meter nach dem Ortseingang sahen sie rechter Hand ein Weinfass mit einem Plakat »Häckerstube offen«.

»Das muss es sein«, sagte Rotfux und bog rechts auf den Parkplatz ab.

»Weingut Hessler« war an der Hauswand zu lesen. Der Parkplatz war schon gut gefüllt, aber Rotfux fand noch eine Lücke. Er half Oskar aus der Transportbox, legte ihn an die Leine und ging mit Caroline auf den Eingang der Häckerwirtschaft zu. Ein großzügiger Wintergarten war an das eigentliche Haus angebaut. Davor wuchsen Weinreben dekorativ in die Höhe, und rote Geranien brachten Farbe ins Bild. Durch einen Windfang, der gleichzeitig als Garderobe fungierte, traten sie ins Innere. Zwei Holzbänke mit kleinen Weinfässern, die zu Hockern umfunktioniert waren, fielen Rotfux ins Auge. Im selben Augenblick stellte Oskar den Schwanz in die Höhe, richtete sich hoch auf und bellte.

»Was hast du denn?«, wunderte sich Rotfux.

Dann sah er den Rauhaardackel, der aus dem hinteren Bereich des Gastraums auf sie zusteuerte, bei genauerem Hinsehen ein Rauhaardackelweibchen. Oskar zerrte an der Leine und bellte weiter.

»Aus«, sagte Rotfux, »das ist doch eine nette Freundin für dich.«

Inzwischen war auch das Herrchen des Dackelweibchens aufmerksam geworden.

»Sofia, komm«, rief er seine Hündin zurück.

»Entschuldigen Sie«, sagte er, »wenn sich die beiden nicht vertragen, muss sie nach hinten.«

Oskar hatte sich inzwischen beruhigt und ging langsam auf die Hündin zu.

»Na, willst du mal schauen?«, sagte Rotfux und ließ Oskar näher zu Sofia. Beide Dackel waren etwa gleich groß und bildeten ein entzückendes Paar.

»Die sind ja nett«, sagte der große kräftige Mann, dem die Hündin gehörte. »Sie sollten ihren mal von der Leine lassen. Dann verstehen sie sich besser.«

»Ich weiß nicht …«, zögerte Rotfux. »Einfach so im Gastraum …?«

»Das macht nichts … nur zu, das Weingut gehört uns. Es ist kein Problem.«

»Ach so, dann sind Sie Herr Hessler?«

»Ja, herzlich willkommen! Fühlen Sie sich wie zu Hause!«

Rotfux beugte sich zu Oskar und löste seine Leine. Sofort fingen sich die beiden Hunde an zu jagen. Wie zwei Verrückte tollten sie um den gemauerten Holzkohlengrill, der in der Mitte des Raumes eingebaut war und einen Abzug nach oben ins Dach des Wintergartens besaß.

»Lange halten sie das nicht durch«, lachte Rotfux.

»Da täuschen Sie sich mal nicht«, antwortete Hessler und begleitete sie zu einem gemütlichen Tisch in der Ecke des Wintergartens. »Hier sehen Sie Ihren Hund und können in Ruhe essen.«

Rotfux hatte Oskar noch nie so rennen sehen. Die beiden Hunde jagten sich unermüdlich, blieben ab und zu stehen, beschnüffelten sich von Kopf bis Schwanz, schienen sich zu mögen, ruhten unter einem unbesetzten Tisch kurz aus und setzten später ihre Hetzjagd fort.

»Der fühlt sich ja hier richtig wohl«, freute sich Caroline.

Ihr schwerer Holztisch mit den rustikalen Stühlen passte zur ursprünglichen Atmosphäre der Häckerstube. Über den Tischen war die Decke abgesenkt und wurde durch massive Holzbalken getragen, die Gemütlichkeit verbreiteten. Trotzdem wirkte der Raum durch die Glasfenster im Dach hell und freundlich. Fast alle Tische waren besetzt. Auf dem Edelstahlrost des Holzkohlengrills brutzelten mehrere Steaks und eine Forelle, und Rotfux bekam Hunger. Sie bestellten beide einen trockenen Spätburgunder, Rotfux nahm Hacksteak mit Kartoffelsalat und Caroline Lachs mit Kartoffelpuffer.

»Sie dürfen in Häckerwirtschaften nur kleinere Gerichte anbieten«, erklärte Rotfux, »das ist gesetzlich so geregelt. Weißt du eigentlich, woher der Name ›Häcker‹ kommt?«

»Ist das gleiche wie Besen- oder Straußenwirtschaft …«

»Klar, aber in Franken waren die ›Häcker‹ diejenigen, die den Weinberg gehackt haben. Daher der Name.«

»Ah, ist ja interessant. In Baden-Württemberg stellen sie, glaub ich, Besen vor die Wirtschaft. So hat jede Region ihre Besonderheiten.«

Am Nachbartisch saßen zwei ältere Männer in karierten Hemden und drei Frauen in legeren Pullis. Sie hatten Rotweingläser vor sich stehen und waren schon recht lustig. Rotfux konnte nicht verstehen, was sie redeten, aber es waren irgendwelche Geschichten über junge Mädels, über die sie sich trefflich amüsierten. Das ist typisch für diese Häckerwirtschaften, dachte Rotfux. Hier traf man sich und ließ es sich gut gehen, die Preise waren zivil, das Essen schmeckte, und der Wein war vorzüglich. Als Bodo Hessler anschließend in die Nähe ihres Tisches kam, winkte ihn Rotfux zu sich.

»Endschuldigen Sie, Herr Hessler, kann ich Sie einen Augenblick sprechen?«

»Ist was mit den Hunden? Die kuscheln doch unter dem Tisch …«

»Nein, nein, es geht nicht um Oskar und Sofia. Ich wollte Sie wegen Anton Herrmann etwas fragen.«

Bodo Hessler sah Rotfux erstaunt durch seine Nickelbrille an. Durch seine Stirnglatze wirkte er älter, als er war, sein schmales Gesicht schien noch etwas blasser zu werden.

»Wegen Anton Herrmann … ? Darf ich fragen, warum Sie mich darauf ansprechen?«

»Ach so, Entschuldigung, ich habe mich gar nicht vorgestellt.«

Rotfux zog sein Kärtchen.

»Rotfux, Kriminalpolizei Aschaffenburg, ich ermittle in dem Fall.«

»Hmm, verstehe«, sagte Bodo Hessler nachdenklich und setzte sich zu Rotfux an den Tisch, »aber ich weiß nicht, ob ich Ihnen wirklich weiterhelfen kann.«

»Ich nehme an, Sie haben vom Mord an Anton Herrmann gehört.«

»Klar, es gibt zurzeit kein anderes Thema im Ort. Ich hatte es schon gestern gehört, zumal mich manche sofort verdächtigt haben.«

»Verdächtigt? Warum denn das?«, stellte sich Rotfux dumm.

Bodo Hessler erzählte, dass er vor langer Zeit mit der Frau von Anton Herrmann liiert gewesen war, sie sich dann aber von ihm getrennt habe, als Anton Herrmann in den Ort kam.

»Jetzt meinen die Leute immer noch, ich könnte Rache an Anton genommen haben. So ein Quatsch! Aber in so einem kleinen Ort, wo jeder jeden kennt, wird immer viel geredet …«

Bodo Hessler klang niedergeschlagen und irgendwie traurig, als er das sagte.

»Sind Sie denn nicht verheiratet, Herr Hessler?«

»Nein, hat bei mir später nicht mehr geklappt. Bin weiterhin allein und jetzt vielleicht auch zu alt für eine Beziehung …«

»Haben Sie denn eine Idee, wer es gewesen sein könnte?«

»Keine Ahnung, entschuldigen Sie, ich muss mal kurz nach dem Grill sehen …«

Hessler stand auf, ging zu seinem Holzkohlengrill und wendete geschickt mit einer Grillzange einige Steaks, zwei Hacksteaks und die Forelle. Nachdem er zurück bei Rotfux war, erzählte er, dass es Gerüchte gab, Anton Herrmann habe etwas mit der italienischen Mafia zu tun gehabt.

»Der Anton konnte den Hals nicht voll genug bekommen. Hat angeblich Geschäfte mit diesem italienischen Laden in Aschaffenburg gemacht. Sollen Pizzerien und andere Gaststätten mit Wein beliefert haben. Habe ich aber nur so gehört. Ob es stimmt, weiß ich nicht. Will auch nichts damit zu tun haben, sonst heißt es noch, ich wolle dem Anton übel nachreden …«

Er stand wieder auf, brachte Rotfux höchstpersönlich seine Hacksteaks mit Kartoffelsalat und holte für Caroline den Lachs mit den Kartoffelpuffern aus der Küche.

»So, jetzt essen Sie erst mal! Mehr kann ich Ihnen sowieso nicht sagen.«

Rotfux nahm einen Schluck Spätburgunder und ließ ihn über die Zunge rollen. Ein wirklich guter Tropfen, dachte er und prostete Caroline zu. Auch die Hacksteaks waren vorzüglich. Bodenständig herzhaft, ordentlich gewürzt, so schmeckte es dem Kommissar.

»Wo sind eigentlich Oskar und Sofia?«, fragte Caroline und sah sich suchend im Gastraum um.

»Ich kann sie auch nicht sehen. Sind vielleicht im Nebenzimmer.«

Rotfux aß den letzten Rest seiner Hacksteaks, nahm einen Schluck Rotwein, stand auf und ging in den Nebenraum. Auch hier saßen einige Gäste, ein schweres dekoratives Weinfass vermittelte eine urige Atmosphäre, hinter einer hölzernen Theke im Fachwerkstil schenkte eine junge Bedienung Wein in Gläser ein.

»Entschuldigung, haben Sie die Hunde gesehen? Sofia und Oskar?«

Die Bedienung schüttelte den Kopf.

»In der letzten halben Stunde nicht. Vorhin waren sie doch im Wintergarten. Sind sie da nicht mehr?«

Rotfux bekam es mit der Angst zu tun. Die werden doch nicht abgehauen sein, dachte er. Im selben Augenblick kam Bodo Hessler mit einem Tablett aus der Küche.

»Herr Hessler, gut, dass ich Sie sehe. Wissen Sie, wo die Hunde sind? Sie scheinen verschwunden zu sein ...«

Hessler schüttelte den Kopf.

»Sind sie denn nicht im Wintergarten?«

»Nein, wie vom Erdboden verschwunden.«

»Dann ist Sofia womöglich ausgebüxt. Das macht sie manchmal. Will wahrscheinlich Oskar die Gegend zeigen. Aber keine Angst, die kommen schon wieder. Trinken Sie noch einen Wein und warten Sie in Ruhe«, lachte Bodo Hessler.

Doch Rotfux war es nicht nach Wein und auch nicht zum Lachen zumute.

»Oskar macht das eigentlich nie. Ich habe ihn immer an der Leine.«

Rotfux machte sich Sorgen um den Hund. Nicht auszudenken, wenn er auf die Hauptstraße laufen würde, verrückt nach dieser Hündin, blind im Freudentaumel. Er ärgerte sich, dass er während der Befragung von Bodo Hessler nicht auf Oskar geachtet hatte. Vielleicht waren die Hunde aus dem Wintergarten entwischt, als Gäste die Tür geöffnet hatten, und streunten jetzt durch die Gegend.

»Wohin rennt denn Sofia normalerweise?«, fragte er Hessler. »Ich würde gern nach Oskar suchen, bevor es zu spät ist und er womöglich überfahren wird ...«

»Machen Sie sich keine Sorgen, die kommen schon wieder, aber wenn Sie unbedingt suchen wollen, Sofia rennt meistens zu den Weinfeldern im Ort, manchmal auch hinauf zur Clingenburg …«

»Dort ist mein Mann immer mit ihr spazieren gegangen«, mischte sich eine ältere Dame von gut 70 Jahren in das Gespräch ein. »Ich glaube manchmal, sie sucht ihn dort immer noch. Er ist leider schon vor einem Jahr verstorben.«

»Meine Mutter«, stellte Bodo Hessler die alte Frau vor, die in der Küche half und durch ihre grauen glatten Haare etwas streng aussah.

»Ich habe immer Angst, wenn Sofia weg ist, aber bisher ist sie stets zurückgekommen«, sagte die alte Frau Hessler.

Rotfux war froh, dass er mit seinen Befürchtungen nicht alleine war, und machte sich zusammen mit Caroline sofort auf die Suche. Zunächst suchten sie in der Umgebung, gingen hinein in die Weingartenstraße, die tatsächlich zu Weinfeldern mitten im Ort führte, einer grünen Idylle, die Rotfux hier gar nicht vermutet hätte.

»Ich kannte nur die Steilhänge, die man von Weitem sieht. Wusste gar nicht, dass sie Wein auch mitten im Ort haben.«

»Oskar«, rief er immer wieder und »Sofia«, aber die Dackel waren wie vom Erdboden verschwunden.

»Also versuchen wir es auf der Clingenburg.«

Durch die Ludwigstraße gingen sie in Richtung Stadtzentrum, bogen hinter dem Bekleidungsgeschäft Breunig links ab, um den steilen Fußweg zur Clingenburg zu nehmen.

»Die vielen Treppenstufen konnten die Dackel doch gar nicht schaffen«, sagte Rotfux.

»Die sind sicher durch den Wald nach oben gerannt«, meinte Caroline, »wenn sie überhaupt hier sind …«

Rotfux bekam es langsam mit der Angst zu tun. Er hätte gar nicht gedacht, dass er schon so an Oskar hing. Die Stufen waren gut ausgebaut. Sicher gingen viele Touristen diesen Weg. Mächtige Bäume warfen ihren Schatten. Ahorn, Pappeln, Buchen, Eichen, Fichten, im Unterwuchs Sträucher, Efeu und Blätter, zwischen denen sich die Dackel gut verstecken konnten.

»Wenn wir sie nur finden«, sagte Rotfux und rief immer wieder die Namen der Hunde.

Nach einiger Zeit ging ein Weg rechts ab, und an seinem Ende schimmerten die ersten Gemäuer durch die Blätter.

»Oskar!«, rief Rotfux aus Leibeskräften, aber nichts rührte sich.

Von den Mauerresten hatte man einen tollen Blick auf die Weinberge und die Kirche von Klingenberg, was Rotfux im Augenblick allerdings weniger interessierte. Er ging mit Caroline zurück zum Aufstieg, und sie nahmen die steilen Stufen weiter nach oben. Rechts des Weges war ein romantischer Sitzplatz mit zwei Bänken angelegt, aber nirgendwo eine Spur von den Hunden.

»Ich bin mal gespannt, wo die stecken«, murmelte Rotfux.

Endlich erreichten sie die Ruine Clingenburg. Einige Autos parkten vor der Mauer mit dem Turm, auf der ein riesiges Plakat auf die Clingenburg Festspiele hinwies, die allerdings in diesem Jahr schon stattgefunden hatten. »Dracula« und andere Stücke hatte man gegeben. Rotfux liebte die Atmosphäre dieser Open-Air-Festspiele, hatte jetzt aber andere Gedanken im Kopf. Linker Hand sah man an einer steilen Böschung die mächtigen Schichten aus Buntsandstein, für die Klingenberg so berühmt war, und durch welche die Bäume ihre kräftigen Wurzeln trieben. Ein Stück weiter erreichten sie den Treppenabgang zum Restaurant und Café »Burgterrasse«.

»Oskar«, rief Rotfux immer wieder und gelegentlich auch »Sofia«.

Von der Burgterrasse hatte man einen atemberaubenden Blick über Klingenberg und das Maintal. Rotfux sah die schattigen Sitzplätze im Biergarten des Restaurants, die Weinberge und die Kirche unterhalb, das Stadtschloss, den Main und die Schleuse von Klingenberg, durch welche soeben ein riesiges Touristenschiff flussaufwärts fuhr. Einige Besucher saßen auf den Bänken der Aussichtsplattform, völlig entspannt, ganz im Gegensatz zu Rotfux, der angestrengt in alle Richtungen sah und jetzt sogar »Oskar« von der Aussichtsplattform hinaus über ganz Klingenberg rief.

»Suchen Sie einen Hund?«, fragte ein älterer korpulenter Herr mit grauen Haaren und Stirnglatze, der auf einer der Bänke saß. Er trug einen Trachtenjanker und eine Kniebundhose und passte zu dieser Gegend.

»Ja, einen Dackel oder auch zwei …«

Der ältere Herr deutete mit seinem Spazierstock in Richtung der hinteren Gemäuer der Ruine.

»Dort hinten habe ich vorhin Dackel gesehen.«

Rotfux bedankte sich und eilte mit Caroline in diese Richtung. Durch ein Holztor, dessen einer Flügel offen stand, gingen sie zwischen mächtigen Mauern hindurch zum Innenhof der Ruine. Sie gingen leise, wollten die Dackel nicht erschrecken, falls sie tatsächlich hier sein sollten. In der hintersten Ecke des Platzes, dort wo die Sonne ihr wärmendes Licht auf den gelben Blätterboden malte, waren zwei dunkle Flecken zu sehen, ganz nah beieinander lagen sie friedlich in der Sonne und genossen sichtlich die Wärme.

»Das sind sie«, flüsterte Rotfux.

Er schlich, so leise er konnte, in ihre Richtung, irgendwann hob Oskar den Kopf, sah ihn ganz ruhig an, legte den Kopf wieder zu Boden, ließ aber die Augen offen und schaute Rotfux schräg von unten an. Es lag so viel Ruhe und Gelassenheit in diesem Blick, dass es Rotfux irgendwie lächerlich vorkam, dass er sich solche Sorgen um seinen Hund gemacht hatte. Sie lebten das Leben, so wie es kam, sie machten sich nicht ständig Gedanken, von ihnen konnte er noch viel lernen. Fast tat es ihm leid, das Glück seines Hundes zu stören.

»Hast du aber eine tolle Freundin gefunden«, sagte er und legte ganz vorsichtig dem Hund die Leine an. Er nahm ihn auf den Arm und drückte ihn fest an sich.

»Jetzt kommst du aber wieder mit. Hast ja einen tollen Ausflug gemacht. Wir schauen mal, ob Sofia uns begleitet.«

Tatsächlich kam die Hündin brav mit, tollte mit Oskar neben dem Treppenabgang durch den Wald, dann durch den Ort, bis sie Hesslers Häckerstube wieder erreichten.

»Die waren bestimmt auf der Clingenburg«, begrüßte sie die alte Frau Hessler. »Das ist wegen meinem Mann, den sucht Sofia dort.«

Begeisterung und Bewunderung sprachen aus der Stimme der alten Frau, die irgendwie stolz darauf war, dass die Hündin immer noch so an ihrem verstorbenen Mann hing. Rotfux war sehr froh, dass die alte Frau recht gehabt hatte. Er unterhielt sich etwas mit ihr und fragte sie auch, wo ihr Sohn am Abend vor zwei Tagen gewesen sei.

»Da lief das Weinfest noch, da war er bei unserer Weinlaube auf dem Festplatz. Wann er heimgekommen ist, weiß ich nicht so genau. Ich helfe ihm viel, aber in meinem Alter gehe ich etwas früher ins Bett. Aber mit dem Mord an Anton Herrmann hat er nichts zu tun, falls Sie das meinen, das schwöre ich. Da kenne ich meinen Bodo zu gut.«

Er hat also kein Alibi, dachte Rotfux. Er hatte ein dickes Mordmotiv, aber kein Alibi. Nachdem sie gemütlich noch ein paar Käsewürfel mit Weintrauben gegessen hatten, verabschiedeten sie sich von Hesslers.

»Kommen Sie mit Ihrem Oskar gern wieder vorbei, Herr Kommissar«, sagte Bodo Hessler. »Die beiden verstehen sich prächtig. Sie müssen ihn ja nicht von der Leine lassen, oder wir passen einfach besser auf«, lachte er.

18

Armin Eisele hatte damit gerechnet, dass sie ihn abholen würden. Zu oft hatten sie ihn schon verhört. Es machte keinen Sinn zu fliehen, wohin auch? Sie waren mit zwei dunklen Limousinen vorgefahren, abends, als schon die Dämmerung durch die kleine Wohnsiedlung kroch. Drei Männer in langen Ledermänteln waren durch den Garten über die Terrasse in das Reihenhaus gekommen, drei durch den blühenden Vorgarten zur Haustür. Sie durchsuchten das Haus, durchwühlten seinen Schreibtisch, stießen Gläser und Vasen um, die klirrend am Boden zerschellten. Seine Frau Erna heulte, er versuchte, sie zu beruhigen, die beiden Buben versteckten sich im Keller, wurden aber rasch entdeckt und kauerten eingeschüchtert im Wohnzimmer. Die kleine Elisabeth stand in ihrem Gitterbettchen und weinte. Sie legten ihm Handschellen an, seine Frau umarmte ihn, schrie verzweifelt.

»Ich komme bald wieder«, tröstete er sie. »Pass gut auf die Kinder auf. Ich liebe euch!«, waren seine letzten Worte.

»Auf geht's, Drecksau!«

Sie stießen ihn nach draußen, durch den Vorgarten zur Straße. Beim Nachbarhaus bewegten sich die Vorhänge, im Haus weinten Frau und Kinder.

»Los, ins Auto, wir haben nicht ewig Zeit! Auf der Dienststelle werden wir alles klären.«

Sie schoben ihn in die schwarze Limousine, drückten ihn auf die Rückbank und schlossen die Tür. Der hintere Bereich des Fahrzeugs war durch eine Panzerglasscheibe abgetrennt. Die Türen hatten von innen keine Griffe. Er war im Auto eingesperrt. Durch die abgedunkelte Scheibe sah er noch sein Haus, davor standen seine beiden Buben und seine Frau, sie hatte die kleine Elisabeth auf dem Arm. Hoffentlich darf ich bald wieder heim, dachte er. Er hatte nach seiner Meinung nichts Schlimmes getan, nur einen Antrag gestellt und sich über dessen Ablehnung beschwert. Sie würden ihn in die Mangel nehmen, aber sie konnten ihn doch deswegen nicht dort behalten …

Er kannte den Weg. Sie fuhren zur Kreisdienststelle, einem hässlichen düsteren Gebäude in der Stadt.

»Komm raus, du Drecksack! Wir werden dir Beine machen!«

Sie brachten ihn in Handschellen in einen Verhörraum, in dem der Vernehmer schon wartete.

»Manche lernen nie dazu«, begrüßte ihn der Vernehmungsoffizier. »Ich hab mich so um Sie bemüht, aber es hat alles nichts geholfen.«

Er kannte den Vernehmer, hatte tatsächlich einige Gespräche mit ihm gehabt, war aber immer wieder freigelassen worden. Der Vernehmer war knapp 40 Jahre alt, ein stattlicher Mann mit einem rundlichen Gesicht, der ihn aus seinen dunklen Augen durch eine schmale Nickelbrille ansah.

»Was haben Sie sich bei Ihrer Beschwerde nur gedacht?«

»Ich war anderer Meinung, das kann man doch sagen …«

»Aber Sie können nicht alles infrage stellen, wo kämen wir hin, wenn jeder macht, was er will. Oft habe ich Ihnen das erklärt. Sehr bedauerlich, dass Sie nichts verstanden haben …« Der Vernehmer lächelte zynisch. »Diesmal wird es nicht so glimpflich abgehen. Diesmal werden wir die

Angelegenheit gründlich klären. Sie werden in Untersuchungshaft genommen.«

Er stand auf, ging zum Telefon auf dem Schreibtisch und drehte die Wählscheibe.

»Ihr könnt ihn holen … er ist informiert.«

Armin Eisele fragte sich, worüber er informiert worden sein sollte. Es hing mit seiner Beschwerde zusammen, aber er wusste nicht, was sie ihm genau vorwarfen. Er wollte etwas fragen, aber schon ging die Tür auf, und zwei kräftige Männer in Uniform kamen auf ihn zu.

»Los geht's«, sagte der Größere und packte ihn am Arm. »Zelle 17 ist vorgesehen …«

»Ihr könnt mich doch nicht einsperren. Meine Frau kommt um vor Angst. Ich will nach Hause!«

Der kleinere der beiden Männer lachte. Er war fett, sah schmierig aus, hatte eine kurze Stoppelfrisur, und sein Ledergürtel spannte über dem Bauch.

»Du weißt nicht, was wir können, Drecksack! Zelle 17 wird dir gefallen.«

Sie brachten ihn ins Kellergeschoss des Gebäudes. Es roch muffig, an den Wänden blätterte die Farbe ab, graue Stahltüren verschlossen die Zellen, jeweils mehrfach mit Schlössern gesichert. In jeder Tür befand sich ein Spion, durch den man in die Zelle sehen konnte, und eine Klappe zum Durchreichen von Essen oder Trinken. Kein Mensch war zu sehen, kein Geräusch zu hören. Nur ihre Schritte hallten vom Betonfußboden durch den Gang. Vor Zelle 17 blieben sie stehen.

»Jetzt wird's gemütlich, Nummer 17«, sagte der Größere der beiden. Er war schlank, aber kräftig, hatte Hände wie Schraubstöcke, eine markante Nase, funkelnde dunkle Augen und kurze blonde Stoppelhaare.

»Du bist hier Nummer 17, merk dir das! Schlafen wirst du auf dem Rücken, das Gesicht zur Tür und die Hände auf der Decke. Wir kontrollieren das … Morgen sehen wir weiter.«

Er schloss die Tür auf, nahm Armin Eisele die Handschellen ab und schob ihn in die Zelle. Eine grelle Glühbirne hing an der Decke, die ihn einen Moment lang blendete. An der rechten Wand stand ein Bettgestell, gegenüber ein winziger Holztisch und ein Hocker, daneben war vor einer gekachelten Fläche ein Waschbecken an der Wand angebracht. Auf dem Bett lag ein olivgrünes Handtuch, auf dem Tisch stand ein Becher mit einer Zahnbürste. Daneben lag eine Tube Zahnpasta, auf einem Teller eine Scheibe Brot.

»Das Leitungswasser kannst du trinken. Sonst brauchst du nichts. Wir wünschen eine gute Nacht!«, sagte der kleinere der beiden.

Sein rundes Mondgesicht grinste hinterhältig, seine graugrünen Augen schauten Armin aus schmalen Schlitzen an, in seinen Zähnen war eine dunkle Zahnlücke zu sehen, die sein schmieriges Aussehen unterstrich. Armin hatte das Gefühl, dass mit dem nicht gut Kirschen essen war.

»Wie lange muss ich hierbleiben?«

»Morgen sehen wir weiter, Nummer 17. Das hängt ganz von dir ab.«

Der Große grinste hämisch, zog die Tür hinter sich zu, Armin Eisele hörte, wie mehrere Riegel zugeschoben wurden. Dann war er allein. Die Zelle hatte kein Fenster, nur ein kleines Oberlicht, durch das er sah, dass es draußen inzwischen stockdunkel war. Er ließ sich auf das Bett fallen. Kurz darauf hörte er die Klappe des Spions an der Tür. Sie beobachten mich, dachte er. Die Riegel wurden wieder geöffnet, die Tür ging auf, und der kleine Wärter stand unter dem Türrahmen.

»Tagsüber wird das Bett nicht benutzt, Nummer 17! Du kannst auf dem Hocker sitzen oder stehen.«

»Aber draußen ist es Nacht …«

»Red nicht, wann Nacht ist, bestimmen wir. Wenn das Licht ausgeht, ist Nacht, Nummer 17.«

Er betonte dieses »Nummer 17« so, als wolle er Armin seinen Namen vergessen lassen. Armin Eisele bemerkte, dass tatsächlich kein Lichtschalter im Raum war. Ich bin ihnen total ausgeliefert, dachte er.

»Iss dein Brot, Nummer 17, bevor es Nacht wird. Und denk' dran, nur auf dem Rücken schlafen.«

Die schwere Stahltür fiel ins Schloss, die Riegel wurden vorgeschoben, und Armin setzte sich auf den Hocker. Das Brot schmeckte feucht, das Wasser kalkig. Er spülte den Teller ab und putzte sich die Zähne. Ob ich der Erste bin, der diese Bürste benutzt, dachte er. Er ging in der Zelle auf und ab, schaute durch das Oberlicht nach draußen, konnte aber nichts erkennen. Auf dem hölzernen Hocker konnte man nicht lange sitzen, sonst tat einem der Hintern weh, und aufs Bett legte er sich lieber nicht, um den kleinen schmierigen Bewacher nicht herauszufordern. Gedanken kreisten in seinem Kopf, er dachte an Erna und die Kinder. Erna würde sich Sorgen machen, sie war sowieso gegen die Beschwerde gewesen. »Das wird dich nur in Schwierigkeiten bringen«, hatte sie gesagt. Aber er ließ sich nicht davon abbringen, wollte ein Zeichen setzen, man konnte doch nicht immer nur klein beigeben. In Abständen von zehn Minuten bewegte sich der Schieber am Spion. Die sind eifrig, dachte Armin. Er fühlte sich total beobachtet, nahm sich vor, alle zehn Minuten auf dem Hocker zu sit-

zen und ganz entspannt zu schauen, damit sie dachten, er hätte den härtesten Hintern der Welt. Die Zeit verging langsam hier unten. Wahrscheinlich hatten sie ihm deshalb seine Uhr gelassen, damit er sehen konnte, was er diese Nacht noch vor sich hatte. Auf Dauer fing die Beobachtung durch den Spion an zu nerven.

Hört mit der Scheiße auf, hätte er am liebsten geschrien. Macht das Licht aus, lasst mich schlafen. Aber er riss sich zusammen. Er wollte ihnen nicht die Genugtuung geben, schon in der ersten Nacht durchgedreht zu haben. Er legte das Handtuch auf den Hocker, um etwas weicher zu sitzen. Nach der nächsten Bewegung am Spion öffnete sich die Stahltür, und der kleine Giftzwerg brüllte:

»Setz dich nicht mit deinem dreckigen Arsch auf das Handtuch, Nummer 17! Das ist zum Abtrocknen, aber nicht zum Sitzen! Benimm dich anständig, Nummer 17, sonst lass ich dich heute noch den Gang schrubben!«

Das sind ja Aussichten, dachte Nummer 17 und ertappte sich dabei, dass er von sich selbst schon als »Nummer 17« dachte. Er ging weiter in der Zelle auf und ab, setzte sich gelegentlich auf den Hocker, legte manchmal die Hände unter den Hintern, um sein Steißbein zu schonen. Punkt 23 Uhr ging das Licht aus. Gott sei Dank, dachte Armin Eisele. Er zog die Schuhe aus, legte sich in Klamotten auf die Pritsche, die allerdings für seine Größe reichlich knapp war, höchstens 1,70 Meter lang, denn seine Füße hingen über das Ende der Pritsche. Nach zehn Minuten ging das Licht wieder an, und der kleine, schmierige Aufseher stand in der Zelle.

»Zieh dich gefälligst aus, Drecksack! Zu Hause legst du dich auch nicht mit Kleidern ins Bett, oder? Zieh den Overall an, der unter der Decke liegt, Nummer 17.«

Armin hatte es sich für heute abgewöhnt zu widersprechen. Mit dem Kleinen würde er nur Probleme bekommen, und der saß zweifelsfrei am längeren Hebel. Also zog er sich aus und legte sich mit dem Overall auf die Pritsche. Jetzt habe ich hoffentlich Ruhe, dachte er. Doch da hatte er sich getäuscht. Nach zehn Minuten bewegte sich die Klappe am Spion, die grelle Glühbirne ging an und blendete ihn, als er grade einschlafen wollte. Mist, der beobachtet mich permanent, dachte er. Ist hoffentlich zufrieden, wenn er sieht, dass ich ordnungsgemäß auf der Pritsche liege. Nach einigen Sekunden erlosch die Glühbirne, die Klappe am Spion fiel zurück, und Armin versuchte zu schlafen. Nach zehn Minuten dasselbe Spiel: Klappengeräusch am Spion, Glühbirne an, Glühbirne aus, Klappengeräusch am Spion. So ging das die ganze Nacht. Gegen Morgen war Armin völlig gerädert, hatte kein Auge zugetan, hasste diesen Aufseher, hasste die Zelle, hasste die Kreisdienststelle und seine Peiniger.

»Na, gut geschlafen, Nummer 17?«, begrüßte ihn um sieben Uhr der größere der beiden Aufseher und schob ihm einen Teller mit zwei Scheiben Brot und einer Ecke Streichkäse durch die Klappe in der Stahltür. »Machen Sie sich fertig. In einer halben Stunde geht's weiter.«

»Was heißt weiter?«

Die Klappe fiel zu, und er bekam keine Antwort. Er aß das feuchte geschmacklose Brot, zwang sich, etwas Streichkäse aufzutragen. Ich muss bei Kräften bleiben, dachte er. Nach einer halben Stunde wurde er vom größeren Aufseher abgeholt. Mit seinen kurzen Stoppelhaaren, den stechenden dunklen Augen, der markanten Nase, dem muskulösen Körperbau und seinen kräftigen Händen wirkte er sehr bestimmt, und Armin fühlte sich einsam und verloren. Dem darf man nicht widersprechen, dachte er.

»Gib deine Arme her.«

Der Aufseher legte ihm Handschellen an und führte ihn aus dem Keller zum Innenhof der Dienststelle.

»Wir haben eine kleine Fahrt vor uns. Heute geht's zum Untersuchungsgefängnis.«

»In eine andere Stadt?«

»Klar, woanders hin. Die erste Nacht war nur eine nette Begrüßung hier am Ort.«

Der Große lachte, und er wusste bestimmt, warum. Er brachte Armin Eisele zu einem Lieferwagen, der aussah wie ein Gemüsetransporter, aber innen mit mehreren engen Zellen ausgestattet war.

»Rein mit dir, Nummer 17.«

Er schob ihn in die erste Zelle links neben dem Einstieg und knallte die Zellentür zu. Armin hörte das Geräusch des Schlosses. Es war völlig dunkel in der Zelle. Nur ein winziger Lichtschein drang durch den Türspalt, der aber verschwand, nachdem mit lautem Knall die Außentür des Fahrzeuges geschlossen wurde. Ein Gefühl der Beklemmung ergriff Armin. Was war, wenn er keine Luft mehr bekam? Was war, wenn etwas mit seinem Herz nicht stimmte? Würden sie es überhaupt bemerken? Er versuchte sich zu beruhigen, tastete mit seinen Händen, welche durch die Handschellen sehr unbeweglich waren, die Umgebung ab. Um ihn herum glatte Metallwände, oben möglicherweise ein Lüftungsgitter, jedenfalls fühlte es sich so an. Der Motor startete. Armin wurde beim Anfahren nach hinten geschleudert, versuchte, sich mit den Ellenbogen und Knien an den Seitenwänden abzustützen, um sich nicht zu verletzen. Sie verließen den Innenhof des Gebäudes, er hatte das Gefühl, dass sie rechts abbogen, versuchte, sich die Strecke vorzustellen, verlor aber bald die Orientierung und wusste nur noch, wie lange sie fuhren. Schnellstraßen wechselten mit holprigen Landstraßen ab, auch Kopfsteinpflaster war dabei, das ihn kräftig durchschüttelte und ihn das Ende der Fahrt herbeisehnen ließ. Von vorne hörte er leise Radiomusik. Seine Bewacher schienen das Ganze als gemütliche Fahrt zu verstehen. Irgendwann holperten Sie über eine sehr schlechte Straße oder womöglich einen Feldweg. Staub drang durch die Ritzen der Kabine. Armin litt unter Hustenreiz und hatte das Gefühl, sich übergeben zu müssen. Endlich hielten sie an.

»Wir sind da«, sagte sein Bewacher, nachdem er die Tür der Zelle geöffnet hatte.

Armin hatte keine Ahnung, wo er war. Auf jeden Fall im Innenhof eines Gefängnisses, das war klar. Drei Stockwerke mit vergitterten Fenstern stiegen in die Höhe, eine Mauer mit Wachtürmen umgab das Gelände, auf der Mauer war Stacheldraht angebracht, und Strahler konnten das Ganze nachts in grelles Licht tauchen. Hier gibt es kein Entrinnen, dachte Armin. Sie führten ihn zur Aufnahme, fragten nach seinen Personalien, obwohl sie alles wussten. Die genaue Einlieferungszeit wurde protokolliert, dann erfolgte die Eingangsuntersuchung. Er war müde, konnte sich kaum noch auf den Beinen halten, musste sich nackt ausziehen, an eine kalte Wand stellen, wurde gemessen, gewogen, abgetastet und fotografiert. Sind gründlich hier, dachte Armin. Er erhielt Sträflingskleidung und wurde zu seiner Zelle geführt.

»Sie sind Nummer 126«, sagte der Aufseher, der ihn übernahm. »Merken Sie sich das, hier gibt es keine Namen.«

Kenne ich schon, dachte Armin. Ihm war schlecht. Er konnte kaum noch die Augen offen halten. Sein Magen knurrte. Über eine breite Treppe gingen sie in den ersten Stock. Das Gebäude schien neuer zu sein als das der Kreisdienststelle. Die Wände waren nicht feucht, jedenfalls nicht im Obergeschoss, aber die Gänge sahen genauso aus wie dort: graue Stahltüren an den Zellen mit Spionen und mehreren schweren Riegeln.

»Wie lange muss ich hierbleiben?«

»Das hängt von dir ab, Nummer 126«, lachte sein Aufseher, »aber so schnell kommt hier keiner raus. Wir müssen uns etwas mit dir beschäftigen.«

Er duzte ihn wie selbstverständlich und lächelte hintergründig, als ob die Beschäftigung mit den Gefangenen ein großes Vergnügen für ihn sei. Er war vielleicht 25 Jahre alt, groß und kräftig, ein Bulle von einem Kerl, mit dunklen lockigen Haaren, die allerdings kurz geschnitten waren und ihm ein militärisches Aussehen gaben. Seine blauen Augen musterten Armin Eisele lebhaft. Eine tiefe Narbe über der rechten Wange gab ihm etwas Bedrohliches. Der wird es hier sicher weit bringen, dachte Armin. Vor Zelle 126 blieb er stehen. Es fiel Armin auf, dass ihnen im gesamten Gebäude kein Mensch begegnet war.

»Wir sind da«, sagte der Aufseher. »Tagsüber wird nicht geschlafen und auch nicht auf dem Bett gelegen. Du kannst herumlaufen oder auf dem Hocker sitzen. Später holen wir dich zur Befragung.«

Armin sagte dazu nichts. Er war so müde und fertig, dass er seine Kräfte sparen wollte. Er ließ sich in die Zelle schieben und setzte sich auf den hölzernen Hocker. Im Prinzip war die Zelle genau gleich wie die der letzten Nacht. Eine relativ kurze Pritsche an der rechten Wand, ein kleiner Holztisch, ein Hocker, ein Waschbecken vor einer gekachelten Fläche. Allerdings war es etwas heller.

Durch dicke Glasbausteine fiel Licht in die Zelle, aber man konnte dafür überhaupt nichts sehen. Total isoliert bin ich, dachte Armin. Nach etwa zehn Minuten hörte er die Klappe des Spions. Er riss sich zusammen und blieb aufrecht auf dem hölzernen Hocker sitzen. Was es bedeutete, sich tagsüber auf die Pritsche zu legen, konnte er sich vorstellen. Alle zehn Minuten klapperte der Spion. Um 12.30 Uhr wurde ihm eine dünne Kohlsuppe durch die Tür geschoben.

»Guten Appetit«, hörte er seinen Aufseher.

Die Suppe war fast kalt und schmeckte übel. Armin Eisele zwang sich zu essen. Er war mit seinen 47 Jahren körperlich fit, hatte viel Sport getrieben, aber sich selten so elend gefühlt wie an diesem Tag. Nachdem der Aufseher durch den Spion geschaut und die Klappe hatte wieder fallen lassen, legte Armin sein Ohr an die Wand zur Nachbarzelle und lauschte. Nichts war zu hören, nur Stille, Totenstille. Ob in diesem Trakt keine anderen Gefangenen waren? Er setzte sich an den Tisch und stützte sich auf die Ellenbogen, versuchte so etwas zu schlafen. Gerade als er eingedöst war, riss ihn die Stimme des Aufsehers aus dem Schlaf.

»Es wird Zeit zur Befragung, Nummer 126. Wir müssen uns etwas näher kennenlernen.«

Kein Mensch war auf dem Gang. Sie gingen eine Treppe höher in den Trakt mit den Vernehmungszimmern, von denen es sehr viele gab. Die scheinen einen hier ständig zu befragen, schlussfolgerte Eisele. Im Bürotrakt war der Fußboden mit Linoleum belegt, und es roch penetrant nach Reinigungsmitteln.

»Stopp, hier geht's rein«, sagte der Aufseher und öffnete eine schwere, innen gepolsterte Tür.

Der Vernehmungsoffizier kam ihnen entgegen, ein stattlicher Mann von gut 50 Jahren. Er war ein sportlicher Typ, hatte durchdringende stahlblaue Augen, ein markantes Kinn, eine spitze Nase und dunkle, kräftige Haare.

»Grüß dich, Anton. Wen haben wir denn da?«

»Das ist Nummer 126, die Volksverhetzung.«

Wie in einer Klinik kam sich Armin Eisele einen Moment lang vor. Das ist die Leber, die Niere, der Herzinfarkt ... tanzten Gedanken in seinem Hirn. Und er war hier eben die Volksverhetzung.

»Setzen Sie sich, Nummer 126.«

Das Kommando duldete keinen Widerspruch. Armin Eisele setzte sich auf den Stuhl am Besprechungstisch, der ihm zugewiesen wurde. Der Vernehmer nahm gegenüber Platz und richtete die Tischlampe direkt auf Eisele. Der hielt die Hand vors Gesicht, um sich vor der Blendung zu schützen.

»Es scheint Ihnen in unserem Land nicht zu gefallen, Herr Eisele. Anders kann ich Ihre Beschwerde nicht verstehen. Dabei haben Sie eine nette Frau, nette Kinder, ein Häuschen ... Sie könnten sich wohlfühlen. Ich kenne Ihre Frau zufällig von früher. Das ist wirklich eine nette ...«

Armin Eisele fragte sich, ob das stimmte. Erna hatte ihm nie etwas von einer Bekanntschaft erzählt. Vielleicht war es nur eine Masche, um ihn mürbe zu klopfen.

»Ja schon, aber ...«

»Sie mit Ihrem ewigen *aber* ... Ihr staatsgefährdenden Subjekte habt immer etwas auszusetzen, merkt gar nicht, wie gut es euch geht! Sie haben unseren Staat in der Nachbarschaft denunziert und sogar im Ausland angeschwärzt. Sind Sie bereit, das zuzugeben?«

Armin Eisele zögerte. Er wusste nicht, was der Vernehmungsoffizier meinte. Er hatte seinem Nachbarn bei einem

Bier von der Beschwerde erzählt, aber woher sollten die das hier wissen? Das war ein rein privates Gespräch unter Freunden gewesen.

»Ich weiß nicht, was Sie meinen.«

»Dann werden wir Ihnen ein wenig auf die Sprünge helfen«, sagte der Vernehmer.

Er zog ein Papier aus seiner Schreibtischschublade und las eine Erklärung des Nachbarn vor. Darin bestätigte dieser, dass Eisele über die Beschwerde gesprochen und dabei den Staat verunglimpft habe.

»Ich hab vielleicht mal was erwähnt«, stammelte Eisele.

»Damit seid ihr schnell bei der Hand, ihr Drecksäcke. Den Staat und seine Leistungen verunglimpfen, das könnt ihr. Hinterher wollt ihr von nichts gewusst haben. Aber so einfach geht das nicht!«

Der Vernehmungsoffizier war wütend.

»Wir werden uns deine Frau und deine Kinder vornehmen, vielleicht kommst du dann zur Vernunft. Oder wir verknacken dich für ein paar Jahre, dann kannst du über alles nachdenken. Anton, bring ihn zurück in seine Zelle, ich will ihn nicht mehr sehen!«

Der Aufseher erhob sich.

»Komm mit, Nummer 126. Für heute ist das Plauderstündchen beendet. Du brauchst scheinbar noch Zeit zum Nachdenken.«

Er brachte ihn zurück in seine Zelle.

»Tagsüber wird nicht geschlafen, vergiss das nicht, Drecksack! Nur stehen oder auf dem Hocker sitzen!«

Bis 23 Uhr hielt ihn der Aufseher wach. Sobald ihm der Kopf auf die Tischplatte sank, war er da und schrie ihn an.

»Wirst du wach bleiben, Memme! Dir geht wohl nach einem Tag schon der Arsch auf Grundeis. Aber du kannst

Wochen hier bleiben, wenn du nicht Vernunft annimmst. Wir werden dich fertig machen, dich und deine Familie.«

Ab 23 Uhr wurde die Deckenleuchte gelöscht, aber alle zehn Minuten zur Kontrolle wieder eingeschaltet. Lange halte ich das nicht aus, dachte Armin Eisele, als er nach der zweiten Nacht total gerädert sein karges Frühstück im Empfang nahm.

19

Rotfux war irgendwie ausgelaugt und enttäuscht, als er in der neuen Woche seine Arbeit begann. Ein zweiter Mord im Weinkeller, nachdem der erste noch nicht aufgeklärt war. Die Presse würde ihn in die Mangel nehmen und die Polizeipräsidentin unangenehme Fragen stellen. Rotfux war nicht empfindlich, aber es nervte ihn, dass sich die Ermittlungen momentan im Kreis drehten. Nach einer kurzen Mittagspause beschloss er, einen Waldspaziergang mit Oskar zu machen. Er brauchte Ruhe, musste nachdenken, seine Gedanken sortieren, nochmals alles durchgehen. Rotfux fuhr quer durch Aschaffenburg in Richtung Klinikum, parkte sein Auto am Godelsberg unauffällig unter Bäumen und Büschen. Es musste nicht jeder gleich sehen, dass er hier mit dem Hund unterwegs war. Er legte Oskar an die Leine. Ihn im Wald frei laufen zu lassen, war ihm zu gefährlich, dazu kannte er ihn noch nicht lange genug. Wenn Rehe kämen, und die gab es hier, würde er sie jagen und er könnte den drahtigen Dackel womöglich stundenlang suchen. Das musste nicht sein. Linker Hand lag eine spitzgiebelige Villa am Hang mit Fernblick über die Stadt und die Mainebene. Drei Garagen zeigten, dass es den Bewohnern gut ging, obwohl die Treppenstufen zur Villa, welche durch den parkähnlichen Garten nach oben führten, für ältere Leute etwas steil waren. Das Gras rechts und links des Spazierweges stand hoch. Oskar pinkelte an einen Laternenpfahl, schnüffelte hier und da und setzte an verschiedenen Stellen seine Duftmarken.

»So ist's recht«, sagte Rotfux, »du freust dich, dass wir draußen sind.«

Normalerweise drehte er seine Runden mit dem Dackel an der Mainpromenade. Hier beim Wald war er zum ersten Mal mit ihm. Alte Birnbäume wuchsen in den Streuobstwiesen, bald neigte sich ein grünes Blätterdach über den Weg. Haselnusssträucher, Ahorn, Buchen und Eichen wechselten sich ab, abgestorbene Stämme lagen am Wegrand. Oskar schnüffelte an ihnen und hob meist sein Beinchen. Als »Spessartweg 1« war die Strecke ausgeschildert. Eine steinerne Bank aus dem Jahr 1912 lud zur Rast ein, aber Rotfux war noch lange nicht müde, sondern stieg kräftig bergan.

»Wir gehen zur Teufelskanzel«, sagte er zu Oskar.

Farne wuchsen am Wegrand, an mächtigen Eichen strebte Efeu in die Höhe, sie passierten das alte Wasserwerk der Stadt Aschaffenburg. Schließlich erreichten sie die Abzweigung zur Teufelskanzel. Verwildert sah der Wald hier aus. Abgestorbene Äste lagen unter mächtigen Stämmen, eine dicke Laubschicht bedeckte den Boden. Die riesigen Felsblöcke der Teufelskanzel stiegen vor ihnen in die Höhe.

»Die soll der Satan höchstpersönlich hier abgeworfen haben«, sagte Rotfux zu Oskar. Er nahm den Dackel auf den Arm und trug ihn die sieben Stufen nach oben, die man in den Fels gehauen hatte. Über das graue Metallgeländer ging der Blick weit über Aschaffenburg und Goldbach. Man sah das Schloss mit seinen Türmen, die Stiftskirche und das Industriegelände im Osten der Stadt.

»Hier machen wir eine Pause.«

Rotfux setzte sich auf die steinernen Stufen und ließ den Dackel sich auf dem Felsplateau hinlegen, das von den Sonnenstrahlen, welche durch das Blätterdach drangen, aufgeheizt worden war. Oskar rollte sich zusammen und schien zufrieden zu sein.

»Wir müssen die Mörder deines Herrchens finden«, murmelte Rotfux, »und jetzt auch noch den oder die Mörder von Anton Herrmann aus Klingenberg.«

Es muss etwas mit den Weingütern zu tun haben, dachte Rotfux. Oder es war Zufall, dass beide Opfer in einem Weinkeller ermordet wurden, und hatte mit den Beziehungsgeschichten der Ermordeten und ihren Frauen zu tun. Emil Franke hatte diese Affäre mit Martina Carelli gehabt, Anton Herrmann hatte Bodo Hessler die Freundin ausgespannt. Dann war da noch die Geschichte mit dem Schmerlenhof und den Weinkanistern. Alles zusammen ergab kein klares Bild. Die Salafisten schienen jedenfalls in Klingenberg keine Rolle gespielt zu haben. Oder bei den Ermittlungen war etwas übersehen worden ... man wusste ja nie. Eine Amsel landete auf dem Metallgeländer der Teufelskanzel und trällerte ihr Lied. Wenn Oskar nur reden könnte, dachte Rotfux. Er musste die Mörder von Emil Franke gesehen haben, aber er konnte sie leider nicht beschreiben ... Rotfux dachte an das Foto mit den Weinreben, welches er in der Holzkiste von Emil Franke im Schmerlenhof gefunden hatte. Zwei der sechs Männer auf dem Bild waren inzwischen tot. Wer würde der Nächste sein? Vielleicht spielte eine dunkle Geschichte aus der Vergangenheit eine Rolle, von der sie nichts ahnten? Von der Stasi-Unterlagen-Behörde hatte er bisher keine Auskunft erhalten, die arbeitete extrem langsam. Er würde nochmals nachfragen müssen ... Ein leichter Wind strich durch die Blätter der Eichen, die dieses Jahr stark von den Maikäfern zerfressen worden waren. Rotfux merkte, dass er müde wurde. Er lehnte sich gegen das Metallgeländer der Teufelskanzel und schloss die Augen. So ein kleines Nickerchen wirkt manchmal Wunder, dachte er. Danach hatte man bessere Ideen.

»Ich schlaf ein bisschen«, sagte er zu Oskar, »du passt auf mich auf.«

Es war ein gutes Gefühl, den Dackel bei sich zu haben. Der würden bellen, wenn sich jemand näherte. Es musste ja nicht sein, dass jemand ein Foto von ihm schoss, und womöglich ein Bild vom schlafenden Kommissar auf der Teufelskanzel im »Main-Echo« erschien. Das würde Zimmermann gefallen, dem Redakteur der örtlichen Zeitung, dachte Rotfux. Die Augen fielen ihm zu, und er begann, von einem Lagerfeuer im Wald zu träumen, an dem er mit Caroline Würste auf Stöcken briet und im Fluss schwamm und am Ufer in der Sonne lag, ganz zufrieden, alle Fälle gelöst und einfach glücklich …

Irgendwann schreckte Rotfux hoch, Oskar bellte, stand mit senkrecht aufgestelltem Schwanz auf dem Plateau der Teufelskanzel. Rotfux versuchte, schnell wach zu werden, drehte sich um, sah zwei dunkle Gestalten mit schwarzen Sturmhauben auf sich zukommen, wollte nach seiner Waffe greifen, schaffte es aber nicht mehr, spürte einen gewaltigen Schlag auf seinem Kopf, sah Sternchen, alles drehte sich um ihn, dann schwebte er wie auf einer Wolke hinein in eine weiße Nebelsuppe …

Oskar riss sich los. Mit kräftigen Sätzen sprang er die Stufen der Teufelskanzel hinunter, raste vom gekiesten Weg nach links in den Wald und verschwand im Unterholz. Die beiden Ganoven sahen ihm nach. Sie sprachen kein Wort. Einer der beiden machte eine gleichgültige Handbewegung, als ob er sagen wollte: »Lass den Köter laufen!« Sie schleppten Rotfux über den Waldweg in Richtung Kippenburg. Der Kommissar hing schlaff und reglos da. Sie zogen ihn durch das Tor im Maschendrahtzaun beim Gelände der Kippenburg, gingen zunächst auf den Turm der Burg zu, öffneten dann aber beim Ende des flachen Gebäudes eine grün gestrichene Metalltür. Sie kannten sich offensichtlich im dahinter liegenden Raum aus, steuerten mit dem reglosen Körper des Kommissars auf ein Stahlrohr zu, welches senkrecht an einem Holzbalken zum Boden lief. Dort zerrten sie dem Kommissar die Arme auf den Rücken, banden ihm die Hände zusammen, und schlossen ihn mit seinen eigenen Handschellen an. Sein Körper sackte in sich zusammen und blieb ganz unnatürlich verdreht an dem Stahlrohr hängen. Sie steckten ihm ein Taschentuch als Knebel in den Mund und umwickelten seinen Kopf mit Klebeband, sodass sich der Knebel nicht lösen konnte. Zufrieden betrachteten sie ihr Werk, verließen den Raum und verschlossen die grün gestrichene Metalltür. Vorsichtig sahen sie sich um, nahmen wie auf Kommando ihre schwarzen Sturmhauben ab, und spazierten anschließend auf dem Waldweg Richtung Godelsberg.

Josef Breuer arbeitete im Garten. Er wohnte am »Lug ins Land«. Der Straßenname stand für einen herrlichen Blick über Aschaffenburg. Seine Enkel spielten auf der Terrasse Federball, er selbst war gerade dabei, die Rosen zu gießen, eine Amsel verfolgte ihn und versuchte, etwas Wasser abzubekommen, seine Frau döste im Liegestuhl vor sich hin. Die Zeitung war ihr aus der Hand gerutscht und lag am Boden. Der leichte Wind bewegte die Seiten hin und her.

»Opa, da bellt schon die ganze Zeit ein Hund«, kam sein Enkel Ulli aufgeregt auf ihn zu.

»Der wird sich bestimmt wieder beruhigen.«

»Aber er bellt schon ewig. Das ist doch nicht normal.«

»Ihr könnt ihn ja mal suchen. Vermutlich jagt er eine Katze.«

Josef Breuer hatte keine Lust, wegen eines Hundes seine Gartenarbeit zu unterbrechen. Zwar hatte er das Bellen auch seit einiger Zeit gehört, aber sie wohnten am Waldrand, da konnte man sich nicht um jedes Geräusch kümmern. Josef Breuer trug eine blaue Arbeitshose und ein blaues Shirt. Seine derben Füße steckten in offenen Sandalen, mit seiner Stirnglatze und seinem vollen Gesicht wirkte er gemütlich. Seine dunkelbraunen Augen sahen den Jungen aufmunternd an.

»Also geht ihn meinetwegen suchen. Ich muss mich um die Pflanzen kümmern.«

»Gut, ich schau mal mit Jenny.«

»Klar, und wenn ihr ihn gefunden habt, könnt ihr mir ja Bescheid geben.«

Lass sie nur nach dem Hund suchen, da sind sie wenigstens beschäftigt, dachte er.

Ulli ähnelte irgendwie seinem Opa. Er war kräftig, trug eine kurze Hose und ein gelbes Shirt, und in seinem rundlichen Gesicht saßen dunkelbraune Augen. Für seine elf Jahre war er ziemlich groß. Jenny hingegen wirkte zierlicher, hatte lange blonde Zöpfe und blaue Augen und schien mehr nach der Oma zu gehen.

»Wir suchen ihn dann mal. Vielleicht ist etwas passiert.«

»Ja, gut, bleibt aber in der Nähe!«

Die Kinder verließen das Grundstück und stiegen die Treppe empor, welche direkt neben einer Baustelle hinauf in den Wald führte.

»Das Bellen wird lauter. Er muss da oben irgendwo sein«, sagte Ulli.

Die Sonne malte helle Flecken auf den Waldboden, mächtige Eichen warfen Schatten, vorbei an Farnen und Büschen kamen sie tiefer in den Wald.

»Dort vorne hängt er am Geländer«, flüsterte Ulli.

Tatsächlich hatte sich ein kleiner Rauhaardackel mit seiner Leine unglücklich an einem Geländer verfangen, welches zur Sicherheit neben drei Treppenstufen angebracht war, die ein Steilstück überbrückten.

»Was machen wir jetzt? Wir können ihn nicht befreien, sonst beißt er uns womöglich«, sagte Jenny ängstlich.

»Wir schauen mal.«

Vorsichtig näherten sie sich dem Dackel. Der bellte noch aufgeregter, je näher sie kamen.

»Ich habe Angst«, stammelte Jenny, »wir sollten Opa holen.«

Ulli war mutiger. Er ging langsam auf den Dackel zu, der regelrecht in die Höhe sprang und ihn mit seinen dunkelbraunen Augen fixierte.

»Ganz ruhig«, sagte Ulli. Aber der Hund beruhigte sich nicht, sondern bellte wie verrückt.

»Okay, du holst Opa und ich warte hier«, sagte Ulli. »Lauf schnell!«

Jenny war das recht. Sie war wohl froh, den Dackel wieder verlassen zu können und rannte den Waldweg zurück nach unten. Ulli setzte sich neben den Hund, so dass er gerade außerhalb seiner Reichweite war. Der Waldboden war warm und es roch nach Blättern. Ulli mochte das, war gern im Wald und blieb jetzt einfach ganz still beim Dackel sitzen. Ab und zu sah er ihn an, bemerkte, dass er zerzaust und voller Blätter war, so als ob er durchs Unterholz gestreift war.

»Bist wohl zu Hause ausgerissen«, sagte Ulli.

So langsam wurde der Dackel ruhiger. Er legte sich hin und sah Ulli an. Der fasste sich ein Herz und rückte ein Stückchen näher. Der Hund hätte ihn jetzt erreichen können, zupacken, beißen, aber er blieb still liegen.

»Bist ja gar nicht mehr so wild«, sagte Ulli leise und rutschte in seine Richtung.

Der Dackel legte den Kopf flach auf den Boden und sah Ulli schräg von unten an. Ulli rutschte noch ein Stück näher und schob seine Hand langsam zum Körper des Hundes. Plötzlich fing der an leicht den Schwanz zu heben und langsam hin und her zu wedeln.

»Du magst mich wohl«, flüsterte Ulli.

Er saß inzwischen direkt neben dem Kopf des Hundes, legte seine Hand vorsichtig auf dessen Rücken und streichelte ihn. So einen hätte ich auch gern, dachte er. Aber Opa wollte keinen Hund und seine Eltern schon gar nicht. Er kraulte den Dackel hinter den Ohren und merkte, wie der Hund sich an ihn schmiegte.

»Jetzt mach ich dich mal los.«

Ulli stand vorsichtig auf und entwirrte die Hundeleine, was allerdings nicht so einfach war. Er musste dafür die Leine vom Halsband lösen und den Hund einen Moment lang an Halsband halten. Zum Glück schaffte er es, und war wenig später mit dem Hund unterwegs zum Haus von seinem Opa. Auf halber Stecke kamen ihm Jenny und der Opa entgegen.

»Du hast ihn ja schon frei«, wunderte sich Josef Breuer. »Jenny sagte doch, er belle wie verrückt.«

»Hat er auch, aber ich habe ihn beruhigt«, antwortete Ulli stolz. Am liebsten hätte er den Dackel behalten.

»Kann der Hund bei uns bleiben, Opa?«

»Ich denke nicht. Es wird ihn bestimmt jemand vermissen und suchen.«

Nachdem sie das Grundstück erreicht hatten, boten sie dem Dackel etwas zu trinken an und er trank gierig.

»Durst hat er wenigstens«, freute sich Jenny.

Als sie ihm allerdings Lyoner Wurst anboten, fing er wieder an zu bellen und ließ sich nicht beruhigen.

»Der will nach Hause«, sagte Opa Breuer. »Der sucht sein Herrchen oder seine Familie. Wir müssen ihn zum Tierheim bringen. Die werden herausfinden, wem er gehört.«

»Schade«, sagte Ulli enttäuscht. »Dürfen wir wenigstens mitkommen?«

»Ja, klar, aber behalten können wir ihn nicht. Ihr dürft nicht traurig sein.«

Josef Breuer setzte den Dackel in den Fußraum des VW-Golf, ließ die Kinder hinten einsteigen und startete. Sie fuhren quer durch die Stadt. Nach einiger Zeit erreichten sie Nilkheim und passierten das Kommissariat. Der Hund bellte intensiv.

»Vielleicht wohnt er hier in der Nähe, weil er so bellt«, meinte Opa Breuer. »Aber das nützt uns nichts. Wir bringen ihn zum Tierheim. Die werden schon herausfinden, wo er hingehört.«

Kurze Zeit später hielten sie vor dem Aschaffenburger Tierheim.

»Ich kann ihn heute nur provisorisch aufnehmen«, sagte der junge Mann am Empfang, »wir haben schon Dienstschluss. Morgen werden wir schauen, ob wir herausfinden, wem er gehört. Bitte tragen Sie in diesem Formular Ihren Namen, Telefonnummer und Adresse ein und wo Sie den Hund gefunden haben.«

Der junge Mann war ein behäbiger Typ, mit korpulenter Figur, einer dieser Alternativen mit Bart. Seine langen Haare wirkten ungepflegt, seine dunklen Augen musterten Oskar. Er trug einen blauen Arbeitsoverall und Stiefel und wollte offensichtlich pünktlich Schluss machen. Plötzlich riss der Dackel sich los und versuchte zu entkommen. Doch der junge Mann war schneller. Er trat auf seine Hundeleine, welche über den Boden schleifte, es gab einen harten Ruck am Hals des Hundes, und er war wieder gefangen.

»Du bleibst schön hier, Bürschchen, hättest deinem Herrchen nicht abhauen sollen, dann müsstest du jetzt nicht ins Tierheim.«

Der Dackel wurde in eines dieser modernen gekachelten Hundehäuser gebracht, in dem eine Plastikwanne mit einer Kuscheldecke stand. Auf einem gemauerten Podest war ein Schlafplatz eingerichtet. Die Klappe zum Freigehege war geschlossen und würde mit Sicherheit heute auch geschlossen bleiben. Der junge Mann brachte ihm eine Trinkschale und einen Napf mit Hundeflocken.

»Das sollte bis morgen reichen«, sagte er.

20

Armin Eisele wusste nicht, wie lange er schon in Untersuchungshaft war. Sechs Wochen bestimmt, vielleicht auch sieben oder acht. Zu Beginn hatte er noch die Tage gezählt, dann die Wochen, inzwischen war er so müde und erschöpft, dass er überhaupt nichts mehr zählte. Tagsüber durfte er nicht schlafen, nachts ging alle zehn Minuten das Licht an oder er wurde stundenlang vernommen. Er wusste nicht mehr, worum es ging, hatte das Gefühl, dass sie ihn fertig machen wollten, einfach vernichten, egal was er sagte. Mittags wechselten sich Kohlsuppe, Erbseneintopf oder Kartoffelsuppe ab. Alles schmeckte widerlich. Er versuchte zu essen, hatte aber ziemlich abgenommen. Er war total isoliert. Im Gefängnis war ihm noch nie ein anderer Gefangener begegnet.

»Dann wollen wir mal wieder, Nummer 126«, begrüßte ihn der Offizier im Vernehmungszimmer, das er bald so gut kannte wie seine Zelle. Es war 23 Uhr. Sie befragten ihn vorwiegend nachts, was noch schlimmer war als das ewige »Licht an, Licht aus« in der Zelle.

»Ich überbringe Grüße von Ihrer Frau, habe sie besucht, das ist wirklich eine ganz Nette.«

»Sie haben sie besucht?«

»Wollen Sie andeuten, dass ich Sie belüge, Nummer 126?«

»Nein, natürlich nicht …«

Eisele wusste nicht, was er glauben sollte, aber so ganz konnte er sich nicht vorstellen, dass der Vernehmer seine

Frau besucht hatte. Vielleicht war das nur eine Masche, um ihn einzuschüchtern.

»Es geht ihr gut, sie macht sich natürlich Sorgen. Ich habe sie ein wenig getröstet, das lieben Frauen. Ist wirklich eine ganz Nette.«

Der Vernehmungsoffizier lachte dreckig, und der Aufseher, welcher Eisele zur Vernehmung gebracht hatte, stimmte in das anzügliche Lachen ein.

»Ich werde sie regelmäßig besuchen. War sehr angenehm mit Ihrer Frau … Aber zurück zu Ihnen. Man hat mir berichtet, Sie schreien in Ihrer Zelle herum. Stimmt das?«

Armin Eisele wusste nicht, was er sagen sollte. Es stimmte, er war gestern völlig durchgedreht, hatte nachts geschrien und nicht mehr aufgehört, bis ein Pfleger kam und ihm eine Spritze gab.

»Ich habe es nicht mehr ausgehalten. Seit Wochen geht nachts das Licht an und aus, seit Wochen habe ich kein Auge zugetan. Können Sie das nicht ändern?«

»Wir können alles ändern, aber wir müssen fürsorglich mit Ihnen umgehen. Wir wollen doch nicht, dass Sie sich etwas antun. Deshalb müssen wir Sie sorgfältig beobachten. Das verstehen Sie sicher.«

»Ja schon …«

»Sehen Sie, ist alles nur zu Ihrem Besten.«

Der Vernehmer war ausgeruht. Er lächelte Armin Eisele mit seinen stahlblauen Augen ganz entspannt an. Die Vernehmung schien ihm Vergnügen zu bereiten. Er goss sich eine Tasse Kaffee aus der Thermoskanne ein, nahm genüsslich einen Schluck und fuhr fort.

»Wir wissen, dass Sie auch im Ausland agitiert haben. Wen haben Sie dort noch über Ihren Antrag informiert?«

»Das habe ich doch alles schon gesagt. Ich habe meine Verwandten benachrichtigt, sonst niemanden.«

Vom Innenhof des Gefängnisses war Lärm zu hören. Der Vernehmer und der Aufseher gingen schnell zum Fenster und öffneten es. Armin Eisele hörte die Kommandos: »Exekutionskommando angetreten!« … »Waffen entsichern!« … Gewehrschlösser klackerten … »Legt an!« … »Feuer!«

Der Vernehmer und der Aufseher sahen dem Schauspiel einige Minuten zu, schlossen das Fenster und kamen zu ihren Plätzen zurück.

»So kann es auch enden«, sagte der Befragungsoffizier, »wenn manche überhaupt keine Vernunft annehmen.«

Armin Eisele lief es eiskalt den Rücken herunter. Er stellte sich vor, dass im Gefängnishof ein Mitgefangener in seinem Blut lag, dass der vielleicht Familie hatte, eine verzweifelte Frau und Kinder, die jetzt Waisen waren.

»Wann kann ich endlich entlassen werden? Ich habe alles gesagt«, bettelte Armin Eisele.

Der Befrager lächelte. Seine spitze Nase und die schmalen Lippen ließen ihn entschlossen wirken.

»Wissen Sie, Nummer 126, es geht nicht nur um ein paar läppische Antworten, es geht um echte Überzeugungen. Die vermisse ich bei Ihnen. Wer hier entlassen wird, sollte ein glühender Verfechter der Errungenschaften unseres Staates sein.«

Armin Eisele hatte das deutliche Gefühl, dass der ihn hier behalten wollte, egal was er sagte. Einen Moment lang fragte er sich, ob der wirklich etwas mit seiner Frau hatte und ihn beseitigen wollte. Aber er schob diesen Gedanken beiseite, da er sich absolut nicht vorstellen konnte, dass Erna sich dafür hergeben würde. Das Verhör wurde stun-

denlang fortgesetzt. Tausendmal dieselben Fragen, tausendmal dieselben Antworten. Alles drehte sich im Kreis, bis Armin sich kaum noch auf seinem Stuhl halten konnte. Morgens um fünf Uhr entließ ihn der Vernehmungsoffizier. So ging das seit Wochen.

»Einen schönen Tag wünsche ich«, verabschiedete er sich hämisch grinsend. »Morgen sehen wir uns wieder. Freue mich schon, Nummer 126.«

Als sie das Vernehmungszimmer schon fast verlassen hatten, fügte er hinzu: »Ach Anton, gib ihm heute eine Runde Freigang. Damit er an die frische Luft kommt, sieht mir so blass aus.«

Auf dem Rückweg zu seiner Zelle fragte er seinen Aufseher, was »Freigang« bedeutete.

»Das wirst du sehen, Drecksack, wirst am Vormittag dazu abgeholt. Mehr kann ich dir nicht sagen. Du weißt, dass es verboten ist, mit dem Wachpersonal zu sprechen.«

»Aber es hört uns doch niemand …«

»Da kannst du nicht sicher sein, manchmal haben auch Wände Augen und Ohren … Also halte dich daran, sonst mache ich Meldung.«

Mit dem war nicht zu spaßen, ein Bulle von einem Kerl, völlig linientreu, und momentan vermutlich schlecht gelaunt wegen der Länge des Verhörs. Armin Eisele schwieg und ließ sich ruhig zu seiner Zelle bringen. Er zog sich aus, legte sich auf die Pritsche und versuchte, etwas zu schlafen. So müde, wie er war, bemerkte er nicht einmal das Licht, welches alle zehn Minuten an- und ausging. Dafür war er total gerädert, als um sieben Uhr der Weckruf ertönte und das kärgliche Frühstück gebracht wurde. Der Aufseher hatte gewechselt, war ein großer junger Kerl von knapp 30 Jahren, den er inzwischen kannte. Eigent-

lich wirkte er sympathisch mit seinen blauen Augen und seinem freundlichen Lachen. Aber auch er hielt sich streng an die Vorschriften und sprach nichts Persönliches. Er schob den Teller mit Brot, Käse und etwas Marmelade durch die Klappe und verschwand wieder. Armin saß nach dem Frühstück gespannt am Tisch und wartete auf den angekündigten Freigang. Um zehn Uhr war es soweit.

»Mitkommen, Freigang.« Mit diesem Kommando holte ihn der Aufseher ab.

Er führte Armin durchs Treppenhaus ins Erdgeschoss und von dort zum Innenhof des Gefängnisses, wo er in einen durch hohe Mauern abgetrennten Bereich gebracht wurde, etwa sieben mal sieben Meter.

»Du hast 30 Minuten, Drecksack«, sagte der Aufseher, »Sprechen, Singen, Rufen ist verboten, und Abstand von den Mauern halten!«

Er schloss die Zugangstür ab, und Armin Eisele war im Gelände für den Freigang eingesperrt. Er sah nach oben. Etwa vier Meter stiegen die Mauern in die Höhe, und von oben war der ganze Bereich mit Maschendraht verschlossen. Wie die Gehege im Zoo, dachte Armin. Freiheit sah anders aus. Trotzdem war er froh, hier zu sein. Seit Wochen sah er zum ersten Mal den Himmel, wenn auch nur durch den Maschendraht. Seit Wochen hatte er zum ersten Mal das Gefühl, frische Luft zu atmen. Ein starker Wunsch nach Freiheit machte sich in seiner Brust breit. Auf dem Maschendraht landete eine Amsel. Sie erinnerte ihn an seinen Garten. Ja, bleib bei mir, dachte er, trag meine Grüße zu Erna, küsse sie von mir und küsse die Kinder! Die Amsel zwitscherte, als ob sie verstanden hätte, hüpfte von Masche zu Masche, ließ etwas fallen und erhob sich in die Lüfte. Die Sonne war nur indirekt zu sehen, warf den

Schatten der hohen Mauern auf das Gelände. Nur Sand gab es, Sand und Mauern. Und doch fühlte er sich so viel freier als in seiner Zelle. Er wünschte noch eine Amsel herbei oder eine Meise oder einen kleinen Spatz, auch der hätte es getan, aber sie schienen andere Routen zu fliegen. Oder sie scheuten die Unfreiheit dieses schrecklichen Gefängnisses, in dem alle entrechtet und geknechtet wurden von den Schergen des Regimes. So konnte er denken, durfte es aber nicht sagen, sonst würden sie ihn nie entlassen, in die Freiheit, nach der er sich so sehnte. Er lauschte. Ob jemand im Nachbarhof war? Er meinte, Schritte zu hören, ging bewusst laut, stampfte mit den Füßen auf, sodass ihn der andere vielleicht hören konnte. Die Antwort kam prompt. Auch der andere ging lauter. Abwechselnd ließen sie sich gegenseitig das Geräusch ihrer Schritte hören. Unglaublich! Wie man sich über eine solche Kleinigkeit freuen konnte, wenn man völlig isoliert gewesen war. Ob der andere alt war oder jung? Was sie ihm vorwarfen? Gern hätte er es gewusst. Aber sie verhinderten das, hatten sie total abgeschottet, verhinderten, dass sie sich auf dem Gang begegneten, und unterhalten konnte man sich sowieso nicht. Ob er doch etwas rufen sollte? Aber dann würden Sie ihn bestrafen und den anderen vielleicht auch. Also lieber nicht …

»Zeit ist um«, rief sein Aufseher. »Komm zurück, Nummer 126.«

Das konnte der andere vielleicht gehört haben, dachte er. Dann wusste er wenigstens seine Zellennummer. Eine kleine Verbindung in der Einsamkeit.

»Nun mach schon, Drecksack«, trieb ihn sein Aufseher an. »Andere wollen auch noch raus.«

Nach der Rückkehr in seine Zelle ging es Armin wieder schlechter. Er fühlte sich viel eingesperrter als zuvor.

Die Glasbausteine, obwohl sie Licht in die Zelle ließen, kamen ihm vor wie hässliche Klötze, die jegliche Verbindung zur Außenwelt abschnitten. Der hölzerne Hocker drückte mehr als sonst. Alles schien ihm die Luft abzuschnüren. Am liebsten hätte er gekämpft, gekämpft gegen die Aufseher, gekämpft gegen die Vernehmer, mit fairen Waffen um die Freiheit und den Sieg. Aber hier gab es keine fairen Waffen. Hier war alles niederträchtig und falsch! Wut kochte in ihm hoch. Die Wände begannen sich zu drehen, schienen auf ihn zu stürzen.

»Lasst mich raus«, schrie er. »Ich werde kämpfen, werde euch vernichten!«

Er riss den Hocker nach oben und schlug mit ihm gegen die Wand, die immer noch drohend auf ihn stürzte. Er schlug mit dem Hocker in den Spiegel über dem Waschbecken. Klirrend fielen die Scherben zu Boden. Er hörte nicht, dass sich der Schieber am Spion bewegte. Er wusste nicht, dass der Aufseher Verstärkung holte. Er kämpfte gegen alles, schlug auf die Glasbausteine ein, riss die Pritsche von der Wand, warf den Tisch um und schlug mit dem Hocker gegen die Stahltür.

»Lasst mich raus! Gebt mir die Freiheit!«

Er war außer sich. Alles drehte sich um ihn, die frische Luft schien ihm zu Kopf gestiegen zu sein, und er wusste nicht mehr, was er tat. Wenn sie jetzt kämen, würde er sie erschlagen, vor allem die Aufseher, die ihn quälten, vor allem diesen großen mit der Narbe im Gesicht! Keiner könnte zu groß für ihn sein, jedem war er gewachsen, nachdem er Kraft getankt hatte in der Quelle seiner Wut. Er schlug gegen die Stahltür, sodass die hölzernen Beine des Hockers brachen. Er hörte die Schlösser der Tür, die sich öffneten.

»Kommt nur, ich stehe bereit!«, schrie er.

Die Tür wurde aufgeschoben. Er schlug auf alles, was sich bewegte. Er sah diese schwarzen Gummischilde, hinter denen sie sich versteckten. Feiglinge waren das! Sie drängten ihn zu dritt in die Ecke, schoben ihn zum Bett, warfen sich auf ihn. Zimperlich gingen sie nicht mit ihm um, aber er kämpfte, biss in eine Hand, versuchte immer noch zu schlagen.

»Wo bleibt die Spritze?«, hörte er den Aufseher.

Dann spürte er einen Stich im Gesäß. Es brannte. Seine Kräfte ließen nach. Er wurde müde. War auch kein Wunder, die anderen waren zu viert. Einer im weißen Kittel war dabei. So ein Quacksalber, der ihm bestimmt die Spritze verpasst hatte. Darin waren sie groß! Zu mehreren kommen und einen niedermachen. Von einem fairen Kampf hatten sie noch nichts gehört. Aber er würde es ihnen zeigen, irgendwann, irgendwann bestimmt …

»Schlimme Sache, Nummer 126«, sagte der Vernehmer in der nächsten Nacht. »Sie haben randaliert, haben Ihre Zelle demoliert, die Bediensteten angegriffen und einen sogar verletzt. Ich bin sehr enttäuscht von Ihnen, nachdem ich Ihnen Freigang gewährt hatte. Was haben Sie dazu zu sagen?«

Armin Eisele saß im Vernehmungsraum. Sie hatten ihn zu zweit hergebracht, obwohl er kaum gehen konnte. Sein ganzer Körper schmerzte, sein rechtes Auge war blutunterlaufen, sein linker Arm hing in einer Schlinge. Eisele schwieg.

Der Vernehmer sprang auf. »Was haben Sie dazu zu sagen?«, schrie er. »Hören Sie nicht? Was haben Sie dazu zu sagen?«

»Ich weiß nicht, mir war schlecht, die Wände begannen sich zu drehen …«

»Wohl zu viel frische Luft gehabt, Drecksack«, schrie der Vernehmer, »Ihnen ist hoffentlich klar, dass in nächster Zeit kein Freigang mehr drin ist!«

»Es tut mir leid, ich möchte nach Hause«, jammerte Armin Eisele.

Er war in sich zusammengesunken, nur noch ein Schatten seiner selbst.

»Nach Hause will er, nach Hause, Jammerlappen. Das hättest du dir früher überlegen müssen, Drecksack! Zuerst baust du Scheiße, dann jammerst du rum. Du reitest dich immer schlimmer rein. Kannst froh sein, dass ich deine Frau betreue. War übrigens wieder sehr nett bei ihr. Natürlich sage ich ihr nichts von dir, Versager. Sie müsste sich nur für dich schämen …«

»Ich hab doch nichts gemacht, nur einen Antrag gestellt …«

»Und eine Beschwerde abgegeben, die Nachbarn informiert, den Staat im Ausland denunziert, Staatseigentum zerstört, Beamten angegriffen … das ist schon eine ganze Latte.«

»Ich sagte doch, es tut mir leid. Es stürzten die Wände auf mich ein, ich habe durchgedreht.«

Er konnte sich kaum noch auf dem Stuhl halten, klammerte sich an den Armlehnen fest. Die Tür des Vernehmungszimmers ging auf, und ein Bote kam herein.

»Haben wir das Urteil?«, fragte der Vernehmer.

»Ja, ich habe mich beeilt, hier ist es.«

»Prima, vielen Dank. Man kann sich auf euch verlassen.«

Er nahm den Umschlag entgegen und öffnete ihn.

»Bitte stehen Sie auf, Nummer 126.«

»Mir tut alles weh, ich schaff das nicht.«

»Erheb dich, du Memme. Wir werden dir Beine machen.«

Mühsam erhob sich Armin Eisele.

»Urteil des Sondergerichtes wegen Staatsverbrechen«, las der Vernehmer vor. »Herr Armin Eisele wurde heute in Abwesenheit wegen staatsgefährdender Hetze in Tateinheit mit Angriffen auf Staatseigentum und Staatsbedienstete zum Tode durch Erschießen verurteilt. Das Urteil ist sofort zu vollstrecken.«

Eisele brach auf seinem Stuhl zusammen.

»Ich habe doch nichts getan. Das kann nicht sein. Ich entschuldige mich für den Vorfall, aber lasst mich bitte leben …«

Er war zu einem noch jämmerlicheren Häufchen Elend geworden als zuvor, kauerte in seinem Stuhl und weinte.

Der Vernehmer telefonierte.

»Steht das Erschießungskommando bereit? … Gut, wir kommen. Auf geht's, Männer.«

Sie schleppten Armin Eisele, der kaum noch gehen konnte, aus dem Zimmer über den Gang, der wie immer nach Putzmitteln roch, die Treppen hinab in den Innenhof, wo sieben Uniformierte mit Gewehren warteten.

»Verbindet ihm die Augen«, sagte der Kommandoführer.

»Ich will nicht«, schrie Armin Eisele mit letzter Kraft. »Lasst mich leben, ich habe Frau und Kinder.«

Zwei der Uniformierten gingen auf ihn zu, stellten ihn an die Mauer und verbanden ihm die Augen.

»Ich will nicht, ich habe nichts getan«, schrie er. »Habt Erbarmen!«

»Ruhe! Bewahren Sie Haltung, Nummer 126! Oder wollen Sie als erbärmlicher Versager in Erinnerung bleiben?«, brüllte der Kommandoführer.

Eisele beruhigte sich nicht. Er versuchte, sich die Augenbinde vom Kopf zu reißen.

»Dann will ich euch sehen, ihr Schweine!«, rief er.

Die beiden Uniformierten gingen zu ihm, nahmen ihm den Arm aus der Schlinge, legten ihm Handschellen an und verbanden ihm nochmals die Augen.

»Der sieht nichts mehr«, stellten sie zufrieden fest.

»Dann ist alles klar«, sagte der Kommandoführer.

Plötzlich fing der Verurteilte an, laut zu beten. Der Kommandoführer ließ ihm dazu reichlich Zeit. Dann gab er seine Kommandos.

»Exekutionskommando angetreten« … »Waffen entsichern« … Man hörte die Gewehrschlösser klackern … »Legt an!« … »Feuer!«

Sieben Schüsse krachten mehr oder weniger gleichzeitig, der Verurteilte sank in die Knie, wunderte sich, dass er noch etwas spürte, und blieb einfach vor der Mauer sitzen. Irgendetwas war schief gelaufen. Er verstand gar nichts mehr. Er hörte die Kommandos.

»Gewehr über!« … »Rechts um!« … »Marsch, marsch!«

Sie zogen offensichtlich ab.

»War eine schöne Scheinhinrichtung«, sagte der Vernehmer.

»Wie super der gebetet hat«, lachte der Aufseher.

»Bringt ihn zurück in seine Zelle. Morgen werden wir uns weiter mit ihm beschäftigen.«

21

Caroline Meister wunderte sich, dass Rudolf nicht nach Hause kam. Manchmal blieb er länger im Kommissariat, aber als er um Mitternacht immer noch nicht da war, kam ihr das seltsam vor. Sie erreichte weder ihn noch seine Sekretärin am Telefon und rief deshalb bei der Zentrale der Polizei im Stadtteil Nilkheim an.

»Ich wollte fragen, ob Kommissar Rotfux noch irgendwo im Gebäude ist. Ich habe es mehrmals bei ihm und seiner Sekretärin versucht, kann aber niemanden erreichen.«

Der junge Mann in der Zentrale wunderte sich über diese Anfrage.

»Kann er vielleicht bei Freunden sein oder ist was trinken gegangen?«

»Normalerweise wüsste ich das. Er gibt eigentlich immer Bescheid. Deshalb kommt es mir komisch vor … Außerdem hat er Oskar, den Rauhaardackel, mit dem kann er doch nicht bis Mitternacht unterwegs sein …«

»Hmm, da weiß ich auch nicht, was wir machen können. Ich kann mal nachsehen oder vielleicht einen seiner Kollegen anrufen, ob jemand etwas weiß. Geben Sie mir bitte Ihre Telefonnummer. Ich rufe Sie zurück.«

Caroline ging unruhig im Wohnzimmer von Rotfux auf und ab. Sie machte sich Sorgen. Nach etwa einer Viertelstunde meldete sich Kai Sommer aus der Zentrale der Polizei in Nilkheim.

»Ich habe mit Herrn Oberwiesner und mit der Sekretärin, Frau Bieber, gesprochen. Beide sagen, er wollte mit dem Hund spazieren gehen, sich etwas überlegen, allerdings schon nach der Mittagspause, so um halb drei …«

»Und er ist nicht zum Kommissariat zurückgekommen?«

»Scheinbar nicht. Jedenfalls hat ihn niemand gesehen …«

Caroline war außer sich.

»Dann muss etwas passiert sein! Hier ist er auch nicht. Sie müssen ihn suchen, unbedingt!«

»Und der Hund ist nicht bei Ihnen?«

»Nein! Sagte ich schon. Tun Sie etwas, lassen Sie ihn suchen, bitte schnell. Ich habe ein ganz ungutes Gefühl …«

»Noch eine Frage, Frau …«

»Meister, Caroline Meister, ich bin die Lebensgefährtin des Kommissars.«

»Gut, Frau Meister, wo geht der Kommissar normalerweise mit dem Hund spazieren?«

»Eigentlich immer an der Mainpromenade. Seit wir den Hund haben, geht er immer dort spazieren.«

Kai Sommer bedankte sich und versprach, alles in die Wege zu leiten. Etwa eine halbe Stunde später sah Caroline mehrere Polizisten mit Taschenlampen und Spürhunden an der Mainpromenade. Wenig später fuhr ein Boot der Wasserwacht mit starken Suchscheinwerfern in Ufernähe den Fluss entlang. Wenn bloß nichts passiert ist, dachte sie. Wenn er nur gesund nach Hause kommt. Sie hielt es im Haus nicht aus, ging selbst zur Mainpromenade und versuchte, nach Rudi zu suchen, aber ohne Erfolg.

»Legen Sie sich am besten ins Bett, Frau Meister. Wir tun, was wir können! Vielleicht gibt es eine ganz einfache Erklärung, und er ist morgen wieder da«, tröstete sie der dicke Oberwiesner, der inzwischen vor Ort war. »Ich kenne Rudi, der geht schon nicht unter.«

Das hätte er besser nicht gesagt. Bei den Worten »geht schon nicht unter« sah Caroline das Boot der Wasserwacht und stellte sich vor, Rudolf könnte ertrunken sein.

»Ich kann das nicht, ich bleibe hier«, stammelte sie und leuchtete mit ihrer Taschenlampe zum x-ten Mal in die Büsche am Ufer des Mains. Sie ging nochmals die Promenade entlang bis zum Biergarten unterhalb des Schlosses. Grauschwarz reckten sich die Bäume am Ufer in die Nacht. Direkt am Ufer bildeten die Büsche ein undurchdringliches Dickicht. Auf dem Grünstreifen links des asphaltierten Weges nächtigten einige Enten. Die würde Oskar jagen, dachte Caroline. Wo er nur steckte? Dass sie beide spurlos verschwunden waren, erschien ihr beängstigend. Eine schwarze Rabenkrähe flog auf, als Caroline ins Gebüsch unterhalb des Schlosses leuchtete. Sie drehte eine Runde, blieb auf der Wappenmauer des Schlosses sitzen und schickte ihre heiseren Rufe durch die Nacht. Ein Käuzchen war vom anderen Ufer des Flusses zu hören. Caroline war inzwischen todmüde. Krähen und Käuzchen galten von jeher als Unglücksvögel, und beide jagten ihr kalte Schauer über den Rücken. Die Szenerie wirkte gespenstisch. Inzwischen glitt ein weiteres Polizeiboot über den Main und leuchtete mit seinen Scheinwerfern das Ufer ab. Mehrere Einsatzfahrzeuge der Polizei parkten am Floßhafen, Hunde schnüffelten durchs Gebüsch, und die Kollegen durchkämmten jeden Quadratmeter. Sogar Klaus Zimmermann, der Redakteur der örtlichen Zeitung, erschien am Main und schoss seine Fotos. Es war sein Job, und trotzdem war es Caroline unangenehm, wie sensationslüstern er seiner Aufgabe nachging. Bis zum Morgen fanden sie nichts. Caroline war verzweifelt. Erst nach acht Uhr ging sie zurück in die Wohnung und versuchte, sich etwas hinzulegen. Vielleicht war er doch woanders hingegangen, begannen die Gedanken in ihrem Kopf zu tanzen. Vielleicht hatte er sogar eine Freundin, und sie wusste nichts davon. Aber dann müsste sein Auto auch weg sein, fiel ihr plötzlich auf. Sie eilte zur Tiefgarage und tatsächlich, der Abstellplatz war leer. Dass sie darauf nicht früher gekommen war! Sie rannte zur Promenade und sprach Oberwiesner an, der sich gerade auf den Rückweg machte.

»Sein Auto ist nicht da! Vielleicht ist er doch woanders spazieren gegangen, obwohl das noch nie der Fall war …«

Oberwiesner schluckte.

»Wo könnte das sein?«

»Keine Ahnung! Er ging ab und zu gern in den Spessart, aber im Prinzip könnte er überall sein …«

Das Handy von Oberwiesner klingelte.

»Oberwiesner, hallo …«, meldete er sich, »ja von der Kriminalpolizei, ich bin sein Kollege … wir suchen nach ihm … echt jetzt? … bei Ihnen im Tierheim? … gut, wir kommen. Vielleicht findet ihn der Hund …«

Caroline starrte Oberwiesner entsetzt an.

»Ist etwas mit Rudi?«

»Ein Rauhaardackel wurde gestern Abend im Tierheim abgegeben. Sie haben erst jetzt bemerkt, dass es Oskar ist. Wir müssen ihn sofort holen. Vielleicht kann er uns zeigen, wo Rudolf steckt. Wenn Sie wollen, können Sie mitkommen. Sie kennt der Hund am besten.«

Oberwiesner fuhr sofort mit Caroline zum Aschaffenburger Tierheim. Während der Fahrt steigerte sich Caroline in ihre Befürchtungen hinein.

»Es muss etwas passiert sein«, stammelte sie, »Rudi bringt doch den Hund nicht zum Tierheim! Er muss gestürzt sein, hatte einen Herzinfarkt, wurde überfallen … ich habe ein ganz ungutes Gefühl.«

»Einen Herzinfarkt kann ich mir nicht vorstellen. Rudi ist doch total fit.«

»Aber das kommt manchmal ganz plötzlich. Rudi hatte Stress. Die beiden Morde haben ihn sehr beschäftigt«, ängstigte sich Caroline.

Oberwiesner wusste nicht, was er sagen sollte.

»Nun lassen Sie uns erst mal Oskar holen, vielleicht weiß der, wo Rudi steckt.«

Beim Tierheim begrüßte sie ein junger Mann mit Pferdeschwanz am Empfang. »Karsten Brenner« hatte er auf seinem Namensschild stehen.

»Wir kommen wegen Oskar, dem Dackel«, brach es aus Caroline heraus.

»Ich dachte der Kommissar würde ihn holen. Wer sind Sie denn überhaupt?«, fragte Karsten Brenner verwundert.

Oberwiesner zückte seinen Ausweis. »Oberwiesner, Kriminalpolizei Aschaffenburg«, stellte er sich vor. »Ich bin ein Kollege von Herrn Rotfux. Und das ist seine Lebensgefährtin, Frau Meister. Sie kennt den Hund sehr gut.«

»Warum kommt er nicht selbst? Ich habe mich schon gewundert, dass Oskar überhaupt im Tierheim abgegeben wurde.«

Oberwiesner zögerte. Er wollte keine Gerüchte über das Verschwinden von Rotfux in die Welt setzen. Aber Caroline Meister kam ihm zuvor.

»Er ist seit gestern verschwunden«, sagte sie aufgeregt. »Geben Sie uns bitte Oskar, vielleicht kann er uns zeigen, wo er steckt.«

»Sie wollen ihm aber nicht nachspionieren mit dem Hund? Dazu kann ich ihn nicht herausgeben.«

»So war das nicht gemeint, Herr Brenner«, mischte sich Oberwiesner ein. »Wir befürchten, dass etwas passiert sein könnte, er gestürzt ist oder so …«

Das schien Karsten Brenner zu überzeugen. Er nahm die beiden mit in den Trakt mit den modernen Hundehäusern. Der Fußboden war mit grauen Fliesen belegt, die Wände freundlich orangegelb gestrichen, in jedes Hundehaus konnte man durch ein vergittertes aber glasloses Fenster schauen.

»Oskar ist im Hundehaus L 11«, erklärte Karsten Brenner.

Die meisten Hunde sprangen auf und bellten, wenn man an ihrem Haus vorbeiging. Oskar hingegen lag ganz still und traurig in einer blauen Plastikwanne, in die man eine Kuscheldecke für ihn gelegt hatte.

»Gefressen hat der seit gestern nichts«, stellte der Pfleger enttäuscht fest. »Scheint sich in einer Art Hungerstreik zu befinden. Das machen sie manchmal, wenn sie unbedingt wieder raus wollen.«

»Hallo, Oskar«, rief Caroline durch das vergitterte Fenster.

Im selben Augenblick sprang Oskar in seiner Plastikwanne auf, schaute Caroline an und begann wie verrückt mit dem Schwanz zu wedeln.

»Der scheint Sie sehr zu mögen«, sagte Karsten Brenner. »Na, dann wollen wir ihn mal erlösen, den kleinen Kerl.«

Er öffnete die Tür des Hundehauses und Oskar stürzte sich förmlich auf Caroline, sprang an ihren Beinen hoch und bellte vor Freude. Karsten Brenner gab ihnen die Hundeleine zurück, die mit Oskar abgegeben worden war.

»Wenn Sie mir bitte noch die Empfangsbestätigung unterschreiben. Da Ihnen der Hund gehört, wären wir für diese eine Nacht mit einer kleinen Spende für das Tierheim zufrieden. Wir hoffen natürlich, dass Sie den Kommissar finden!«

Caroline Meister spendete 20 Euro.

»Wissen Sie, wo Oskar gefunden wurde?«

»Darüber müsste es ein Protokoll geben. Moment mal, ich schaue nach … ›Lug ins Land‹ steht hier, dort hat ihn ein älterer Herr gefunden. ›Josef Breuer‹ ist vermerkt.«

Oberwiesner und Caroline Meister nahmen Oskar an sich.

»Wir müssen sofort den Kommissar suchen«, verabschiedeten sie sich.

Sie eilten mit Oskar zum Auto, Oberwiesner gab »Lug ins Land« in sein Navi ein und startete.

»Das ist Richtung Godelsberg, eine vornehme Villengegend unterhalb des Waldes. Vielleicht war Rudi dort spazieren und ist gestürzt oder so …«, sagte Oberwiesner.

Allein dieses »oder so« erschreckte Caroline gewaltig.

»Ich hoffe, es ist ihm nichts Schlimmes passiert!«, jammerte sie.

Am »Lug ins Land« ließen sie Oskar aus dem Auto. Sofort zog er zu einer steilen Treppe, die neben einer Baustelle nach oben in den Wald führte.

»Der weiß genau, wo er hin will.«

Caroline nahm den Dackel auf den Arm und trug ihn die Treppe nach oben. Zuerst waren die Stufen betoniert, dann folgte ein flaches Zwischenstück, schließlich ging der Hang in den Wald über, und die Stufen bestanden aus groben Bohlen, die man in den Waldboden eingelassen hatte.

»Wenn Oskar diesen Weg heruntergekommen ist, dann hat er seine liebe Mühe gehabt«, sagte Oberwiesner anerkennend.

Der Weg bog nach rechts ab, immer tiefer in den Wald, Caroline hatte Oskar auf den Boden gesetzt, und er rannte zielstrebig voran.

»Hier geht's, glaub ich, zur Teufelskanzel. Vielleicht war Rudi dort spazieren.«

Allein das Wort »Teufel« weckte in Caroline unangenehme Assoziationen. Wenn er bloß nicht verletzt ist, dachte sie. Oskar rannte unermüdlich vorwärts, vorbei an einer Villa, die hinter Maschendrahtzaun durch die Bäume schimmerte, über den blätterbedeckten schmalen Waldweg, vorbei an einem alten Gemäuer, links ab Richtung Teufelskanzel, den Berg hinauf, vorbei an umgefallenen Bäumen, die am Wegesrand vermoderten.

»Hier geht es tatsächlich zur Teufelskanzel«, sagte Oberwiesner.

Als sie fast auf der Höhe angekommen waren, hob Oskar die Nase in den Wind, schnüffelte intensiv, und bog rechts ab zur Kippenburg. Sobald er die Burg sah, begann er zu bellen.

»Was hat das zu bedeuten?«, fragte sich Oberwiesner.

Caroline war außer Puste und sagte nichts. Oskar rannte durch das offene Tor im Maschendrahtzaun, welcher das Gelände der Kippenburg umgab. Die Nase hatte er dicht am Boden, sog stoßweise die Luft ein, und zog Caroline an der Leine hinter sich her zu einer grünen Metalltür in dem lang gezogenen flachen Gebäude, welches die Aschaffenburger Stadtgarde für ihre Feste nutzte. Vor der Metalltür blieb Oskar sitzen und bellte wie verrückt.

Oberwiesner drückte die Klinke herunter. Verschlossen.

»Hallo«, rief er, »hallo, Rudolf.«

Es war ihm, als ob er ein Geräusch aus dem Inneren vernahm.

»Da war was, vielleicht ist er da drin …«

Oskar hörte nicht auf zu bellen.

»Nun sei doch mal ruhig«, fuhr ihn Caroline an, »wir hören sonst nichts. Sch … ganz still«, sagte sie.

»Hallo, Rudi«, rief sie und lauschte mit dem Ohr an der Metalltür.

»Ich glaube, da war ein Geräusch«, bestätigte sie.

Oberwiesner rüttelte an der Tür.

»Mist, die kriegen wir nicht auf.«

»Aber wenn er verletzt ist … wir müssen da rein«, stammelte Caroline.

Rotfux spürte ein pochendes Hämmern in seinem Kopf. Er bekam schlecht Luft, merkte, dass in seinem Mund etwas steckte, ein feuchter Klumpen, den er nicht loswerden konnte. Er versuchte, die Augen zu öffnen, aber seine Augenlider waren schwer wie Blei. Sein Rücken tat ihm weh, die Knie schmerzten, die Arme konnte er nicht bewegen, er hing fest an einem harten, kalten Teil. Erschöpft dämmerte er wieder hinüber in seine Bewusstlosigkeit. Paul Krüger trat ihm im Traum entgegen.

Rotfux versuchte aufzustehen, aber es fehlte ihm die Kraft.

»Geh der Sache endlich auf den Grund! Wir wollen nicht alle hops gehen!«, brüllte ihn Krüger an.

Rotfux nahm alle Energie zusammen, stemmte sich nach oben und richtete sich auf.

»Na geht doch«, sagte Krüger. »Der Ball liegt in deinem Feld.«

Dann spielten sie Fußball, alle miteinander, Emil Franke, Anton Herrmann und die anderen, die noch lebten.

»Tor!«, schrie Caroline, als Rotfux traf.

Zwei dunkle Männer mit schwarzen Sturmhauben kamen aufs Spielfeld. Sie stachen mit ihren Messern zuerst den Ball kaputt, dann nahmen sie sich die Spieler vor, einen nach dem anderen. Sie begannen mit Emil Franke, stachen auf Anton Herrmann ein, sieben Mal, hasserfüllt, blutrünstig gaben sie ihm den Rest, dann …

Rotfux kam wieder zu sich. Der Nächste, wer ist der Nächste?, fragte er sich. Warum habe ich nicht weitergeträumt? Warum konnte ich nicht sehen, wer der Nächste ist? Er zerrte an seiner Fesselung, alles tat ihm weh, um seinen Kopf war Klebeband gewickelt, seine Gelenke steckten in Handschellen. Wo bin ich nur?, dachte er. Es gelang ihm, seine Augen einen Spaltbreit zu öffnen und er sah einen düsteren Raum, eine Art Lagerraum, der leer war. Er versuchte sich zu erinnern, aber er hatte alles vergessen. Wo war Oskar?, fragte er sich. Doch nichts fiel ihm ein. Plötzlich hörte er etwas an der Tür. Ein Bellen! Das war Oskar. Er würde ihm helfen. Auf ihn konnte er sich verlassen. Aber er war so müde, konnte kaum noch die Augen aufhalten und dämmerte wieder hinüber in seinen Traum. Oskar schwänzelte. Er brachte ihm das Bällchen.

»Jetzt bist du dran.«

Rotfux nahm den kleinen Ball, warf ihn weit weg, bis zur Küche von Morones, aber Oskar brachte ihn zurück, egal von wo …

»Wir sind ein tolles Team«, lobte er den Dackel.

Im nächsten Augenblick kam einer der schwarzen Männer mit den Sturmhauben, griff sich den Hund, setzte sein Messer an und …

»Nein«, schrie Rotfux.

Er war jetzt wieder hellwach, hörte mehrere Schüsse, drei oder vier, direkt an der Tür. Die Tür öffnete sich, das grelle Licht traf ihn wie ein Keulenschlag, aber er hörte Oskar. Gott sei Dank, dachte er, er lebt, der kleine Kerl …

»Gehen Sie bitte mit dem Hund auf die Hinterseite des Gebäudes«, sagte Oberwiesner zu Caroline. Er zog seine Waffe und gab mehrere Schüsse auf die Verriegelung der Metalltür ab. Anschließend zog er an der Türklinke, und die Tür öffnete sich tatsächlich.

»Sie können wieder kommen. Es ist offen!«

Caroline kam mit Oskar angerannt. Der Hund überschlug sich förmlich. Er rannte in die Dunkelheit, stürzte sich im Dämmerlicht auf Rotfux, der seltsam verkrümmt an einem Eisenrohr hing. Er sprang an den Beinen des Kommissars hoch und bellte wie ein Verrückter. Rotfux sah schrecklich aus. Seitlich am Kopf klebte getrocknetes Blut, in seinem Mund steckte ein Knebel, wahrscheinlich ein Taschentuch, das mit braunem Klebeband festgezurrt war. Seine Hände waren mit einem Stück Seil auf dem Rücken zusammengebunden und mit seinen eigenen Handschellen an dem Metallrohr angekettet. Er hing schräg an diesem Rohr, hatte versucht, sich auf den Boden zu setzen, was aber aufgrund seiner Fesselung schlecht möglich war. Oberwiesner zog sich ein paar Plastikhandschuhe an, schnitt mit seinem Messer das Klebeband durch und nahm Rotfux den Knebel aus dem Mund.

»Hallo, Oskar«, waren die ersten Worte des Kommissars. »Gut, dass du mich gefunden hast. Lange hätte ich das nicht mehr ausgehalten. Mir tun alle Knochen weh.«

Der Hund beruhigte sich nicht. Er schwänzelte und bellte und wäre am liebsten an Rotfux emporgeklettert und hätte ihm das Gesicht abgeschleckt.

»Das ist wahre Liebe«, murmelte Oberwiesner mit einem Seitenblick auf Caroline, »gegen den haben Sie keine Chance!«

Oberwiesner leuchtete den Kommissar von Kopf bis Fuß mit der Taschenlampe ab.

»Tut dir sonst was weh? Bist du verletzt?«

»Nein, mir brummt nur der Schädel immer noch. Sie haben mich bewusstlos geschlagen, diese Verbrecher!«

»Es waren also mehrere?«

»Ja zwei, mit schwarzen Sturmhauben. Mehr weiß ich leider nicht. Sie haben mir von hinten eins übergebraten. War bewusstlos, hatte Albträume, bin erst vor Kurzem wieder zu mir gekommen und habe saumäßig Durst ...«

Caroline war froh, dass Rotfux nicht ernsthaft verletzt war. Sie umarmte ihn vorsichtig. »Ich werde versuchen, Wasser zu holen«, mit diesen Worten rannte sie den Waldweg zurück, während Oberwiesner versuchte, die Handschellen mit seinem eigenen Schlüssel zu öffnen.

»Gott sei Dank«, seufzte Rotfux erleichtert, nachdem ihm dies nach etwa zehn Minuten gelang. Endlich konnte er aufstehen und ins Freie gehen.

»Ich hatte schon gedacht, meine letzte Stunde sei gekommen«, sagte er leise. »Ich wusste ja nicht, ob Oskar noch lebte oder ob sie ihn womöglich um die Ecke gebracht haben.«

Er streichelte dem Hund über den Rücken, der nicht mehr von seiner Seite wich.

»Du hast mich gerettet«, sagte er, »ohne dich hätten sie mich nicht gefunden!«

»Er war sogar eine Nacht im Tierheim«, sagte Oberwiesner und erzählte dem Kommissar, wie sich alles zugetragen hatte. Der hatte Oskar auf dem Arm und spürte, wie sein kleines Herz an seiner Brust schlug. Ist schon toll, so ein Hund, dachte er. Der wäre für ihn durch die Hölle gegangen und hatte ihn am Ende tatsächlich gerettet.

Am nächsten Morgen sprang Rotfux der Titel des »Main-Echos« förmlich an: »Rauhaardackel rettet Kommissar«, lautete die Überschrift auf der Titelseite der örtlichen Tageszeitung. Darunter folgten Bilder von der nächtlichen Suchaktion am Main und Bilder des Tatortes Kippenburg sowie ein ausführlicher Bericht über die Ereignisse. Das war wieder mal ein gefundenes Fressen für Zimmermann, dachte Rotfux. Zuerst der Mord im Weinkeller in Klingenberg, jetzt der Überfall auf ihn ... Aschaffenburg stand Kopf. Alle Berichte gipfelten in der Vermutung, dass die Mafia dahinterstecken müsse, denn wer sonst sollte einen Kommissar auf so brutale Art überfallen? Die Leser wurden aufgefordert, eventuelle Beobachtungen zu melden.

22

Erna Eisele hatte letzte Nacht schlecht geschlafen und von ihrem Mann Armin geträumt, der inzwischen seit acht Wochen in Untersuchungshaft saß. Wenn er nur endlich zurückkäme, dachte sie. Es ging ihr schlecht. Sie war nervös und abgespannt, machte sich Gedanken über alles und hatte Angst. Sie war schon mehrfach bei der Kreisdienststelle gewesen, hatte sich erkundigt, bekam aber keine Auskunft. Alles geht seinen Weg, sagten die nur. Mehr erfuhr sie nicht. Sogar schriftlich hatte sie angefragt, wo sich ihr Mann befinde, mit dem Ergebnis, dass man ihr drohte, sie ebenfalls in Haft zu nehmen, wenn sie ihre Nachforschungen nicht einstelle.

»Über staatsgefährdende Subjekte kann keine Information gegeben werden«, sagte ihr der Sachbearbeiter der Dienststelle. »Das geht alles seinen Gang.«

Sie machte sich ernste Sorgen um Armin. Er war emotional, konnte hartnäckig sein, würde nicht nachgeben und sich bestimmt in Schwierigkeiten bringen. Dafür liebte sie ihn, aber jetzt wünschte sie sich, dass er es nicht übertreiben möge und endlich wieder zurückkäme.

»Wann kommt Papa wieder?«, fragte die kleine Elisabeth am Frühstückstisch. Sie fragte das jeden Tag und bekam jeden Tag dieselbe Antwort.

»Er kommt bestimmt bald wieder, mein Schatz. Bald ist er wieder bei uns.«

Die beiden Buben fragten nicht mehr. Sie waren 13 und 15 und hatten begriffen, dass ihre Mutter die Antwort nicht wusste. In der Schule wurden sie von ihren Freunden gemieden. Es hatte sich herumgesprochen, dass der Vater abgeholt worden war. Überhaupt hatte sich ihre Umgebung verändert. Die Nachbarn schauten komisch, und Erna Eisele fragte sich, auf welcher Seite sie standen. Frühere Freunde meldeten sich nicht mehr, jetzt wo sie sie so dringend gebraucht hätte. Nur Paul, ein früherer Bekannter, der selbst bei der Staatspolizei war, hatte sie schon drei Mal besucht. Allerdings war ihr das unangenehm. Er hatte sich früher um sie bemüht, vor vielen Jahren, als sie noch nicht mit Armin zusammen war. Jetzt schien er einen neuen Anlauf zu starten, nachdem er mitbekommen hatte, dass Armin in Untersuchungshaft saß. Sie war freundlich gewesen, wollte ihn nicht vor den Kopf stoßen, wollte nicht riskieren, dass er Armin schaden könnte. Für heute hatte er sich angesagt, hatte angerufen, wollte vorbeischauen, um mit ihr zu plaudern, wie er sagte. Sie hatte Angst vor ihm, fragte sich, wie sie reagieren sollte, falls er zudringlich würde. Die Kinder waren in der Schule. Wenigstens würden sie den Besuch nicht mitbekommen. Es läutete. Das wird er sein, dachte sie. Doch es war nur der Briefträger.

»Schon was von Armin gehört?«, rief er über den Gartenzaun.

»Nein, leider nicht. Aber muss ja bald was kommen.«

Sie ging wieder ins Haus, zog die Tischdecke im Wohnzimmer glatt und stellte etwas Gebäck bereit. Sie wollte nett sein, vielleicht konnte Paul ihr helfen, immerhin schien er etwas zu wissen, jedenfalls behauptete er das. Sie schaute sich im Spiegel an. Blass sah sie aus, aber noch gut erhalten für ihre 45 Jahre. Sie strich sich über die dunkelbraunen Haare, zog sich die vollen Lippen nach und steckte die Bluse sorgfältig in ihren dunkelblauen Rock. Ich muss heute erfahren, was mit Armin los ist, dachte sie. Sie ging vom Bad zurück ins Wohnzimmer, sah aus dem Fenster auf die Terrasse, die zum Garten führte. Im Garten habe ich schon lange nichts mehr gemacht, dachte sie. Sie hatte sich um die Kinder gekümmert und das Haus, hatte versucht, etwas über Armin herauszufinden, aber im Garten wucherte das Unkraut, welches sonst Armin gejätet hatte.

Es läutete, und sie öffnete die Tür. Paul kam mit einem Blumenstrauß durch den Vorgarten. Mit seiner dunklen Hose, dem Jackett und seinem weißen Hemd sah er fast amtlich aus. Seine spitze Nase und sein markantes Kinn gaben ihm ein dynamisches Aussehen. Aus stahlblauen Augen lächelte er Erna Eisele an. Für seine etwa 50 Jahre sah er gut aus, auch wenn er nicht unbedingt Ernas Typ war.

»Grüß dich, Erna! Ich hoffe, es geht dir gut.«

»Nicht so besonders, du weißt, die Sache mit Armin setzt mir zu … aber komm doch rein.«

Sie wollte nicht, dass sie lange vor dem Haus standen und von den Nachbarn beobachtet wurden. Er überreichte ihr den Blumenstrauß, gab ihr ein Küsschen rechts, ein Küsschen links und kam mit in den Flur.

»Möchtest du dein Jackett ablegen?«

»Vielleicht besser …«

Sie gingen ins Wohnzimmer, er schaute über die Terrasse in den Garten.

»Schön habt ihr's hier. Verstehe gar nicht, warum Armin so ein Theater macht.«

»Weißt du was von ihm? Geht es ihm gut?«

»Es geht ihm den Umständen entsprechend. Er ist eben ein rechter Dickschädel, gibt nicht nach, will alles besser wissen. Das macht es nicht einfacher.«

Sie kannte ihren Armin und konnte sich das vorstellen. Natürlich ahnte sie nicht, dass er in den letzten Tagen eine Scheinhinrichtung überstanden hatte und schon mehrmals völlig durchgedreht war.

»Ist er gesund? Kannst du nichts für ihn tun?«

»Er ist im Wesentlichen gesund, hat allerdings randaliert und davon ein blaues Auge. Aber das wird schon wieder …«

»Randaliert?«

»Ja, er hat in seiner Zelle alles kurz und klein geschlagen, hat Beamte angegriffen und einen sogar verletzt.«

»Oh mein Gott!«

»Ja, blöd gelaufen, das erschwert jetzt die Sache.«

»Kann ich nicht mit ihm reden, ihn zur Vernunft bringen?«

»Ich darf dir nicht sagen, wo er ist, Erna, ich darf dir eigentlich überhaupt nichts sagen. Bringe mich selbst in Gefahr, nur wegen dir …«

Er rückte auf dem Sofa näher zu ihr, musterte sie mit seinen stahlblauen Augen, und sie hatte das Gefühl, dass er sie mit seinen Blicken förmlich auszog.

»Aber man muss doch was tun können …«

»Ich kann ja auf ihn achten, ihn vielleicht beruhigen.«

Sie ahnte nicht, dass er genau das Gegenteil tat. Sie wusste nichts von den nächtlichen Verhören, der kompletten Isolation, der erniedrigenden Behandlung.

»Das wäre schön«, sagte sie.

Er rückte wieder ein Stück näher, versuchte, seinen Arm um sie zu legen. Sie entzog sich ihm, stand auf und holte das Gebäck zum Tisch.

»Du hast sicher Hunger.«

»Eigentlich bin ich nicht deshalb hier. Wollte einfach mit dir plaudern.«

Was er mit »plaudern« meinte, konnte sie sich denken. Dass Männer immer nur das eine wollten ... Sie stellte den Tee auf.

»Du trinkst sicher eine Tasse Tee?«

»Ja gern, aber komm doch wieder her.«

Sie setzte sich diesmal auf den Sessel der Couchgarnitur, um Abstand von ihm zu haben. Er redete darüber, wie schade es sei, dass sie damals nicht zusammengefunden hatten. Er habe sie schon immer gemocht, und mit ihm hätte sie jetzt keine Probleme.

»Das mag ja sein, Paul, aber ich bin nun mal mit Armin verheiratet und ich liebe ihn. Ich hoffe, du kannst etwas für ihn tun.«

Sie holte den Tee und goss ihn ein.

»Das hängt ganz von dir ab, Erna ...«

»Wie meinst du das?«

»Du kennst sicher den Spruch ›eine Hand wäscht die andere‹. Du könntest ein bisschen nett zu mir sein, und ich kümmre mich um Armin.«

Sie ahnte nicht, dass er sich bereits um Armin »kümmerte«, und zwar fast jede Nacht mehrere Stunden lang. Ihre Gedanken wirbelten im Kreis. Er wollte das von ihr, was sie befürchtet hatte. Im Grunde erpresste er sie. Wenn sie nicht tat, was er wollte, würde er Armin nicht helfen. Ein widerlicher Gedanke!

»Aber Paul, meinst du nicht, das geht zu weit? Wir können gute Freunde sein. Wir können etwas zusammen unternehmen, später auch wieder mit Armin, wenn du ihm hilfst.«

Er lächelte.

»Du bist so hübsch, Erna und machst mir solche billigen Angebote. Du musst schon etwas mehr bieten, meine

Kleine. Lass dir mal was einfallen ... Hast du wenigstens eine Flasche Wein im Keller?«

Wein müsste noch da sein, dachte sie. Vielleicht ließ er sich dadurch ablenken. Jedenfalls könnte sie es versuchen.

»Ich glaube schon, kann mal im Keller schauen.«

Sie stand auf, und er folgte ihr.

»Ich komme mit. Will mal euren Keller sehen.«

Sie konnte ihn nicht daran hindern, obwohl es ihr unangenehm war. Er ging hinter ihr die Kellertreppe hinab, sah sich im Vorraum kurz um und kam mit ihr zwischen die Schränke, in denen Konserven, Einmachgläser und sonstige Vorräte lagerten. Sie bückte sich zum Weinregal.

»Einen halbtrockenen Riesling haben wir noch ...«

»Der ist genau richtig, meine Kleine«, sagte er.

Er holte sein Taschenmesser aus der Hosentasche, drehte den Korkenzieher in die Flasche, öffnete sie und reichte sie Erna.

»Hier, trink!«

»Aber doch nicht hier, im Keller, ohne Glas ...«

»Doch, genau hier, entweder du machst mit oder du siehst deinen Armin nie mehr!«

Das war deutlich. Sie zögerte einen Augenblick, setzte dann die Flasche an ihren vollen roten Mund und trank einige Schlucke.

»Mehr, trink etwas mehr, dann wird alles viel lustiger ...«

Er hielt ihr die Flasche an den Mund und schüttete den Wein in sie hinein, mindestens einen halben Liter.

»Paul, mach keinen Quatsch, lass uns wieder nach oben gehen.«

Er lachte nur und trank ebenfalls ein paar Schlucke.

»Hier unten ist es prima, Erna. Es sieht uns niemand und hört uns niemand, genau das Richtige für uns beide. Du willst bestimmt was für deinen Armin tun …«

»Für ihn würde ich alles tun«, lallte sie.

»Na siehst du, sag ich doch.«

Er nahm eine zweite Flasche Riesling aus dem Regal und entkorkte sie.

»Hier, trink noch etwas.«

»Bitte lass mich, ich bin schon betrunken, Paul.«

Doch er ließ nicht nach, schüttete den Wein in sie hinein, bis sie zu torkeln begann.

»Wir haben unsere Methoden«, lachte er.

Sie fühlte sich beschwingt, alles war nicht mehr ganz so schlimm, trotzdem wehrte sie sich noch.

»Paul, ich möchte nach oben, wenn die Kinder kommen …«

Er sah auf die Uhr.

»Die kommen noch lange nicht. Wir haben Zeit.«

Er begann, ihre Bluse aufzuknöpfen, und schob ihr Hemdchen nach oben.

»Schön bist du«, flüsterte er.

Ihre Brüste spürten seine Hände, und sie musste sich eingestehen, dass es angenehm war nach so langer Zeit, die sie schon keinen Mann hatte. Aber sie wollte das nicht.

»Bitte lass mich«, lallte sie.

»Ich dachte, du wolltest was für Armin tun.«

»Ja schon, aber …«

»Ihr Weiber mit eurem ewigen Aber. Armin sagt auch immer ›aber‹, statt dass er klar ›ja und Amen‹ sagen würde. Nun hab dich nicht so. Es macht dir auch Spaß, das fühle ich.«

Er zog ihr die Bluse völlig aus und auch das Hemdchen. Hübsch war sie für ihr Alter, alles perfekt und gut in Form. Sie konnte sich kaum noch auf den Beinen halten, hing an ihm, sonst wäre sie umgefallen. Er streichelte sie und zog ihr den Rock nach unten.

»Bitte lass mich«, sagte sie, aber ihr Widerstand ließ nach.

Wenn ich Armin damit helfen kann, ist es nicht so schlimm. Hier unten sieht und hört uns niemand. Niemand wird es wissen.

»Aber du hilfst Armin wirklich?«

»Klar doch, kein Problem.«

»Ehrenwort?«

»Großes Indianerehrenwort!«, lachte er.

»Und ich darf ihm einen Brief schreiben?«

»Meinetwegen …«

Sie merkte, dass er ihren Schlüpfer nach unten zog.

»Du bist so schön. Dieser Dreckskerl hat dich gar nicht verdient!«

Sie erschrak. So dachte er also von Armin.

»Was sagst du da? Er ist kein Dreckskerl! Ich liebe ihn.«

»Na klar, ist mir nur so rausgerutscht, finde dich eben teuflisch schön, da sagt man so was.«

Teuflisch, dachte sie. Das war alles teuflisch. Sie mit diesem Schwein im Keller, fast ganz nackt, ihm hilflos ausgeliefert. Es war der einzige Strohhalm, nach dem sie greifen konnte, wenn sie Armin retten wollte. Aber der dürfte es nie erfahren. Ein Geheimnis bis ins Grab müsste es sein, auch wenn sie es nur für ihn tat.

»Es gefällt dir sicher auch«, sagte Paul.

Sie schwieg. Was sollte sie dazu sagen. Sie merkte, wie er in sie eindrang, und wünschte sich, dass es bald vorbei wäre. Er presste sie mit dem Rücken gegen das Weinregal und ließ nicht locker.

»Ich wusste, dass du gut bist, kleine Erna!«

Er legte sie auf den alten Küchentisch. Sie sah die Deckenleuchte über sich, war ganz benommen vom vielen Wein, musste zugeben, dass er sie erregte, nach so vielen Wochen ohne Mann. Trotzdem war sie froh, als es vorbei war.

»Eine tolle Frau bist du, wir wären ein Traumpaar.«

Sie fühlte sich schäbig, zog ihre Kleider wieder an, und hatte nur die Entschuldigung, dass sie es für Armin getan hatte.

»Du darfst aber nie etwas davon verraten«, sagte sie, nachdem sie wieder im Wohnzimmer saßen.

»Natürlich nicht.«

»Und du musst Armin wirklich helfen.«

»Ehrensache!«

Sie war froh und glaubte, ein gutes Werk getan zu haben. Sie schrieb einen kurzen Brief an Armin, teilte ihm mit, dass es ihr gut gehe, und bat ihn, nicht aufsässig zu sein. Sie freue sich auf ihn und hoffe, dass er jetzt bald freikäme.

»Den nimmst du für Armin mit. Er wird sich freuen, Post zu bekommen.«

»Aber es kann ein paar Tage dauern. Ich muss auf eine günstige Gelegenheit warten.«

Er verabschiedete sich.

»Bis bald mal wieder. Du weißt ja jetzt, wie es geht, kleine Erna.«

23

Der Held der Morgenpresse lag gemütlich auf seinem blauen Sitzkissen neben dem Stuhl von Rotfux. Er schleckte sich die Pfoten, schien seine Morgentoilette zu erledigen und sehr zufrieden zu sein, dass sich das komplette Team von Rotfux im Besprechungszimmer des Kommissariats versammelt hatte. Von Alexandra Bieber hatte Oskar bereits sein morgendliches Leckerli bekommen wie fast jeden Tag. So machte er es sich gemütlich und genoss das Stimmengewirr der Besprechung, welche die Ereignisse der letzten Tage Revue passieren ließ.

»Ich danke dir, lieber Otto, dass du mich zusammen mit Caroline aus der Kippenburg rausgeholt hast«, begann der Kommissar. »Man fühlt sich sehr bescheiden, wenn man angekettet und verletzt in einem dunklen Verlies liegt und völlig von der Außenwelt abgeschnitten ist. Zum Glück wusste Oskar, wo ich bin, sonst weiß ich nicht, wie das ausgegangen wäre …«

Rotfux war seine Betroffenheit deutlich anzumerken, und Oskar hob den Kopf, als ob er das Lob verstanden hätte. Gerda Geiger sah zum Fenster hinaus und dachte an den Baggersee in Niedernberg, den sie am späten Nachmittag besuchen wollte. Sie schwamm für ihr Leben gern und hoffte, dass ihr heute nicht irgendein dramatisches Ereignis einen Strich durch die Rechnung machen würde. In den letzten Tagen war das Kommissariat nicht mehr zur Ruhe gekommen. Zuerst die zwei Kellermorde, dann das Verschwinden von Rotfux. Die

Spurensicherung hatte rund um die Uhr gearbeitet, auch in Abwesenheit des Kommissars.

»Hat die Spurensicherung bei der Kippenburg etwas Verwertbares gefunden, Hinweise, die zu den Tätern führen?«, fragte Rotfux interessiert.

»Wir haben ein gebrauchtes Papiertaschentuch gefunden, das mit hoher Wahrscheinlichkeit von den Tätern stammt. Außerdem das Seilstück, mit dem die Ganoven Ihnen die Hände gebunden hatten. Im Papiertaschentuch befanden sich Faserspuren des Seiles, was darauf hinweist, dass das Taschentuch tatsächlich von den Ganoven ist«, antwortete Gerda Geiger und hoffte, dadurch ihrem Traum vom Niedernberger See etwas näher zu kommen.

»Ist ja interessant«, sagte Rotfux anerkennend.

»Gibt es neue Erkenntnisse zum Mord in Klingenberg?«, erkundigte er sich dann.

Der junge Seidelmann meldete sich eifrig zu Wort. Er war schon die ganze Zeit unruhig auf seinem Stuhl hin und her gerutscht, und Rotfux hatte das Gefühl, dass er sich extra auf seinen Bericht vorbereitet hatte. Der junge Mann strich sich mit der linken Hand über die kurzen blonden Stoppelhaare, schien in seinem Stuhl etwas in die Höhe zu wachsen und begann seinen Bericht.

»Der Tod Anton Herrmanns ist zwischen Mitternacht und zwei Uhr eingetreten. Er muss überfallen worden sein, direkt nachdem er sich um Mitternacht von seiner Frau verabschiedet hatte und in den Weinkeller gegangen war. Jemand muss ihm dort aufgelauert haben. Die Tatwaffe scheint mit derjenigen identisch zu sein, die beim Mord an Emil Franke verwendet wurde. Ein spitzes Messer mit Sägezähnen, jedenfalls lassen das die sieben Stichwunden vermuten, die dem Opfer beigebracht wurden. Auch Anton Herrmann wurden sämtliche Finger gebrochen, vermutlich noch bei Bewusstsein, darauf deuten die massiven Blutergüsse an den Händen hin. An den Zigarettenstummeln vom Tatort befanden sich dieselben DNA-Spuren, die wir auch im Keller des Schlosses bei Emil Franke gefunden hatten. Alles spricht dafür, dass in beiden Mordfällen die gleichen Täter am Werk waren.«

»Die Seilstücke, mit denen Anton Herrmann gefesselt war, sind aus dem gleichen Material, wie wir sie im Schloss gefunden haben. Das hat eine Faseranalyse ergeben«, fügte Gerda Geiger hinzu, um ihren Teil beizutragen. »Die Ziffernkombination 7887 ist laut Schriftanalyse mit derselben Handschrift geschrieben wie beim ersten Mord.«

»Irgendwelche Erkenntnisse zu den möglichen Tätern?«

»Vielleicht ein interessanter Hinweis«, mischte sich der dicke Oberwiesner ein, der wie üblich im karierten Hemd erschienen war und bereits am frühen Vormittag Cola trank. »Es hat einer der Männer angerufen, mit denen wir auf dem Klingenberger Weinfest gesprochen hatten. Er behauptet, in der Mordnacht zwei dunkel gekleidete Männer auf dem Weinfest gesehen zu haben, die auffallend oft in der Nähe der Weinlaube des Weingutes Herrmann herumgeschlichen sind.«

»Ist ja interessant«, sagte Rotfux. »Das spräche gegen eine Beteiligung von diesem Bodo Hessler.«

»Oder der hat die beiden beauftragt«, fügte Otto Oberwiesner hinzu.

»Irgendwie scheint alles zusammenzuhängen«, murmelte Rotfux. »Zwei dunkel gekleidete Männer habe ich im letzten Augenblick auch gesehen, bevor sie mich bewusstlos geschlagen haben. Ich verstehe zwar nicht, was es ihnen bringen sollte, einen Kommissar um die Ecke zu bringen, denn da kommt doch sofort ein Nachfolger …«

»Wenn es aber ein besonders guter Kommissar ist, würde es schon einen Unterscheid machen«, warf Gerda Geiger lachend ein und hoffte, ihrem Traum vom Nachmittag am Niedernberger See damit etwas näherzukommen.

Sie besprachen noch einige Details zum Überfall auf Rotfux. Am interessantesten war dabei, dass ein Fußabdruck auf dem feuchten Boden der Kippenburg identisch mit dem Fußabdruck war, den sie im Blut von Emil Franke gefunden hatten, Schuhgröße 46 und gleiches Profil.

»Wie ich schon sagte, es scheint alles zusammenzuhängen«, brummte Rotfux.

Er verteilte verschiedene Aufgaben an sein Team und nahm sich selbst vor, diesen Carellis näher auf den Zahn zu fühlen. Wenn die Mafia ihre Finger im Spiel hatte, dann würde es in ihre Richtung gehen. Er veranlasste, dass ab sofort Carellis und Morones rund um die Uhr von Polizisten in Zivil beobachtet wurden. Sobald etwas Verdächtiges auffalle, solle man ihn sofort benachrichtigen.

»Ich selbst werde mir noch mal die Kippenburg ansehen. Vielleicht begleitest du mich heute, Otto. Nicht, dass ich wieder in eine Falle gerate«, sagte Rotfux und verabschiedete sich vom Rest der Mannschaft.

Mit Oskar und Oberwiesner fuhr der Kommissar zum Godelsberg, stellte dort das Auto ab und spazierte durch den Wald zur Kippenburg. Er nahm Oskar auf den Arm und trug ihn über den Waldweg nach oben.

»Du trägst also inzwischen deinen Lebensretter spazieren«, machte sich Oberwiesner über ihn lustig. »Meinst du nicht, der könnte gut alleine laufen?«

Rotfux ließ sich nicht verunsichern. Er wusste genau, was er wollte.

»Ich will versuchen, dass der Hund uns auf die Spur der Banditen bringt. Dafür darf er nicht müde sein. Deshalb trage ich ihn nach oben. Anschließend soll er von der Kippenburg zu den Verbrechern laufen, hoffe ich jedenfalls.«

Rotfux erklärte Oberwiesner, dass Hunde viel besser riechen konnten als Menschen, zum Beispiel sogar Krankheiten ihrer Bezugspersonen erschnüffeln konnten, wie neueste Untersuchungen zeigten. Ihr Geruchssinn sei um ein Vielfaches ausgeprägter als bei Menschen.

»Jeder Mensch verliert ständig Hautschuppen, tausende pro Minute. Sie verteilen sich auf seiner Spur und ein Hund kann diese selbst nach Tagen noch wahrnehmen, sogar wenn sie sich bereits im Zersetzungsprozess befinden. Menschen sind für Hunde sozusagen von lesbaren Duftwolken aus Schweiß, Deo und Hautschuppen umgeben. Etwas Glück gehört dazu, aber ich hoffe, dass Oskar den Fluchtweg der Banditen erschnüffeln kann.«

Als sie bei der Kippenburg angekommen waren, setzte Rotfux den Dackel im Raum hinter der grünen Metalltür auf den Boden und legte ihm eine längere Schleppleine an.

»Damit der Hund Spielraum bei der Spurensuche hat«, erklärte er.

Dann holte er eine Plastiktüte aus seiner Jackentasche, in der sich das benutzte Papiertaschentuch von der Kippenburg befand.

»Pfui Teufel!«, entfuhr es Oberwiesner.

»Das ist doch super«, kommentierte Rotfux. »Da das Taschentuch benutzt wurde, gibt es Schleimspuren und der Hund kann den Individualgeruch des Banditen viel besser aufnehmen.«

Er ließ Oskar an dem Papiertaschentuch schnüffeln. Der Hund sog den Geruch ganz intensiv ein. Dann setzte der Kommissar den Dackel auf die Fußspur an, die dort immer noch zu sehen war und sagte:

»Such, Oskar, such!«

Der Hund hielt seine Nase ganz dicht über dem Boden, atmete schnell ein und aus, man sah, wie sich die Nasenflügel bewegten. Er inhalierte regelrecht die Geruchsstoffe, die sich hier am Boden befanden.

»Sie können bis zu 300 Mal pro Minute ein- und ausatmen«, erklärte Rotfux.

»Such, Oskar, such«, sagte er wieder.

Oskar rannte los, die Nase dicht über dem Boden, den Schwanz leicht in die Höhe gestellt, zielstrebig der Fährte folgend, die er aufgenommen hatte. Rotfux und Oberwiesner hatten Mühe, ihm hinterherzukommen. Er rannte den Waldweg zum Godelsberg hinunter, dann entlang der Ludwigsallee und der Lindenallee in die Stadt, bis zur Seniorenwohnanlage in der Kittelstraße. Über die Rampe für die Rollstühle gelangte er nach oben und blieb bellend vor dem Eingang stehen. Seltsam, dachte Rotfux. Sollten die Verbrecher aus einer Seniorenwohnanlage stammen? Er sah sich die Klingelschilder an den tannengrünen Briefkästen links neben der Eingangstür an. Paul Krüger, den Namen kannte er. Das war doch der ältere Herr, der ihm sein Kärtchen auf der Trauerfeier für Emil Franke gegeben hatte. Einer dieser Sachsen auf dem Bild aus Wackerbarth mit den Weinreben. Rotfux kramte in seinem Geldbeutel und brachte das Kärtchen zum Vorschein. Richtig! Paul Krüger, Kittelstraße 7. Er klingelte.

»Hallo?«, schallte es durch die Sprechanlage.

»Hier Rotfux, Kommissar Rotfux. Dürften wir Sie einen Moment sprechen, Herr Krüger?«

»Ja gern, ich drücke, 1. Stock, Wohnung 7.«

Wie von Geisterhand ging die gläserne Eingangstür der Seniorenwohnanlage automatisch auf, und Rotfux und Oberwiesner betraten durch einen Windfang die Eingangshalle. Auf einem Tischchen vor einer Sitzecke standen frische Blumen. Alles machte einen sehr gepflegten Eindruck. Die Durchgangstür zum Treppenhaus mit dem Aufzug öffnete sich ebenfalls automatisch. Alles sehr praktisch, wenn einer schon gehbehindert ist oder im Rollstuhl sitzt, dachte Rotfux. Oskar schnüffelte weiter, steuerte auf den Lift zu, roch auch im Lift an sämtlichen Ecken und blieb nach dem Aussteigen an der vordersten Tür im ersten Stock stehen, die aber nicht die Nummer 7 hatte. Er bellte.

»Wir sind hier falsch«, sagte Rotfux. »Herr Krüger hat Nummer 7.«

Oskar machte keine Anstalten weiterzugehen.

»Na, du süßer kleiner Dackel«, lachte Rotfux, »hast mal wieder deinen eigenen Kopf. Nun komm schon. Herr Krüger wohnt in Nummer 7.«

Er zog Oskar an der Leine hinter sich her über den dunkelblauen Teppichboden zu Nummer 7, wo inzwischen die Tür aufging und Paul Krüger durch den Türspalt sah.

»Hallo, Herr Kommissar«, begrüßte er Rotfux freundlich.

»Guten Tag, Herr Krüger. Das ist mein Kollege Oberwiesner, der mich heute begleitet.«

»Angenehm, kommen Sie doch herein.«

Krüger ging voraus durch einen kleinen Flur ins Wohnzimmer und bot ihnen Platz auf einer Biedermeier Sitzgarnitur an. Oskar setzte sich neben die Füße von Rotfux.

»Darf's etwas zu trinken sein, ein Mineralwasser vielleicht?«

»Ein Mineralwasser wäre nicht schlecht«, sagte Rotfux, »der Hund hat uns gerade durch die Stadt gejagt.«

»Da schließe ich mich an«, stimmte Oberwiesner zu.

»Wo waren Sie vorgestern Nachmittag, Herr Krüger?«, fragte Rotfux, nachdem sie jeder einen Schluck getrunken hatten.

Krüger überlegte.

»Vorgestern Nachmittag ... ich muss aufpassen, ich komme manchmal schon durcheinander mit meinen 82 Jahren ... vorgestern Nachmittag war ich hier, bin eigentlich immer hier, wissen Sie, komme kaum noch raus, die Kreise werden enger ...«

»Sind Sie sicher, Herr Krüger?«

»Ich denke schon, heute ist Freitag, das war Mittwoch, da war ich hier.«

»Den ganzen Nachmittag?«

»Ja, den ganzen Nachmittag. Das Wetter war gut, soweit ich mich erinnere, da war ich im Innenhof der Wohnanlage spazieren. Man trifft die anderen und redet ein wenig. Sind immer welche unterwegs im Innenhof.«

Krüger wirkte mit seinen 82 Jahren noch rüstig, schien aber Probleme zu haben, sich zu konzentrieren. Trotzdem machte er mit seiner spitzen Nase, dem markanten Kinn und den stahlblauen Augen immer noch den Eindruck einer Persönlichkeit, die genau wusste, was sie wollte.

»Warum fragen Sie, Herr Kommissar?«

»Ach nichts, Herr Krüger, ich wollte nur etwas ausschließen. Es gab da einen kleinen Unfall, und der Hund hat zu diesem Gebäude gezogen. Ich muss nur wissen, ob Sie etwas damit zu tun haben.«

»Unfall? Sie meinen aber nicht den Überfall auf Sie, von dem ich im ›Main-Echo‹ gelesen habe? Warum sollte ich daran beteiligt sein? Ich will doch selbst, dass Sie die Mörder von Emil Franke fangen!«

Er ist noch ganz schön auf Zack, dachte Rotfux. Er sah das Bild auf der Kommode stehen, auf dem die sechs sächsischen Freunde zu sehen waren.

»Zwei Ihrer damaligen Freunde sind inzwischen tot, Herr Krüger. Gibt es etwas, was Ihnen dazu einfällt? Gibt es Motive aus der Vergangenheit?«

»Wenn ich das wüsste«, stammelte Krüger und nahm das Bild in die Hand. »Wir waren damals Kameraden, Herr Kommissar. Nicht, dass ich stolz darauf wäre, heute will davon niemand mehr etwas wissen, aber man hatte damals Kameraden, hat zusammengehalten, manches gemeinsam durchgestanden.«

Er stellte das Bild wieder auf die Kommode, die neben dem Fernseher an der Innenwand des Wohnzimmers stand. Krüger hatte Glück gehabt, eine Eckwohnung in der Seniorenwohnanlage zu bekommen, mit zwei Fenstern im Wohnzimmer.

»Gibt es aus der damaligen Zeit Feinde? Könnte es sein, dass sich jemand an Ihren Kameraden rächen wollte?«

Krüger schluckte. Es schien ihm ein Kloß im Hals zu stecken.

»Es lief nicht immer alles glatt. Wir haben nicht jeden mit Samthandschuhen angefasst, aber das ist über 25 Jahre her.«

»Ich habe im Schmerlenhof ein Bild von Emil Franke in Uniform gefunden, und Sie waren ebenfalls auf dem Foto. Waren Sie bei der Armee, Herr Krüger?«

Krüger wurde unsicher und überlegte offensichtlich genau, was er antworten sollte.

»Wir waren bei der Staatssicherheit«, sagte er leise, »aber ich kann mir nicht vorstellen, dass die Morde damit etwas zu tun haben sollten. Ich glaube eher, dass es mit Emil und seinen Weingeschichten zu tun hat.«

»Wie meinen Sie das?«

»Sie haben doch die Plastikkanister in Schmerlenbach gefunden. Ich weiß nicht genau, was er gemacht hat, aber er war immer auffallend fröhlich und hatte mehr Geld zur Verfügung, als ich eigentlich gedacht hätte. Er muss irgendetwas mit dem Wein gedreht haben.«

»Warum sagen Sie mir das erst jetzt, Herr Krüger?«

»Mein Gott, Herr Kommissar, man will nichts Schlechtes über Tote sagen. Ich dachte, es erledigt sich, aber nachdem Anton Herrmann umgebracht wurde, habe ich Angst, ich könnte der Nächste sein …«

Paul Krüger sah plötzlich alt aus, älter als 82. Seine Hände zitterten.

»Ich bin zwar schon 82, Herr Kommissar, aber man hängt immer noch am Leben …«

Ich muss die Vergangenheit dieser Sachsen durchleuchten, dachte Rotfux. Krüger hatte Angst, panische Angst, und er sagte möglicherweise nicht alles, was er wusste. Vielleicht hatte er doch selbst mit den Weinpanschereien zu tun, oder es gab da ein Geheimnis, von dem sie noch nichts wussten.

»Sie sollten uns dringend die volle Wahrheit sagen, Herr Krüger. Nur dann können wir Sie schützen«, mischte sich Oberwiesner ein, der offensichtlich auch das Gefühl hatte, dass der Alte etwas verheimlichte.

»Ich habe doch schon alles gesagt, meine Herren. Gehen Sie dieser Weingeschichte nach. Ich denke, dann wird sich alles klären.«

Rotfux hatte den Eindruck, dass nicht mehr aus Paul Krüger herauszuholen war. Sie verabschiedeten sich, und Rotfux bat ihn, sofort anzurufen, wenn er etwas Verdächtiges bemerken sollte oder ihm noch etwas einfiel.

»Ich könnte Ihre Nummer in meinem Telefon einspeichern«, schlug Krüger daraufhin spontan vor. »Es gibt diese Schnellwahltasten, dann brauch ich nur die richtige Taste zu drücken, und Sie sind dran. Das wäre mir eine große Beruhigung, Herr Kommissar.«

Der hat wirklich Angst, dachte Rotfux. Sie halfen dem alten Mann mit dem Einspeichern der Nummer.

»Sie müssen nur die Taste 9 drücken, dann ist der Kommissar dran«, erklärte Oberwiesner. Oskar hatte die ganze Zeit still auf dem Teppich gelegen und sich von seiner Suchaktion erholt. Jetzt stand er auf, schüttelte sich und folgte Rotfux und Oberwiesner in den Gang. Vor dem Zimmer gegenüber dem Treppenhaus blieb er stehen und bellte.

»Was hast du denn schon wieder?«, wunderte sich Rotfux.

Er las das Namensschild an der Tür: Erna Stein. Wir sollten die Dame besuchen, um zu sehen, warum Oskar bellt, dachte Rotfux. Im selben Augenblick klingelte sein Handy.

»Hier Siegfried Glaser. Herr Kommissar. Ich stehe mit einem Kollegen vor dem Laden von Carellis, um hier zu observieren. Soeben ist ein italienischer Lieferwagen vorgefahren. Sie laden Plastikkanister aus. Vielleicht sollten Sie sich das ansehen, Herr Kommissar.«

»Gut, danke! Bitte beobachten Sie unauffällig weiter und schießen Sie ein paar Fotos. Wir kommen sofort.«

In Windeseile verließen sie das Seniorenheim. Mist, schoss es Rotfux durch den Kopf, das Auto stand ja noch am Godelsberg. Mit sofort war es also nichts. Er wählte die Nummer der Taxizentrale.

»Hier Kommissar Rotfux. Schicken Sie bitte so schnell wie möglich eine Taxe zur Kittelstraße 7, es ist dringend!«

»Okay, ist gleich da …«

Rotfux und Oberwiesner warteten ungeduldig.

»Was hältst du vom alten Krüger?«, fragte Rotfux.

»Ich weiß nicht, ich glaube, er verheimlicht etwas und hat teuflisch Angst.«

»So kommt es mir auch vor. Vielleicht meldet er sich noch, wenn er seine Angst nicht mehr aushält. Irgendetwas ist da noch … Auf jeden Fall müssen wir dringend bei der Stasi-Unterlagen-Behörde nachhaken. Otto, darf ich dich bitten, das sofort nach unserer Rückkehr zum Kommissariat zu tun? Sag, dass wir inzwischen einen zweiten Mord haben. Sie müssen endlich Ergebnisse liefern!«

»Geht klar, Rudi.«

Das Taxi kam, und sie gaben den Delikatessenladen der Carellis als Ziel an.

»Bitte machen Sie schnell, wir sind im Einsatz. Es ist dringend.«

Der Taxifahrer war ein Russlanddeutscher, der in diesem Augenblick wohl die Rolle seines Lebens gefunden hatte. Er ging mit quietschenden Reifen in den Kreisverkehr und raste durch die Platanenallee, als Rotfux der nächste Anruf erreichte.

»Nochmals Glaser, Herr Kommissar. Sie fahren mit dem Lieferwagen weiter. Sollen wir sie verfolgen?«

»Klar, verfolgen. Und geben Sie mir durch, wohin die Reise geht.«

»Machen Sie bitte mal langsam«, bremste Rotfux den Taxifahrer. »Wir bekommen gleich ein neues Ziel durchgegeben.«

Der Taxifahrer drosselte die Geschwindigkeit. Ganz gemächlich fuhr er die Weißenburger Straße entlang.

»Ich glaub, da kommen sie«, sagte Oberwiesner.

Tatsächlich kam durch die in entgegengesetzter Richtung verlaufende Friedrichstraße ein roter Fiat Ducato Lieferwagen mit italienischem Kennzeichen gefahren und dahinter in einigem Abstand das Fahrzeug der Kollegen.

»Bitte wenden Sie an der Kreuzung Erthalstraße und folgen Sie anschießend unauffällig dem italienischen Lieferwagen«, sagte Rotfux.

Der Taxifahrer beschleunigte wieder, fuhr bei Orange über die Ampel bei der Erthalstraße und jagte auf der Friedrichstraße dem Lieferwagen hinterher.

»Eine Verfolgungsjagd per Taxi ist eine prima Sache«, scherzte Rotfux, »die kommen im Traum nicht darauf, dass wir Kriminaler sind.«

Nach einiger Zeit rief wieder Siegfried Glaser an.

»Wir fahren durch die Platanenallee in Richtung Lindenallee …«

»Danke, Kollege Glaser, wir folgen in einem Taxi. Bleiben Sie unauffällig dran.«

»Ich könnte wetten, die fahren nach Schmerlenbach zu den Morones«, vermutete Rotfux. »Fahren Sie einfach gemütlich hinterher«, wies er den Taxifahrer an.

Der Taxifahrer war ein netter Kerl, erzählte, dass er aus Kasachstan käme und froh sei, hier in Deutschland Arbeit zu haben. Er war schwer bemüht, alles richtig zu machen, und wäre sicher auch mit 180 durch den Schmerlenbacher Wald gerast, wenn ihn Kommissar Rotfux darum gebeten hätte. Der Lieferwagen hielt konstant seine Geschwindigkeit, die Kollegen folgten in einigem Abstand, dicht dahinter hingen Rotfux und Oberwiesner mit ihrem Taxi.

»Was die wohl bei den Morones wollen?«, fragte Oberwiesner.

»Ich nehme an, sie werden dort Wein in Plastikkanistern lagern, nachdem der Schmerlenhof abgebrannt ist.«

»Worum geht es denn?«, mischte sich der Taxifahrer neugierig ein.

»Wahrscheinlich Schiebereien der Mafia«, sagte Rotfux, gab aber keine weiteren Kommentare.

Wie vermutet fuhr der Lieferwagen direkt in den Hof der Morones. Das Taxi und der Wagen der Streifenpolizisten folgten und keilten das Fahrzeug so ein, dass es nicht entkommen konnte. Rotfux, Oberwiesner und die Streifenpolizisten umstellten den Lieferwagen und nahmen Francesco Carelli, Giuseppe Morone und den italienischen Fahrer in Empfang.

»Was haben wir denn da, Herr Carelli? Doch hoffentlich keinen italienischen Wein in Plastikkanistern?«

Carelli stieg aus dem Fiat Ducato.

»Eine Lieferung für mich, aber im Laden hatten wir zu wenig Platz. Deshalb will ich den Wein bei Freunden lagern, das ist ja wohl nicht verboten.«

Giuseppe Morone schob sich ebenfalls aus dem Lieferwagen. Für seine 82 Jahre wirkte er sehr rüstig, hatte auch seinen Gehstock nicht dabei, sondern stieg geschmeidig vom Lieferwagen in den Hof.

»Ich nur bisschen helfen«, sagte er in gebrochenem Deutsch.

Der weiß, dass es ihm diesmal an den Kragen geht, dachte Rotfux. Oskar schnüffelte am Lieferwagen, pinkelte an einen der Reifen, rannte dann aber zum Haus, als dort die Tür aufging und Vittoria Morone unter dem Türrahmen erschien. Oskar bellte freudig und wedelte mit dem Schwanz. Die alte Frau, am Gehstock, mit tiefen Furchen im Gesicht, beugte sich zu ihm herunter und streichelte dem Dackel über den Rücken. Es tat Rotfux leid, dass sie nun in diese Geschichte hineingezogen würde. Als Letzter kletterte ein kleiner, schmächtiger italienischer Fahrer aus dem Lieferwagen.

»Zeigen Sie bitte Ihre Papiere«, forderte ihn Rotfux auf.

Er verstand nicht, und Carelli übersetzte. Rotfux sah sich die Papiere an.

»Bozen«, murmelte er. Das würde passen … Billiger Wein aus Südtirol, den sie hier mit falschen Etiketten teuer verkauften …

»Leider ist Ihre Reise hier fürs Erste beendet«, sagte Rotfux. »Das Fahrzeug ist beschlagnahmt, und Sie müssen aufs Revier mitkommen. Dort werden wir alles klären.«

Carelli versuchte sich zu wehren.

»Ich möchte meinen Anwalt sprechen. Sie können uns doch nicht einfach mitnehmen!«

Über ihre Rechte wissen sie immer bestens Bescheid, dachte Rotfux. Aber diesmal nicht mit ihm.

»Wir haben bereits zwei Morde, Herr Carelli, und ich selbst wäre fast hops gegangen. Damit ist nicht zu spaßen. Es ist Gefahr im Verzug! Otto, leg ihm bitte die Handschellen an. Er will es wohl nicht anders.«

Das Klicken der Handschellen klang wie Musik in den Ohren des Kommissars. Endlich hatten sie einen greifbaren Erfolg. Endlich würden sich die Dinge klären. Vielleicht hatte der alte Paul Krüger doch den richtigen Riecher gehabt. Vielleicht steckte wirklich die italienische Mafia hinter allem.

»Der alten Frau braucht ihr keine Handschellen anzulegen, aber mitkommen muss sie auch. Wir müssen auf Nummer sicher gehen.«

Rotfux forderte per Handy Verstärkung an.

»Wir müssen sofort das Haus der Morones durchsuchen, bevor Beweismittel vernichtet werden. Und fahrt zum Laden von Carelli, bringt Martina Carelli zum Verhör und durchsucht den Laden und das ganze Haus!«

Rotfux war in seinem Element. Diesmal würde er sich den Erfolg nicht mehr nehmen lassen. Diesmal war ihm dieser Carelli in die Falle gegangen. Die alte Vittoria Morone hatte inzwischen ein Schälchen für Oskar geholt und ließ ihn trinken. Die hat das Herz auf dem rechten Fleck, dachte Rotfux. Am liebsten hätte er sie aus allem herausgehalten, aber das konnte er nicht.

»Ich nur bisschen geholfen …«, lamentierte der alte Giuseppe Morone. »Ich bisschen mit Wein, aber nix mit Mord!«

Der alte Mann sah verzweifelt aus in seinem dunklen schmierigen Jackett, die Hände auf dem Rücken mit Handschellen gefesselt. Wahrscheinlich war er in alles nur hineingeschlittert, war abhängig von Carelli, in dessen Haus er wohnte, hatte keine Ahnung davon, welche krummen Geschäfte dieser Carelli in Wirklichkeit betrieb. Man würde sehen.

»Geben Sie mir bitte Ihren Hausschlüssel, Frau Morone. Wir müssen das Haus durchsuchen.«

Die alte Frau sah jämmerlich aus, ihre dunklen Augen flackerten ängstlich, die weißen Haare hingen ihr wirr in die Stirn, ihre Falten schienen sich noch tiefer durch ihr blasses Gesicht zu ziehen.

»Das dürfen Sie nicht«, mischte sich Carelli ein, »dazu brauchen Sie einen richterlichen Beschluss.«

Rotfux lachte.

»Sie kommen sich wohl sehr klug vor! Aber da täuschen Sie sich. Es ist Gefahr im Verzug, es könnten Beweismittel vernichtet werden, und zwar zu zwei Morden. Also Frau Morone, bitte geben Sie mir die Schlüssel.«

Sie zögerte, gab die Schlüssel aber dem Kommissar. Inzwischen waren der junge Seidelmann, Gerda Geiger und zwei weitere Kollegen eingetroffen.

»Bitte durchsuchen Sie das Haus, den Keller, die Garagen, das ganze Gelände. Vielleicht finden Sie die Tatwaffe oder die schwarzen Sturmhauben oder Seilreste, alles kann von Interesse sein … Wir verhören die Verdächtigen auf dem Revier. Den Lieferwagen lassen wir hier, den können Sie ebenfalls unter die Lupe nehmen. Ich wünsche viel Erfolg!«

24

Es war Mitternacht. Der Vernehmer lachte. Seit einer Stunde hatte er Armin Eisele in der Mangel. Der fühlte sich müde und ausgelaugt und hatte Probleme, sich zu konzentrieren.

»War wieder sehr nett bei Ihrer Frau, Nummer 126.«

»Sie haben sie besucht?«

»Klar, sagte ich doch. Waren im Keller, haben Ihren guten Riesling getrunken, ein vorzüglicher Tropfen …«

Armin Eisele fragte sich, woher der Vernehmer vom Riesling im Keller wissen konnte. Ob er Erna tatsächlich besucht hatte? Oder ob sie eine Hausdurchsuchung bei ihm durchgeführt und alles auf den Kopf gestellt hatten? Armin sagte nichts, war todmüde, hatte sich seit der Scheinhinrichtung kaum erholt. Das Essen schmeckte ihm nicht mehr, er war total abgemagert, hatte sich an manchem Tag geweigert zu essen, mit dem Erfolg, dass sie ihm irgendwelche Spritzen gaben, deren Inhalt er nicht kannte. Die Aufseher redeten nichts, auch sonst kannte er niemanden, sein einziger Gesprächspartner war der Vernehmer, der ihn fast jede Nacht quälte.

»Sie scheinen sich gar nicht zu freuen, Nummer 126. Es geht Ihrer Frau gut, sie hat den Wein genossen, war sehr nett zu mir …«

Der Vernehmer grinste hämisch wie ein stiller Genießer, der schweigt. Er will mich fertigmachen, dachte Armin Eisele. Bestimmt war er gar nicht bei ihr gewesen, tat nur so, um ihn eifersüchtig zu machen.

»Ich habe Ihnen etwas mitgebracht, Nummer 126. Hier, schauen Sie mal …«

Er öffnete die Schreibtischschublade, holte einen Brief heraus und hielt ihn in die Höhe. »Einen Gruß von Ihrer Frau. Sie können ihn nachher lesen. Wir mussten ihn natürlich öffnen, Sie verstehen schon, darf ja nichts Unrechtes drin stehen.«

Armin Eisele meinte, die Schrift seiner Frau von Weitem auf dem Umschlag zu erkennen. Trotzdem fragte er sich, ob das wirklich ein Brief von ihr sein konnte.

»Darf ich ihn haben?«

»Geduld, Geduld, Nummer 126. Zuerst unterhalten wir uns, zur Belohnung gibt's den Brief.«

Schweine sind das, dachte Armin Eisele. Er hatte schon mehrere Protokolle und Geständnisse unterschrieben, wusste nicht, was sie noch von ihm wollten, doch sie quälten ihn täglich oder besser: nächtlich weiter. Das Verhör drehte sich um seinen Antrag, seine Beschwerde, sein Randalieren in der Zelle und die Essensverweigerung in den letzten Tagen. Immer die gleichen Fragen und gleichen Antworten. Morgens um vier Uhr kam der Vernehmer zum Ende. Armin Eisele war schlecht, er hatte Schmerzen in der Brust, sagte aber nichts, da er sich vor den Ärzten fürchtete. Es waren anonyme Gestalten im weißen Kittel, die ihm die Spritzen gaben, gesichtslose Verhörgehilfen des Systems, denen er nicht traute. Also lieber Schmerzen haben, als denen in die Hände fallen.

»Kann ich bitte endlich den Brief haben?«

»Oh, der Brief, den hätte ich fast vergessen. Es ist schon reichlich spät, aber Sie dürfen ihn kurz lesen. Behalten geht natürlich nicht. Der kommt zu den Akten.«

Armin Eisele zitterte, als er den Brief entgegennahm. Es war ihm peinlich. Er zog das Blatt aus dem Umschlag und las. Erna teilte ihm mit, dass es ihr gut gehe, und bat ihn, nicht aufsässig zu sein. Sie freue sich auf ihn und hoffe, dass er jetzt bald freikäme. Es war eindeutig ihre Schrift. Der Brief war echt.

»Wann waren Sie bei Erna?«

»In den letzten Tagen. Ich bin ab und zu bei ihr. Sie freut sich immer sehr über meine Besuche …«

Der Vernehmer lächelte anzüglich, und die Aufsicht, die Armin abholte, verzog das Gesicht zu einem breiten Grinsen. Ihr Schweine, dachte Armin Eisele. Seine Frau würde nichts Unrechtes tun, auch wenn sie noch so dreckig grinsten. Doch die ersten Zweifel waren gesät, begannen, in seiner Brust zu fressen, begleiteten ihn mit seinem Aufseher zurück in die Zelle. Er war todmüde, legte sich sofort auf die Pritsche, bemerkte das An- und Ausgehen des Lichtes nicht mehr und schlief. Um sieben Uhr wurde er vom Aufseher aus dem Schlaf gerissen. Nach dem Frühstück versuchte er, sich auf seinem Hocker aufrecht zu halten, um zehn Uhr ging die Tür der Zelle auf.

»Raustreten zum Freigang«, kommandierte der Aufseher.

Armin riss sich zusammen, nahm Haltung an und folgte dem Aufseher ins Erdgeschoss. Er kannte inzwischen vier verschiedene Wärter. Dieser war klein und untersetzt, hatte ein rundliches Gesicht, seine Haare waren ihm schon weitgehend ausgefallen und seine braunen Augen saßen unter buschigen Augenbrauen, die aussahen, als müssten sie den Haarverlust ausgleichen.

»Der Vernehmer hat scheinbar ein gutes Wort für Sie eingelegt«, kommentierte er den Freigang. Sonst durfte er nicht reden und tat es auch nicht.

»30 Minuten, dann ist Schluss«, mit diesen Worten entließ er Armin Eisele in den Hof, den dieser schon kannte. »Sprechen, Schreien, Singen und an die Mauer klopfen verboten, aber das wissen Sie schon.«

Aus dem Nachbarhof hörte Armin Eisele ein klackendes Geräusch. Vielleicht hat der eine Prothese oder kann nur am Stock gehen, dachte er. Er war so müde, dass er sich kaum auf den Beinen halten konnte. Er setzte sich in der Mitte des Hofes auf den sandigen Boden und schaute zum Himmel. Trotz des Maschendrahtes, der über den ganzen Hof gespannt war, gaben ihm die weißen Wolken, die langsam über ihn hinwegzogen, ein Gefühl der Freiheit, machten ihm klar, dass es draußen ein anderes Leben gab, bei Erna, Elisabeth und seinen Buben.

»Aufstehen, Nummer 126«, brüllte der Wärter, »hier wird nicht gesessen, sonst muss ich den Freigang abbrechen.«

Armin schreckte hoch, zwang sich aufzustehen und ging einige Schritte. Er dachte an Erna. Ob sie diesen Vernehmer tatsächlich in den Keller gelassen hatte? Vielleicht hatte er sie dazu gezwungen, denen traute er alles zu … Vielleicht bekam er nur deshalb Freigang … zum ersten Mal seit seinem Ausraster. Er sog die frische Luft in seine Lungen ein. Wenn ich nur bald hier rauskäme, dachte er. Sein Herz schmerzte, er massierte mit der Hand seine linke Brust. Er wollte sich nicht krank melden, hatte Angst vor den Gefängnisärzten und dem Krankenrevier. Der Blick zum Himmel war das Beste in diesem Hof. Die Wolken konnten ziehen, wohin sie wollten, waren frei, ganz im

Gegensatz zu ihm. Die Vögel, die auf den hohen Mauern nach Insekten pickten, durften selbst entscheiden, wann sie dieses schreckliche Gelände wieder verließen. Nur sein Nachbar, der immer noch mit diesem »klack, klack« durch den nächsten Hof zog, war gefangen wie er. Ein Trost wäre es gewesen, mit ihm zu sprechen, einen Gleichgesinnten zu treffen, aber das verhinderten sie strikt. So sah er zum Himmel, der ihm wie eine Heimat vorkam, die ihm niemand nehmen konnte.

»Freigang zu Ende«, unterbrach der Wärter seine Gedanken.

Er ließ sich zurück in die Zelle bringen, setzte sich auf den hölzernen Hocker und versuchte, mit offenen Augen zu schlafen. Zum Mittagessen gab es Kohlsuppe. Sie schmeckte ranzig, und er weigerte sich zu essen.

»Ich muss das melden«, sagte der Aufseher. Er war freundlicher als die anderen, hatte sich aber an die Regeln zu halten.

»Melden Sie, melden Sie … ich bekomme die Suppe einfach nicht runter.«

Nach dem Mittagessen holten ihn zwei Aufseher ab, der kleine vom Vormittag und der große kräftige mit der Hakennase und der Narbe auf der rechten Wange, den er schon seit Wochen kannte.

»Mitkommen zum Krankenrevier, Drecksack!«

»Wieso zum Revier? Mir fehlt nichts.«

»Du hast nichts gegessen und bist nur noch ein Strich in der Landschaft.«

Sie werden mir wieder diese Spritzen verpassen, dachte Armin. Doch da hatte er sich getäuscht. Im Krankenrevier kam ihm ein großer kräftiger Mann im weißen Kittel entgegen, der eher wie ein Schlächter aussah als ein Arzt.

»Die Volksverhetzung, die nicht isst«, sagten seine Begleiter.

»Na dann kommen Sie mal mit.«

Er ging voraus in ein Behandlungszimmer.

»Setzt ihn auf den Behandlungsstuhl.«

Seine beiden Aufseher packten Armin rechts und links am Arm und schleppten ihn zu einem Stuhl, der ähnlich aussah wie die Stühle beim Zahnarzt. Allerdings waren an den Armlehnen Lederschlaufen befestigt, mit dem sie ihm die Arme festschnallten.

»Was soll das?«, wehrte er sich. »Warum fesseln Sie mich? Ich will das nicht!«

Der Arzt lächelte und sah in seine Akte.

»Immer wieder Nahrungsverweigerung«, murmelte er, »sind auch schon ganz schön abgemagert, Nummer 126. Da müssen wir was tun … Schwester, bringen Sie bitte den großen Magenschlauch«, rief er ins Nebenzimmer.

»Ich will nicht«, protestierte Armin Eisele, »keine Zwangsernährung!«

»Also entweder Sie entspannen sich und machen sich ganz locker, dann ist alles nicht so schlimm, oder es kann unangenehm werden«, drohte der Arzt.

Er baute sich in voller Größe vor Armin Eisele auf, zog Plastikhandschuhe über und ließ sich den Magenschlauch reichen.

»Wir versuchen es mal ohne Betäubung.«

Er drückte Armin den Kopf in den Nacken, schob ihm den Schlauch in den Rachen, drückte kräftig nach, schien Übung damit zu haben.

»Prima«, sagte er zufrieden. »Jetzt den Trichter.«

Er setzte den Trichter auf den Schlauch, füllte die Kalbsbrühe ein, gab Traubenzucker dazu und flößte Armin die

Flüssigkeit ein. Der fühlte sich erbärmlich, bekam kaum Luft, wand sich in seinen Lederfesseln, konnte aber nicht verhindern, dass ihm die Brühe in den Magen gefüllt wurde. Die beiden Aufseher standen rechts und links vom Behandlungsstuhl und hielten ihn an den Schultern fest.

»Sehen Sie, Nummer 126, gleich haben wir es geschafft. Ist alles halb so schlimm. Das werden wir jetzt jeden Tag machen, bis Sie wieder bei Kräften sind.«

Armin konnte nichts sagen. Er saß machtlos auf diesem Stuhl und musste die Prozedur über sich ergehen lassen. Er fühlte sich erniedrigt, wollte protestieren, konnte aber nichts tun.

»Noch etwas Traubenzucker. Wenn schon, denn schon«, sagte der Arzt.

Endlich zog er den Schlauch aus seinem Hals. Es fühlte sich trocken an und brannte.

»Die meisten kommen nur einmal«, lachte der Arzt. »Wenn Sie ab morgen wieder gut essen, können Sie sich die Prozedur ersparen.«

Armin sagte nichts. Er ließ sich zu seiner Zelle bringen und hätte heulen können. Hier war man nichts mehr wert. Sie konnten mit einem machen, was sie wollten. Er setzte sich auf den Hocker am Tisch, stützte den Kopf in die Hände und weinte. Ich muss hier raus, dachte er. Lange halte ich das nicht mehr aus. Er würde unterschreiben, was immer sie wollten. Er war am Ende. Das Herz tat ihm weh, der Hals schmerzte, im Bauch plagte ihn ein Völlegefühl, und er fühlte sich noch müder als an den letzten Tagen. Doch es war für diesen Tag noch nicht genug. Irgendetwas war anders geworden, seit er den Brief von Erna gelesen hatte. Er wurde das Gefühl nicht los, dass sich der Vernehmer ganz besonders auf ihn eingeschossen hatte. Er kümmerte sich intensiver um ihn und ließ ihm keine Ruhe mehr. Um 16 Uhr holten ihn die beiden Aufseher wieder ab.

»Badetag«, lachte der kleinere. »Komm mit, Nummer 126.«

Sie führten ihn in den Keller des Gebäudes. Die Gänge sahen kahl und verlassen aus. Vier dicke Rohre liefen an beiden Seiten des Gangs unter der Decke entlang. Die gelbliche Farbe blätterte an den feuchten Wänden ab. Hier ist man endgültig in der Unterwelt, dachte er. Die Lampen erhellten den Gang nur spärlich, eine besonders breite Stahltür führte in eine Art Waschküche. In der Mitte des Raumes war der Deckel eines Abflusses zu sehen. Eine gusseiserne weiße Emailwanne stand darüber. Links neben dem Eingang war eine Holzbank, auf der ein Badetuch lag.

»Ausziehen, Drecksack«, kommandierte der größere der beiden Aufseher.

Endlich baden, dachte Armin. Es war das erste Mal, seit er hier war. Zwar störte es ihn, dass die beiden Aufseher den Raum nicht verließen, sondern aufmerksam beobachteten, wie er sich auszog. Aber das war hier wohl so. Es schien ihnen Vergnügen zu bereiten, ihm zuzusehen. Er schlang das Handtuch um die Hüfte, als er ausgezogen war, aber sie lachten nur.

»Nun hab dich nicht so«, sagte der Größere. »Wir können uns schon vorstellen, wie klein deiner ist.«

Armin ging zur Wanne, auf deren Ablage ein Stück Seife lag. Er hob das linke Bein hoch und setzte es vorsichtig ins Wasser, zog es aber sofort wieder zurück.

»Das ist ja eiskalt!«, rief er.

Die beiden Aufseher lachten. Sie haben es die ganze Zeit gewusst, dachte er.

»Da geh' ich nicht rein, da holt man sich den Tod!«

»Das würde ich mir überlegen, Drecksack«, sagte der Größere mit der Narbe auf der Wange, »wenn du nicht badest, müssen wir das melden, und du wirst als renitent eingestuft. Wäre ganz schlecht für dich!«

Armin spürte sein Herz, der Schmerz zog bis in die linke Schulter. Ich bin machtlos, dachte er. Er gab sich einen Ruck und stieg mit beiden Beinen in die Wanne. Die Eiseskälte kroch an ihm hoch.

»Na los, nun setz dich schon, nicht, dass er dir vor Kälte noch abfällt.«

Armin zitterte, er überwand sich und setzte sich mit Schwung in die Wanne. Er hörte das Gelächter der Aufseher, er spürte den Schmerz in der Brust, der sich im ganzen Oberkörper ausbreitete, er bekam schreckliche Angst, griff sich an den Hals, schnappte nach Luft, fiel nach hinten, mit dem Kopf ins Wasser, schluckte, röchelte, sah Sternchen vor den Augen, bis alles in einer weißen Nebelsuppe verschwand.

Der kleine Aufseher stürzte zur Wanne.

»Scheiße, mit dem stimmt was nicht! Der verdreht die Augen. Komm, hilf mir. Er muss raus aus der Wanne. Er muss ins Krankenrevier.«

Der größere der beiden ließ sich Zeit.

»Mal wieder Herzinfarkt, lange hätte der sowieso nicht mehr gehabt.«

»Nun komm, hilf schon!«

Der Kleine mühte sich ab, bekam aber den Körper von Armin nicht aus dem Wasser. Er hielt ihm wenigstens den Kopf über die Oberfläche.

»Nun hilf doch endlich.«

Der Große kam näher.

»Der ist hinüber, du brauchst dich nicht so abzumühen.«

Er fühlte ihm den Puls.

»Klar, der ist hinüber.«

»Aber vielleicht kann man ihn retten. Er muss ins Revier, wir müssen das melden.«

»Willst du melden, dass er in eiskaltem Wasser gebadet hat? Lass lieber das Wasser ab, damit es niemand merkt, du Dummkopf.«

»Aber Paul hat es uns befohlen …«

»Tja Paul, du bist gut. Und was ist, wenn Paul sich daran nicht mehr erinnert? Dann sind wir beide die Dummen. Willst du das tatsächlich?«

Der Kleine wurde nachdenklich. Er hielt immer noch den Kopf von Armin Eisele in den Händen. Vorsichtig legte er ihn in die Wanne zurück, aber so, dass er über Wasser blieb. Dann zog er den Stöpsel aus der Badewanne und ließ das Wasser in den Abfluss laufen.

»Ich werde Paul benachrichtigen und natürlich das Krankenrevier. Die können ihn holen. Wird sicher eine Obduktion geben«, sagte der größere Aufseher mit der Hakennase und der Narbe auf der Wange.

Ein paar Tage später erhielt Erna Eisele Besuch von der Kreisdienststelle. Der Beamte, den sie von ihren Nachforschungen kannte, läutete bei ihr, begleitet von einem jungen Polizisten. Sie öffnete und hoffte endlich auf Nachricht von ihrem Mann.

»Guten Tag, Frau Eisele, dürfen wir reinkommen?«

»Ja, ich hoffe, Sie haben gute Nachrichten von Armin …«

Der Beamte schwieg. Sie gingen ins Wohnzimmer.

»Setzen Sie sich doch, Frau Eisele«, sagte der Beamte.

»Ach, ich stehe gern. Was gibt es denn?«

Der Beamte sah sie ernst an.

»Bitte setzen Sie sich, Frau Eisele. Glauben Sie mir, es ist besser für Sie.«

Erna Eisele kam das komisch vor. Was wollten sie von ihr? Ob sie selbst dran war, weil sie nochmals eine Eingabe gemacht hatte? Wollten sie sie festnehmen? Widerwillig nahm sie auf dem Sofa Platz.

»Ich muss Ihnen leider eine traurige Nachricht überbringen, Frau Eisele.«

»Ja … ist etwas mit Armin? Geht es ihm schlecht?«

»Schlecht geht es ihm nicht, Frau Eisele …«

»Na Gott sei Dank …«

»Er ist leider tot, Frau Eisele. Unser herzliches Beileid!«

Erna Eisele sah ihn verständnislos an.

»Tot …? Das kann nicht sein. Ich dachte, alles wird gut, hatte gute Nachrichten von ihm.«

Sie saß leichenblass auf der Couch und krampfte die Finger ins Polster.

»Doch, Frau Eisele, er ist vor zwei Tagen an Herzversagen gestorben. Sie werden einen Bericht erhalten, aber ich wollte es Ihnen persönlich sagen. Es tut mir sehr leid.«

Er erhob sich und schien erleichtert, die Mitteilung hinter sich gebracht zu haben. Erna Eisele war sprachlos. Sie begleitete die beiden zur Tür. Tränen rannen über ihre Wangen.

»Unglaublich. Ich kann es nicht fassen …«

Sie haben ihn umgebracht, dachte sie. Vor allem Paul, dieses Schwein. Helfen wollte er ihm, aber das Gegenteil war der Fall. Sie hatte alles für Armin getan, mehr als er erwarten konnte, und jetzt das! Tiefe Trauer und abgrundtiefer Hass erfassten sie. Sie ging ins Wohnzim-

mer und heulte, sie dachte an Armin, ihre große Liebe. Sie schwor sich, seinen Tod zu rächen. Vor allem Paul würde sie es heimzahlen, aber auch den anderen, die für seinen Tod verantwortlich waren. Irgendwann würden sie zur Rechenschaft gezogen, irgendwann bestimmt …

25

Rotfux und Oberwiesner ließen sich von Schmerlenbach mit dem Taxi zurück nach Aschaffenburg bringen. Am Godelsberg stiegen sie mit Oskar in ihr eigenes Auto um, welches dort noch vom Vormittag stand.

»Ich würde noch gern bei dieser Erna Stein in der Seniorenwohnanlage vorbeischauen, vor deren Tür Oskar so gebellt hat«, sagte Rotfux, »etwas stimmt da nicht. Normal benimmt sich der Hund nicht so.«

»Wenn du meinst.«

Sie parkten in der Kittelstraße und läuteten bei Erna Stein. Es dauerte etwas, dann meldete sie sich durch die Sprechanlage.

»Hallo? Wer ist da?«

»Rotfux, Kommissar Rotfux. Dürfen wir Sie kurz etwas fragen?«

Erna Stein zögerte.

»Ich weiß nicht, ich kenne Sie ja gar nicht …«

»Wir können uns ausweisen, Frau Stein. Keine Angst, ich bin wirklich von der Kriminalpolizei.«

»Na gut, ich drücke, 1. Stock, vorderste Wohnung.«

Es fiel Rotfux sogar durch die Sprechanlage auf, dass die Frau in sächsischem Dialekt sprach. Oskar zog durch die Eingangshalle zum Treppenhaus, hinein in den Lift und von dort zur Wohnung von Frau Erna Stein im 1. Stock. Kaum hatten sie die hölzerne Eingangstür erreicht, bellte er wie verrückt.

»Oskar, brav, sei ruhig, du erschreckst Frau Stein!«

Aber der Hund gab keine Ruhe, und als sich die Tür öffnete, bellte er erst recht.

»Entschuldigung, Frau Stein«, stellte sich Rotfux vor, »hier ist mein Ausweis. Der Hund lässt sich momentan nicht beruhigen. Ich hoffe, wir dürfen trotzdem kurz reinkommen. Das ist mein Kollege Oberwiesner. Wir sind beide vom Kommissariat in Aschaffenburg.«

»Aber den Hund müssen Sie auf Abstand halten. Ich mag Hunde nicht.«

Das passt ja, dachte Rotfux.

»Klar«, sagte er, »ich hoffe, er beruhigt sich.«

Rotfux hatte das Gefühl, die Frau schon irgendwo gesehen zu haben, konnte sich aber nicht genau erinnern.

»Sind wir uns schon begegnet, Frau Stein? Sie kommen mir so bekannt vor.«

»Nicht, dass ich wüsste, vielleicht irgendwo in der Stadt, aber ich kann es Ihnen nicht sagen.«

Sie sah gut aus für ihr Alter. Ihre Haare waren rot gefärbt, aus einem gebräunten Gesicht schauten Rotfux zwei lebhafte blaue Augen an, ihr schmales Gesicht mit den vollen Lippen und der zierlichen Nase sah hübsch aus. In der Jugend musste sie eine Schönheit gewesen sein.

»Bist du jetzt endlich ruhig, Oskar!«, schimpfte der Kommissar den Dackel. »Das ist ja peinlich mit dir.«

»Bitte setzen Sie sich doch.«

Sie bot ihnen Platz in ihrem kleinen Wohnzimmer an, welches wesentlich dunkler als das von Paul Krüger war, da es nur ein Fenster zur Straße hatte. Oskar knurrte, hätte wohl am liebsten die Frau angefallen, legte sich aber neben die Füße von Rotfux und gab endlich Ruhe. Oberwiesner saß auf einem zierlichen Cocktailsessel im Stil der 70er-Jahre und hatte Angst, die zarten hölzernen Beine könnten unter seinem Gewicht brechen.

»Kennen Sie Herrn Krüger, Frau Stein?«

Sie sah Rotfux überrascht an.

»Herrn Krüger … ja schon … so wie man sich hier kennt, man trifft sich beim Essen, geht zusammen im Hof spazieren, spielt mal Karten … wenn Sie wissen, was ich meine.«

»Er hat uns erzählt, er sei vorgestern Nachmittag im Hof gewesen. Waren Sie auch dort?«

»Vorgestern? Das war Mittwoch. Ja, da war ich im Hof. Habe sogar kurz mit Herrn Krüger gesprochen.«

Entweder stimmt das, oder sie geben sich gegenseitig Alibis, dachte Rotfux.

»Kennen Sie ihn von früher? Sie sprechen beide Sächsisch.«

»Das ist Zufall. Ich wohne erst ein Jahr hier. Bin nach dem Tod meines zweiten Mannes hier eingezogen. War mir zu einsam ganz allein im Haus.«

Rotfux fragte sie nach ihrem Haus und ihrem Mann und zur Vergangenheit in Sachsen. Darüber sprach sie allerdings ungern.

»Wir hatten damals Schwierigkeiten, wollten die DDR verlassen, war eine schlimme Zeit für uns, bin froh, dass ich jetzt mit den Kindern hier bin.«

»Sie haben Kinder?«

»Ja, zwei Söhne, eine Tochter und drei Enkel. Leben hier in der Umgebung. Kommen mich regelmäßig besuchen.«

Sie sah glücklich aus, als sie das sagte, und Rotfux wollte nicht länger in ihrer Vergangenheit herumstochern. Oskar hatte sich inzwischen selbstständig gemacht und war durch das Wohnzimmer geschlichen.

»Was machst du denn da?«, schimpfte Rotfux, als er es bemerkte, und wollte den Dackel zu sich holen. Im selben Augenblick sah er, dass neben einer Bodenvase ein Bild lag, an dem Oskar geschnüffelt hatte. Es war das Foto der sechs Sachsen zwischen den Weinreben, welches er von Paul Krüger und Emil Franke kannte.

»Das ist ja interessant«, entfuhr es ihm, »Sie haben das Bild der Sachsen … Gerade sagten Sie noch, dass Sie Paul Krüger nicht von früher kennen.«

»Das hat nichts zu bedeuten«, wiegelte Erna Stein ab. »Ich habe das Bild beim Kartenspielen von Paul Krüger gewonnen. Manchmal setzen wir kleine Preise beim Kartenspielen aus.«

Rotfux kam das seltsam vor. Oberwiesner schaltete sich ein.

»Weshalb haben Sie das Bild hinter Ihrer Bodenvase versteckt, Frau Stein?«

»Ich habe es nicht versteckt«, wehrte sie sich entrüstet. »Es muss vom Fensterbrett gefallen sein. Ist auch unverschämt, dass der Hund einfach hier herumschnüffelt. Ich sage ja, Hunde … waren noch nie meine Freunde!«

»Warum haben Sie zwei Kreuze auf das Bild gemalt, Frau Stein?«

Sie schluckte, als ob es ihr unangenehm war.

»Ich bin schon etwas vergesslich. Sie werden ja wissen, dass zwei der Männer ermordet wurden. Die habe ich markiert. Ist mir peinlich, aber ich dachte nicht, dass jemand das Bild sieht.«

»Haben Sie eine Ahnung, warum die Männer ermordet wurden?«

»Woher soll ich das wissen? In der Zeitung stand alles Mögliche. Beim Kartenspielen meinten sie, es könne etwas mit der Mafia zu tun haben, mich dürfen sie da nicht fragen …«

»Und selbst haben Sie keine Idee? Könnte es mit der Vergangenheit der Männer zu tun haben? Den dunklen Zeiten der ehemaligen DDR?«

»Was weiß ich, wir hatten selbst Probleme genug. Was weiß ich über die Vergangenheit dieser Männer.«

Sie wurde zunehmend ungehalten, und Rotfux hatte das deutliche Gefühl, dass Sie ihn demnächst vor die Tür setzen würde.

»Darf ich noch eine letzte Frage stellen, Frau Stein?«

»Bitte, wenn es sein muss, aber dann würde ich gern in den Hof gehen, solange die Sonne noch scheint.«

»Wie war Ihr Name, bevor Sie Herrn Stein geheiratet haben? Ich nehme an, Ihre Söhne heißen so.«

»Ja klar, ich wüsste zwar nicht, was Sie das angeht, aber sie heißen Eisele, Jürgen und Werner. Werden Sie sicher im Telefonbuch finden. War's das dann?«

Sie stand abrupt auf, was nichts anderes bedeuten konnte, als dass die Audienz beendet war. Rotfux und Oberwiesner bedankten sich. Oskar begann wieder zu bellen, wobei Rotfux ihn diesmal bellen ließ, da ihn das Benehmen von Erna Stein sehr gestört hatte.

»Die war ja unfreundlich«, sagte Rotfux auf der Rückfahrt zum Kommissariat. »Etwas stimmt mit der nicht. Oskar hat dafür ein gutes Gespür.«

»War ja toll, wie er das Bild neben der Bodenvase erschnüffelt hat«, meinte Oberwiesner anerkennend. »Vielleicht war die Frau in irgendwelche Stasi-Geschichten verwickelt. Das sollten wir überprüfen.«

Rotfux sah das genauso und bat Oberwiesner, gleich nach der Rückkehr seine Anfrage bei der Stasi-Unterlagen-Behörde noch zu ergänzen.

»Fordere bitte alle Unterlagen an, welche die Familie Stein, pardon, damals Eisele betreffen. Vielleicht haben wir Glück und es gibt irgendwelche Hinweise. Bitte mach es dringend, Otto. Du kannst sicher mit Gefahr im Verzug argumentieren, angesichts der beiden Mordfälle, die wir hatten.«

Die Vernehmung der Carellis und Morones war schwierig. Sowohl Giuseppe als auch Vittoria Morone gaben zwar zu, dass sie seit Langem beim Lagern der Weinkanister geholfen hatten. Es sei ihnen nichts anderes übrig geblieben, da sie zu einer günstigen Miete im Haus von Carelli wohnten und deshalb von ihm abhängig waren. Mit den Morden hätten sie aber nichts zu tun. Francesco Carelli schob alles auf Emil Franke. Er behauptete, dass Franke Wein aus Südtirol beschafft und bei sich im Schmerlenhof gelagert habe.

»Jetzt ist eine weitere Lieferung gekommen, und ich wollte den Wein zunächst einfach versorgen, bevor ich wusste, was zu tun war.«

»Warum haben Sie mich nicht einfach informiert, wenn das so war?«, fragte der Kommissar.

»Martina wollte das nicht. Sie hatte Angst, dass ein schlechtes Licht auf unseren Laden fallen würde.«

Um Ausreden war der nie verlegen, dachte Rotfux. Oder Martina Carelli wollte Emil Franke in Schutz nehmen, selbst nach dessen Tod.

»Jetzt stehen Sie viel schlechter da, wurden festgenommen und können morgen den Laden nicht öffnen.«

»Wieso?«, fragte Francesco Carelli entsetzt, »Sie können uns doch nicht einfach festhalten? Wir haben ja nichts getan!«

»Oh doch, Herr Carelli, das kann ich und das werde ich! Es ist nicht klar, ob Sie an den Morden beteiligt waren. Ihre Aussagen widersprechen denen der Morones …«

»Das ist ja Quatsch!«, fuhr Carelli dazwischen. »Die alten Leute verstehen doch gar nicht, worum es geht.«

»Nun mal ganz ruhig, Herr Carelli, es besteht Flucht- und Verdunkelungsgefahr, bezüglich des Weines haben wir Sie auf frischer Tat erwischt, und bezüglich der Morde besteht dringender Tatverdacht. Sie haben in beiden Fällen kein wirkliches Alibi. Mehr Gründe braucht es wirklich nicht! Sie werden dem Haftrichter vorgeführt, und damit basta!«

Rotfux hatte keine Lust, sich weiter mit Carelli herumzuärgern. Der würde in Untersuchungshaft kommen. Zwischenzeitlich konnten sie sein Haus und den Laden genauestens durchsuchen, ebenso das Haus und das gesamte Grundstück der Morones. Es war ein gutes Gefühl, Carelli und Morone hinter Schloss und Riegel zu wissen. Dann drohte aus dieser Richtung wenigstens keine Gefahr mehr.

Paul Krüger ließ sich mit einem Taxi zum Hofgut Hörstein in Alzenau bringen. Er genoss die Fahrt über die B8 durch Kleinostheim, dann ein kurzes Stück über die Autobahn bis zur Ausfahrt Karlstein, von der man schon die Weinstöcke am Räuschberg und am Abtsberg in die Höhe steigen sah. Seit über 1000 Jahren wurde hier Wein angebaut. Bereits die Benediktinermönche aus dem einstigen Kloster Seligenstadt erkannten die Vorzüge der dortigen

Weinlagen und pflanzten die ersten Weinstöcke an. Noch heute erinnerte der Name Abtsberg daran. Die Wolken, die sich hier am Rande des Spessarts abregneten, sorgten für eine ausreichende Wasserversorgung der Rebstöcke. In den höheren Lagen gedieh ein ausgezeichneter Riesling, im mittleren Abschnitt Spätburgunder und Silvaner, am Hangfuß Müller-Thurgau und Bacchus. Paul Krüger ließ sich direkt vor dem Hofgut absetzen. Die Sonne erwärmte am späten Nachmittag die gut besuchte Terrasse. An Holztischen saßen die Gäste in bequemen Korbstühlen und genossen den Wein und die Speisen des Hofgutes. Krüger war ab und zu hier, ihm schmeckten die kleinen Gerichte, die sie hier anboten, und vor allem der Wein. Riesling war seine bevorzugte Sorte, und sie hatten hier einen hervorragenden Riesling Kabinett.

»Hallo, Paul, schön, dass du da bist!«, begrüßte ihn Karl Lorenz. »Komm mit, wir sitzen im Gewölbekeller. Da haben wir unsere Ruhe.«

Karl Lorenz hatte sie zu diesem Treffen eingeladen. Er war seit vielen Jahren Hausmeister beim Hofgut Hörstein, hatte Emil Franke und Anton Herrmann sehr gut gekannt und sprach sächsisch wie sie alle. Er war klein und untersetzt, von seinen einst dunklen Haaren war nur ein grauer Haarkranz übrig geblieben, dafür hatte er buschige Augenbrauen. Darunter saßen braune Augen, die Paul Krüger freundlich musterten.

»Gut siehst du aus, Paul. Ich hoffe, es geht dir tatsächlich gut.«

»Ich kann nicht klagen, allerdings beschäftigen mich die Morde an den Kameraden sehr …«

Sie passierten die Vinothek, den Empfang und den Weinladen, in dem die Weine und Brände des Gutes ausgestellt waren und in weißen Kartons zum Verkauf bereitstanden.

»Muss später etwas Nachschub mitnehmen«, murmelte Paul Krüger.

Von dort führte eine Treppe zum Kellergeschoss hinunter, Paul Krüger hielt sich am grauen Metallgeländer fest, die braunen Holztüren des Gewölbekellers standen weit offen, und er sah die Kameraden am hölzernen Tisch in der Mitte des Gewölbes sitzen. Ganz am Ende des aus Stein ausgemauerten Gewölbekellers waren fünf Rotweinfässer aufgestapelt, die dem Ganzen eine urige Atmosphäre gaben. Über dem Tisch hing ein gusseiserner Kronleuchter mit sechs weißen Kerzen. Man konnte sich vorstellen, dass hier zu anderen Gelegenheiten zünftige Weingelage stattfanden.

»Ich dachte, hier sind wir völlig ungestört. Später können wir uns raus auf die Terrasse setzen, wenn ihr wollt«, sagte Karl Lorenz.

Paul Krüger begrüßte Wilhelm Uhlig aus Würzburg, der weiterhin Führungen im dortigen Hofkeller bestritt, und Thomas Roth, den Oberkellner der Weinstube im Frankfurter Römer. Die Männer umarmten sich. Damit waren sie komplett, jedenfalls diejenigen, die noch lebten.

»Bestellt erst mal. Trocken sitzt es sich schlecht, es geht auf meine Rechnung«, lud Karl Lorenz ein.

Paul Krüger bestellte einen Riesling Kabinett von 2013 und Weinsauerkraut mit echten Kahlgrunder Bratwürsten. Die aß er für sein Leben gern. Alle freuten sich, alle prosteten sich zu, und trotzdem lag eine bleierne Schwere über dem Treffen. Sie gedachten des ermordeten Anton Herrmann, legten eine Schweigeminute für ihn und Emil Franke ein, und unterhielten sich über ihre gemeinsame Vergangenheit.

»War eine schwere und doch schöne Zeit«, sagte Wilhelm Uhlig. »Möchte sie nicht missen.«

»Wohl keiner von uns«, stimmte Thomas Roth zu und hob sein Glas.

Paul Krüger, der weitaus älteste unter den Freunden, war auffallend ruhig.

»Der Kommissar war heute bei mir. Hat komische Fragen gestellt. Scheint sich mit unserer Vergangenheit zu beschäftigen«, sagte er irgendwann.

»Bei mir war er auch vor einiger Zeit«, erzählte Thomas Roth. »Hat mich extra in Frankfurt besucht. Hat sich aber nur nach Wein und Weinbau erkundigt und wollte wissen, woher wir uns kennen. Er hatte unser Bild bei Emil gefunden. Sonst hat er nicht groß nach der Vergangenheit gefragt.«

»Bei mir war es das Gleiche«, mischte sich Wilhelm Uhlig ein. »Mich hat er nach irgendwelchen Plastikkanistern mit Wein gefragt, und ob Emil etwas mit Weinpanschereien zu tun gehabt habe. Außerdem hat ihn unser Verhältnis zu den Salafisten interessiert. Ich habe ihn darin bestärkt, dass der Mord durch Salafisten verübt worden sein könnte.«

»Nur bei mir war er noch nicht«, sagte Karl Lorenz fast ein wenig enttäuscht. »Vielleicht kommt er ja noch.«

Sie unterhielten sich über die Ereignisse und ihre Vermutungen. Paul Krüger gab zu, dass er dem Kommissar Andeutungen über die Vergangenheit gemacht hatte.

»Ihr wisst, dass es bei uns mehrere Todesfälle gegeben hat. Manchmal frage ich mich, ob da jemand Rache an uns nehmen will.«

»Aber nach so langer Zeit ... wer sollte das sein?«, sagte Thomas Roth.

»Keine Ahnung! Am ehesten denke ich an diesen Fall Eisele. Der war besonders schwerwiegend. Wir waren ja selbst platt, als der plötzlich den Herzkasper bekam. Habe nie mehr etwas von der Frau und seinen Kindern gehört. Aber es ging mir in den letzten Tagen durch den Kopf …«

Sie überlegten, was sie tun könnten, kamen aber zu keinem Ergebnis. Dem Kommissar alle Details erzählen wollten sie nicht. Warum schlafende Hunde wecken? Vielleicht hatte es mit der italienischen Mafia zu tun, da Emil wohl tatsächlich etwas mit Wein in Plastikkanistern gedreht hatte. Warum also ihre eigene dunkle Vergangenheit ans Tageslicht bringen?

»Ich habe jedenfalls die Nummer des Kommissars als Schnellwahlnummer in mein Handy einspeichern lassen. Ein Druck auf Taste 9, und er ist dran.«

Paul Krüger war nach dem dritten Riesling schon etwas angeheitert und drückte Nummer neun. Es dauerte einen Augenblick, dann meldete sich der Kommissar.

»Hier Rotfux …«

»Hallo, Herr Kommissar«, sagte Paul Krüger fröhlich, »entschuldigen Sie, ich sitze hier mit Freunden zusammen und wollte nur probieren, ob das mit der Schnellwahltaste wirklich funktioniert.«

»Wie Sie sehen.«

»Nochmals Entschuldigung, Herr Kommissar! Und einen schönen Abend noch.«

Der Rest der Mannschaft lachte. So war er, der Paul Krüger. Ein Haudegen der alten Schule, der mit seinen 82 Jahren immer noch den Ton angeben konnte. Sie beschlossen alle, auf ihren Handys die Nummer des Kommissars einzurichten. Damit meinten sie, eine gute Lösung für ihr Problem gefunden zu haben.

26

Die Untersuchungshaft für Carelli und Morone ließ sich nur wenige Tage aufrechterhalten, da bei den Durchsuchungen in ihren Häusern keine Beweisstücke für die Morde gefunden wurden. Sie erhielten zwar die Auflage, Aschaffenburg bis auf Weiteres nicht zu verlassen, durften sich aber ansonsten frei bewegen.

Etwas anderes hingegen erschien Erfolg versprechender. Zwei Tage nach der Befragung von Paul Krüger und Erna Stein, kurz vor Dienstschluss, erhielt Oberwiesner eine erste Auskunft von der Stasi-Unterlagen-Behörde. Man hatte sich wegen der Dringlichkeit der Anfrage extrem beeilt. Ursprünglich hieß es, solche Anfragen dauerten in der Regel sechs Monate und länger. Erst der Hinweis auf die beiden Morde und die Gefahr eines weiteren Anschlages hatte zum schnellen Ergebnis geführt. Oberwiesner informierte sofort Rotfux.

»Du wirst es nicht glauben, Rudi, das scheint ein Volltreffer zu sein. Sowohl Emil Franke als auch Anton Herrmann hatten mit der Stasi zu tun. Waren Aufseher im Stasi-Gefängnis von Dresden. Und der alte Paul Krüger scheint ihr Vernehmungsoffizier gewesen zu sein.«

»Ist ja irre«, sagte Rotfux.

»Aber es kommt noch besser«, fuhr Oberwiesner fort, »Erna Stein beziehungsweise die frühere Erna Eisele hatte überhaupt nichts mit der Stasi zu tun, aber ihr Mann, Armin Eisele, ist im Dresdner Stasi-Gefängnis ums Leben gekommen. Herzinfarkt, wie das damals so schön hieß.«

Rotfux war sprachlos.

»Das meinte Frau Stein also, als sie von Schwierigkeiten und von einer schlimmen Zeit berichtete. Aber sie verheimlichte die Details vor uns, obwohl sie es hätte erzählen können.«

»Falls sie nicht selbst hinter den Morden steckt«, warf Oberwiesner ein.

»Du meinst, sie könnte …«

»Es klingt zwar abenteuerlich, aber Morde sind schon aus nichtigeren Gründen geschehen.«

»Dann wäre Paul Krüger in höchstem Maße gefährdet, Otto!«

»Ja, und die anderen auf dem Foto womöglich auch. Zu denen habe ich noch keine Resultate. Die Behörde hat sich zunächst auf die Mordfälle und den Offizier konzentriert, aber das muss nichts heißen. Ich habe das Gefühl, dass die anderen genauso beteiligt waren.«

»Dann müssen wir Paul Krüger warnen. Der scheint nicht zu ahnen, mit wem er unter einem Dach wohnt.«

Sie wählten seine Nummer, aber es meldete sich niemand. Auch bei Erna Stein hatten sie kein Glück.

»Wahrscheinlich gehen die beiden wieder gemeinsam im Hof spazieren«, witzelte Oberwiesner.

»Besonders lustig finde ich das nicht«, brummte Rotfux. »Wir müssen unbedingt versuchen, Paul Krüger heute Abend noch zu erreichen. Wenn es per Telefon nicht klappt, fahre ich anschließend bei ihm vorbei und sehe nach, wo er steckt. Ansonsten müssen wir gleich morgen früh bei ihm vorbeischauen. Du kannst jedenfalls für heute Schluss machen. Ich danke dir für diese wichtige Information!«

Paul Krüger war abends lange weg gewesen. Erst nach Mitternacht kam er vom »Cena« zurück, einer gemütlichen Aschaffenburger Kneipe, die für ihn zu Fuß erreichbar war. Er hatte einige Biere getrunken und war guter Stimmung. Für meine 82 Jahre geht es mir immer noch gut, dachte er, während er sich auszog und ins Bett legte. Endlich hatte er einen Abend diese Mordgeschichten vergessen, hatte sich mit jungen Leuten unterhalten, die es zuhauf im »Cena« gab, zuerst draußen auf der Terrasse an der Straße, später im Inneren des Lokals. Sein Handy hatte er versehentlich zu Hause liegen lassen, aber das war wohl gut so gewesen. So hatte er seine Ruhe gehabt und war den ganzen Abend nicht gestört worden. Er schlief schnell ein, wurde aber irgendwann durch heftiges Klingeln an seiner Tür aus dem Schlaf gerissen. Der Wecker zeigte zwei Uhr nachts. Was sollte das denn? Er stand langsam auf, um seinen Kreislauf nicht plötzlich durcheinander zu bringen, während es nochmals an der Tür läutete. Schon gut, schon gut, ich komm' ja schon, dachte er. Er sah durch den Spion in der Tür und erkannte Erna Stein im Bademantel. Was will die denn um diese Zeit, fragte er sich. Ob etwas passiert war? Er öffnete die Tür. Im selben Augenblick drängten zwei Männer mit schwarzen Sturmhauben ins Zimmer. Es gelang ihm noch, an seinem Handy unauffällig die 9 zu drücken, dann hatten sie ihn schon gepackt und warfen ihn aufs Bett. Er wollte schreien, aber im nächsten Augenblick steckten sie ihm ein Taschentuch in den Mund und wickelten ihm braunes Klebeband um den Kopf, sodass er fast keine Luft mehr bekam.

»Jetzt ab in den Keller mit ihm«, sagte Erna Stein, sah vorsichtig auf den Gang und ging im Bademantel voraus. Sie brachten ihn in den Aufzug. Wie immer hingen an der

Anschlagtafel die Ankündigungen für die laufende Woche. In der hinteren Ecke gab es ein Notruftelefon, aber davon hielten sie ihn fern. Er sah sich im großen Spiegel an der Rückwand des Aufzuges. Jämmerlich sah er aus mit seinem verbundenen Mund und in seinem zerknautschten Schlafanzug. Sie drückten K für Kellergeschoss und fuhren nach unten.

»Wir müssen ganz in den hinteren Teil des Kellers«, erklärte Erna Stein. Sie wirkte ausgesprochen fröhlich, als ob ihr eine große Freude bevorstünde. Am Schlüsselschalter öffnete sie die Durchgangstür zum Kellerbereich.

»Hier kommt kein Fremder von außen rein«, freute sie sich.

Durch verwinkelte Kellergänge, in denen teilweise Rohre an der Decke liefen und einige niedere Durchgänge mit schwarz-gelben Markierungen zur Vorsicht mahnten, erreichten sie den Kellerraum von Paul Krüger. Einer der kräftigen schwarzen Männer schloss auf und schob Paul Krüger in den Keller. Ihm war inzwischen kalt in seinem dünnen Schlafanzug. Eine Gänsehaut bildete sich an seinen Armen. Er hatte schreckliche Angst. Was sie bloß von ihm wollten? War er jetzt dran? Er versuchte sich zu wehren, hatte aber gegen die beiden kräftigen Männer keine Chance. Sie waren beide etwa 1,90 groß und gut trainiert. Und sie sprachen beide in sächsischem Dialekt.

»Du erkennst mich wohl nicht, Paul?«, sagte Frau Stein.

Er konnte nicht antworten, rollte nur die Augen, wollte sagen, dass er sie natürlich kenne, Frau Stein aus dem Seniorenwohnheim.

»Ich bin Erna, deren Mann du umgebracht hast, du Stasi-Schwein! Erna Eisele. Erinnerst du dich jetzt? Ich sehe anders aus, habe eine andere Frisur und die Haare rot gefärbt, bin etwas rundlicher geworden, aber ansonsten immer noch die Alte.«

Sie genoss offensichtlich die Verzweiflung, welche sich in seinen Augen breitmachte.

»Los, Kinder, bindet das Schwein an die Wand!«

Sie packten ihn, schlangen Seile um seine Handgelenke, banden sie knapp unter der Kellerdecke um die Metallpfosten, an denen die Kellertrennwände aus Lochblech befestigt waren, dann zogen sie ihn an den Seilen nach oben. Es fühlte sich an, als ob seine alten Knochen auseinandergerissen würden.

Erna Stein griff ihm in den Schritt.

»Na, der ist aber klein heute! Erinnerst du dich noch, wie du mich damals in unserem Keller missbraucht hast, du Schwein? Wie du unseren Riesling getrunken hast? Wie du mir versprochen hattest, Armin zu helfen? Jetzt werden wir es dir im Keller heimzahlen!«

Ihre blauen Augen funkelten, es sprach so viel Hass aus ihrer Stimme, dass Paul Krüger sich keine Hoffnung auf Rettung machte. Dieser hintere Bereich der Keller lag unter den Speiseräumen. Kein Mensch würde hier nachts um zwei herkommen, kein Mensch würde sie hören. Er erinnerte sich, damals war er von Sinnen gewesen, wollte sie besitzen, hatte ihren Mann gequält, obwohl er selbst überrascht war, als der plötzlich starb. Sie holte ein Feuerzeug aus der Tasche ihres Bademantels.

»Damals warst du heiß«, sagte sie, »heute wird es dir wieder heiß werden, du Schwein …«

Sie zog die Hose seines Schlafanzuges nach unten und hielt die Flamme des Feuerzeuges unter sein bestes Stück, zuerst weiter weg, dann kam sie langsam näher. Es brannte höllisch. Er roch den Geruch der versengten Haare und der schmorenden Haut. Er war völlig machtlos, konnte sich nicht bewegen und sich nicht wehren. Die beiden Männer mit den Sturmhauben ließen die Alte ihr grausames Werk verrichten, schienen nur ihre Gehilfen zu sein.

»Jetzt wollen wir dir eine kleine Pause gönnen, nicht, dass du noch ohnmächtig wirst. Ihr habt meinen Armin monatelang gequält, da darf es jetzt nicht zu schnell gehen.«

Es stimmte, monatelang hatte er Armin Eisele verhört, jede Nacht, bis der nicht mehr konnte, bis der alles unterschrieben hatte, eine grausame Zeit war das damals. Sie kam wieder mit dem Feuerzeug näher und bearbeitete diesmal seine Brustwarzen. Es roch brenzlig und schmerzte höllisch.

»Kinder, am besten markieren wir jetzt die Einstichstellen für das Messer.«

Einer der beiden Männer holte ein langes, spitzes Küchenmesser aus einer Aktentasche und reichte es seiner Mutter.

»Sieben Stiche, wie immer«, sagte sie. »Der letzte genau ins Herz.«

Sie nahm das Messer und ritzte Paul Krüger an mehreren Stellen die Brust auf. Dicke Blutstropfen quollen aus den Wunden und rannen nach unten. Irgendwie erinnerte es an eine Kreuzigung, wie Paul Krüger an der Lochblechwand hing, mit weit ausgebreiteten Armen und den Wunden in der Brust.

»Gebt mir den kleinen Pinsel, Kinder.«

Einer der Männer holte ihn aus der Aktentasche und gab ihn ihr.

»Hier, Mutter.«

Sie tauchte den Pinsel in das Blut aus Krügers Brust und malte eine rote Sieben an die Lochblechwand des Kellers.

»Man braucht hier viel Blut«, murmelte sie und öffnete die Wunden mit dem Küchenmesser noch etwas weiter.

Anschließend malte sie zwei rote Achter und noch eine Sieben an die Wand.

»Prima, das wär's«, sagte sie, »du erinnerst dich hoffentlich an den Todestag von unserem Papa.«

Paul Krüger erinnerte sich nicht. Zu lange war das her. Er hatte es vergessen und verdrängt und wollte am liebsten nicht mehr daran erinnert werden. Er hing apathisch an der Wand, und seine Kräfte ließen nach.

Rotfux hatte noch den ganzen Abend versucht, Paul Krüger zu erreichen, allerdings ohne Erfolg. Bei einem Besuch in der Seniorenwohnanlage in der Kittelstrasse stellte er fest, dass Paul Krüger nicht zuhause war. Auch seine Nachbarn, bei denen Rotfux klingelte, wussten nicht, wo er steckte. Immerhin erfuhr der Kommissar, dass Erna Stein bei einem ihrer Söhne zu Besuch sei. Sie sei häufiger mal weg, und komme dann erst spät zurück. Irgendwann nach 23 Uhr gab Rotfux die Suche auf und legte sich ins Bett. Kurz nach zwei Uhr nachts klingelte sein Handy. Er griff im Dunklen danach und meldete sich.

»Hier Rotfux …«, sagte er schaftrunken.

Doch am anderen Ende der Leitung sprach niemand. Er hörte nur irgendwelche Geräusche und eine Frauenstimme, die sagte: »Jetzt ab in den Keller mit ihm.«

Es bestand eine Verbindung, aber niemand sprach. Seltsam, dachte Rotfux. Das konnte eigentlich nur dieser Paul Krüger sein. Er verglich die Nummer mit dem Kontrollanruf von Krüger und sah sich in seiner Vermutung bestätigt. Da läuft etwas schief, ich muss sofort zu ihm, dachte er. Er alarmierte einen Streifenwagen, bestellte ihn zur Kittelstraße, gab Oberwiesner Bescheid, schlüpfte in die Kleider des Vortages, die noch auf dem Stuhl im Schafzimmer lagen, und schon war er unterwegs. Wenn es nur nicht zu spät ist, dachte er. Mindestens zehn Mal hatte er am Vorabend versucht, den alten Krüger zu erreichen, aber ohne Erfolg. Wie vom Erdboden verschwunden war der. Rotfux raste vom Floßhafen zur Löherstraße, Tempo 30 interessierte ihn nicht, nachts war alles leer, weiter durch die Wermbacher- und Alexandrastraße, vorbei am Park Schöntal zur Kittelstraße. Oskar hatte er nicht dabei. Mitten in der Nacht wäre das übertrieben gewesen. Rotfux war der Erste an der Seniorenwohnanlage. Die Kollegen waren noch nicht da. Einen Moment lang stand er ratlos am Eingang vor den vielen Klingelschildern. Bei Krüger oder Stein zu klingeln, war vermutlich sinnlos. Wenn er richtig verstanden hatte, waren die im Keller. Also drückte er wahllos auf einige Klingelknöpfe und hoffte, dass sich jemand melden würde. Es dauerte recht lange. Kein Wunder, die alten Leute schliefen, und bis sie wach wurden, dauerte es. Endlich, nach einigen Minuten, meldete sich eine Frauenstimme.

»Kohler, was wollen Sie mitten in der Nacht?«

»Rotfux, Kriminalpolizei, wir müssten im Haus etwas überprüfen.«

»Mitten in der Nacht? Es ist fast halb drei …«

»Bitte, machen Sie auf, Frau Kohler, es ist wirklich wichtig.«

»Da könnte ja jeder kommen. Ich schau mal aus dem Fenster, kommen Sie auf die Straße, damit ich Sie sehe.«

Es war zum wahnsinnig werden. Rotfux ging die Treppenstufen vom Eingang auf die Straße zurück, über ihm öffnete sich ein Fenster, eine Frau schaute heraus und schien mit seiner Erscheinung zufrieden zu sein.

»Gut, ich drücke!«, rief sie.

Rotfux stürmte durch die Eingangstür, welche sich automatisch öffnete, den Windfang, quer durch die Eingangshalle hinab ins Kellergeschoss. Dort begegnete ihm das nächste Hindernis. Der Zugang zu den Kellerräumen war nur durch eine automatische Tür möglich, und diese ließ sich nur per Schlüsselschalter öffnen. Mist, diese Automatiktüren haben auch ihre Nachteile, dachte Rotfux. Er eilte zurück ins Erdgeschoss. Im Haus hörte er Türen knallen und Stimmen aufgeregt diskutieren. Es musste sich schon herumgesprochen haben, dass die Kriminalpolizei da war. Ein älterer kleiner Herr im Bademantel kam aus dem Aufzug. Der Kommissar ging auf ihn zu und zeigte seinen Ausweis.

»Rotfux, Kriminalpolizei. Dürfte ich mal Ihren Schlüssel haben? Ich muss zu den Kellerräumen.«

»Da komme ich am besten mit. Kommen Sie, wir fahren nach unten.«

Rotfux stieg in den Lift ein, der ältere Herr drückte K für Keller, die Türen schlossen sich, und Rotfux sah sich für einen Moment im Spiegel an der Rückseite des Aufzugs.

Zerzaust sehe ich aus, dachte er, aber egal, Hauptsache, ich kann Paul Krüger retten. Er ließ sich von dem älteren Herrn die Tür zum Kellertrakt öffnen, bat ihn aber, draußen zu bleiben.

»Gleich kommen einige Kollegen von mir. Bitte lassen Sie die ins Haus und führen sie in den Keller.«

Rotfux schlich durch die verwinkelten Kellergänge. Er wollte Erna Stein nicht vorzeitig warnen. Am besten wäre es, sie zu überraschen. Irgendwann las er ein Schild »Kellerräume 1–28«. Dann sah er einen langen Gang mit

Kellerabteilen, die durch graue Lochblechplatten abgeteilt waren. Endlich hörte er Stimmen.

»Wir werden noch gemütlich eine rauchen, Paul«, sagte Erna Stein.

Sie zündete sich eine Zigarette an und zog kräftig daran. Den Rauch blies sie Paul Krüger ins Gesicht, dass ihm die Augen tränten. Anschießend drückte sie die glühende Zigarette auf den Brustwarzen von Paul aus, der inzwischen alles apathisch über sich ergehen ließ.

»Du sagst ja gar nichts mehr, mein Kleiner«, lachte Erna Stein. »Weißt du noch, wie du mich ›deine Kleine‹ genannt hast, damals, als du mich zum Sex gezwungen hast? Damals konnte ich mich nicht wehren, du Drecksack. Aber jetzt bist du dran, ich habe es meinem Armin geschworen.«

Sie hob das Küchenmesser und versetzte ihm einen ersten Stich, nur eine Fleischwunde, nicht gefährlich, nur ein Vorgeschmack auf die sechs Stiche, die noch kommen würden.

Im selben Augenblick kam Rotfux dazu.

»Halt, Messer runter, Kriminalpolizei!«, rief er, mit dem Erfolg, dass die beiden Männer mit den schwarzen Sturmhauben sich auf ihn stürzten und ihn zu Boden rissen.

»Ich nehme Sie alle fest!«, rief Rotfux, aber in Wirklichkeit lag er am Boden und konnte nichts tun.

Er sah, wie Erna Stein das Messer zum zweiten Mal hob, weit ausholte und – Oberwiesner sich auf sie stürzte und ihr das Messer aus der Hand schlug.

»Ende der Vorstellung«, sagte Oberwiesner und schlug einem der schwarzen Männer mit der Handkante ins Genick. Der sackte in sich zusammen, sodass Rotfux und Oberwiesner auch den zweiten überwältigen konnten.

»Das war knapp«, murmelte Rotfux. »Danke, Otto! Was wäre ich nur ohne dich?«

Sie legten den beiden Brüdern und auch Erna Stein Handschellen an.

»Wir verhaften Sie wegen des Verdachts des Mordes an Emil Franke und Anton Herrmann sowie versuchtem Mord an Paul Krüger. Auf geht's!«

Oberwiesner und die Beamten des Streifendienstes befreiten Paul Krüger aus seiner misslichen Lage, leisteten Erste Hilfe und riefen einen Krankenwagen. Als sie die Verhafteten in Handschellen durch das Erdgeschoss nach draußen führten, schien die ganze Seniorenwohnanlage auf den Beinen zu sein. In Hausschuhen und Bademänteln in allen Farben hatten sie sich versammelt, um zu sehen, wie Erna Stein und ihre Söhne abgeführt wurden.

»Frau Stein, was ist denn?«, rief ein älterer Herr.

»Ach nichts, Arthur, ich hatte noch was zu erledigen.«

Einige Tage später, nachdem die Tatortspuren ausgewertet waren, saßen Rotfux und Oberwiesner mit den Beschuldigten im Vernehmungszimmer des Kommissariats. Oskar war kurz dabeigewesen, hatte sich aber so aufgeregt und so intensiv gebellt, dass Rotfux seine Sekretärin bat, ihn mitzunehmen.

»Der Hund weiß genau, dass Sie sein Herrchen ermordet haben. Allein das wäre eigentlich fast Beweis genug«, sagte Rotfux.

»Ich habe ja gleich gesagt, dass wir den Köter beseitigen sollten. Jetzt hat er uns die Polizei auf den Hals gehetzt«, schimpfte Werner Eisele in Richtung seiner Mutter.

Er ähnelte ihr, hatte blaue Augen, volle Lippen und ein schmales Gesicht im Gegensatz zu seinem Bruder, der ein kräftiger, bulliger Kerl war mit dunklen Haaren und einem rundlichen Gesicht.

»Er hat dir leidgetan, und was hast du jetzt davon?«

Erna Stein sah gefasst aus, wirkte immer noch irgendwie fröhlich, obwohl sie wissen musste, dass sie überführt war.

»Die Beweise sind erdrückend, Frau Stein, meine Herren«, sagte Rotfux. »Ihr Messer ist eindeutig die Tatwaffe bei den Morden. Sogar Blutspuren der beiden Toten konnten noch festgestellt werden. Ihre Fußspur haben wir im Weinkeller im Schloss und auf der Kippenburg entdeckt, Herr Jürgen Eisele. Außerdem hat der Dackel Oskar Ihren Hosenknopf am Tatort im Schloss gefunden. Und Ihre Hautschuppen befanden sich in dem Plastikhandschuh, den Sie im Schloss verloren haben. Die Zigarettenkippen, die wir an mehreren Tatorten gefunden haben, stammen laut DNA-Analyse eindeutig von Ihnen, Frau Stein, und die Seilstücke, mit denen die Ermordeten festgebunden waren, sind laut Faseranalyse vom gleichen Seil, das Sie bei Herrn Krüger verwendet haben. Das Handy des ermordeten Emil Franke haben wir in Ihrer Wohnung gefunden. Die Ziffernkombination 7887 konnten wir inzwischen auch entschlüsseln. Es ist der Todestag Ihres Mannes, der 7. August 1987. Ich denke, mehr Beweise braucht es nicht. Legen Sie am besten ein Geständnis ab!«

»Ich würde ja gestehen«, antwortete Erna Stein, »aber meine Söhne haben damit nichts zu tun. Nur ich habe getötet.«

Als sie das sagte, strahlte sie den Kommissar an, als ob ihr soeben der große Coup gelungen wäre.

»Selbst wenn nur Sie getötet hätten, Frau Eisele, ist das nicht so einfach. Ihre Söhne haben Ihnen geholfen. Das ist Beihilfe zum Mord. Die Mindeststrafe liegt nach meiner

Kenntnis bei drei Jahren, aber das muss das Gericht entscheiden. Auch ihre Ablenkungsmanöver waren Straftaten. Sie haben Frau Carelli in diesem Bauwagen fast umgebracht, ebenso Frau Kern in ihrem Weinkeller, und mich haben Sie auf der Kippenburg brutal gequält …«

»Das tut mir wirklich leid, Herr Kommissar«, sagte die alte Frau kleinlaut, »nachdem in der Zeitung von der italienischen Mafia die Rede war, wollten wir von uns ablenken.«

»Sie haben Ihren Söhnen damit keinen Gefallen getan. Und Sie selbst werden vermutlich lebenslänglich bekommen«, sagte Rotfux streng.

Erna Stein lächelte.

»Wissen Sie, Herr Kommissar, das ist alles relativ. Selbst lebenslänglich kann mich nicht schrecken. Ich habe Armin geschworen, seinen Tod zu rächen. Ich bedaure nur, dass es mir bei Paul Krüger nicht mehr gelungen ist. Dem habe ich den Tod am meisten gewünscht.«

Rotfux bemerkte, wie hasserfüllt sie gegenüber Paul Krüger war. Der musste ihr und ihrer Familie wirklich übel mitgespielt haben. Schrecklich, was dieser Unrechtsstaat DDR für Unheil über die Menschen gebracht hatte!

»Zum Teil kann ich Sie verstehen, Frau Stein, aber wo kämen wir hin, wenn jeder Selbstjustiz üben würde? Sie werden lebenslänglich hinter Schloss und Riegel müssen.«

»Lebenslänglich«, schmunzelte Frau Stein.

Dem Kommissar kam das Ganze unwirklich vor. So etwas hatte er noch nicht erlebt. Erna Stein saß fröhlich im Verhörraum und schien nicht im Geringsten beeindruckt von dieser massiven Strafandrohung.

»Sie hat Krebs«, sagte Werner Eisele leise, »Lungenkrebs mit Metastasen im ganzen Körper. Sie hat noch maximal sechs Monate. Es war der letzte Gefallen, den sie sich von uns gewünscht hatte.«

Rotfux war sprachlos. Er merkte, wie ihn das Verhör in Anspruch nahm. Es gab Gesetze und Regelungen, aber nicht immer führten sie zur Gerechtigkeit …

Abends ging der Kommissar mit Oskar an der Mainpromenade spazieren. Die Boote schaukelten an den Stegen im Wasser. Beim Minigolfplatz vergnügten sich die Besucher. Auf der »Orion«, dem Schiff der Marinekameradschaft Aschaffenburg, saßen einige in der Abendsonne. Enten ruhten am Ufer, die schnell ins Wasser platschten, als sich Oskar näherte. Unterhalb des Schlosses lagen die Leute auf der Wiese oder spielten Ball. Rotfux genoss die friedliche Stimmung. Er war froh, dass er seine Mordfälle mit Oskars Hilfe gelöst hatte.

»Wir haben die Mörder deines Herrchens zur Strecke gebracht«, sagte er, »und du hast mir dabei geholfen. Ohne dich hätte ich das nicht geschafft!«

Oskar sah ihn mit seinen dunklen Augen an. Er wedelte mit dem Schwanz und zog zum nächsten Busch. Ihm war die menschliche Gerechtigkeit egal. Er kannte nur sein Herz, und das schlug nun für Rotfux, dem er ewig treu sein würde …

DANKSAGUNG

Mein Dank gilt den Mitarbeitern des Gmeiner-Verlages, insbesondere meiner Lektorin, Claudia Senghaas, die mich stets vorbildlich beraten hat.

DIETER WÖLM
Mainfall

978-3-8392-1125-0 (Paperback)
978-3-8392-3619-2 (pdf)
978-3-8392-3618-5 (epub)

NAMENLOS Ein Unbekannter wird bei Aschaffenburg halb tot aus dem Main gezogen. Es grenzt fast an ein Wunder, dass er noch lebt.

Kommissar Rotfux übernimmt den Fall. Der Fremde kann sich an nichts erinnern, nicht einmal an seinen Namen. Und niemand scheint ihn zu kennen. Einzig Oskar, ein kleiner Rauhaardackel, tröstet den Mann in seiner Einsamkeit. Als er einen Job und Unterkunft bei einer Witwe findet, könnte er eigentlich zufrieden sein. Doch die Vergangenheit lässt ihn nicht los …

ULRICH RADERMACHER
Schickimicki

978-3-8392-2041-2 (Paperback)
978-3-8392-5327-4 (pdf)
978-3-8392-5326-7 (epub)

SCHICKIMICKI Schön, wohlhabend, verheiratet und eine Affäre. Zwischen der Isar-Toten Petra Malterer und Saskia Engels, die man im Deininger Weiher findet, gibt es verschiedene Gemeinsamkeiten. Hauptkommissar Alois Schön und Kommissarin Natascha Frey ermitteln in ihrem zweiten Fall nicht nur im familiären Umfeld der Toten, sondern auch in der Münchener Bussi-Gesellschaft. Während Natascha darüber hinaus ein privates Problem lösen muss, kommt es wie so häufig ganz anders als man denkt.

FRIEDERIKE SCHMÖE
Dohlenhatz

978-3-8392-2048-1 (Paperback)
978-3-8392-5339-7 (pdf)
978-3-8392-5338-0 (epub)

DIE ZEIT VERGISST NICHT Philipp Heller, Luther-Experte und eher im 16 Jahrhundert als in der Gegenwart zu Hause, wird erpresst. Doch nicht um Geld: Er soll einen Stadtrat umbringen! Entsetzt bittet er Privatdetektivin Katinka Palfy, den Erpresser zu finden. Die entdeckt bald einen Zusammenhang, der weit in die Vergangenheit führt. Eine bizarre Erpressung. Eine aufwühlende Zeitreise. Ein Katinka-Palfy-Fall vom Feinsten.

ANDREAS SCHRÖFL
Schlachtsaison

978-3-8392-2050-4 (Paperback)
978-3-8392-5343-4 (pdf)
978-3-8392-5342-7 (epub)

AUFGESCHLITZT In München werden mehrere Frauen nach dem Muster des Massenmörders Jack The Ripper umgebracht. Als ihre Freundin Susi dem Ripper zum Opfer fällt, bittet Anna ihren Bruder Alfred Sanktjohanser, den Sanktus, in diesem Fall zu ermitteln. Vergeblich versuchen er und Kommissar Bichlmaier den Schlächter zur Strecke zu bringen, noch bevor das Werk der »Kanonischen Fünf« vollendet ist. Unterstützt von Sanktus' früheren Brauereikollegen und Dr. Engler führt sie ihre Jagd durch München mitten zur Faschingszeit.

GMEINER SPANNUNG

WWW.GMEINER-VERLAG.DE
Wir machen's spannend